JOURNAL

DU

VOYAGE FAIT PAR ORDRE DU ROI,

A L'EQUATEUR,

SERVANT D'INTRODUCTION HISTORIQUE

A LA

MESURE

DES

TROIS PREMIERS DEGRES

DU MERIDIEN.

Par M. DE LA CONDAMINE.

I, demens, & sœvas curre per Alpes. Juven. Sat. X.

A PARIS,

DE L'IMPRIMERIE ROYALE.

M. DCCLI.

PRÉFACE.

Nous partîmes de France, M. *Godin*, M. *Bouguer* & moi, en 1735, envoyés par ordre du Roi dans l'Amérique efpagnole, & chargés par l'Académie de faire aux environs de l'E'quateur, des obfervations de divers genres, & fur-tout celles qu'on jugeoit les plus propres à déterminer la *Figure de la Terre*. Ce n'eft qu'en 1751, près de fept ans depuis mon retour, que je donne l'hiftoire de ce voyage académique, & que je rends compte de la part que j'ai eue au travail commun. Voici les raifons qui ont fi long-temps retardé la publication de cet ouvrage.

M. *Bouguer*, revenu plus de huit mois avant moi, avoit lu dès le mois de Novembre 1744, dans une affemblée publique de l'Académie, une Relation abrégée de nos opérations dans la province de *Quito*.

Ceux qui n'avoient pas tenu la queftion de la Figure de la Terre pour décidée, les années précédentes, par les divers ouvrages de M. de *Maupertuis* *, n'avoient rien oppofé au réfultat des nouvelles mefures des degrés de latitude & de longitude,

---

* *Fig. de la Terre; Deg. du Mérid. entre* Paris & Amiens; *E'lémens de Géographie ; Parallaxe de la Lune ; Aftronomie nautique, &c.*

a

exécutées en France les années fuivantes*, & qui toutes confirmoient les conféquences tirées des opérations du Nord. Enfin, s'il reftoit encore quelque partifan de l'opinion de la Terre alongée ou fphérique, l'accord de nos obfervations du Pérou avec celles de Lapponie & de France, leur concours mutuel à prouver l'inégalité des degrés du Méridien croiffans de l'E'quateur au Cercle polaire, ne permettoient plus en 1744, de douter que nôtre globe ne fût aplati vers les poles, & ne laiffoient déformais d'incertitude que fur le plus ou le moins de cet aplatiffement.

La curiofité du public fur la figure de la Terre, étoit donc non feulement fatisfaite, mais peut-être laffée, lorfque je revins à *Paris* au mois de Février 1745. Je crus, par cette raifon, ne devoir pas traiter cette matière dans l'écrit que je lus à l'affemblée publique du 28 Avril de la même année : je me renfermai dans une relation fuccinéte de ce qui concernoit mon retour par la rivière des *Amazones*.

Cependant il convenoit que le détail de nos opérations fût rendu public. Elles ne nous appartenoient pas en propre, c'étoit le bien de l'Académie : il ne nous étoit permis d'en difpofer que de fon aveu, & fuivant fes vues.

Le deffein de cette Compagnie, & l'intention du Roi qui nous avoit été plufieurs fois déclarée par

* Voyez *Mérid. de Paris vérif. par M.* Caffini de Thury, Paris, 1742.

M. le Comte de *Maurepas*, ayant été que nous tra-
vaillaffions de concert à un ouvrage commun, je ne
pouvois douter que ce que chacun de nous y avoit
contribué, ne fût recueilli en un corps, qui feroit une
fuite des Mémoires de l'Académie *. Outre ce qui
s'étoit pratiqué en pareil cas à l'égard de la defcription de l'ancienne & de la nouvelle méridienne de
Paris, nous avions fous les yeux l'exemple récent des
Académiciens envoyés au Cercle polaire. Un ouvrage
auquel tous les obfervateurs avoient eu part, & que
l'ancien avoit rédigé ; un ouvrage renfermé précifément dans les bornes du fujet, agréé de l'Académie,
applaudi du Public, traduit dans toutes les langues de
l'Europe, fembloit nous indiquer la manière la plus
convenable de remplir nos engagemens ; fauf le droit
qui refteroit à chacun de nous de publier à part fes
réflexions particulières, comme avoit fait M. *Clairaut*
dans fa Théorie de la Figure de la Terre.

Je favois que je ne pouvois difputer à M. *Godin*
ni à M. *Bouguer*, mes anciens l'un & l'autre, l'honneur de rédiger la relation de nos opérations. Si j'euffe

---

* Le livre de *la grandeur & de la fig. de la Terre*, par M. *Caffini*,
qui contient le détail de la mefure de l'ancienne méridienne de
Paris, fait une fuite des Mém. de l'Acad. de 1718 : celui de
la Mérid. vérifiée, publié par M. *Caffini de Thury*, porte le titre
de *Suite des Mém. de l'Acad. de l'année 1742*. Quant à l'ouvrage
fur la fig. de la Terre, donné par M. de *Maupertuis*, d'après fes
obfervations & celles de fes compagnons de voyage, il eft inféré
en entier dans les Mémoires de l'Acad. de 1737.

entrepris ce travail fans en être chargé nommément, ils auroient pu d'un feul mot en arrêter la publication, en réclamant leur droit, que je n'avois pas deffein de leur contefter. Je me contentai donc de recommencer en 1746, tous mes calculs déjà faits, vérifiés & communiqués à M.rs *Godin* & *Bouguer* long-temps avant mon départ d'Amérique. Je les tins prêts à être remis à l'un des deux ; mais j'aurois regardé comme perdu le temps que j'euffe employé pour en faire un ouvrage fuivi, en lui donnant une forme qui auroit fans doute changé entre les mains d'un autre. On fait affez combien il y a loin des matériaux d'un livre, même arrangés & mis en ordre, à un livre fait, & en état d'être préfenté au Public.

Des nouvelles pofitives du prochain retour de M. *Godin,* chargé par fes inftruétions de tenir regiftre de toutes nos obfervations, tant communes que particulières; fes lettres même, qui confirmoient cet avis, étoient pour moi un nouveau motif d'attendre ce qui feroit réglé fur la publication de nos travaux, quant à la forme.

On n'étoit pas encore informé que M. *Godin,* appelé à *Lima* par le Viceroi dès 1744, y avoit accepté pour un temps la place de Cofmographe *, & celle de Direéteur des fortifications du *Callao;* qu'il s'étoit trouvé à *Lima* lors de l'affreux tremblement de terre du 28 Oétobre 1746, & qu'il avoit

* Voy. *Introduétion hiflorique,* Année 1745, page 216.

été retenu pour travailler au nouveau plan de cette Capitale.

Les chofes étoient demeurées dans cet état d'incertitude, lorfque M. *Bouguer,* en 1748, demanda l'agrément de l'Académie pour faire imprimer fous le titre de fuite de fes Mémoires, un vol. in-4.° fur la Figure de la Terre, déterminée par fes obfervations & par les miennes. Cette demande donnoit lieu à un nouvel arrangement, auquel j'étois fort éloigné de m'oppofer; c'étoit de publier chacun fon ouvrage à part comme fuite des Mémoires de l'Académie : je me trouvois, à cet égard, précifément dans le cas de M. *Bouguer.* Il obtint donc ce qu'il demandoit, fans que j'y formaffe aucune oppofition. Je vis alors ce que j'avois à faire ; mais ce n'eft que depuis ce moment que j'ai fu que j'étois le maître de difpofer des matériaux que j'avois raffemblés, & de leur donner la forme que je jugerois à propos.

Mon plan fut bien-tôt arrêté : je travaillois à l'exécution, lorfque les circonftances m'ont obligé de démembrer mon ouvrage : je ne laifferai pas d'en donner ici le *profpectus* conforme à mon premier projet.

Le titre de *Suite des Mémoires de l'Académie*, que ce livre devoit porter, & la variété des matières qui devoient en faire le fujet, m'avoient déterminé à imiter la forme & la diftribution de nos recueils académiques, & à divifer mon livre en *Hiftoire* & en *Mémoires.*

La *PREMIÈRE PARTIE* devoit contenir *une relation historique de tout le voyage,* laquelle eût embraffé
les divers objets qui pouvoient intéreffer la curiofité du lecteur. Tout mon embarras étoit de favoir
quelles bornes je devois me prefcrire; fi la gravité du
titre, & la nature des matières qu'il annonce ordinairement, ne m'interdiroient pas ces détails purement
amufans, que le plus grand nombre des lecteurs re-
cherchent; & jufqu'où il me feroit permis de m'é-
tendre fur les mœurs & coûtumes des peuples policés
ou fauvages du vafte continent de l'Amérique méridionale, que j'ai traverfé en divers fens; tantôt du
nord au fud, de *Quito* à *Lima;* tantôt de l'oueft à
l'eft, des côtes de la mer du fud aux frontières de
la Guiane & du Brefil. Un affez grand nombre de
plans, de vues, de cartes & de deffeins faits fur les
lieux & d'après nature, dont quelques-uns étoient
déjà gravés, auroient accompagné cette première
partie: la plufpart de ces derniers appartiennent du
moins autant au moral, qu'au phyfique du pays.

La *SECONDE PARTIE* auroit eu pour titre: *Mémoires de Mathématique & de Phyfique, recueillis
pendant le cours du voyage à l'Equateur:* elle devoit
être divifée en trois livres.

Le *premier* n'eût traité que des opérations concer-
nant la mefure de la Terre: le *fecond* eût contenu
divers mémoires de mathématique & de phyfique,
relatifs à cette mefure: le *troifième,* d'autres mémoires

de divers genres, fur différentes matières étrangères à ce fujet. Voici le titre & la diftribution des deux livres qui devoient compofer cette feconde partie.

LIVRE İ. *Opérations faites vers l'Equateur, pour reconnoître la figure de la Terre.*

Section I. *Détermination géométrique de la longueur de l'arc du Méridien.*

Section II. *Détermination aftronomique de l'amplitude du même arc.*

Ce premier livre, dont je fupprime ici le détail, eft l'ouvrage que je donne aujourd'hui fous le titre de *Mefure des trois premiers degrés du Méridien dans l'hémifphère auftral.*

LIV. II. *Mémoires de Mathématique & de Phyfique, relatifs à la figure de la Terre, ou aux opérations faites pour la déterminer.*

Ce fecond livre devoit contenir les articles fuivans.

I [a] *Mémoire fur la mefure actuelle de la bafe d'Yarouqui.* II [b] *Mémoire fur la mefure actuelle de la bafe de Tarqui.* III *Remarques fur les triangles de la méridienne de Quito, & fur les changemens que fouffrent les angles obfervés dans des plans inclinés à l'horizon, lorfqu'on les réduit au plan horizontal.* IV *Expériences fur la réfraction des objets terreftres.* V *Effai*

---

[a] Envoyé à l'Académie dès 1736.
[b] *Idem.*

sur son évaluation. VI*ᶜ De la manière de conclurre la hauteur vraie d'un objet par les angles observés de hauteur ou de dépression apparente.* VII *Supplément à la Table des hauteurs des montagnes de la province de Quito, dont les sommets sont couverts de neige ; & hauteurs de quelques montagnes voisines de Lima* ᵈ. VIII*ᵉ Expériences sur la longueur absolue du Pendule à seconde à différentes élévations du sol, & à différentes latitudes.* IX*ᶠ Différences de longueur du Pendule à seconde à différentes latitudes & à diverses élévations du sol, tirées de la comparaison du nombre de vibrations d'un Pendule de métal qui oscille pendant vingt-quatre heures.* X*ᵍ Expériences faites à Chimboraço, avec M. Bouguer, sur la déviation d'un fil-à-plomb, pour vérifier l'attraction Newtonienne.*

LIV. III. *Mémoires de Mathématique & de Phy-*

ᶜ Voy. *Mes. des trois prem. deg. du Mérid.* p. 5 0.

ᵈ Ce dernier article fait partie du Mém. sur mon voyage de Quito à Lima, envoyé à l'Académie en 1 7 3 8, & lu depuis mon retour.

ᵉ Voy. *Mém. de l'Acad.* 1 7 3 5, p. 5 2 9 : *Extrait d'observations de Manta à Quito,* envoyé en 1 7 3 6 à l'Académie : *Extrait du voyage de Lima,* déjà cité : *Carte des lieux où le Pendule, &c.* par *M. Buache,* 1 7 4 0. Il me reste beaucoup d'autres observations à publier.

ᶠ Je n'en ai donné encore que quelques résultats, *Relat. de la riv. des Amazones,* pages 1 8 0 & 2 0 0. *Mém. de l'Acad.* 1 7 4 5, pp. 4 7 6 & 4 8 5. *Mém. de* 1 7 4 7, actuellement sous presse, page 4 8 9.

ᵍ Mémoire envoyé à l'Académie en 1 7 3 8, lu en mon absence, & relu par moi en 1 7 5 1.

fique,

fique, fur divers fujets indépendans de la figure de la Terre.

ASTRONOMIE. I[h] *De l'obliquité de l'E'cliptique, déterminée par les obfervations folfticiales du foleil, faites à Quito aux mois de Déc. 1736 & Juin 1737.* II[i] *Hauteurs méridiennes du Soleil.* III[k] *Hauteurs méridiennes d'étoiles.* IV[l] *Obfervations d'éclipfes de Lune & de Soleil.* V[m] *Obfervations d'immerfions & d'émerfions des fatellites de Jupiter.* VI *Obfervations faites pour déterminer les réfractions aftronomiques fous l'E'quateur, au niveau de la mer & à Quito, tant le jour que la nuit.* VII *Tables des réfractions aftronomiques pour Quito, jufqu'à 20 degrés de hauteur, tirée de mes feules obfervations.* VIII[n] *Obfervations diverfes, faites à Lima & à Quito, pour la pofition de quelques étoiles auftrales.*

GÉOGRAPHIE. I *Carte du cours de la rivière de Chagres. Remarques fur cette carte, & fur la pofition refpective de Portobelo & de Panama.* II[o] *Carte*

[h] Envoyé à l'Académie en 1737, traduit en anglois, & imprimé à *Londres.*

[i] *Extraits d'obfervations de Manta à Quito, & de Quito à Lima,* déjà cités, &c.

[k] *Ibidem.*

[l] *Ibid.*

[m] *Ibid.* Il me refte à publier un grand nombre d'obfervations fous ces quatre derniers articles.

[n] *Extrait d'obferv. de Quito à Lima,* ut fuprà, &c.

[o] Envoyée à l'Académie en 1736.

du cours de la rivière des Emeraudes. III [p] *Détermination du point de la côte de la mer du Sud, où passe l'Equateur.* IV [q] *Carte de la province de Quito. Analyse de cette Carte, & des élémens de sa construction.* V [r] *Remarques géographiques sur la route de Quito à Lima.* VI *Carte à grand point du cours du Marañon, ou fleuve des Amazones; & Mémoire sur les moyens qui ont servi à la construire.* VII *Remarques géographiques sur le cours de plusieurs rivières de l'intérieur du continent de l'Amérique méridionale.* VIII [s] *Carte de la côte depuis le cap de Nord jusqu'à Cayenne, & de Cayenne à Surinam.* IX *Remarques sur la Topographie des environs du Parà, de Cayenne & de Surinam.* X *Extraits de mes journaux de navigation de Rochefort à la Martinique, Saint-Domingue, Carthagène, Portobelo & Chagres; de Panama à Manta, Cabo-passado, Punta, Palmar, Cabo-San-Francisco, Attacames & Boca de Esmeraldas; du Callao à Païta & à Guayaquil, du Parà à Cayenne & à Surinam, & de Surinam à Amsterdam.* XI [t] *Table des latitudes*

[p] *Extrait d'observ. de Manta à Quito*, ut suprà.

[q] Jointe à cet ouvrage. *Voy.* la note de l'*Introduction historique*, année 1741, Mars, page 141.

[r] *Extrait d'observ. de Quito à Lima*, ut suprà.

[s] *Voy.* en attendant un plus grand détail, la *Carte* de mes routes au commencement de l'*Introduction historique*, & la *Nouvelle Amérique* de M. d'Anville, 1750.

[t] On en trouvera quelques-unes dans ma *Relation de l'Amazone*,

déterminées par mes observations particulières. XII^u *Table des longitudes pareillement déterminées.*

HISTOIRE NATURELLE, &c. I *Additions au Mémoire sur le Quinquina, imprimé dans le recueil de l'Académie de 1738.* II *Desseins & descriptions de quelques fleurs & de divers animaux, oiseaux & insectes de l'Amérique méridionale.* III^x *Observations diverses d'Histoire naturelle.* IV *Remarques sur l'ancienne langue du Pérou, vulgairement appelée Langue de l'Inga.* V *Vocabulaires de diverses langues d'Amérique.* VI *Conjectures sur l'origine des Incas, anciens Conquérans du Pérou.*

PHYSIQUE GÉNÉRALE. I^y *Observations du thermomètre de M. de Reaumur.* II^z *Observations du baromètre, & expériences sur les variations diurnes & périodiques de la hauteur du mercure.* III *Table des hauteurs du baromètre en divers lieux, & de la hauteur des mêmes lieux, déterminée géométriquement.* IV *Expériences sur la quantité d'eau de pluie à Quito.* V α *Expériences sur la vitesse du son à Quito & à Cayenne.* VI β *Expériences sur la dilatation & la condensation*

& un plus grand nombre dans l'édition espagnole, qui a pour titre, *Extracto del diario de observaciones, &c.* Amsterdam, 1745.

^u *Ibid.*

^x *Relat. de l'Amazone, Mém. de 1745,* pp. 391-492, *& passim.*

^y Il en a paru quelques-unes dans les Mémoires de l'Académie, de 1736, page 500.

^z Voy. *Relat. de l'Amazone,* & *Introduction histor.* passim.

α *Relat. de l'Amazone. Mém. de l'Acad. 1745,* p. 488.

β *Mes. des trois prem. deg. du Mérid.* p. 77 & suiv.

b ij

des métaux. VII γ *Obſervations météorologiques.* VIII ♊
*Déclinaiſons de l'aiguille aimantée, obſervées en mer avec
le nouveau compas de variation que j'ai décrit dans les
Mémoires de l'Académie de 1733.* IX ε *Déclinaiſons
de l'aiguille aimantée, obſervées à terre dans la zone
torride, depuis 9 degrés de latitude boréale, juſqu'à 12
degrés de latitude auſtrale, dans l'étendue de 30 degrés
en longitude.* X ζ *Inclinaiſons de l'aiguille aimantée,
obſervées en mer & ſur terre en différens lieux.*

Les deux tiers des articles dont je viens de faire
l'énumération, ont été lus à l'Académie, au moins
en partie, avant ou depuis mon retour : quelques-
uns ſont diſperſés par extraits dans des ouvrages déjà
imprimés; mais aucun n'a été publié complètement :
l'autre tiers n'a pas encore vu le jour.

Tel étoit le plan du livre dont j'ai tous les matériaux prêts. Je ne m'y ſuis pas exactement conformé
dans l'ouvrage ſuivant : j'ai donné à la partie hiſtorique une autre forme que celle que je m'étois propoſée : je me ſuis borné dans la partie mathématique
aux ſeules opérations qui concernent la meſure du
degré : je ne donne rien aujourd'hui de mes *obſervations diverſes :* mon livre, ni celui de M. *Bouguer,*

γ *Extrait d'obſ. de Quito à Lima,* ut ſuprà, &c.

♊ *Voy. Carte de mes routes,* à la tête de l'Introd. hiſtoriq.

ε *Relat. de l'Amazone,* & *Mém. de l'Acad. 1745,* pages 391
& ſuiv. paſſim.

ζ *Ibid.*

ne portent le titre de *Suite des Mémoires de l'Aca-démie :* il ne paroît que long-temps après celui de cet Académicien : on eft en droit d'attendre fur tout cela quelques éclairciffemens, & cette Préface m'avoit paru le lieu le plus propre pour les donner. D'un autre côté, je fens combien on doit être réfervé à préfen-ter au Public, comme dignes de fon attention, des objets qui difparoiffent à fa vue par leur petiteffe, & qui n'ont d'importance, ou même de réalité, qu'aux yeux des parties intéreffées. Cette réflexion, & des raifons particulières connues de l'Académie, m'em-pêchent d'entrer ici dans des détails qui pourroient me mener trop loin. Mais je ne puis me difpenfer de dire que je fuis le feul Académicien qui n'ai pu avoir connoiffance, avant l'impreffion, du livre qui a pour titre, *La Figure de la Terre, déterminée par les obfervations de Mrs Bouguer & de la Condamine,* quelque intéreffé que je fois à cet ouvrage, comme le titre même le fuppofe, & quoique ce livre eût été lu dans nos affemblées en 1744 & 1745, avant mon arrivée à *Paris.*

Toutes les raifons qui me faifoient defirer d'en avoir communication, ont ceffé par la proteftation inférée fur le regiftre de l'Académie le 3 Décembre 1749; & dès ce moment, j'ai renoncé à voir l'ou-vrage de M. *Bouguer,* même après qu'il feroit impri-mé, jufqu'à ce que le mien eût vu le jour. C'eft une loi que je me fuis impofée, dans la crainte que cette lecture ne m'engageât à faire à mon livre des additions qui entraîneroient de nouveaux délais, & retarderoient encore mon édition. Je fais que celui de M. *Bouguer* ayant paru depuis long temps, j'ai été le maître de le lire, & que je ne puis donner la preuve que je ne l'ai pas lû; mais j'ai la fatisfaction de penfer que ceux qui me connoiffent, m'en croiront fur ma parole : quant à ceux qui ne voudront pas m'en croire, il m'importe auffi peu de les défabufer, qu'à eux de l'être.

Comme l'ouvrage de M. *Bouguer* ni le mien ne portent point le titre de fuite de nos Mémoires, l'Académie a jugé à propos de nous demander à l'un & à l'autre des extraits de nos opérations faites pour déterminer la figure de la Terre. On trouvera ces deux extraits dans le volume de 1746.

J'avois d'abord efpéré qu'en me bornant à ce qui regarde la mefure de l'arc du Méridien, objet principal de notre miffion, mon ouvrage, fous la forme abrégée que je réfolus de lui donner, pourroit paroître auffi-tôt que le volume de M. *Bouguer;* mais n'y ayant encore, lorfque celui-ci devint public, que les planches du mien de gravées, & que les tables de mes triangles d'imprimées, j'ai reconnu qu'il étoit inutile de me tant preffer; & je me fuis donné du temps pour achever ce que j'avois entrepris avec affez de précipitation. L'édition commencée au Louvre, *in-8.°,* reprife enfuite *in-4.°* en Septembre 1749, a été finie, quant à la mesure des degrés du Méridien, au mois de Mai 1750, quoiqu'elle ne paroisse qu'en 1751.

MA mesure du Méridien est, comme je l'ai dit ci-dessus, divisée en deux parties : Mesure géométrique, ou longueur de l'arc du Méridien en toises : Mesure astronomique, ou valeur du même arc en degrés, minutes & secondes. J'ai presque réduit la première partie à une table de douze colonnes & aux explications nécessaires pour l'intelligence de cette table. On y trouvera la résolution de presque toutes les questions qu'on peut former sur les opérations qui ont servi à déterminer la longueur de la méridienne de *Quito.* Tous les calculs qui y sont contenus n'étoient pas également nécessaires pour conclurre cette longueur ; mais comme tous m'ont été utiles pour différens usages, & qu'ils se servent les uns aux autres de vérification, je n'ai laissé dans les colonnes de la table des triangles aucun nombre à remplir. Outre cela, je donne deux autres tables particulières, l'une de la hauteur perpendiculaire des montagnes les plus remarquables de la province de *Quito,* au dessus du niveau de la mer, dont quelques-unes ont plus de 3000 toises de haut, & sont par conséquent plus d'une fois aussi élevées que les plus hautes des Pyrénées : l'autre est une table des distances de chacun des signaux qui ont terminé nos triangles, à la méridienne de *Quito,* & à la perpendiculaire à cette méridienne. Enfin on trouvera dans cette première partie le réfultat de quelques expériences, où j'ai employé une nouvelle méthode pour mefurer la dilatation des métaux.

Quant à la feconde partie, qui regarde la mefure aftronomique, ou la détermination de l'amplitude de l'arc, on y verra la defcription de l'inftrument qui a d'abord fervi à nos obfervations communes, & enfuite aux miennes en particulier ; fa conftruction, & la manière de s'en fervir ; l'examen des fources d'erreur qui ont pu rendre nos premières obfervations défectueufes ; les précautions que j'ai prifes dans mes dernières, pour prévenir les mêmes inconvéniens ; toutes nos diverfes obfervations ramenées à la même époque, & reduites en tables fuivies de réflexions ; enfin les conféquences que j'en tire quant à la longueur du degré du Méridien.

Mon deffein avoit été d'abord de me borner dans cette feconde partie, à la defcription & à l'ufage de l'inftrument, à mes Tables d'obfervations réduites, & aux explications néceffaires de ces Tables : je n'avois pas compté m'étendre fur des remarques que je n'eftimois pas affez importantes pour mériter un grand détail ; perfuadé que je fuis, que tout obfervateur exact & exercé, fur-tout s'il eft inftruit par le temps & les réflexions fur un genre particulier d'obfervation, furmonteroit les obftacles que nous avons rencontrés, par des moyens femblables

blables ou équivalens à ceux que les circonſtances
ou le beſoin ont ſuggérés dans l'occaſion à chacun
de nous. Mais ayant appris que M. *Bouguer* avoit
fait de ces moyens une partie conſidérable de la
grande relation qu'il lut à l'Académie avant mon
arrivée en France, & qui fait la matière de ſon
ouvrage ſur la figure de la Terre; j'ai cru que je ne
devois pas ſupprimer des réflexions propres à épargner du temps & de la peine à ceux qui pourroient
ſe trouver chargés d'un travail ſemblable au nôtre;
ſur-tout celles que j'ai eu occaſion de faire dans le
cours de mes dernières obſervations, où j'opérois
ſeul, & où privé du ſecours de M. *Bouguer,* j'étois
obligé d'imaginer des expédiens, pour remédier aux
difficultés qui ſe préſentoient.

    Je ne tire la valeur du degré que de nos obſer-
vations ſimultanées, faites aux deux extrémités de
l'arc. Je rapporte les raiſons qui nous ont engagés,
M. *Bouguer* & moi, à les prendre pour fondement
de notre détermination, & à ne faire aucun uſage
de nos obſervations antérieures, ſpécialement de
celles de *Tarqui* de 1739 & 1740, les plus défec-
tueuſes de toutes. Nous avions même réſolu, d'un
commun accord, d'en ſupprimer tous les détails, &
par cette convention, nous ne faiſions qu'uſer d'un
droit qu'on ne conteſte point aux obſervateurs. Je
dois dire ce qui m'a fait changer de réſolution à
cet égard.

c

M. *Bouguer,* dans l'extrait de ses opérations, qu'il lut à l'Académie l'année dernière *(1750),* & qui est imprimé dans les Mémoires de 1746 , non seulement ne s'en tient pas à nos observations simultanées, pour conclurre l'amplitude de l'arc du Méridien , comme il en étoit convenu très-expressément & par écrit; il aime mieux tirer, de ses seules observations, un résultat différent à peine d'une seconde *(Mém. de l'Acad. 1746, p.* 605 *),* quoique le titre de son livre suppose que les miennes ont également part à sa conclusion , & quoiqu'il les eût adoptées dans le compte qu'il rendit à l'Académie en 1744. J'aurois donc pû dès ce moment regarder nos engagemens comme nuls; mais si son exemple ne suffisoit pas pour m'en affranchir, une raison beaucoup plus forte m'a forcé à tirer de l'oubli ce que nous y avions si justement condamné.

Le *Prospectus* que M. *Bouguer* a distribué de son ouvrage, & qu'il a fait réimprimer dans les Journaux, fait une mention expresse *(art. v)* de procès verbaux légalisés avec les formalités usitées dans le pays, c'est-à-dire, signés de quatre Notaires : ces pièces contiennent le détail des observations que tant de raisons nous avoient fait abandonner; & de plus, le même *Prospectus* cite un *Mémoire raisonné,* sur le même sujet, *& pareillement légalisé, servant* (dit M. Bouguer) *de supplément aux procès verbaux destinés simplement à constater les faits.*

J'avois vu & figné ces derniers: quant au Mémoire, il a été dreffé à mon infu, dans un temps où
nous travaillions de concert, M. *Bouguer* & moi, à donner à nos obfervations communes un degré d'authenticité qui pût fuppléer au défaut de communication
cómplète de celles de M. *Godin.* C'eft par le Journal de *Trévoux* que j'apprens l'exiftence de cet écrit,
huit ou neuf ans après fa date. Malgré tout cela, je
n'ai pas le moindre fujet de m'alarmer : fi M. *Bouguer*
eût fait quelque découverte d'où dépendît la jufteffe
de mes obfervations à une extrémité de la Méridienne, tandis qu'il obfervoit à l'autre; peut-on
feulement imaginer qu'il ne m'en eût pas fait part
dans le temps même! Auroit-il voulu, faute de cet
avis, expofer le fuccès d'un travail commun, dont
nous devions tirer notre dernier réfultat! Garder le
filence en pareil cas, eût été mal répondre aux vues
de l'Académie, & aux intentions du Miniftre. Je
ne fais pas à M. *Bouguer* l'injure de l'en foupçonner: la conféquence eft évidente ; le Mémoire fecret
ne contient rien où le fuccès de notre miffion fût
intéreffé. Outre cette confidération, déjà décifive, le
détail où j'entre dans mon ouvrage *(Mef. des trois*
prem. deg. du Mérid. pag. 187) fur les précautions que
j'ai prifes lorfque j'opérai feul pendant le cours de nos
obfervations fimultanées, mettra le lecteur en état
de juger de l'exactitude des miennes, indépendamment même du fuffrage de M. *Bouguer*, qui en a

fait un des fondemens de fa mefure du degré, dans les Mémoires de 1744 *(page 294).*

Quoi qu'il en foit, la mention feule d'une chofe auffi nouvelle que des procès verbaux d'obferva-tions aftronomiques par-devant Notaires, n'a pu manquer d'exciter la curiofité du lecteur; à plus forte raifon, la citation d'un Mémoire myftérieux défigné fous le nom de *Supplément aux procès verbaux.* J'ai donc cru que pour me mettre à l'abri de tout foup-çon d'avoir voulu dérober au Public la connoiffance d'une partie de notre travail, je n'avois plus d'autre moyen que de tout foumettre à fon examen, au moins tout ce qui m'étoit connu : c'eft ce que j'ai fait en donnant la copie des procès verbaux cités par M. *Bouguer,* dreffés par lui-même, & dont j'ai l'ori-ginal écrit de fa main, figné de lui, de M. *Verguin* & de moi, fans compter les quatre Notaires.

J'ai fait tout ce qui étoit en mon pouvoir pour l'inftruction du lecteur, c'eft à M. *Bouguer* à faire le refte, en achevant la révélation de la partie du fecret qu'il s'eft refervée : c'eft à lui de produire au grand jour ce Mémoire raifonné, qu'il a trop long-temps enfeveli dans les ténèbres. Ne l'auroit-il annoncé que pour l'y replonger! Non fans doute, je l'exhorte à fuivre le précepte d'Horace : *Nonum-que prematur in annum.*

Les deux procès verbaux mis fous les yeux du lecteur, m'épargneront le détail des opérations préparatoires qui ont toûjours précédé nos obfervations d'amplitude de l'arc du Méridien ; détail que je ne pouvois mieux rendre, qu'en copiant les paroles mêmes de M. *Bouguer:* ils ferviront encore à prouver combien j'étois éloigné d'être fatisfait de nos premiers travaux à *Tarqui,* lors même que nous les terminâmes. J'avoue que le poids du fuffrage de M. *Bouguer,* à l'avis duquel je m'étois fait une habitude de déférer, & fur-tout la crainte d'un plus grand mal, en érigeant un troifième obfervatoire, m'entraînèrent après trois mois d'un travail opiniâtre, & me firent adopter à fon exemple un réfultat moyen entre trois fuites d'obfervations, affez différentes pour n'y acquiefcer qu'à regret, mais malheureufement trop conformes pour porter un caractère évident d'erreur. M. *Bouguer* n'aura pas oublié que je me rendis importun, en lui foûtenant alors que ces variations que nous avions aperçues fréquemment dans les hauteurs d'étoiles, & fur lefquelles nous n'avions pas encore affez réfléchi, n'étoient pas du nombre de ces erreurs auxquelles l'imperfection de nos fens nous expofe. Je ne pouvois me réfoudre à fuppofer avec lui, qu'il n'étoit pas poffible de s'affurer d'une diftance au zénith plus exactement qu'à fix ou fept fecondes près, avec un inftrument de douze pieds de rayon ; différence qui fe trouvoit fouvent entre nos obfervations d'un jour à l'autre. Quoique nous ne foupçonnaffions pas alors une plus grande

c iij

erreur, ce ne fut qu'avec une extrême répugnance
que je confentis à terminer nos premiers travaux
aftronomiques; & même en cédant aux inftances de
M. *Bouguer,* je ne pus m'empêcher de refter encore
à *Tarqui* quelques jours après fon départ, pour continuer à y obferver feul, & chercher une plus grande
fûreté, en multipliant le nombre des obfervations.
J'en appelle au témoignage même de M. *Bouguer* fur
tous ces faits; mais s'il étoit poffible que le temps
les eût effacés de fa mémoire, ainfi que plufieurs
autres, mes difpofitions font affez clairement expri-
mées dans mes journaux, & les motifs de la pro-
longation de mon féjour à *Tarqui* fuffifamment énoncés dans mon certificat à la fuite du procès verbal[a],
malgré la réferve dont je crus devoir ufer par égard
pour l'avis de M. *Bouguer,* auquel il ne m'étoit guère
arrivé de préférer que l'évidence.

Au refte, je ne prétends pas que rien de ce que
je viens d'expofer, ni même les défauts de notre
fecteur, à la conftruction duquel je ne pris aucune
part en 1739, par des raifons que j'explique ailleurs[b],
puiffe me fervir de prétexte pour me difculper de la
part que je reconnois avoir au défaut de nos obfervations dans le temps dont je parle : je ne dirai
point que je ne fuis refponfable que de celles que
j'ai faites feul, & où je ne m'en fuis rapporté à perfonne qu'à moi : nous étions deux à obferver en

[a] *Mef. des trois prem. deg. du Mérid.* p. 1 3 6 & 1 3 7. [b] *Ibid.* p. 1 0 9.

1739; je confens qu'on m'impute la moitié de l'erreur, & je me flatte que pour cette fois le partage ne déplaira pas à M. *Bouguer.* Quoi qu'il en foit, nous avons employé trois années à la rectifier, & à nous précautionner contre la rechûte. Il femble que cette époque ait été fatale à toutes les obfervations de ce genre : M. *Godin,* qui obfervoit à *Cuenca* avec les deux Officiers efpagnols, comme M. *Bouguer* & moi à *Tarqui,* prévit dès-lors qu'il lui faudroit recommencer fes obfervations, qui n'avoient pas été plus heureufes que les nôtres, quoiqu'il eût un inftrument d'un beaucoup plus grand rayon. Après avoir réparé notre faute, nous ne pouvons mieux faire que d'imiter le bon exemple que nous donna dès-lors M. *Godin,* d'en convenir fans déguifement.

L'intérêt de la vérité, & la crainte d'être foupçonné d'avoir voulu la déguifer, m'ont fait entrer dans cette difcuffion : mais je ne faurois trop prévenir le lecteur, que *les plus grandes différences qui fe trouvent entre les obfervations que nous avons adoptées comme les plus exactes, & celles que nous rejetons comme défectueufes, ne changent les conclufions qu'on en peut tirer, par rapport à l'applatiffement de la Terre, que du plus au moins ; que toutes s'accordent à faire de la Terre un fphéroïde aplati vers les Poles,* en forte qu'on tireroit encore la même conclufion quand nous nous ferions trompés, non feulement de 20 à 30 fecondes, mais de plus d'une minute,

*fur la grandeur de notre arc, & quand même cette
erreur tendroit à diminuer l'aplatiffement.* Ceci foit
dit pour ceux qui aiment à juger au premier coup
d'œil, ou qui n'ont, ni le loifir, ni le goût d'examiner les chofes à fond.

JE ne donne point à mon ouvrage le titre de
figure de la Terre, parce que je n'entreprends pas
de la déterminer. Toutes les théories paroiffant s'accorder à donner au Méridien une courbure ellipti-
que, on avoit jugé que la mefure de deux de fes
degrés, pourvu qu'ils fuffent pris à une affez grande
diftance l'un de l'autre, fuffifoit pour déterminer
cette courbure; cependant, plus les mefures du Méridien fe font multipliées, plus on a reconnu qu'il faut
faire violence aux obfervations pour les concilier
avec les hypothèfes. Je me contente de mettre le
lecteur à portée d'en juger, en offrant à fes yeux
les différens rapports des axes terreftres, conclus
par la comparaifon de nos mefures fous l'Équateur,
à celles qui ont été exécutées en France & fous
le Cercle polaire : la feule conféquence que j'en
tire, c'eft que, bien que toutes les obfervations s'accordent à prouver l'aplatiffement de la Terre vers fes
poles, nous n'en avons pas encore affez pour déterminer exactement fa figure.

Il me refte à dire un mot de mon *Introduction
hiftorique.* L'ouvrage fur *la mefure des degrés,* ne
contenant

contenant que le détail de nos opérations géodéfiques
& aftronomiques, que des tables d'angles & d'obfervations d'étoiles, & n'étant, pour ainfi dire, qu'un recueil de pièces juftificatives, j'avois cru devoir le faire
précéder d'un difcours préliminaire fort court, fous
le titre d'*Introduction hiftorique* : il étoit prêt dès le
mois d'Août 1749, & en état de paroître alors avec
ma *Mefure du Méridien*, en attendant l'hiftoire complète du voyage à l'E'quateur, fuivant le premier plan
que je m'étois formé. Les difficultés qui furvinrent
& qui arrêtèrent peu après le cours de l'impreffion,
me donnèrent le temps de fuivre le confeil que
j'avois reçu, de ne pas renfermer mon abrégé hiftorique dans des bornes fi étroites. La matière s'eft
étendue en la remaniant, & les deux ou trois feuilles
d'un extrait qui ne contenoit guère que des dates,
font devenues un volume, par le développement des
faits. Je lui ai cependant confervé la forme de journal, ainfi que le titre d'Introduction, fous lequel je
l'avois cité dans l'ouvrage fur la mefure des degrés
du Méridien. Ce journal préfente au lecteur, année
par année & mois par mois, la fuite des occupations
qui ont rempli les dix ans de notre abfence, & le
récit des obftacles qui ont fucceffivement retardé
notre retour. Si ce n'eft pas l'hiftoire, ce font au
moins les Faftes du voyage académique.

Je n'ai pas eu befoin, pour les recueillir, d'emprunter aucun fecours étranger : tout eft extrait de

d

dix volumes écrits de ma main jour par jour; ainſi
je ſuis ſûr de ne m'être pas trompé ſur les faits de
quelque importance. C'eſt encore pour ſuivre des
avis que je reſpecte, que j'ai mêlé à l'hiſtoire de
nos travaux le détail de quelques évènemens politiques, qui ſe trouvoient naturellement liés à mon
récit. J'ai moins beſoin ſur cela d'indulgence, que
ſur le fond même de mon ſujet, dont la ſéchereſſe
exigeoit de ſemblables digreſſions. J'ai lieu de croire
que le plus grand nombre des lecteurs trouveront que
j'en ai uſé ſobrement: ſi quelqu'un plus ſévère, juge
que je me ſuis trop écarté ou trop étendu, le remède
eſt aiſé; les titres que j'ai mis en marge le mettront
à portée de paſſer ce qui ſera moins de ſon goût.

On trouvera ſans doute que j'ai ſouvent parlé de
moi dans cette Relation: c'eſt un privilège qu'on ne
diſpute point aux voyageurs; on ne les lit que pour
ſavoir ce qu'ils ont fait, & ce qu'ils ont vu: j'eſpère
du moins qu'on ne m'accuſera pas d'avoir évité de
parler des autres, & de leur rendre juſtice; ni même
d'un excès d'empreſſement à publier mes voyages.
Je n'entre dans aucun détail ſur celui de *Lima*, qui
m'eſt particulier, & qui me pouvoit fournir des matières intéreſſantes. Depuis vingt ans, je n'ai pas été
tenté de publier un autre voyage aux E'chelles de
Barbarie & du Levant, à *Jéruſalem* & à *Conſtanti-
nople*, dont j'ai tenu un journal exact. En embraſſant
plus d'objets, ſuivant mon premier plan, j'aurois pu

rendre l'ouvrage que je donne aujourd'hui, beaucoup plus ample & plus varié. Tel qu'il eſt, il ne paroîtra peut-être encore que trop long.

Je préviens un autre reproche : je conviens de bonne foi que je me ſuis quelquefois étendu avec complaiſance, ſur les preuves que j'ai données de mon zèle, en travaillant au ſuccès de notre miſſion; mais j'eſpère qu'on trouvera que je ſuis excuſable, ſi l'on veut bien faire réflexion que j'ai été obligé, par les circonſtances, de me rendre juſtice à moi-même, auſſi-bien qu'aux autres; en faiſant l'hiſtoire de faits, que j'avois lieu de croire qu'on m'épargne-roit la peine de publier : je ne prévoyois pas que ce qui étoit connu de tout le monde en Amérique, pourroit devenir douteux en Europe. Je conviens en-core que dans les contradictions & les traverſes que j'ai rencontrées fréquemment, j'ai toûjours été ſoûtenu par le deſir de voir un jour ma conduite approuvée: en affectant de garder le ſilence, ſur ce qui me regarde, j'aurois craint de paroître faire trop peu de cas de l'opinion publique ; prix ſéduiſant, dont je reconnois l'illuſion, mais dont j'avoue que la ſeule eſpérance m'a, juſqu'aujourd'hui, tenu lieu de tout autre. Si ce ſentiment eſt une foibleſſe, ne puis-je me flatter qu'on me la pardonnera, en faveur de dix ans de travaux que j'ai tâché de rendre utiles !

Par les deux ouvrages que je donne aujourd'hui, la *Meſure des degrés du Méridien*, & le *Journal du*

voyage à l'Équateur, j'ai rempli deux des engagemens que j'avois contractés : il ne me reste plus qu'à
publier mes observations physiques & mathématiques,
faites pendant le cours de ce même voyage. On
peut juger par la table des chapitres que j'ai donnée
ci-dessus, qu'elles me fourniroient la matière d'un
assez gros volume : je n'ai besoin que d'un peu de
loisir & de tranquillité pour les mettre en état de
paroître ; mais je prévois que bien des raisons me
détermineront à n'en pas faire un recueil à part, &
à les donner successivement dans les Mémoires de
l'Académie.

Je joins à cet ouvrage une carte de la province de
Quito. Dans la note de la page 141 de l'*Introduction*,
année 1742, on trouvera une courte analyse des matériaux qui ont servi à la construire.

Pour ne pas défigurer les noms espagnols & portugais, je les ai écrits conformément à l'orthographe
particulière à chacune de ces deux langues : quant aux
noms indiens, j'ai employé l'orthographe françoise,
afin que le lecteur pût leur donner plus facilement
les sons de la prononciation indienne.

SOMMAIRE DES ANNÉES

Comprises dans l'Introduction historique.

ANNÉE 1735, depuis le mois de Mai, page 3.

*D*ÉPART *de France des trois Académiciens & de leurs compagnons de voyage. Traversée en Amérique. Séjour à la Martinique, à Saint-Domingue, à Carthagène : ils y font joints par deux Officiers de marine espagnols : ils se rendent tous à Portobelo : remontent la rivière de Chagres : traversent l'isthme : arrivent à Panama. Observations en route & dans les lieux de leur passage.*

ANNÉE 1736, p. 10.

*Séjour des Académiciens à Panama. Ils s'embarquent pour Guayaquil: passent la Ligne : débarquent à Manta. M*rs *Bouguer & de la Condamine s'y arrêtent : M. Godin & le reste de la compagnie se rembarquent. Les deux Académiciens font diverses observations au bord de la mer. M. Bouguer observe les réfractions. M. de la Condamine détermine le point de la côte où passe l'Équateur. Ils commencent ensemble la carte du pays. M. Bouguer prend la route de Guayaquil & tombe malade : M. de la Condamine continue la carte de la côte, & remonte la rivière des Émeraudes. Aspect de Quito. Ils se rejoignent tous en cette ville. Ils vont reconnoître le terrein. Mort de M. Couplet. Les fonds manquent aux Académiciens : leurs ressources. Ils mesurent une base aux environs de Quito : ils montent sur* plusieurs montagnes : ils reviennent à Quito pour observer le solstice de Décembre.

ANNÉE 1737, p. 22.

M. de la Condamine se rend à Lima pour y chercher des fonds. E'vènemens à Quito pendant son absence. M. Bouguer reconnoît le terrein de la Méridienne au nord de Quito, & M. Verguin au sud. M. de la Condamine revient de Lima à Quito : précis de ses occupations dans le voyage de Lima : il rapporte des fonds pour continuer le travail, & un crédit sur les caisses royales. Observation du solstice de Juin. Détermination de l'obliquité de l'écliptique. Commencement des opérations pour la mesure de la méridienne. Stations de Mrs Bouguer & de la Condamine sur la montagne de Pitchincha, & de M. Godin sur Pamba-marca. Premiers signaux pour former les triangles. Les Académiciens reçoivent des ordres du Roi pour s'en tenir à la mesure du Méridien. Discussion d'un fait rapporté dans les Mémoires de l'Académie de 1744. On remonte sur Pitchincha. Observations diverses.

ANNÉE 1738, p. 47.

Idée du sol de la province de Quito. Hauteur des montagnes du pays. Climats divers par étages. Obstacles physiques & moraux. Les trois Académiciens & les deux Officiers espagnols campent au pied de la neige sur le volcan de Coto-paxi : reviennent à Quito. M. de la Condamine retourne seul à Coto-paxi. Ils partent tous de Quito pour continuer vers le sud la mesure de la méridienne. Expérience de la vîtesse du son. Expérience du baromètre, faite à 2470 toises de hauteur au dessus de la mer. Seconde station des Académiciens à Coto-paxi. Ordre de marche des observateurs. Voyage de M. de la Condamine à l'ouest de la

foûtenus à Qüito par M. de la Condamine. Fin des obfervations de M. Bouguer à Tarqui, au fud de la méridienne. Mort de Don Blas de Lezo, Général des galions : fes offres aux Académiciens.

ANNÉE 1742, p. 133.

M. Bouguer revient de Cüenca à Qüito. Les deux Officiers de marine, mandés de nouveau par le Viceröi, retournent à Lima : ils ont le commandement de deux frégates, & vont croifer fur les côtes du Chili. Raifons pour répéter les obfervations en même temps aux deux extrémités de l'arc du Méridien. M. Godin entreprend de détourner une rivière : il y réuffit : une crûe d'eau détruit tous fes travaux. Communication entre les trois Académiciens, de la valeur que chacun d'eux affigne au degré du Méridien. Carte de la méridienne, dreffée par M. Verguin. Carte de la province de Qüito par M. de la Condamine. Tremblement de terre. Pluies extraordinaires. Obfervations de M. de la Condamine à Qüito. Arrêt définitif dans le procès criminel fur l'émeute de Cuenca. Thèfe dédiée à l'Académie. Voyage de Mrs Bouguer & de la Condamine au volcan de Pitchincha. E'ruption de celui de Coto-paxi. Seconde lettre du Viceroi de Santa-Fé. Modèle de la longueur du pendule à Qüito. Expériences fur la dilatation des métaux. M. Bouguer part pour aller répéter les obfervations au nord de la méridienne. Jugement du procès des pyramides. M. de la Condamine fait plufieurs expériences du pendule à Qüito. Il reçoit avis des paffe-ports que lui accorde la cour de Lifbonne, pour defcendre la rivière des Amazones. Il répète diverfes expériences : prépare fon départ : vifite les pyramides : préfente une dernière requête à l'Audience royale de Qüito. Ses papiers & journaux d'obfervations lui font volés & reftitués. Il part pour aller répéter les

ANNÉE 1745 & suivantes, p. 207.

Arrivée de M. de la Condamine à Paris. Il remet au cabinet du Jardin du Roi une ample collection d'histoire naturelle : il est remboursé de ses avances. Nouvelles des autres Académiciens & de leurs compagnons de voyage : de Don Pedro Maldonado; ses services, ses récompenses, sa mort & son éloge. Retour en Europe, & aventures des deux Officiers espagnols : ils sont faits Capitaines de vaisseau, &c. Retour de M. Bouguer en France : il obtient une pension. Retour de M. Verguin : il est fait Ingénieur de marine. Nouvelles de M. Godin. Son arrivée à Lisbonne. Nouvelles de M. de Jussieu. Nouvelles des autres François demeurés à Quito.

Fautes à corriger dans *l'Introduction historique.*

Pages.	Lignes.	*Fautes.*	*Corrections.*
j, *Préf.* 8,		après mon retour	*ajoûtez* en Europe
xxvij,	16,	la peine	le soin
6,	30,	art	habileté
11,	20,	Mai	Mars
15,	32,	de lieue	de degré
25,	35,	& ils	& dut la vie à notre Chirur-gien : ils
29,	37,	reçues	reçue
38,	10,	le 23	le 22
41,	24,	le 27	le 22
56,	5,	Métis	Mulâtre
ibid.		le 16	le 17
57,	26,	*mettez en marge*	Expérience de la vîtesse du son
61,	note,	*Gnougou*	*Gnou-gnou*
65,	34,	visité	visités
69,	5.	il est transcrit	cependant il n'est pas transcrit
84,	19,	après ces mots *de la seconde,* il devoit y avoir un renvoi, & cette note au bas de la page : *Je fis poser à fleur de terre aux deux extrémités de la base, pour en fixer les termes, deux pierres rondes, percées dans leur milieu, sur lesquelles je gravai le nombre de toises de leur distance mutuelle, & la direction de la base, eu égard aux régions du monde, désignée par un diamètre tracé sur chaque pierre dans l'alignement d'un terme à l'autre.*	
85,	*en marge,*	1737	1739
120,	4,	*Bnoguer*	*Bouguer*
128,	15,	parculiers	particuliers
157,	5,	couvrit	couvrir
172, *note* a,		*Joseph*	*Pedro*
181,	7,	traité	traités
195,	1,	la carenne	à la carenne
207,	19,	à mon arrivée	*effacez ces trois mots*
213,	17,	*Noroña*	*Noronha*

INTRODUCTION

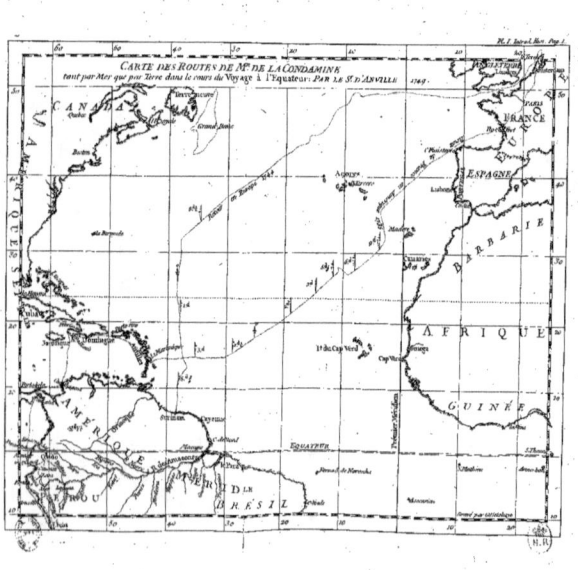

INTRODUCTION
HISTORIQUE:
OU
JOURNAL DES TRAVAUX
DES ACADEMICIENS
Envoyés par ordre du Roi sous l'E'quateur:

Depuis *1735* jusqu'en *1745.*

Tous ceux qui ont pris quelque part à la queſtion de la Figure de la Terre, ont remarqué avec ſurpriſe que dix ans ont à peine ſuffi pour terminer notre voyage. On en avoit eſtimé la durée à quatre tout au plus : encore ſuppoſoit-on alors, conformément au premier projet, qu'outre la meſure du méridien, à laquelle nos opérations ſe ſont bornées, nous rapporterions celle de quelques degrés de l'équateur ; ſurcroît de travail dont les ordres du Roi nous ont depuis diſpenſés.

    D'ailleurs on ſait que le voyage au cercle polaire, dont le plan ne fut formé qu'après notre départ, & que la meſure d'un degré, dans les régions incultes & ſouvent déſertes de

Plan de cette Introduction.

A

la zone glaciale, se sont exécutés avec succès presque dans le cours d'une année : ainsi malgré la différence de l'éloignement, on est en droit de nous demander quelle fatale combinaison de circonstances a pû nous occuper près de dix ans à mesurer trois degrés dans le pays le plus peuplé & le plus cultivé de la zone torride.

J'ai donc cru que le lecteur pourroit me savoir gré de mettre ici sous ses yeux le récit des principaux événemens de notre voyage, & un précis historique, année par année & mois par mois, de la suite de nos travaux, & des obstacles qui en ont si fort prolongé la durée.

Notre ouvrage a été long & pénible : j'ai tout lieu de craindre que cette espèce de journal ne se ressente de la sécheresse du sujet ; d'autant plus que je me suis renfermé dans les faits qui ont quelque rapport à notre mission académique. Une Relation qui embrasseroit un plus grand nombre d'objets, telle que je l'avois d'abord entreprise, fourniroit la matière de plus d'un volume. Cette Introduction passe déjà les bornes que je m'étois prescrites * : elle est particulièrement destinée à donner aux lecteurs une idée de l'emploi que nous avons fait de notre temps, & du genre de vie auquel nous nous sommes ordinairement vûs réduits, aussi nouveau pour nous que différent de celui que nous avions quitté en France.

Ceux qui ont pris quelque intérêt à nos opérations, trouveront dans ce récit de quoi satisfaire leur curiosité à plusieurs égards : quant à ceux à qui ces matières sont indifférentes ; s'ils rencontrent ici quelque chose qui puisse les amuser, j'aurai plus tenu que je n'ai promis.

---

* Je ne lui ai conservé le titre d'*Introduction* que parce qu'elle est citée sous ce nom dans l'ouvrage suivant sur la *Mesure des Degrés*, imprimé depuis plus d'un an.

ANNÉE 1735.

JE ſuppoſe le Lecteur inſtruit des motifs & de l'objet de notre voyage. Ce ſujet a été traité par tant d'habiles mains[a], que je ne dois pas m'arrêter à l'expoſer : ainſi je commencerai ma narration à notre départ de France.

Nous partîmes de la rade de *la Rochelle* ſur un vaiſſeau du Roi, M. *Godin*, M. *Bouguer* & moi, avec nos Aides & compagnons de voyage[b], le 16 Mai 1735. Après trente-ſept jours de navigation, nous atterrâmes de nuit le 22 Juin à la Martinique ſous le *Fort-Royal.* Le vaiſſeau ne devoit reſter en cette Iſle que dix jours.

Pendant ce temps, nous fîmes diverſes obſervations, & en particulier ſur la montagne *Pelée*, près du Fort *Saint Pierre.* Le 2 Juillet, un Sergent ſuiſſe embarqué ſur notre bord, homme robuſte, fut emporté en moins d'un jour de la maladie de *Siam*, ſi commune dans nos iſles. Le 3, une fièvre violente & d'autres ſymptomes, firent croire que j'étois attaqué du même mal. Nous devions partir le lendemain. On me traita avec toute la rapidité qu'exigeoit un terme ſi court ; je fus malade, ſaigné, purgé, guéri & embarqué en vingt-quatre heures.

Nous mouillâmes le 11 dans la baye du Fort *Saint-Louis*,

---

[a] Voyez *Hiſtoire de l'Académie 1735, page 47. 1737, page 90. 1742, page 94. Figure de la Terre de M. de Maupertuis. Élémens de Géographie du même, &c. Fig. de la Terre, par M. Clairaut. Méridienne de Paris vérifiée par M. Caſſini de Thury, Diſc. prélim. &c.*

[b] M. *Joſeph de Juſſieu*, Docteur-Régent de la Faculté de Paris, frère cadet des deux Académiciens de même nom, & depuis élû Académicien lui-même, en ſon abſence en 1743, [Botaniſte]. M. *Verguin*, aujourd'hui Ingénieur de la Marine à *Toulon*, & Correſpondant de l'Académie, [Deſſinateur pour les Plans & Cartes]. M. de *Morainville*, Ingénieur, [Deſſinateur pour l'Hiſtoire Naturelle]. M. *Couplet*, neveu de feu M. *Couplet* Tréſorier de l'Académie, & M. *Godin des Odonnais*, parent de l'Académicien : [Aides l'un & l'autre pour nos opérations]. M. *Seniergue*, [Chirurgien]. Le ſieur *Hugo*, [Horloger, & Ingénieur en inſtrumens de Mathématique].

à la côte du fud de *Saint-Domingue*. Nous obfervâmes au Fort la latitude & la longitude : M. *Verguin* en leva le plan. Le vaiffeau mit à la voile le 21, & donna fond le 29 fous le Fort du *Petit Goave*, au nord de l'ifle : nous la traverfâmes par terre M. *Godin* & moi, & nous obfervâmes en chemin à *Saint George* plufieurs immerfions du premier Satellite de *Jupiter.*

Obftacles à notre départ.

Pour paffer de l'ifle de *Saint-Domingue* à *Carthagène*, ou à *Portobelo*, nous devions, aux termes de nos paffeports de la Cour d'Efpagne, aller nous embarquer à la ville efpagnole de *Santo-Domingo*, diftante du *Petit Goave* de cent lieues par terre, & du double par mer. Ce voyage, de quelque manière qu'on l'eût fait, étoit fujet à bien des difficultés, vû notre grand nombre, & la quantité de bagage & d'Inftrumens que nous portions : heureufement nous en fûmes difpenfés. Le Général françois écrivit au Préfident & Capitaine général efpagnol de *Santo-Domingo*, pour lui faire part de notre arrivée & des conditions de notre paffeport. Il en reçut une réponfe très-polie, & remplie de marques de zèle pour le fervice du Roi fon maître ; mais comme il ne fe trouvoit à la ville efpagnole, ni bâtimens propres à nous tranfporter, ni provifions, ni matelots ; il fut réfolu que nous pafferions à *Carthagène* fur le *Bateau du Roi* qu'on attendoit de France.

Août.
Septembre.
Octobre.

Toutes ces raifons nous retinrent plus de trois mois, tant au *Petit Goave* qu'à *Léogane*. Au refte, le temps y fut bien employé, par le grand nombre d'obfervations que nous fîmes en tout genre. Nous payâmes auffi le tribut à la malignité du climat, par les fièvres dont plufieurs de nous, & moi en particulier, furent attaqués, & par la mort d'un de nos gens.

Nègres, Tentes, &c. fournis par le Roi.

Cette perte fut amplement réparée par les efclaves *Nègres* dont nous fûmes pourvûs aux frais du Roi, dans un pays où nous devions bien-tôt éprouver par nous-mêmes, qu'il n'eft guère poffible de conferver des hommes blancs fur le pied de domeftiques. Les ordres de M. le Comte de *Maurepas* nous avoient précédés par-tout. A *Rochefort* & dans nos colonies, nous n'eûmes qu'à defirer : fouvent même nos befoins furent prévenus par les Gouverneurs & les Intendans. Nous n'avions apporté de France que trois canonnières & une grande tente avec fa marquife : cette tente fervit de modèle à deux autres pareilles, qui nous furent délivrées, à ma requifition, au *Petit Goave ;* l'une pour M. *Bouguer,* l'autre pour moi. Elles nous ont été d'un grand ufage fur les montagnes pendant le cours de nos opérations ; & nous les euffions payées à un prix au moins quadruple de celui de France, s'il eût fallu nous en pourvoir à *Quito.*

Nous partîmes du *Petit Goave* le 3 1 Octobre fur le *Bateau du Roi* nommé le *Vautour,* armé exprès pour nous, & commandé par feu M. d'*Héricourt,* Lieutenant de Roi du *Cap-François.*

Nous débarquâmes le 1 6 Novembre à *Carthagène ;* nous y étions attendus depuis plufieurs mois par deux jeunes Efpagnols Lieutenans de vaiffeau : Don *George Juan,* Commandeur d'*Aliaga* dans l'Ordre de *Malthe,* & Don *Antoine de Ulloa.* Les connoiffances & le mérite perfonnel de ces deux Officiers font propres à donner une grande idée du corps des Gardes de la marine d'Efpagne, d'où le choix de S. M. C. les avoit tirés, en les nommant pour affifter à notre travail, & pour lui en rendre compte.

Nous touchâmes à *Carthagène* une lettre de change de quatre mille piaftres du Pérou, ou de plus de vingt mille livres de notre monnoie*. De cette ville, nous pouvions nous rendre par terre à *Quito,* & auffi par mer, à peu de chofe près : mais la difficulté des chemins par terre, fur-tout avec un équipage auffi embarraffant à tranfporter que le nôtre, eût rendu ce voyage de 4 0 0 lieues, beaucoup plus long & plus difficile pour notre nombreufe troupe, que pour des voyageurs ordinaires, qui n'y emploient guère moins de quatre mois. Nous étions, y compris les deux Officiers efpagnols,

1735. *Octobre.*

Novembre. Séjour à *Carthagène.* Deux Officiers efpagnols fe joignent aux Académiciens.

Routes diverfes de *Carthagène* à *Quito.*

* La piaftre du Pérou eft de neuf au marc, & fon titre eft de 1 0 deniers de fin comme la monnoie de France ; ainfi elle vaut de notre monnoié d'aujourd'hui, fauf les variations du Change, 5 l. 3 f. 1 0 d.

A iij

onze ou douze maîtres & quatorze domeſtiques. Il eût fallu commencer par réformer tous nos coffres & toutes nos caiſſes d'Inſtrumens, & même en démonter une partie, pour réduire les balots au volume, à la forme & à la matière qu'exigeoient le pays & les chemins. Cependant nous reçûmes pluſieurs conſeils intéreſſés, qui tendoient à nous perſuader de nous acheminer par terre : je m'y oppoſai de tout mon pouvoir, quelques circonſtances favorables me ſecondèrent, & ce projet, qui eût entraîné beaucoup de fatigues, de temps & de dépenſes, fut abandonné.

Traverſée de
Carthagène à
Portobelo.
Après huit jours paſſés à *Carthagène*, où nous ne reſtâmes pas oiſifs, nous en partîmes ſur le même *Bateau du Roi* qui nous avoit amenés de *Saint-Domingue* : nous nous y embarquâmes le 24 Novembre pour *Portobelo*, avec les deux Officiers eſpagnols, nos nouveaux compagnons de voyage, à qui M. d'*Héricourt* offrit le paſſage ſur ſon bord, pour eux & leur ſuite. Ce Commandant nous y procura toute la commodité que permettoit un auſſi petit bâtiment, où il y avoit trois Officiers de marine & vingt-ſix paſſagers, y compris les domeſtiques, ſans compter les pilotes, contre-maîtres, matelots, & un détachement de vingt ſuiſſes de la garniſon
Arrivée à
Portobelo.
du *Petit Goave*. Depuis notre débarquement à *Portobelo* le 29 Novembre 1735, juſqu'à notre départ de la province de *Quito* en 1743, nous ne ſommes plus ſortis des états du Roi d'Eſpagne dans l'Amérique méridionale.

Séjour dan-
gereux.
Portobelo, dans le temps de la foire des galions, eſt l'entrepôt de tout le commerce de l'Europe avec la mer du ſud : ce lieu eſt ſur-tout fameux par l'intempérie de ſon air, par ſes pluies & ſes orages continuels. M. de *Juſſieu* y arriva malade, & fit preuve de ſon art en ſe rétabliſſant dans un lieu où les flottes d'Eſpagne perdent ſouvent le tiers & quelquefois la moitié de leurs équipages ; ce qui a fait donner à *Portobelo* le nom de *Tombeau des Eſpagnols*.

En attendant la réponſe du Préſident & Capitaine général de *Panama*, & ſes ordres pour notre tranſport, nous fîmes diverſes obſervations. Meſſieurs les Officiers eſpagnols &

M. *Verguin* levèrent, avec l'agrément du Gouverneur, le plan
du port & des châteaux, dont j'avois deffiné la vûe à la voile,
& qui ont été depuis détruits par les Anglois en 1739. Je
ne fus pas affez commodément logé à *Portobelo,* pour pouvoir y faire l'expérience du Pendule, comme Mrs *Godin* & *Bou-*
guer; j'en fis une autre malgré moi, celle de la piqûre d'un
Scorpion. J'en fus quitte pour la douleur : une emplâtre de thé-
riaque me tint lieu de tous les remèdes ridicules & dégoûtans
qui font en ufage dans le pays ; il n'étoit pas même néceffaire d'en faire aucun. Don *Antoine de Ulloa,* à qui le même
accident arriva pendant la nuit, ne put prendre aucune précaution, & n'en eut pas befoin ; cependant les fymptomes
qu'il éprouva furent plus violens que les miens, & durèrent
vingt-quatre heures : il avoit reçû plufieurs bleffures, & le
Scorpion étoit plus gros que celui dont j'avois été piqué.

En trois femaines, nous ne pûmes obferver qu'à travers
les nuages la hauteur du foleil à *Portobelo.* Il n'y fait beau
que la nuit. M. *Bouguer* y laiffa un monument de notre
paffage : il y traça deux beaux cadrans folaires dans la grande
place.

Pour nous rendre de *Portobelo* à *Panama,* il nous falloit
traverfer l'ifthme qui fépare ces deux villes, & qui porte le
nom de la dernière : cet ifthme n'a guère que quinze lieues
de large. *Portobelo* & *Panama* font prefque fous le même
méridien * ; mais le chemin par terre d'une de ces villes à
l'autre, eft un des plus mauvais qu'il y ait au monde. On
peut l'éviter en remontant la rivière de *Chagres* jufqu'au lieu
nommé *Cruzes,* & ce fut le parti que nous prîmes.

Nous frétâmes un bâtiment plat du pays à voile & à rame,
& M^{rs} les Officiers efpagnols un autre : nous nous embarquâmes tous le 22 Décembre fur le plus grand des deux, avec
nos inftrumens & notre équipage : nous *prolongeâmes* la côte

---

* Leur différence en latitude eft de 36 minutes, fuivant nos obfervations, & celle de longitude de 2 ou 3 minutes, dont nous avons jugé,
M. *Bouguer* & moi, *Panama* plus occidental que *Portobelo,* par diverfes
combinaifons de nos routes, & d'une Carte de l'Ingénieur de *Panama.*

1735.
Décembre.

Rivière de
Chagres.

Vûe de la
mer du Sud.

Arrivée à *Pa-
nama.*

Obfervations
diverfes.

vers l'oueft jufqu'à l'embouchûre de la rivière de *Chagres,*
alors défendue par un château qui n'exifte plus aujourd'hui.

Nous remontâmes cette rivière pendant quatre jours &
demi dans les mêmes bateaux plats, à la rame & à la perche,
& nous levâmes la carte de fon cours jufqu'à *Cruzes,* où
nous débarquâmes. Il nous reftoit fept lieues à faire par terre
pour nous rendre à *Panama :* nous fîmes ce trajet fur des
mules, en traverfant les montagnes de l'ifthme. Du haut
de ces montagnes, d'où l'on peut découvrir les deux mers,
nous vîmes pour la première fois la mer du fud & la rade
de *Panama,* l'une des plus célèbres du nouveau monde : nous
arrivâmes en cette ville le 29 Décembre 1735, huit mois
après notre départ, & treize avant l'incendie qui la réduifit en
cendres en cinq heures, la nuit du 1.er au 2 Février 1737.

Pendant notre traverfée d'Europe en Amérique, j'avois
eu foin de tenir un journal exact de nos routes, ainfi que
M. *Verguin.* J'avois pris tous les jours hauteur à midi. Nous
avions fait, M. *Godin,* M. *Bouguer* & moi, un grand ufage de
l'*Octans* de M. *Hadley,* publié dans les Tranfactions philofophiques il y avoit quatre ans, & alors à peine connu en France.
M. *Godin* l'avoit rapporté de *Londres* immédiatement avant
notre départ de Paris. Non feulement nous nous fervions utilement de cet inftrument, pour obferver les latitudes ; mais
encore pour prendre des hauteurs correfpondantes du Soleil,
avant & après midi, avec nos montres à fecondes. Les midis
réfultans des obfervations les moins conformes, faites par divers
obfervateurs, avec différentes montres, différoient à peine
d'un quart de minute, & fouvent ils s'accordoient dans un
petit nombre de fecondes. Ainfi nous avons reconnu, par
expérience, qu'on peut, en obfervant fur un vaiffeau, porter
la précifion, fort au delà des bornes ordinaires, qui ne permet-
tent guère d'être fûr du Midi en mer qu'à deux minutes près.

Je n'avois négligé aucune occafion d'obferver, en route,
la déclinaifon de l'aiguille aimantée, avec mon nouveau *Compas* * *de Variation,* qui avoit fur tous les autres l'avantage de

* *Voyez Mém. de l'Acad. 1733, pag. 446. 1734, pp. 590 & 597.*

n'exiger

n'exiger qu'un feul obfervateur. Mrs *Godin* & *Bouguer* en rendirent dans le temps un témoignage favorable, & j'envoyai à l'Académie le certificat du Sieur *Auroy*, Pilote Vice-Amiral, qui étoit embarqué fur notre bord.

Nous avions auffi fait en mer différens effais d'une bouffole d'inclinaifon que nous avions apportée de *Paris;* mais nous reconnûmes bien-tôt que la fufpenfion n'en étoit pas affez libre : on fait combien il eft difficile de porter cet inftrument à fa perfection, & l'on n'avoit pas encore les recherches de M. *Daniel Bernoulli* fur cette matière, ni les Bouffoles d'inclinaifon du fieur *Magny*.

Rec. des Prix de l'Ac. 1743.

Quant aux autres inftrumens maritimes, comme le Baromètre de mer de M. *Amontons*, la machine de M. le Marquis *Poleni* pour mefurer le fillage d'un vaiffeau & plufieurs autres de divers ufages pour la mer, propofées en différens temps à l'Académie, ou tirées d'ouvrages qui ont remporté le Prix; il feroit trop long & trop difficile de rapporter les différens obftacles qui m'empêchèrent d'en faire l'expérience, comme je m'y étois offert : je puis feulement affurer qu'il n'y a eu de ma part ni négligence, ni mauvaife volonté.

Dans tous les lieux de notre féjour, tant dans les ifles de la Martinique & de *Saint-Domingue,* que fur les terres d'Efpagne, à *Carthagène,* à *Portobelo* & à *Panama,* nous avions fait, Mrs *Godin, Bouguer,* de *Juffieu* & moi, enfemble, & chacun en particulier, un affez grand nombre d'obfervations aftronomiques ou phyfiques, dont il feroit trop long de faire l'énumération. Toutes tendoient au progrès de la navigation, de la géographie & de l'hiftoire naturelle. Nous en fîmes part dans le temps à l'Académie, & trois de nos Mémoires font imprimés dans le recueil de 1735. Nous avions porté des baromètres fur des montagnes 6 à 700 toifes au deffus du niveau de la mer; nous avions déterminé géométriquement leur hauteur; & en y montant, nous nous étions effayés à en efcalader bien-tôt de trois à quatre fois plus élevées.

❧

B

A N N É E *1736.*

Nous reftâmes à *Panama* tout le mois de Janvier &
une grande partie de Février 1736, en attendant un
vaiffeau qui pût nous tranfporter à la Côte du Pérou.

Pendant ce temps, nous commençâmes à étudier la langue
efpagnole : nous fîmes en divers lieux les obfervations ordinaires du thermomètre, du baromètre & de la variation
de l'aiguille aimantée : nous fixâmes la latitude de *Panama* :
nous ne pûmes en déterminer la longitude ; la proximité de
Jupiter au *Soleil* ne nous ayant pas permis d'obferver aucune
éclipfe des fatellites. Chacun de nous fit auffi plufieurs expériences du Pendule : M. *Bouguer* leva le plan de la rade : le
Commandeur Don *George Juan*, M. *Bouguer* & moi, nous
conftruisîmes chacun une carte du cours de la rivière de
Chagres fur nos relèvemens. En mon particulier, j'obfervai
plufieurs fois les deux hauteurs méridiennes de l'étoile polaire, foir & matin dans le crépufcule ; & j'y appliquai avec
fuccès les réfractions de la Table de M. *Bouguer*. Je fis
d'après nature, quelques deffeins d'hiftoire naturelle ; mais
c'eft des foins de M. de *Juffieu* & du travail de M. de *Morainville*, qu'on doit attendre une ample récolte en ce genre.
M. *Godin* fit en fon particulier plufieurs obfervations aftronomiques.

Nous reçûmes à *Panama*, ainfi qu'à *Carthagène* & à *Portobelo*, toutes fortes de politeffes & de prévenances des Commandans & de Mrs les Prélats efpagnols : nous ne fûmes
pas moins bien accueillis des Facteurs anglois de la Compagnie de la mer du fud. Je ne m'arrête point au détail des
difficultés que nous trouvâmes à fréter un navire à *Panama*,
& à convenir des conditions de notre tranfport à *Guayaquil*.
Nous traitions avec un Marchand, & nous étions E'trangers.

Nous mîmes à la voile le 22 Février, nous paffâmes pour
la première fois la Ligne, la nuit du 7 au 8 Mars. Le 10,

nous abordâmes à la côte de la province de *Quito*, & nous mouillâmes dans la rade de *Manta*, où nous observâmes à terre un degré de latitude auftrale. Nous fîmes un tour à *Monte-Chriflo*, village indien à trois lieues dans les terres où les habitans de *Manta* fe font établis depuis que ce lieu fut pillé par les Flibuftiers fur la fin du dernier fiècle.

Le 13, M^{rs} les Officiers efpagnols, M. *Godin* & le refte de notre compagnie, hors M. *Bouguer* & moi, fe rembarquè-rent & firent voile pour la rivière de *Guayaquil*, à l'entrée de laquelle ils mouillèrent le 25. Son embouchûre eft à 2 degrés 25 minutes de latitude auftrale : on remonte la rivière fept lieues pour arriver à *Guayaquil*, qui eft fitué fur la rive occidentale. Cette ville eft fur le chemin ordinaire & le plus fréquenté pour arriver à *Quito*; cependant les pluies le rendent impraticable quatre à cinq mois de l'année.

Nous reftâmes feuls à *Manta*, M. *Bouguer* & moi. Nous nous propofions d'y obferver l'équinoxe par une nouvelle méthode de M. *Bouguer*, de reconnoître le point où paffoit l'équateur, de fixer, par l'obfervation de l'éclipfe de Lune du 26 Mai, la longitude entièrement inconnue de cette côte, la plus occidentale de l'Amérique méridionale, & d'exa-miner le pays où nos opérations de la mefure de l'équateur devoient nous conduire. D'autres motifs fe joignirent à ces premières vûes : nous voulions chercher fur les plages de la côte un terrein commode à mefurer, & propre à fervir de bafe à nos déterminations géométriques : nous ne devions pas négliger l'occafion d'obferver les réfractions aftronomi-ques de la zone torride, en profitant de la vûe de l'horizon de la mer, que nous allions bien-tôt perdre dans un pays de montagnes : enfin il étoit à propos de faire l'expérience du Pendule à fecondes au niveau de la mer & fous l'équa-teur même. Tout cela fut exécuté, à très-peu près, en moins d'un mois. M. *Bouguer* s'occupa fur-tout de l'examen des réfractions qu'il avoit commencé d'obferver au *Petit Goave*; & comme il n'avoit pû débarquer le Quart-de-cercle qui lui étoit deftiné, je lui abandonnai l'ufage de celui de trois pieds

1736.
Mars.
Paffage de la Ligne.
Débarque-ment à *Manta*.

Arrivée à *Guayaquil.*

Deux Acadé-miciens reftent à *Manta*.
Obfervations diverfes.
Eclipfe de Lune.

Réfractions.

B ij

.1736.
Mars.
Infcription
fous l'Equa-
teur.

'*Avril.*

Serpent.

Voyage dans
les terres à *Puer-
to-viejo.*

de rayon dont j'étois le dépofitaire. Je déterminai le point de la côte où elle eft coupée par l'équateur : c'eft une pointe appelée *Palmar,* où je gravai fur le rocher le plus faillant une infcription * pour l'utilité des Marins. J'aurois dû peut-être y joindre le confeil de ne pas s'arrêter en ce lieu : la perfé-cution qu'on y fouffre jour & nuit des maringoins & de diverfes efpèces de moucherons inconnus en Europe, eft au deffus de toute exagération. Le ciel fut prefque toûjours couvert de nuages pendant mon féjour à *Palmar;* & en cinq nuits que j'y paffai fans dormir, je pûs à peine obferver trois étoiles.

En débarquant à *Manta,* on nous avoit avertis de prendre garde aux ferpens, qui y font communs & dangereux. La première nuit que nous couchâmes à terre, j'en vis un fufpendu à un des montans de la *cafe* de rofeaux fous laquelle étoient tendus nos hamacs : ils ne font point de mal, pourvû qu'on ne les touche point. Les Indiens, qui marchent les pieds nus, font ceux qui courent le plus de rifque.

Nous fîmes, M. *Bouguer* & moi, une tournée dans l'in-térieur des terres, à *Charapoto* & à *Puerto-viejo (vieux Port),* ainfi nommé, parce que c'eft le premier lieu où les Efpagnols s'arrêtèrent, lorfqu'ils reconnurent le pays; en remontant une petite rivière, avant que d'avoir découvert celle de *Guaya-quil.* Le Lieutenant du Corrégidor de cette ville, qui com-mandoit à *Puerto-viejo, Don Jofeph de Olabe y Gomarra,* nous reçut chez lui, & nous procura des facilités pour nos obfervations. Nous n'avions à lui préfenter que des traduc-tions informes des ordres de Sa Majefté Catholique, dont les originaux étoient reftés à bord. Je lui fis voir feulement le paffeport françois du Roi, qui nous recommandoit aux Gou-verneurs étrangers des lieux de notre paffage : je le lui tra-duifis comme je pûs, & depuis ce moment il redoubla pour nous d'égards & d'attentions, jufqu'au point de m'offrir de nous prêter de l'argent. Je fus d'autant plus fenfible à cet excès

* *OBSERVATIONIBUS ASTRONOMICIS...HOCCE PROMON-TORIUM ÆQUATORI SUBJACERE COMPERTUM EST.* 1736.

de politeffe, que dans les circonftances où nous nous trouvions, il ne manquoit pas de prétexte pour nous faire peu d'accueil.

Pendant mon féjour à *Puerto-viejo*, je guéris avec du quinquina que j'avois apporté de France, un Créole efpagnol, que la fièvre tierce tourmentoit depuis un an, & qui n'avoit jamais entendu parler d'un fébrifuge qui croît dans fa patrie. Nous parcourûmes, M. *Bouguer* & moi, la Côte, depuis le Cap *San-Lorenzo*, jufqu'au Cap *Paffado* & à *Rio Jama*.

Nous nous féparâmes le 23 Avril : la fanté de M. *Bouguer* commençoit à fe déranger. Il prit fa route vers le fud, pour aller rejoindre le refte de notre compagnie à *Guayaquil*. Nous partageâmes entre nous les inftrumens : je lui remis mon petit Quart-de-cercle d'un pied de rayon, & me chargeai du grand. Nous avions commencé enfemble la Carte du pays, je la continuai feul depuis le départ de M. *Bouguer;* & n'ayant pû trouver de guide pour pénétrer à *Quito* en ligne droite au travers des bois, où l'ancien chemin étoit effacé, je côtoyai les terres en pirogue l'efpace de plus de cinquante lieues vers le nord. Je déterminai par obfervation à terre, la latitude du cap *San-Francifco*, celle de *Tacames* & des autres points les plus remarquables : je remontai enfuite une rivière très-rapide, à laquelle une mine d'émeraudes, aujourd'hui perdue, a donné le nom : je levai le plan de fon cours & la carte de mes routes, depuis le lieu de mon débarquement, jufqu'à *Quito*.

Tout ce terrein eft couvert de bois épais, où il faut fe faire jour avec la hache; je marchois la bouffole & le thermomètre à la main, plus fouvent à pied qu'à cheval. Il pleuvoit régulièrement toutes les après-midi; je traînois après moi divers inftrumens & un grand Quart-de-cercle, que deux Indiens avoient bien de la peine à porter. Je recueillis & deffinai dans ces vaftes forêts un grand nombre de plantes & de graines fingulières, que je remis depuis à *Quito* entre les mains de M. de *Juffieu*. Je reftai huit jours dans ces déferts, abandonné de mes guides : la poudre & mes autres provifions me manquèrent : les bananes & quelques fruits

1736.
Mai.

fauvages faifoient ma reffource. La fièvre me prit; je m'en guéris par une diette, qui m'étoit confeillée par la raifon & ordonnée par la néceffité.

Je fortis enfin de cette folitude, en fuivant une crête de montagnes, où le chemin ouvert trois ans après par feu Don *Pedro Maldonado,* Gouverneur de la province, n'étoit pas encore tracé. Le fentier où je marchois étoit bordé de précipices creufés par des torrens de neige fondue, qui tombent à grand bruit du haut de cette fameufe chaîne de montagnes, connue fous le nom de *Cordelière des Andes**, que je commençois à monter. Je trouvai à mi-côte, après quatre jours

Villages in-
diens, & Ponts
de lianes.

de marche au milieu des bois, un village indien appelé *Niguas,* où je m'arrêtai. J'y entrai par un ravin étroit, que les eaux ont cavé de 18 pieds de profondeur: fes bords, coupés à pic, fembloient fe joindre par le haut, & laiffoient à peine le paffage d'une mule: on m'affura que c'étoit-là le grand chemin, & il eft vrai qu'alors il n'y en avoit point d'autre. Je paffai plufieurs torrens fur ces ponts, que j'ai

Mém. de l'A-
cad. 1745, p.
402.

décrits ailleurs, formés d'un réfeau de lianes femblable à un filet de pêcheur, tendu d'un bord à l'autre, & courbé par fon propre poids. Je les vis alors pour la première fois, & je ne m'y étois pas encore familiarifé. Je rencontrai fur ma route deux autres hameaux, dans l'un defquels l'argent m'ayant manqué, je laiffai mon Quart-de-cercle & ma malle en gage chez le Curé, pour avoir des mulets & des Indiens jufqu'à *Nono* autre village, où je trouvai un Religieux Francifcain qui me fit donner à crédit tout ce que je lui demandai.

Plus je montois, plus les bois s'éclairciffoient: bien-tôt je ne vis plus que des fables; & plus haut, des rochers nus & calcinés, qui bordoient la croupe feptentrionale du volcan de *Pitchincha*. Parvenu au haut de la côte, je fus faifi d'un étonnement mêlé d'admiration, à l'afpect d'un long vallon de

Afpect des
environs de
Quito.

cinq à fix lieues de large, entrecoupé de ruiffeaux qui fe réuniffoient pour former une rivière: je voyois, tant que

---

* Je traduis le mot Efpagnol *Cordillera (Cordon de montagnes)* par celui de *Cordelière,* qui eft françois dans le même fens en Blafon & en Architecture.

ma vûe pouvoit s'étendre, des campagnes cultivées, diver-
fifiées de plaines & de prairies; des côteaux de verdure, des
villages, des hameaux entourés de haies vives & de jardi-
nages ; la ville de *Quito*, dans le lointain, terminoit cette
riante perspective. Je me crus transporté dans nos plus belles
provinces de France : à mesure que je descendois, je chan-
geois insensiblement de climat, en passant, par degrés, d'un
froid extrême à la température de nos beaux jours du mois
de Mai. Bien-tôt j'aperçûs tous ces objets de plus près &
plus distinctement. Chaque instant ajoûtoit à ma surprise :
je vis, pour la première fois, des fleurs, des boutons & des
fruits en pleine campagne sur tous les arbres : je vis semer,
labourer & recueillir dans un même jour & dans un même
lieu. Je me suis laissé entraîner au souvenir de la première
impression que je reçûs alors : j'oublie qu'il n'est ici question
que de ce qui regarde nos travaux académiques.

J'arrivai à *Quito* le 4 Juin, quelques jours après M. *Godin*,
qui avoit fait à *Guayaquil* un grand nombre d'observations,
avec nos deux Officiers espagnols. M. *Bouguer*, dont la santé
n'étoit pas encore bien rétablie, n'ayant pû les atteindre à
Guayaquil, les avoit suivis de près, & par la même route.
Enfin le 1 0 Juin 1 7 3 6, treize mois après notre départ de
France, nous nous trouvâmes tous rassemblés à *Quito*, ville
célèbre de la domination espagnole dans l'Amérique méridionale, capitale d'une grande province avec le titre de royaume, siège d'un Evêché, d'une *Audience royale* ou Parlement,
& de divers tribunaux; décorée d'un grand nombre d'é-
glises & de couvens, de deux collèges pour l'instruction
de la jeunesse ; & par une singularité remarquable, de deux
Universités. Cette ville, qui est devenue le centre de nos
opérations, est à quarante lieues de la mer, un quart de lieue
au delà de la Ligne équinoctiale, & 8 0 degrés $\frac{1}{2}$ à l'occident de *Paris*. Elle est située au pied du volcan de *Pitchincha*, dont les cendres l'ont plusieurs fois presque ensevelie,
sans qu'aucun de ses édifices en ait été ébranlé. Je trouvai
nos Messieurs établis au Palais où l'*Audience* tient son

1 7 3 6.
Mai.

Juin.
Arrivée à
Quito.

Réception des
Académiciens.

tribunal : ils y avoient été traités fplendidement pendant trois jours, & devoient y demeurer tout le temps néceffaire pour chercher une maifon où nous puffions tous loger.

Après les premiers jours employés à recevoir & à rendre des vifites, & à fatisfaire la curiofité du public, du moins autant que la nôtre, chacun fongea à s'occuper utilement, & j'eus

Bagage refté en chemin.

plus de loifir que perfonne. Mon bagage, que j'avois laiffé fur le vaiffeau, avoit pris, avec le refte de la compagnie, la grande route de *Guayaquil.* La difficulté des chemins, qui avoit obligé de faire les charges très-légères, notre grand nombre & notre fuite, avoient été caufe que fur foixante-dix mulets, tant de charge que de monture, il n'avoit pas été poffible, en mon abfence, de trouver place pour une feule de mes malles, ni même pour mon lit : car en débarquant à *Manta,* je n'avois pris avec moi que mes inftrumens, un habit de chaffe & un hamac. Je me trouvai donc en arrivant à *Quito,* hors d'état de paroître en public avec décence ; & quoique M. *Bouguer,* venu peu de jours après moi, par la même route que le refte de notre compagnie, eût bien voulu, en paffant, joindre à fon équipage deux de mes coffres pris au hafard ; je ne pûs me difpenfer d'envoyer un domeftique de confiance chercher le refte de mon bagage, refté dans la douane d'un port de la rivière de *Guayaquil,* à foixante lieues de *Quito.*

Logement aux Jéfuites.

En attendant que je pûffe me montrer, je demandai aux Pères Jéfuites, pour qui j'avois des lettres de recommandation *, un hofpice où je pûffe demeurer *incognito :* ils me donnèrent dans leur collège un logement fort commode. La reconnoiffance ne me permet pas de taire que pendant plus de fept années de féjour dans l'Amérique efpagnole, je n'ai point paffé de temps plus agréable que celui où je logeai dans cette maifon. Le lendemain de mon arrivée, le P. *Thomas de Larrayn,* créole de *Quito,* à qui fon père, Préfident Capitaine général de la province, avoit laiffé une penfion telle

* Du feu P. de *Tournemine* & du R. P. *le Vantier,* Supérieur des Miffions de *Saint-Domingue.*

qu'il

qu'il eſt permis à un Religieux de la poſſéder, ayant appris
que mes inſtrumens étoient reſtés engagés en chemin, m'offrit
deux jours après mon arrivée, cinquante piaſtres, que j'aurois
acceptées ſi M. *Verguin* ne m'eût déjà prêté la même ſomme
pour retirer mes effets.

En attendant mon Quart-de-cercle, je m'occupai à conſtruire & à deſſiner deux cartes de la côte, & du pays que j'avois
traverſé. J'y joignis un extrait aſſez étendu des obſervations
de M. *Bouguer* & des miennes, depuis notre débarquement
à *Manta* : j'envoyai le tout en France par *duplicata*, l'un à
l'Académie, l'autre à M. le Comte de *Maurepas.* Une des
deux copies de l'extrait étoit de la main de M. *Bouguer* : il y
joignit une première table des réfractions pour la zone torride,
à laquelle il a fait depuis quelques changemens.

*Carte envoyée
à l'Académie.*

Le 21 Juin, jour du ſolſtice, j'allai au devant de mon
Quart-de-cercle : j'avois donné ordre qu'il m'attendît à *Nono*,
village indien dont j'ai déjà parlé, à cinq lieues au nord de
Quito, & que j'avois jugé par l'eſtime de mes routes, très-
voiſin de la Ligne équinoctiale. Je déterminai la latitude de
ce lieu par deux obſervations du Soleil, & je ne le trouvai
éloigné de l'équateur, du côté du nord, que d'environ une
minute.

*Voyage à Nono,
Obſervations.*

C'étoit pour la première fois que j'étois ſorti de ma
retraite. J'appris à mon retour que le Préſident-Gouverneur
général [a] ſe plaignoit de n'avoir pas encore reçu ma viſite,
& je ſus qu'il n'avoit pas approuvé mon voyage de *Nono.*
Le P. Recteur du collège me procura l'occaſion de m'expliquer avec le Préſident, qui étoit venu le voir : je le trouvai
un peu indiſpoſé contre moi, & prévenu je ne ſais de quelle
impreſſion au ſujet de la route détournée que j'avois priſe
pour arriver à *Quito,* dont il avoit déjà informé le Viceroi [b].
Je ſatisfis pleinement le Préſident ſur tous ſes griefs ; & depuis
cette première converſation, je ne puis trop me louer des marques d'amitié & de confiance que je reçûs de lui & de toute

*Viſite du
Gouverneur de
Quito.*

[a] Don *Dioniſio de Alzedo y Herrera.*
[b] Don *Antonio de Mendoza Caamaño* Marquis de *Villagarcia.*

C

fa famille. Il vint me voir, il me preffa d'aller paffer les foirées chez lui familièrement & en manteau, fuivant l'ufage du pays, en attendant que j'euffe reçû mes habits. Il pria le Père Recteur de ne faire fermer la porte de fon collège qu'à huit heures & demie, afin que je pûffe rentrer. On verra dans la fuite de cette relation, pourquoi j'infifte fur ces petites circonftances.

Gnomon.

Je fis fceller les jours fuivans fur la terraffe du collège un gnomon de 8 à 9 pieds de haut, & je traçai une Méridienne qui a toûjours fervi depuis à faire fonner onze heures & demie, (à l'horloge du collège qui régloit la ville) à l'inftant où il étoit précifément midi au foleil : ufage bizarre qui s'eft depuis long temps introduit à *Quito*, par des convenances particulières, & qui s'eft confacré par une longue habitude.

On reconnoît le terrein pour une Bafe.

Pendant que les Académiciens obfervoient à *Quito*, Mrs *Verguin* & *Couplet* étoient allés reconnoître, dix lieues à l'orient de cette ville, la plaine de *Cayambé*, qu'on nous avoit indiquée comme propre à être mefurée actuellement, & à nous fournir la *Bafe* qui devoit fervir de fondement à toutes nos opérations trigonométriques. Nous nous trouvâmes, à leur retour, arrêtés par le plus grand de tous les obftacles.

Retard des lettres de change.

A *Rochefort*, à la *Martinique*, à *Saint-Domingue*, & dans nos différentes traverfées fur les vaiffeaux du Roy jufqu'à *Portobelo*, les ordres de Sa Majefté avoient pourvû à la dépenfe de notre nombreufe troupe ; mais dans nos féjours de *Carthagène*, de *Portobelo*, de *Panama*, les fonds que nous avions tirés de nos premières lettres de change s'étoient confommés, & notre crédit de quatre mille piaftres fur les *caiffes royales* d'Efpagne, avoit à peine fuffi pour le fret du vaiffeau de *Panama* à *Guayaquil*, & de notre tranfport par terre de *Guayaquil* à *Quito*. La diftance des lieux, & fur-tout le défaut de commerce direct entre la France & l'Amérique efpagnole, avoient retardé les lettres de change que nous attendions ; & dix-huit mois après notre départ de *Paris*, nous n'avions pas encore reçû à *Quito* de lettres d'Europe. M. *Godin*, chargé, comme notre ancien, de l'adminiftration des fonds, avoit écrit au Viceroi la trifte fituation où nous nous trouvions depuis notre arrivée à *Quito*. Deux mois s'étoient écoulés avant qu'il eût reçû la réponfe, & elle n'avoit pas été favorable. Ainfi, dénués d'argent, à trois mille lieues de notre patrie, nous nous trouvions dans la néceffité, chacun de nous en particulier, de chercher un afyle, fans favoir à qui nous adreffer. J'offris alors de me tranfporter à *Lima*, pour y faire ufage des lettres de crédit que j'avois fur les correfpondans de feu M. *Bernard* & de M. *Caftanier*, defquelles j'avois eu la précaution de me pourvoir avant mon départ de France; ayant prévû dès-lors ce qui pourroit nous arriver. Mes offres acceptées, & les condi-tions arrêtées & fignées par Mrs *Godin* & *Bouguer*, je trouvai à *Quito*, en vendant & engageant quelques effets, affez de fonds pour nous mettre en campagne, & travailler à la mefure de notre bafe avant la faifon des pluies, à laquelle je remis mon voyage de *Lima*. Je ne pouvois mieux employer un temps, où nous croyions cette première année, qu'il nous feroit impoffible d'opérer fur le terrein.

En attendant, nous voulûmes profiter du refte de la belle faifon. Nous partîmes de *Quito* au commencement de Sep-tembre pour aller mefurer la plaine de *Cayambé*, où M. *Cou-plet*, qui avoit déjà donné des preuves de fon zèle, fut atta-qué d'une fièvre maligne. Il étoit l'un des plus jeunes & le plus robufte de nous tous; mais l'accident fut fi violent, qu'à la fleur de fon âge il y fuccomba le 19 Septembre, ayant à peine gardé le lit deux fois vingt-quatre heures.

La vûe du terrein de la plaine de *Cayambé* ne répondit pas à nos efpérances: il étoit inégal, & d'ailleurs coupé de deux rivières, dont l'une d'environ deux cens toifes de large. En y arrivant, je rencontrai M. *Bouguer*, qui venoit de reconnoître une des extrémités de la Bafe projetée, & qui en avoit trouvé le terrein fort inégal. Je lui donnai avis, & à M. *Godin*, d'une autre plaine fort unie qui m'avoit été indi-quée proche du village d'*Yarouqui*, & que j'avois même tra-verfée, ayant choifi exprès cette route en venant de *Quito*. M. *Godin* avoit auffi entendu parler de cette plaine: nous

C ij

Marginal notes:

1736.
Juillet.
Août.

Lettres de crédit.

Septembre.

Mort de M. *Couplet.*

Plaine de *Cayambé.*

Choix de la
Bafe.

Eclipfe.

Signal fur *Pit-
chincha.*

Mefure de la
Bafe d'*Yarouqui.*

Octobre.

*Novembre.
Décembre.*

allâmes tous la reconnoître plus particulièrement le 13 & le 14 Septembre; & elle nous parut à tous égards mériter la préférence fur celle de *Cayambé.*

Nous déterminâmes les jours fuivans, M. *Bouguer,* Don *George Juan* convalefcent d'une fièvre tierce & moi, la longueur de la nouvelle bafe : nous en marquâmes l'alignement par de grandes perches pofées de diftance en diftance, & nous en fixâmes les deux termes. Dans un des intervalles de ce travail, nous obfervâmes le 19 Sept. au foir, les uns à *Cayambé,* les autres à *Yarouqui,* l'éclipfe de Lune qui arriva le 20 au matin à *Paris.* Tandis qu'on préparoit les perches qui devoient nous fervir à mefurer la bafe fur le terrein, je montai au *Pic* de *Pitchincha,* qu'on voyoit des deux extrémités de notre plaine, & j'y pofai un fignal. Ce fut le premier & le plus haut de tous ceux qui ont fervi à notre ouvrage : l'endroit paffoit pour inacceffible, fur-tout depuis qu'on y avoit fait deux tentatives inutiles. Je revins à *Yarouqui* le 28, avant que tout fût prêt pour la mefure de la bafe. Nous nous partageâmes en deux bandes pour avoir deux mefures au lieu d'une, & de deux fens différens. La pente non uniforme du terrein, nous obligea de le mefurer comme par échelons ou gradins, en pofant toûjours nos perches horizontalement & ayant égard aux différences de niveau. Nous y employâmes vingt-fix journées d'un travail pénible. J'ai rendu compte en détail de cette laborieufe opération par un Mémoire exprès, que j'envoyai dans le temps à l'Académie. Nous commençâmes la mefure de la bafe le 3 Octobre : elle ne fut achevée que le 3 Novembre.

Le mauvais temps rendit inutiles les préparatifs que nous avions faits pour obferver le paffage de *Mercure* fur le *Soleil* le 9 Novembre, & fruftra toutes nos efpérances. Le refte du mois & les premiers jours de Décembre, nous fûmes encore occupés fur le terrein. Nous nous fervîmes de la longueur exactement connue de notre bafe de 6272 toifes, &c. pour déterminer avec précifion la valeur des parties des micromètres de nos différens Quarts-de-cercle. Nous

observâmes plusieurs fois à l'une des deux extrémités de la
base, l'angle entre l'autre extrémité & le soleil levant ou couchant, pour reconnoître la direction de la base par rapport aux
régions du monde, & celle de tous les côtés des triangles
suivans. Nous fîmes nos premiers essais, tant aux deux termes
extrêmes que sur les montagnes voisines, où s'appuyoient nos
premiers triangles, pour mesurer les angles de position entre
les premiers signaux, ainsi que leur hauteur apparente. Chacun
de nous s'occupa de la vérification des divisions de son Quart-
de-cercle, par le tour de l'horizon & par diverses autres méthodes. Je fis une première tentative pour vérifier le mien
de degrés en degrés, par des tangentes mesurées sur le terrein
à une distance connue. Enfin je fixai les deux extrémités de
la base par les centres de deux meules de moulin, que j'y fis
transporter & enterrer, en attendant un monument plus
authentique dont je donnerai l'histoire en particulier.

Nous revînmes à *Quito* le 5 & le 6 Décembre. Le 5
au matin, entre minuit & une heure, il y eut un tremblement de terre qui dura environ trois quarts de minute : il
fut beaucoup plus sensible à dix lieues au sud de *Quito*, où
il renversa plusieurs bâtimens situés sur le flanc de la montagne d'*Iliniça*, & fit périr quelques Indiens.

Le solstice approchoit, & il ne nous restoit pas trop de
temps pour nous disposer à observer l'obliquité de l'écliptique. La situation de *Quito*, presque sous l'équateur, nous
mettoit en état d'y faire cette importante observation avec
plus d'avantage que par-tout ailleurs. Nous avions apporté de
France un Secteur de 12 pieds de rayon, destiné particulièrement à cet usage : nous commençâmes nos observations le 20
de Décembre, & nous les répétâmes plusieurs fois les jours
suivans. C'est ainsi que se termina l'année 1736, la première
de notre séjour à *Quito*. Nous étions alors bien éloignés d'imaginer que nous verrions dans cette ville, ou du moins dans
la même province, commencer l'année 1743.

ANNÉE 1737.

Voyage à Lima.

MON voyage à *Lima* étoit résolu, & je ne pouvois trop presser mon départ, afin d'être de retour au mois de Juin ; assez à temps pour assister à l'observation de l'autre solstice, & reprendre ensuite les opérations sur le terrein.

On compte quatre cens lieues de *Quito* à *Lima* ; & il faut tout porter avec soi jusqu'à son lit. La moitié du chemin, par la route de *Loxa*, que j'avois choisie, est un pays de montagnes, où sept lieues par jour font une forte journée. Pour peu que j'eusse différé de partir de *Quito*, notre travail auroit couru risque d'être interrompu dans la plus belle saison.

Départ.

Le temps ayant été contraire aux observations, depuis celle du solstice ; la vérification du Secteur n'étoit pas encore constatée par le renversement, lorsque je partis de *Quito* le 19 Janvier 1737. Toute la ville étoit en mouvement, à l'occasion de l'arrivée du nouveau Président *, Gouverneur & Capitaine général de la province, & des préparatifs d'une course de taureaux ; spectacle dont le goût n'est pas encore éteint en Espagne & se maintient dans toute sa vivacité dans l'Amérique espagnole.

J'avois consulté Mrs *Godin* & *Bouguer* sur le projet d'observations que je me proposois de faire à *Lima*, & sur les moyens de les rendre plus utiles ; mais je reconnus par expérience, que ce n'étoit pas sans raison que le Docteur *Don Pedro Peralta*, savant & célèbre créole de cette ville, appeloit sa patrie le purgatoire des Astronomes. *Lima* est à deux lieues de la côte, par 12 degrés de latitude australe : le climat est plus chaud, mais beaucoup moins égal qu'à *Quito* ; & pendant cinq ou six mois de l'année, il y fait un brouillard si épais, qu'on ne voit pas le soleil.

Ciel de *Lima*.

Février.

A la fin de Février, quelques jours avant mon arrivée à *Lima*, tandis que j'étois en route, j'avois vû peu après le

* Don *Joseph de Araujo y Rio.*

coucher du foleil, 8 ou 10 degrés au deffus de l'horizon du côté de l'oueft, une étoile qui n'étoit fûrement pas une fixe, & que je pris alors pour *Mercure :* je reconnus enfuite que ce ne pouvoit être ni cette planette, ni celle de *Vénus;* & je jugeai que c'étoit une comète. J'ai appris depuis, qu'elle avoit été obfervée en Europe. J'arrivai à *Lima* le 28 Février, & le lendemain matin 1er Mars je m'affurai par obfervation, que l'éclipfe de foleil, qui dut être vifible à peu de diftance vers le nord, ne l'étoit pas à *Lima.*

Je m'adreffai d'abord aux Négocians efpagnols qui m'avoient été indiqués par M. *Caftanier* à *Paris* & par M. *Lambert* correfpondant de feu M. *Bernard* à la *Jamaïque.* Je leur préfentai mes lettres de crédit, & je demandai les fonds nécef- faires à la dépenfe de notre compagnie, en attendant les fe- cours de France : mais j'arrivois dans une circonftance peu favo- rable; l'argent étoit rare en ce moment dans la Capitale du Perou. Les matières d'argent & d'or tirées du *Potofi* & des autres mines du haut-Pérou fe rendent prefque toutes à *Lima* pour y être fabriquées en efpèces, & de là fe répandre dans les Provinces. A mon arrivée, on étoit occupé à charger de piaftres au *Callao* *, la frégate qui alloit porter à *Panama,* les reftes du produit de la vente des galions de 1730 : & prefque tout l'argent étoit embarqué.

Je trouvai plus de facilité pour mon emprunt, avec M. *Thomas Blechynden,* ancien facteur anglois de la Compagnie de la mer du fud, qui étoit venu à *Lima* pour le recou- vrement de quelques dettes, & qui vouloit faire paffer en Europe les fonds qu'il recevoit fucceffivement de fes débi- teurs. Je lui offris de lui faire toucher, foit à *Cadix,* foit à *Paris,* à fon choix, la fomme de douze mille piaftres du Pérou, ou foixante mille livres de France, que je crus fuffi- fante pour nous mettre en état d'attendre de nouveaux

Marginal notes:
1737.
Février.
Comète.

Mars.

Emprunt fait à *Lima.*

---

* Ville & Port à deux lieues de *Lima.* Elle a été non feulement ren- verfée comme *Lima* par le tremblement de terre du 28 Octobre 1746; mais entièrement détruite avec tous fes habitans, par un débordement fubit de la mer, qui porta plufieurs vaiffeaux fort avant dans les terres.

secours. Nous convînmes de toutes les conditions du prêt, & elles ne furent pas onéreuses.

Crédit sur les Caisses royales. Cette affaire terminée, je songeai à faire revivre le crédit que S. M. C. par ses passeports, nous avoit accordé sur ses caisses royales du Pérou, & qui étoit épuisé depuis notre arrivée à *Quito*. Ce crédit avoit été limité à *Cadix* à 4000 piastres, par un mal-entendu auquel la proximité de notre départ de France n'avoit pas donné le temps de remédier.

Réponse du Viceroi. Quoique la réponse du Viceroi à la lettre que M. *Godin* lui avoit écrite, pour lui représenter notre situation, eût été, qu'on ne pouvoit rien changer aux ordres de S. M. C; j'espérai que me trouvant en personne à *Lima*, & logé au Palais du Viceroi, pour qui j'avois des lettres de recommandation de M^de la Duchesse de *Saint-Pierre;* je pourrois faire écouter mes représentations : & mon espérance ne fut pas trompée.

Avril. Cependant le Viceroi ne voulut pas user de son autorité: il me dit qu'il falloit, pour que les choses fussent en règle, Conseil de Finance. que le Conseil de finance décidât de mon affaire. Ce Conseil est composé d'une partie de l'*Audience royale* ou Parlement de *Lima*, & de la Chambre des comptes de la même ville, réunies en un tribunal, qui ne s'assemble que dans des cas extraordinaires. Il me fallut dresser une requête, instruire tous les Juges, & voir chacun d'eux en particulier. C'est là que je fis mon premier apprentissage du métier de solliciteur, auquel je ne m'étois pas cru destiné, & qu'il m'a fallu si souvent exercer depuis pendant le cours du voyage. J'exposois dans ma requête que, par les ordres visés à *Madrid* dans le Conseil suprême des Indes, S. M. C. nous avoit accordé la faculté de tirer de ses *caisses royales* les sommes dont nous aurions besoin pour achever notre ouvrage, pourvû que l'Académie fût notre caution; qu'il étoit d'autant plus évident, que l'intention du Conseil des Indes n'avoit été que d'assurer par là le remboursement des sommes qui nous seroient avancées, qu'on avoit déjà interprété cette clause, & dérogé au sens littéral du passeport, en admettant le cautionnement de la

Chambre

Chambré du commerce de France à *Cadiz*, au défaut de celui de l'Académie, qui n'ayant pas de biens fonds, ne pouvoit rien affurer; qu'en conféquence de cette interprétation & de ce nouveau cautionnement, nous avions touché 4000 piaftres des caiffes royales de *Guayaquil;* & que par conféquent on ne pouvoit me refufer d'admettre une nouvelle caution que j'offrois de faire agréer aux Tréforiers royaux de *Quito*, pour le crédit ultérieur que je demandois fur le tréfor royal de cette ville.

Cette demande eût paffé tout d'une voix, fi le Procureur général ne s'y fût pas oppofé, dans les conclufions qu'il donna fur ma requête; fon oppofition, dont je n'ai pû que foupçonner les motifs, ne me fit pas échouer dans ma demande. Le cautionnement que je m'engageois à trouver, & dont je m'étois bien affuré d'avance, fut admis : feulement le crédit illimité que je demandois, fut reftreint à 4000 piaftres, ou 20000 livres; mais par l'événement nous n'eûmes pas même befoin de faire ufage de ce nouveau crédit. Les lettres de change que nous reçûmes fucceffivement, & les nouvelles avances que je fis dans la fuite, nous difpensèrent d'employer cette dernière reffource.

Pendant mon féjour à *Lima*, je ne me doutois pas que j'avois une affaire criminelle à *Quito*. L'expofition que je fais ici de nos travaux étoit entièrement finie, avant que j'euffe fongé à faire aucune mention d'un événement, où mon abfence me difpenfa de prendre part, mais qui eut des fuites où je me trouvai mêlé. On m'a fait obferver qu'on pouvoit mal interpréter le filence que je n'avois réfolu de garder à ce fujet, que par des raifons qui me font étrangères : je me difpenfe de publier celles qui m'engagent aujourd'hui à le rompre.

Depuis mon départ de *Quito*, le nouveau Préfident avoit eu quelques démélés avec M^rs les Officiers efpagnols nos adjoints. Les chofes en étoient venues au point qu'il avoit voulu les faire arrêter; celui qui ofa mettre la main fur eux fut bleffé dangereufement, & ils s'étoient réfugiés dans le collège des Jéfuites. Mr *Godin*, au nom de notre compagnie,

D

Affaire fingulière à *Quito*.

avoit préfenté requête à l'Audience royale, en faveur des deux Officiers. Il demandoit qu'ils pûſſent librement vaquer à leurs fonctions, en aſſiſtant à notre travail, comme il leur étoit enjoint par les ordres de S. M. C. Cette requête avoit été ſignée de toutes les perſonnes de la compagnie, ou ſuppléée par des certificats équivalens; j'étois le ſeul qui n'y eût aucune part, étant à 400 lieues du lieu de la ſcène. Cependant je fus le ſeul de nous tous, qui me trouvai impliqué dans la querelle.

L'auteur accuſé d'avoir contrevenu aux ordres de Sa Majeſté Cathol.

· Le Préſident, qui craignoit l'effet de la requête & des certificats en faveur des deux Officiers eſpagnols, chercha les moyens de rendre ſuſpect le témoignage de la *Compagnie Françoiſe;* c'eſt ainſi qu'on déſignoit à *Quito* les Académiciens & leurs aides; il ne trouva point de meilleur expédient que de nous faire un procès. Chacun de nous, tant maîtres que domeſtiques, avoit vendu, pour ſubvenir à ſes beſoins actuels, les choſes dont il pouvoit ſe paſſer. Sur ce fondement le Préſident prétendit que nous avions contrevenu aux ordres de S. M. C. & fait un commerce illicite. Cette accuſation nous comprenoit tous également; mais elle étoit aiſée à détruire par ceux qui étoient préſens à *Quito.* J'étois le ſeul abſent, & le ſeul qui ne pouvoit ſe défendre. D'ailleurs j'avois logé chez les Jéſuites, & le Préſident piqué de ce qu'ils avoient donné retraite aux Officiers eſpagnols, cherchoit à mettre en cauſe tout à la fois ces Pères & l'ancien Préſident avec lequel il n'étoit pas moins brouillé, & dont j'avois reçû tant d'accueil.

Il n'en fallut pas davantage pour que tout l'orage tombât ſur moi; pluſieurs témoins dépoſèrent qu'ils avoient acheté de mon domeſtique des aiguilles, des pierres à fuſil, & des chemiſes; que j'avois moi-même vendu ou cherché à vendre pluſieurs meubles à mon uſage, entr'autres quelques chemiſes à dentelles, un fuſil de prix, un brillant monté en bague, & une croix de S.t Lazare enrichie de quelques diamans. Tout cela étoit vrai, & j'ai déjà dit à quoi j'avois employé le prix de ces effets. On concluoit que j'avois fait la contre-

bande, de l'aveu de l'ancien Préfident, & que j'avois eu un
commiffionnaire qui tenoit boutique ouverte chez les Jéfuites,
où l'on alloit & venoit, difoit-on, à des heures indues : on
a vû fur quel fondement portoit cette exagération. Enfin, on
tiroit une autre conféquence, c'eft que j'étois allé à *Lima*
chargé de marchandifes prohibées. L'information fecrètement
faite fut envoyée au Viceroi par le Préfident.

Le 21 Mars je travaillois tranquillement à l'expérience du
Pendule dont je cherchois la longueur à *Lima*, lorfqu'un
Gentilhomme du Viceroi me vint dire de fa part que Son
Excellence étoit perfuadée que je n'avois pas contrevenu aux
ordres de S. M. C ; mais que comme j'en étois accufé, &
que je logeois dans le Palais, Son Excellence n'avoit pû fe
difpenfer, à caufe des conféquences, d'ordonner à l'Alcalde
criminel de la Cour de venir faire chez moi l'inventaire de
tous mes effets. Ce meffage fut fuivi de la vifite de l'Alcalde
à qui je remis mes clefs. Il examina avec autant de politeffe
que d'exactitude toutes mes hardes & mes livres, fans oublier
mon Quart-de-cercle, ma Pendule, mes Lunettes, ma Bouffole & mon Baromètre ; rien ne lui parut de contrebande.
Je déclarai qu'il étoit de notoriété publique, que tous nos
coffres & caiffes avoient été pareillement ouverts, & inven-
toriés dans les Douanes de *Carthagène*, de *Portobelo*, de
Panama, de *Guayaquil* & de *Quito*, conformément à la
condition expreffe de nos paffeports ; que les procès verbaux
de tout ce que nous avions débarqué avoient été envoyés à
Lima ; ce qui feul fuffifoit pour anéantir l'accufation intentée
contre moi.

L'Alcalde dreffa un procès verbal de fa vifite & de ma déclaration : j'en ai l'expédition en bonne forme. Le Préfident
de *Quito* reçut du Viceroi à ce fujet une lettre qu'il ne
montra à perfonne.

Pour achever ce qui regarde cette affaire, fans égard à
l'ordre des dates, j'ajoûterai qu'à mon retour à *Quito* je
preffai le Préfident de me faire notifier les charges & informations, de recevoir mes réponfes, & de rendre un Juge-

D ij

ment. Il m'affura que je pouvois être tranquille, qu'il me donnoit fa parole d'honneur qu'avant mon départ de *Quito*, j'aurois une pleine & entière décharge de l'accufation, & fi je le voulois, par un arrêt de la Cour; mais qu'il avoit des raifons pour ne pas faire actuellement ce que je lui demandois. Je ne laiffai pas de lui préfenter fur le même fujet plufieurs requêtes judiciaires, fur lefquelles il ne fit pas droit. Je m'en plaignis au Viceroi, & demandai qu'on me jugeât à la rigueur. Le Préfident avoit toute fa famille à *Lima* & beaucoup de crédit. Je n'eus point de réponfe à ma première lettre au Viceroi : je jugeai qu'elle avoit été fupprimée. J'en écrivis une feconde que je fis remettre à Son Excellence en main propre ; j'en reçus alors une dont je joins ici la copie * tirée

Lettre du Viceroi de *Lima*.

*Con vifta de las inftancias que haze el Señor Don Carlos, en fu carta de Noviembre paffado, con el motivo de haverle denegado el Señor Prefidente la manifeftacion, y entrega de las teftificaciones que infinua y confidera precifas para affegurar fu defcargo en el minifterio de Francia: devo dezirle, que nunca podran obftarle al Señor D. Carlos, ni tener eficacia alguna, quando en el recurfo que hizo a efte fuperior govierno, falió bien defpachado, y fe le dio fatisfacion correfpondiente, que no fe le concediera, fi no fe huvieffe conocido eftar libre de qualquiera impoftura y findicacion, y que ha cumplido mui ajuftadamente con los encargos de la Academia de las Ciencias de Paris, y con los de Su Majeftad Chriftianiffima, fin contravenir a las condiciones del permifo de Su Majeftad Catholica, conque paffó a eftos Reynos, ni mefclarfe en negociaciones y comercios prohibidos, que nunca pudiera yo diffimular, cumpliendo con las obligaciones de mi empléo, a que me devo y procuró arreglarme.

Traduction de la Lettre.

A la vûe des inftances que fait M. de la Condamine dans fa lettre du mois de Novembre dernier, au fujet du refus que lui a fait M. le Préfident, de lui communiquer & délivrer les dépofitions de témoins dont M. de la Condamine fait entendre qu'il juge la communication néceffaire pour affurer fa décharge auprès du miniftère de France, je dois dire à M. D. L. C. que ces dépofitions ne peuvent jamais lui nuire, ni avoir aucune force contre lui, après la décifion favorable de ce Gouvernement fupérieur, auquel il s'eft adreffé, & dont il a obtenu la fatisfaction qu'il demandoit ; laquelle ne lui eût pas été accordée fi l'on n'eût pas reconnu qu'il s'eft pleinement juftifié de toute accufation & imputation calomnieufes, & qu'il a rempli avec beaucoup d'exactitude la commiffion dont il a été chargé par l'Académie des Sciences de Paris, & par le Roi très-Chrétien, fans contrevenir aux conditions du paffeport de Sa Majefté Catholique, ni s'être mêlé en aucun négoce ou commerce prohibé : ce que je ne fur l'original que je conferve. Après une pareille lettre d'un Viceroi dont l'intégrité fcrupuleufe & le rare defintéreffement furent toûjours au-deffus du foupçon, je crus devoir lui donner une marque de déférence en n'infiftant plus fur ma demande juridique. Le Préfident de fon côté, par diverfes marques d'attention, parut vouloir réparer les fujets de plainte qu'il ne m'avoit donnés, que pour fatisfaire fon reffentiment contre d'autres perfonnes, & j'oubliai tout ce qui s'étoit paffé. Telle fut l'iffue de la première affaire étrangère à nos occupations, qui m'a été fufcitée pendant le cours du voyage. Elle

pourrois jamais diffimuler fans manquer au devoir de ma place, dont je dois & je tâche de m'acquitter.

Par ces raifons, tout bien confidéré, il m'a paru qu'il n'étoit pas jufte de donner lieu à de nouvelles procédures judiciaires; & j'ai ordonné qu'on s'en abftînt, après avoir reconnu & jugé qu'*elles n'ont aucun fondement réel, qu'elles ne font dignes que de mépris, & d'être enfevelies dans l'oubli. La préfente déclaration férieufe & formelle pourra, en tout temps, fervir de fûreté à M. de la Condamine,* fans qu'il foit befoin d'autre preuve ou examen juridique; fes procédés fans reproche m'étant bien connus, ainfi que fon attention à fe conformer aux ordres en vertu defquels il eft entré en ce pays : & la pureté comme l'intégrité de fa conduite n'ont befoin, pour être mifes à couvert, d'autre bouclier que celui de fes propres opérations, qui ont été autorifées par l'approbation qu'elles ont reçûes de ce Gouvernement fupérieur : & *toutes les fois qu'il fera néceffaire, je ratifierai le préfent Certificat, & je m'en rendrai garant.* C'eft le témoignage que je dois

Y con el fundamento de efte feguro concepto, me parecio no fer jufto que fe dieffe lugar a nuevas actuaciones y diligencias, y ordene que fe efcufaffen, pues fe havian tenido prefentes y formadofe juizio de fu ninguna fubftancia, fiendo digno folo del defprecio, y de que no fe bolvieffe a tratar de ellas : y en qualquiera tiempo podra fervir al Señor Don Carlos de refguardo efta feria y formal expreffion, fin que neceffite de otra prueva ò examen judicial : Pues me conftan fus honradez y ajuftamiento a las ordenes con que paffò a efte Reyno ; y fu pureza y finceridad no han menefter, para fu propria defenfa, mas efcudo que el de fus proprias operaciones, y hallarfe acreditadas ellas con la aprobacion de efte fuperior govierno; y fiempre que fea neceffario fe las ratificare en abono de ellas : Que es quanto devo expreffarle al Señor Don Carlos, a quièn guarde Dios muchos años. Lima, 14 Deziembre 1737. Firmado *el Marques de Villa-Garcia.*

Al S.or D. Carlos de la Condamine.

à M. de la Condamine, dont Dieu conferve les jours. A Lima, ce 14 Décembre 1737. *Signé* le Marquis de Villa-Garcia.

A M. de la Condamine.
D iij

Examen du terrein pour la mesure des degrés.

m'en pronoſtiquoit pluſieurs autres auxquelles je devois auſſi peu m'attendre.

Nous étions convenus avant mon départ de *Quito*, que pour ne point perdre de temps, on reconnoîtroit pendant mon abſence le terrein où nous devions opérer, tant pour la meſure du Méridien, que pour celle de l'Équateur; l'une & l'autre entrant pour lors dans le projet de notre voyage. Mrs *Godin*, *Bouguer* & *Verguin* partagèrent entr'eux ce travail; M. *Godin* s'étoit chargé de la partie à l'Occident de *Quito* qui comprend environ quarante lieues juſqu'à la Mer. Ce pays, qui s'étend préciſément ſous l'Équateur, eſt ſemblable à celui que j'avois traverſé en venant à *Quito* par le Nord-oueſt, & plus inconnu encore, ſur-tout depuis qu'un chemin anciennement ouvert du fond de la Baye de *Caraques* * à *Quito* au travers des bois, s'eſt entièrement effacé & perdu. Un vieux Cacique des environs de la côte, m'avoit aſſuré que dans ſa jeuneſſe il avoit fait pluſieurs fois à pied ce trajet en cinq jours; mais il refuſa de me ſervir de guide, & n'en trouvant point d'autre, j'avois été contraint de renoncer à mon projet.

Mars. Celui de M. *Godin* n'eut pas d'exécution non plus, ſoit que les ordres qu'il reçut au mois de Mars ſuivant, de nous en tenir à la ſeule meſure du Méridien, l'euſſent détourné du voyage qu'il méditoit à la Côte, ſoit qu'avant cet ordre il eût déjà changé d'avis.

Avril. M. *Bouguer* ſe mit en chemin au mois de Mars; il dirigea d'abord ſa marche au Nord de *Quito*: mais à peu de diſtance de cette ville, le pays étant inconnu & couvert de bois, il fut obligé de ſuivre ou de cotoyer la grande route de *Carthagène*, il rapporta au mois de Mai ſuivant, la carte de tout le terrein qu'il avoit parcouru. Elle comprenoit environ un degré au Nord Nord-Eſt de *Quito*.

Mai.
Carte du terrein au Nord de *Quito*.

Je m'étois engagé, en partant pour *Lima*, d'examiner, autant que je le pourrois ſans me détourner du chemin, le pays au Sud de *Quito*, que les autres Académiciens avoient déjà traverſé depuis *Riobamba*, en venant de *Guayaquil*. Je reconnus

* Sur la côte du Pérou, & non *Caracas*, près de *Venezuela*.

que les deux .chaînes de montagnes, entre lefquelles paffe le
grand chemin de *Quito* à *Lima*, continuoient encore au delà de
Rio-bamba, à peu près dans la direction du méridien ; & que
nous pouvions aifément pouffer notre mefure trois degrés au
delà de l'équateur, jufqu'aux environs de *Cuenca*. Je féjournai
en cette ville pour y obferver la latitude. J'indiquai auffi dès-
lors la bafe de *Tarqui* cinq lieues au delà vers le fud, comme
propre à terminer & à vérifier nos diftances calculées ; & en
effet elle a fervi depuis à cet ufage.

M. *Verguin* aujourd'hui Ingénieur de la Marine à *Toulon*,
dont nous avons tiré de grands fecours dans nos travaux,
alla au mois de Mai reconnoître plus en détail le terrein de
ce même côté, c'eft-à-dire, au Sud de *Quito*, & défigner
les lieux où nous pouvions placer nos fignaux avec avantage. Il nous envoya dès le mois de Juin à *Quito* une Carte
du pays qu'il avoit traverfé, jufqu'aux environs de *Riobamba*.
Il y joignit un projet de triangles qui comprenoit deux degrés.

Je revins dans ce même mois de *Lima* à *Quito*. Il n'y
avoit pas eu de temps perdu dans mon voyage : en moins
de cinq mois j'avois fait huit cens lieues avec un Quart-de-
cercle, & plufieurs autres inftrumens, levé la carte de ma
route, obfervé les latitudes de tous les endroits remarquables :
je m'étois arrêté trois jours à *Loxa* pour reconnoître, deffi-
ner & décrire l'arbre du quinquina, & faire fur ce fujet
des recherches, dont j'ai rendu compte, dans le temps, à
l'Académie* : malgré le peu de folidité des maifons de *Lima*
je m'y étois procuré un obfervatoire folide dans le Palais du
Viceroi, & j'y avois fait toutes les obfervations que le ciel &
la faifon m'avoient permifes : je m'étois heureufement tiré de
l'embarras que l'on m'avoit fufcité : en revenant par mer avec
Don George Juan que fon affaire perfonnelle avec le Préfident
avoit conduit à *Lima* prefque fur mes pas, nous avions touché
à *Payta*, & obfervé la latitude de ce port : j'avois fait un
voyage dans les terres, & levé la carte du pays : en paffant
à *Guayaquil*, où je ne reftai que deux jours, j'avois fixé la

* *Mémoires de l'Académie 1738, page 226.*

1737.
Mai.

Juin.
Carte du ter-
rein au Sud de
Quito.
Retour de
Lima à *Quito.*

Carte de la
route.

Defcription
du Quinquina.

Obfervations
diverfes.

1737.
Juin.

Longitude de *Guayaquil*.

Envoi en France.

Secours d'argent.

longitude inconnue de ce point important, & déterminé fa pofition, par rapport à la montagne de *Chimbo-raço*, que nous pouvions lier à nos Triangles, comme nous l'avons fait depuis: j'avois recueilli, tant à *Lima* que fur la route, quelques ouvrages précieux de l'art des anciens Péruviens, & diverfes curiofités d'hiftoire naturelle: j'avois embarqué le tout pour *Panama* fur la frégate qui portoit le refte du produit de la vente des derniers galions * : enfin j'avois envoyé, & je rapportois à *Quito* en argent ou en lettres de change exigibles plus de 60000 livres pour payer nos dettes & continuer nos opérations, fans compter un crédit de plus de 20000 liv. fur les caiffes royales.

Mémoire fur le voyage de *Lima*.

Mon feul voyàge de *Lima*, & mon féjour de près de trois mois dans cette capitale du Nouveau-monde pourroient fournir la matière d'une relation intéreffante. J'en envoyai l'année fuivante 1738 à feu M. *du Fay* un ample extrait, dans lequel je me bornois aux matières académiques; c'eft le même que j'ai lu en 1746 dans nos affemblées, & il auroit paru dans nos Mémoires de la même année, fi je ne l'euffe retiré pour le joindre au recueil de toutes mes obfervations particulières faites pendant le cours de mon voyage.

Retour à *Quito*.

Obfervation du Solftice.

Juillet.

J'arrivai de *Lima* à *Quito* le 20 Juin avant midi, & je me joignis à Mrs *Godin* & *Bouguer*, que je trouvai au pied du Secteur occupés à la première obfervation du Solftice.

Obliquité de l'E'cliptique.

Août.

Nous la répétâmes les jours fuivans: tout le mois de Juillet fut employé à la vérification du Secteur. En comparant cette obfervation à celle du mois de Déc. précédent, nous avions de quoi conclurre la diftance des Tropiques, & par conféquent l'obliquité de l'écliptique. Le jour même que l'obfervation fut terminée, M. *Bouguer*, qui avoit réduit tous fes calculs jour par jour, envoya à l'Académie un Mémoire fur cette matière, auquel il a fait depuis une addition; le mien fur le

* Cette caiffe étoit adreffée à *Cadix* à M. *Partyet*, Conful de France, pour la faire parvenir à feu M. *du Fay*, Intendant du jardin du Roi, fous l'adreffe de M. le Comte de *Maurepas*. Elle contenoit entr'autres chofes un vafe d'argent du temps des Incas, fingulier & fans foudure *(Voy. Mém. de l'Acad. de Berlin, 1746)* Je n'ai pû découvrir ce que cette caiffe eft devenue.

même

Pl. III. Introd. Hist. Pag. 33.

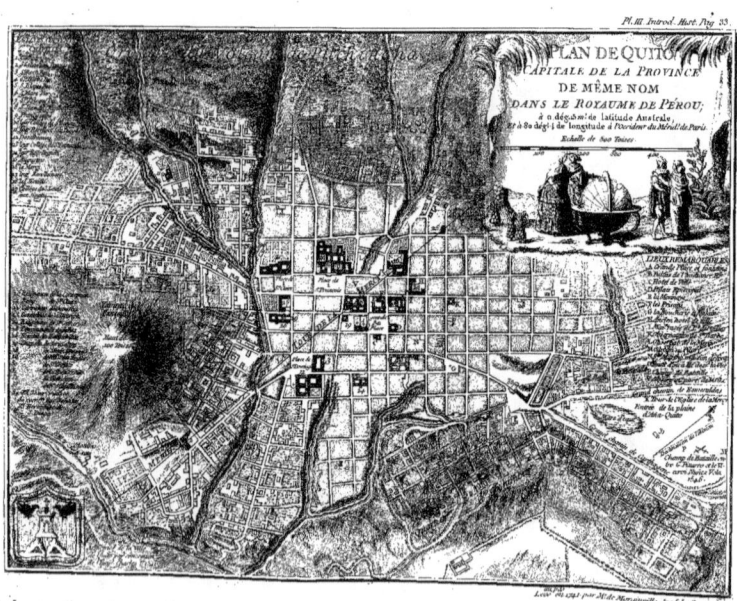

même ſujet ne partit que quelques mois après, & dans le
même temps où M. *Godin* fit auſſi remettre en France un
traité latin ſur l'obliquité de l'écliptique, qui faiſoit la matière d'un volume, & qu'il deſtinoit à l'impreſſion; aucun des
trois mémoires n'a paru, même par extrait, dans les recueils
de l'Académie, ni pluſieurs autres dont la publication fut
remiſe à notre retour ; celui de M. *Bouguer* & le mien, dont
nous avions envoyé copie à feu M. *Halley*, ont été traduits en
anglois & imprimés à *Londres*, ſans que nous en ayons eu
connoiſſance.

1737.
Août.
Trois Mé-
moires ſur cette
matière.

A mon retour de *Lima*, je pris poſſeſſion à *Quito* d'un
logement que j'ai toûjours occupé depuis. J'y avois pour obſerver, la commodité d'une terraſſe voûtée, de plein pied à mon
appartement. Elle eſt deſignée par le point *X* dans le plan de
Quito, joint à cet ouvrage. Je dois remarquer que ce plan
n'a été levé qu'au pas par M. de *Morainville*. Cependant l'é-
chelle en a été vérifiée ſur de grandes diſtances meſurées exactement. Il eſt plus que ſuffiſant, pour donner une idée de
la grandeur de la ville, & de la ſituation de ſes différentes
parties; comme des lieux où nous avons obſervé. Il étoit
gravé dès 1746, deux ans avant celui que Mrs *Don George
Juan* & *Don Antoine de Ulloa* ont publié dans leur relation, &
qu'ils ont levé à la toiſe.

Plan de Quito,

La vérification du ſecteur par le renverſement, après
notre obſervation du ſolſtice, ne fut conſommée que les
premiers jours d'Août : ainſi il ne fut pas poſſible de nous
mettre pluſtôt en campagne. Nous partimes de *Quito* le 14
du même mois, pour travailler ſérieuſement à la meſure des
triangles de la méridienne : nous montâmes d'abord ſur *Pitchincha*, M. *Bouguer* & moi, & nous allâmes nous établir
auprès du ſignal que j'y avois placé depuis près d'un an, 970
toiſes au deſſus de *Quito*. Le ſol de cette ville eſt déjà élevé
ſur le niveau de la mer de 1460 toiſes, c'eſt-à-dire, plus
que le *Canigou* & le *Pic* du *Midi*, les plus hautes montagnes des
Pirénées. La hauteur abſolue de notre poſte étoit donc de
2430 toiſes ou d'une grande lieue : c'eſt-à-dire, pour donner

Station ſur
le plus haut
ſommet de *Pit-
chincha.*

E

une idée fenfible de cette prodigieufe élévation, que fi la pente du terrein étoit diftribuée en marches d'un demi-pied chacune, il y auroit 29160 marches à monter depuis la mer jufqu'au fommet de *Pitchincha*. *Don Antoine de Ulloa*, en montant avec nous, tomba en foibleffe, & fut obligé de fe faire porter dans une grotte voifine, où il paffa la nuit.

Notre habitation étoit une hutte, dont le faîte, foûtenu par deux fourchons, avoit un peu plus de fix pieds de hauteur. Quelques perches inclinées à droite & à gauche, & dont une des extrémités portoit à terre, tandis que l'autre étoit appuyée fur le comble, compofoient la charpente du toit, & fervoient en même temps de murailles. Le tout étoit couvert d'une efpèce de jonc délié, qui croît fur la plufpart des montagnes du pays. Tel fut notre premier obfervatoire, & notre première habitation fur *Pitchincha*. Comme je prévoyois les difficultés de fa conftruction, toute fimple qu'elle devoit être, je m'y étois pris de longue main; mais je ne m'attendois pas qu'à mon retour de *Lima*, cinq mois après avoir payé les matériaux & la main d'œuvre, je trouverois qu'il n'y avoit encore rien de commencé, & que je me verrois obligé de contraindre judiciairement les gens avec qui j'avois fait le marché. Notre baraque occupoit toute la largeur de l'efpace qu'on avoit pû lui ménager, en applaniffant une crête fablonneufe qui fe terminoit à mon fignal; le terrein étoit fi efcarpé de part & d'autre, qu'à peine on avoit pû conferver un étroit fentier d'un feul côté, pour paffer derrière notre cafe. Je ne ferai point ici le détail de toutes les incommodités que nous éprouvâmes dans ce pofte, & je ne répéterai point tout ce qu'a dit fur ce fujet M. *Bouguer* dans les Mémoires de 1744: je me contenterai de faire les remarques fuivantes.

Notre toit étoit prefque toutes les nuits enfeveli fous la neige: nous y reffentîmes un froid extrême; nous le jugions même plus grand par fes effets, qu'il ne nous étoit indiqué par un thermomètre de M. de *Reaumur*, que j'avois porté, & que je ne manquai pas de confulter tous les jours matin & foir. Je ne le vis jamais, au lever du foleil, defcendre tout-à-fait

jufqu'à cinq degrés au deffous du terme de la glacè : il eft vrai
qu'il étoit à l'abri de la neige & du vent, & adoffé à notre
cabane; que celle-ci étoit continuellement échauffée par la préfence de quatre, quelquefois de cinq ou fix perfonnes; & que
nous y avions des brafiers allumés. Rarement cette partie du
fommet de *Pitchincha*, plus orientale que la bouche du volcan,
eft tout-à-fait dépouillée de neige; auffi fa hauteur eft-elle à
très-peu près, celle où la neige ne fond jamais dans les autres
montagnes plus élevées, ce qui rend leurs fommets inacceffibles. Perfonne, que je fache, n'avoit vû avant nous le mercure
dans le baromètre au deffous de feize pouces, c'eft-à-dire,
douze pouces plus bas qu'au niveau de la mer; en forte que
l'air que nous refpirions, étoit dilaté près de moitié plus
que n'eft celui de France, quand le baromètre y monte à
29 pouces. Cependant je ne reffentis en mon particulier
aucune difficulté dans la refpiration. Quant aux affections
fcorbutiques dont M. *Bouguer* fait mention, & qui défignent
apparemment la difpofition prochaine à faigner des gencives,
dont je fus alors incommodé, je ne crois pas devoir l'attribuer au froid de *Pitchincha*, n'ayant rien éprouvé de pareil
en d'autres poftes auffi élevés, & le même accident m'ayant
repris cinq ans après à *Cotchefqui*, dont le climat eft tempéré.

J'avois porté une pendule, & fait faire les piliers qui foû-
tenoient la cafe, fur-tout celui du fond, affez folides pour
y fufpendre cette horloge : nous parvînmes à la régler, & par
fon moyen à faire l'expérience du pendule fimple à la plus
grande hauteur où jamais elle eût été faite. Nous pafsâmes en
ce lieu trois femaines, fans pouvoir achever d'y prendre nos
angles, parce qu'un fignal qu'on avoit voulu porter trop loin
du côté du fud, ne put être aperçû, & qu'il arriva quelques
accidens à d'autres.

La montagne de *Pitchincha*, comme la plufpart de celles
dont l'accès eft fort difficile, paffe dans le pays pour être
riche en mines d'or; & de plus, fuivant une tradition fort
accréditée, les Indiens fujets d'*Atahualpa* Roi de *Quito*, dans
le temps que le pays fut conquis par les Efpagnols, enfouirent

Vifite reçûe à
Pitchincha.

à *Pitchincha* une grande partie des tréfors qu'ils apportoient
de toutes parts pour la rançon de leur maître, lorfqu'ils apprirent la fin tragique de ce Prince. Pendant que nous étions
campés en ce lieu, deux particuliers de *Quito*, de la connoiffance de *Don Antoine de Ulloa* qui partageoit notre travail,
eurent la curiofité, peut-être au nom de toute la ville, de
favoir ce que nous faifions fi long-temps dans la moyenne
région de l'air. Leurs mules les conduifirent au pied du rocher
où nous avions élû notre domicile : mais il leur reftoit à
franchir deux cens toifes de hauteur perpendiculaire, que l'on
ne pouvoit monter qu'en s'aidant des pieds & des mains,
& même en quelques endroits, qu'avec danger. Une partie
du chemin étoit un fable mouvant qui s'ébouloit fous les
pieds, & où l'on reculoit fouvent au lieu d'avancer. Heureufement pour eux, il ne faifoit ni pluie ni brouillard ; cependant nous les vîmes plufieurs fois près d'abandonner la partie.
Enfin, à l'envi l'un de l'autre, aidés par nos Indiens, ils
firent de nouveaux efforts & arrivèrent à notre pofte, après
avoir mis plus de deux heures à l'efcalader. Nous les reçûmes
de notre mieux, nous leur fîmes part de toutes nos richeffes.
Ils nous trouvèrent mieux pourvûs de neige que d'eau : on
fit grand feu pour les faire boire à la glace ; ils pafsèrent avec
nous une partie de la journée, & reprirent fur le foir le
chemin de *Quito*, où nous avons depuis confervé la réputation d'une efpèce d'hommes fort extraordinaires.

Tandis que nous obfervions à *Pitchincha*, M. *Godin* &
Don George Juan étoient à huit lieues de nous fur une autre
montagne moins haute, appelée *Pamba-marca*. Nous nous
voyions diftinctement avec de longues lunettes, & même
avec celles de nos quarts-de-cercle : mais il falloit deux jours
au moins à un exprès pour porter une lettre d'un pofte à
l'autre. M. *Godin* effaya vainement de faire à *Pamba-marca*
l'expérience du fon ; il ne put entendre le bruit d'un canon
de neuf livres de balle, qu'il avoit fait placer fur une petite
montagne voifine de *Quito*, dont il étoit éloigné de 19000
toifes.

Montagne de
Pamba-marca.

La fanté de M. *Bouguer* étoit altérée, & il avoit befoin
de repos ; nous defcendîmes le 6 Septembre à *Quito* où M.
Godin fe rendit de fon côté. Nous y obfervâmes tous enfemble l'éclipfe de lune du 8 du même mois. Immédiatement
après, M. *Godin* alla s'établir dans un fauxbourg au nord-eft
de la ville, pour y obferver les réfractions aftronomiques.
Avant que de retourner, M. *Bouguer* & moi, à notre première tâche fur *Pitchincha*, j'allai faire une courfe à quelques
lieues au fud-eft de *Quito*, pour chercher un endroit propre à
placer un fignal qui devoit être aperçû de fort loin. Je réuffis
à le rendre vifible, en le faifant blanchir avec de la chaux.
Ce lieu fe nommoit *Schangailli* ; & ce fignal eft le feul, hors
ceux qui ont terminé nos bafes, qui ait été placé en rafe
campagne. Il ne fera pas inutile d'obferver que, par fa fituation, il ne pouvoit fervir que pour la mefure du méridien,
& nullement pour celle de l'équateur.

Le 12 Septembre, en revenant de reconnoître le terrein
fur le volcan appelé *Sinchoulagoa*, je fus furpris en pleine
campagne d'un violent orage mêlé de tonnerres & d'éclairs,
accompagné d'une grêle la plus groffe que j'aie vûe de ma vie.
Je n'eus pas, comme on peut bien juger, la commodité d'en
mefurer exactement le diamètre, je n'étois occupé qu'à trouver
le moyen de garantir ma tête : un grand chapeau à l'efpagnole ne m'eût pas fuffi, fans un mouchoir que je mis deffous
pour amortir l'impreffion des coups que je recevois; les grains,
dont plufieurs approchoient de la groffeur d'une noix, me
caufoient de la douleur à travers des gands très-épais. J'avois
le vent en face, & la vîteffe de ma mule augmentoit la force
du choc. Je fus obligé plufieurs fois de tourner bride : l'inftinct de cet animal le portoit à préfenter le dos au vent, &
à fuivre fa direction, comme un vaiffeau fuit *vent-arrière* en
cédant à l'orage.

Nous remontâmes quelques jours après, à *Pitchincha*, M.
Bouguer & moi, non à notre premier pofte, mais à un
autre beaucoup moins élevé, d'où l'on voyoit *Quito*, que
nous liâmes à nos triangles. Le mauvais temps y rendit

*1737.
Septembre.*

E'clipfe de
Lune.

Réfractions.

Signal de
Schangailli.

Grêle monf-
trueufe.

E iij

Nouveau Si-
gnal à *Pitchin-
cha.*

Ordres de la
Cour reçûs à
Pitchincha.

Difcuffion
d'un article
des Mém. de
l'Académie
de 1744.

inutile la troifième tentative qui fut faite depuis notre debar-
quement, pour obferver l'équinoxe par la méthode que M.
Bouguer avoit propofée en 1735 *. Rebuté des incommodités de notre ancien fignal de *Pitchincha*, M. *Bouguer* defira
qu'on en plaçât un autre dans un lieu plus commode : je
choifis un point de la même montagne 210 toifes plus
bas que le premier, & élevé d'à-peu-près autant au deffus
d'une tente, fous laquelle nous attendîmes le moment favorable à la mefure de nos angles. Ce fut là que nous reçûmes le
23 Septembre 1737, la première nouvelle des *ordres du Roi,
qui nous difpenfoient de la mefure de l'E'quateur,* laquelle jufqu'alors avoit fait partie de notre projet, ainfi que celle du
méridien.

*Ce qui fuit eft la difcuffion d'un fait rapporté dans un Mémoire de
l'Académie de 1744, & qu'il m'eft important d'éclaircir. Je fens
combien cet article doit être indifférent à la plufpart des lecteurs, &
je prie ceux qui n'y prennent aucun intérêt, de paffer tout ce qui eft
diftingué par des guillemets.*

« [Sans doute quelques lecteurs prévenus par le nom de
» *Voyage à l'E'quateur,* fous lequel on a le plus fouvent défigné
» notre miffion, fe font imaginés que la mefure de l'équateur
» en étoit l'objet le plus important : quelques-uns même ont
» fuppofé qu'il avoit été l'unique, & que M. *Godin,* dans fon
» projet, n'avoit parlé que de l'E'quateur. Il fuffit, pour le juf-
» tifier de ce reproche, de confulter les regiftres de l'Académie,
» ou même les feuls paffeports de la cour d'Efpagne, follicités
» à *Madrid* en 1734, un an avant notre départ. Il n'eft pas
» moins certain, que jamais il n'a été queftion d'aller mefurer
» l'équateur feul ; & que depuis l'année 1733, que cette matière
» a été fouvent agitée dans nos affemblées à l'occafion de la me-
» fure du Parallèle de *Paris,* on eft convenu d'un commun accord,
» que la comparaifon des degrés du Méridien, pris aux plus
» grandes diftances poffibles, étoit le moyen le plus avanta-
» geux pour juger de la figure de la Terre. Cependant comme
» la mefure des degrés de l'équateur pouvoit être auffi de quelque

* *Mém. de l'Acad. 1735,* page 32.

ufage, fur-tout en la comparant à celle des premiers degrés « 1737.
du méridien, l'une & l'autre mefure étoit entrée dans les « *Septemb.*
premières vûes de l'Académie[a]. Il ne s'agit pas ici de balancer « [a] *Hift. de l'A-*
le degré d'utilité de ces deux différentes mefures. Ce fujet a « *cad. 1735,*
été difcuté par plufieurs de nos plus grands Géomètres, & « p. 47.
en particulier par M. *Bouguer* même[b] : mais tout ce qu'on « [b] *Mémoires de*
peut dire fur cela n'empêche pas que fi après avoir mefuré « *l'Ac. 1736,*
trois degrés du méridien, nous en euffions auffi mefuré trois « p. 443.
de l'équateur, conformément à notre premier projet (ce qui «
n'étoit que difficile, mais nullement impoffible), nous n'euf- «
fions fait un ouvrage utile & unique. Outre la mefure effective «
du degré de l'équateur, indépendante de toute hypothèfe, nous «
euffions encore eu l'avantage de pouvoir déduire la figure de «
la terre & le rapport de fes axes, de nos feules opérations, «
fans rien emprunter de perfonne, & au moins auffi exacte- «
ment que par la comparaifon du premier degré du méridien «
à ceux qui ont été mefurés en France *. Quoi qu'il en foit, «

---

* C'eſt ce que je conclus de la dé-
monſtration même de M. *Bouguer,*
dans le mémoire cité *page 463.* La
comparaifon de notre premier degré
du méridien au degré de l'équateur
nous eût donné le rapport des axes
de la terre $\frac{1}{1440}$ près, au lieu que la
comparaifon du même degré du mé-
ridien au degré de France ne donne,
felon le même auteur, ce rapport
qu'à $\frac{1}{1224}$ parties près (*ibid. page
456*). Il eft vrai que ma conclufion
eft fondée fur deux fuppofitions;
l'une, que nous euffions pû mefurer
fous le parallèle de *Quito,* ou pluftôt
de *Pitchincha,* trois degrés en longitude; au lieu que M. *Bouguer* ne
fonde fon calcul que fur la mefure
de deux degrés : l'autre, que nous
euffions pû nous affurer de la différence d'heure entre les méridiens des
deux obfervateurs, fans commettre
plus d'une feconde de temps d'erreur
fur l'arc total; au lieu que M. *Bouguer (page 456)* fuppofe deux fe-

condes; mais je crois que l'une &
l'autre de mes deux fuppofitions eft
très-recevable, & en voici la preuve.
1.º Quant à la diftance mefurable, le
fommet de *Pitchincha* fe voit à 40
lieues marines du côté de l'oueſt du
haut des montagnes de *Cuaquès* &
de *Jama,* voifines de la côte (*Voy.
la carte de la province de Quito*).
Du même fommet de *Pitchincha,*
j'ai relevé, environ 18 lieues à l'Eft,
plufieurs pointes de montagnes de
l'autre côté de la Cordelière orientale, entr'autres, une montagne nommée *Pifambilla,* qui peut-être
n'eft pas la plus éloignée, ni la plus
convenable : voilà donc une diftance
d'environ 60 lieues marines de l'eft
à l'oueſt, qui pouvoit être mefurée
par le moyen d'un feu fur *Pitchincha,* 2.º Quant à la précifion de
cette obfervation, nous avons plufieurs fois reconnu, par expérience,
qu'il n'eft pas difficile fous l'équateur
de déterminer par plufieurs hauteurs

1737.
Septemb.
Hift. de l'A-
cad. 1735,
p. 63.
Mémoires de
l'Ac. 1736,
pp. 111 &
302.

„ les mémoires que lûrent à l'Académie depuis notre départ
„ M. *de Maupertuis* & M. *Clairaut*, en 1735 & au commen-
„ cement de 1736, donnèrent lieu de juger que la mesure effec-
„ tive des degrés de l'équateur n'étoit pas d'une affez grande uti-
„ lité pour prolonger notre voyage, dont on espéroit d'ailleurs
„ recueillir plus promptement le fruit par la seule comparaison des
„ deg. du mérid. voisins de la Ligne, à ceux qu'on alloit mesurer
„ au nord. En conséquence de ces réflexions, les ordres du Roi,
„ dont j'ai parlé, furent expédiés ; ils portoient *que nous eussions à*
„ *nous en tenir à la mesure des degrés du Méridien, qui faisoit*
„ *notre principal objet, & qui suffisoient pour remplir l'intention de*

correspondantes, l'heure de la médiation d'une étoile bien choisie, en
forte qu'il n'y eût qu'une demi-fe-
conde de différence entre le résultat
des observations les plus éloignées.
L'heure de la médiation étant ainsi
connue, peut-être à moins d'un
quart de seconde près, en prenant
le milieu de plusieurs observations ;
& l'instant de l'apparition d'une
flamme subite pouvant d'ailleurs être
fort voisin de l'heure de la médiation
calculée, on eût sauvé par ce moyen
presque toute la petite incertitude
qu'auroit pû causer l'irrégularité de
la marche d'une horloge dans un plus
long intervalle de temps. Enfin il
faut faire attention dans le cas préfent, que les deux observateurs,
établis l'un à *Jama* & l'autre à *Pi-*
fambilla, n'eussent pas eu à souffrir
beaucoup, du moins le premier, de
l'inclémence de l'air : ils eussent pû
se procurer des facilités pour observer, & conséquemment une plus
grande exactitude dans chaque observation en particulier ; à plus forte
raison dans le résultat moyen d'un
grand nombre d'observations. Prefque toute l'incommodité eût été ré-
fervée à un troisième observateur,
qui, posté entre les deux autres sur
le sommet de *Pitchincha*, auroit eu
le soin des signaux, formés par une

bombe de carton, ou par un tas
de poudre enflammée à l'air libre,
comme je l'avois proposé *(Mém. de*
l'Acad. 1735, p. 7*)* ; ce qui a depuis été exécuté avec succès en
France en 1738 & 1739 *(Mérid.*
de Paris vérif. p. 98. & *Disc.*
prélim. p. 16), & je me serois
volontiers chargé de cette dernière
commission. Mes deux suppositions
n'ont donc rien de violent : la première est de fait ; la seconde est conforme à l'expérience. J'en ai tiré la
conséquence d'après le calcul de M.
Bouguer. De plus, si l'on suppose
un nombre suffisant d'observations,
dont chacune en particulier donne la
différence des deux méridiens en
temps, telle qu'il n'y ait pas plus
d'une seconde d'erreur à craindre, il
est très-probable que le moyen résultat approcheroit beaucoup plus près
de la vérité ; & si l'on eût été sûr qu'il
n'y eût qu'une demi-seconde de
temps d'erreur sur un arc de trois
degrés, lequel répond à 12 minutes
de temps, on auroit eu la mesure du
degré de l'équateur à 40 toises près ;
ce qui est une précision presque aussi
grande que celle qu'on peut se promettre sur le degré du méridien
par la mesure d'un arc du même
nombre de degrés.

l'Académie.

l'Académie. Nous nous trouvions par-là foulagés de ce qu'il « *1737.*
y avoit de plus pénible dans notre travail : la nature du « *Septemb.*
terrein & la difpofition des montagnes du pays, rendant la «
méfure géométrique des degrés de l'équateur beaucoup plus «
difficile que celle des degrés du méridien. Heureufement le «
projet de la mefure de l'équateur, dont nous ne nous étions «
encore occupés qu'en idée, ne nous avoit pas fait perdre un «
moment. Avant les ordres reçûs, nous avions, comme je l'ai «
déjà remarqué, une carte détaillée de plus de foixante lieues «
du nord au fud, pour la mefure du méridien; tandis que le «
terrein traverfé par l'équateur à l'oueft de *Quito* nous étoit «
abfolument inconnu, hors le point de la côte que j'avois «
déterminé en débarquant en 1736, & que nous ne con- «
noiffions à l'eft que les environs de nôtre bafe. Enfin après «
l'arrivée des ordres, nous ne fîmes que pourfuivre du nord «
au fud nos opérations commencées, fans avoir rien à changer «
dans la diftribution des fignaux déjà placés. Tous ces faits font «
conftans & prouvés par nos journaux. «

On peut donc dire dans la plus exacte vérité, *que rien* «
n'étoit prêt pour la mefure de l'Équateur; & qu'au contraire, «
tout étoit difpofé pour celle du Méridien depuis plufieurs mois; «
que celle-ci étoit même commencée, & que nous y travaillions «
tous actuellement, M. Godin, M. Bouguer *& moi, depuis fix* «
femaines, lorfque je remis à M. Bouguer *le 27 Septembre* «
1737, la lettre de M. le Comte de Maurepas, *qui contenoit* «
les ordres du Roi à ce fujet. «

Je conviens que tout ceci n'eft pas facile à concilier avec «
ce qui fe trouve dans les Mémoires de l'Académie de 1744, «
pages 283 & 284. *Jufque-là tout s'étoit préparé pour la* «
détermination de ces derniers degrés (de l'Équateur). (C'eft ce «
que portent les premiers exemplaires diftribués à la Cour, dont «
un eft actuellement fous mes yeux), ou, fuivant le carton «
fubftitué dans les autres exemplaires, & marqué d'un aftérifque, «
Jufque-là tout s'étoit autant préparé pour la détermination de ces «
derniers degrés (de l'Équateur) *que pour celle des degrés du Mé-* «
ridien. Mais eft-il plus aifé d'accorder l'une ou l'autre de ces «

F

1737. » deux affertions avec deux lettres écrites & fignées par M. *Bou-*
Septemb. » *guer*[a], qui prouvent que dès le mois de Juillet, deux mois avant
» la réception des ordres cités, nous étions uniquement occupés
» de la mefure du méridien; que de fon aveu, nous regardions
» dès-lors la mefure de l'équateur comme éloignée, & même que
» nous doutions déjà fi nous la devions entreprendre?

» En vain diroit-on, pour éluder la force de cet argument,
» que les ordres du Roi, dont il eft ici queftion, ne font pas
» ceux qui nous parvinrent fur *Pitchincha* au mois de Septembre;
» mais ceux qu'avoit reçûs M. *Godin* dès le mois de Mars pré-
» cédent : je répondrois qu'on ne peut, fans faire violence au
» texte, fans changer les dates, & fans bouleverfer l'ordre de
» la narration, rapporter au mois de Mars ce qui eft dit clai-
» rement d'un temps poftérieur à notre fortie de *Quito* en Août
» 1737 [b]. Enfin pour couper court à toute réplique , je dis

---

[a] *Je croyois que nous pourrions au moins achever cette campagne (1737) la mefure des degrés de latitude; mais après avoir mieux examiné la chofe, je crois que c'eft tout ce que nous pourrons faire que de la terminer l'an prochain, & nous ne ferons pas prêts de finir, SI nous entreprenons la mefure de l'équateur.* Quito, 24 Juillet 1737. Signé Bouguer. (Lettre à feu M. *du Fay*).

Mon efpérance de revoir la France vient de renaître par la lettre que M. le Comte de Maurepas *m'a fait l'honneur de m'écrire* (reçûe le 23 Septembre 1737): *nous ignorions que notre ouvrage fe réduifît à la feule mefure du méridien, en forte que nous agiffions comme SI nous euffions toûjours dû mefurer ENSUITE quelques degrés de l'équateur.* Quito, Octobre 1737. *Signé* Bouguer. (Lettre à feu M. *du Fay*).

[b] En voici la preuve. Dans la Relation déjà citée, il eft dit, *page 282, Nous touchions à la fin de 1736 : nous ne pûmes nous mettre*

en campagne l'année *fuiv.* (1737) que très-tard. En effet, ce fut le 14 Août que nous fortîmes de *Quito.* Donc lorfqu'on lit dans la fuite de la narration, *page fuivante 283, Jufque-là tout s'étoit préparé pour la mefure de l'équateur,* le lecteur doit entendre que tout s'étoit préparé pour cette mefure, jufqu'au temps où nous fortîmes de *Quito* en Août 1737. Cette époque eft encore clairement fixée *page fuivante 284, Le parti étant pris de mefurer les degrés du méridien, le choix des ftations nous arrêtoit beaucoup : nous fîmes élever,* M. de la Condamine *& moi, quelques fignaux particuliers.* Or ces fignaux particuliers, c'eft-à-dire, qui ne nous étoient pas communs avec M. *Godin,* étoient ceux de *Pitchincha* & de *Schangailli,* & ils ont été placés, comme je l'ai rapporté, au mois de Septembre 1737. Donc, fuivant le texte du mémoire; ce n'eft qu'au mois de Septembre que le parti fut pris de mefurer les degrés du méridien; au lieu qu'il eft prouvé par la lettre de M. *Bouguer,*

que le parti de mefurer d'abord le méridien étoit pris, & « 1737.
que le projet de mefurer l'équateur enfuite, étoit douteux dès « *Septemb.*
le mois de Janvier précédent. C'eft de quoi j'ai une preuve «
littérale qui tranche toute difficulté *. «

Me fera-t-il permis maintenant de demander fur quoi «
portent les expreffions fuivantes? *Après un travail opiniâtre de* «
plufieurs années, & fous le poids duquel plufieurs d'entre nous «
euffent fuccombé . . . . dans ces forêts où nous euffions manqué de «
tout, & où nous euffions eu une infinité d'accidens à crain- «
dre . . . . . la circonftance étoit critique : il étoit de la plus grande «
importance pour nous de bien choifir, puifqu'il s'agiffoit de tout «
le fuccès de notre voyage. Heureufement, les ordres du Roi, «
quoique dans une matière de pure géométrie, ne nous laiffèrent «
pas la liberté de nous tromper . . . . ils ne pouvoient arriver plus «
à propos que lorfque l'avis du plus grand nombre, ou (fuivant «
le feuillet inféré après la diftribution des premiers exem- «
plaires), *l'avis qui eût prévalu, alloit vrai-femblablement nous* «
engager dans une entreprife tout-à-fait imprudente. (Mémoires «
de l'Académie 1744, pages 283 & 284). «

Réduifons tout ceci à fa jufte valeur, & difons, que tant «
que notre commiffion s'eft étendue à la mefure de l'équa- «
teur, outre celle du méridien, ceux qu'on défigne ici par, le «
plus grand nombre, c'eft-à-dire, *M. Godin* & moi, n'avons «
pas été effrayés des obftacles qui s'oppofoient à la première «
des deux mefures; & que malgré ces obftacles connus, l'en- «
treprife n'étoit pas encore abandonnée, lorfque nous reçûmes «
les ordres du Roi, qui nous difpensèrent de cette partie la «
plus difficile de notre ouvrage, à laquelle nous n'avions pas «

---

que nous ne penfions qu'au méridien le 24 Juillet, & qu'il étoit
même douteux qu'après le méridien
nous mefuraffions l'équateur.

* Elle eft tirée d'une lettre de M.
Clairaut, qu'il m'écrivoit de *Paris*
à *Quito,* & que je conferve en original. *Je viens de recevoir votre*
lettre de Quito, *du mois de Janvier*
1737 : je fuis charmé que vous

foyez réfolus de mefurer d'abord le
méridien, fans trop vous attacher à
mefurer l'équateur . . . . vous auriez
pû paffer un temps très-confidérable,
fans favoir la figure de la terre . . . je
crois que j'ai eu quelque part à la
lettre de M. le Comte de Maurepas
là-deffus : car dans le mémoire que
je lûs à l'Académie fur cette ma-
tière, &c. Paris, 3 Mars 1738.

» encore à la vérité travaillé; mais dont notre zèle avoit em-
» braſſé le projet avec la même ardeur que ſi l'exécution en
» eût été facile. Ajoûtons enfin que lorſque ces ordres nous
» parvinrent, nous meſurions déjà le méridien, & qu'il n'y
» avoit rien de prêt pour la meſure de l'équateur. Voilà ce
» qui eſt exactement vrai; & tout ce qui eſt dit de plus dans
» le mémoire cité, ne peut ni détruire ces faits, ni même attri-
» buer à M. *Bouguer* un changement ſurvenu à notre deſtina-
» tion [a] long-temps avant que le mémoire qu'il écrivit ſur cette
» matière fût parti de *Quito.*

»   Je ne prétends pas pour cela que la frayeur de traverſer
» des bois & des forêts, ait pû perſuader à M. *Bouguer* que
» l'entrepriſe de la meſure de l'équateur nous ſeroit fatale. Sa
» Relation nous apprend qu'il s'étoit familiariſé avec ces dan-

*Mém. de
l'Ac. 1744.
page 190.*

» gers : mais déſigné comme je le ſuis dans les Mémoires de
» l'Académie, accuſé d'*avoir, par un avis imprudent, expoſé notre
» vie & tout le ſuccès d'un voyage, qui, ſelon M.* Bouguer *lui-
» même, auroit manqué* [b] *infailliblement ſans mon ſecours,* j'ai crû
» devoir, pour ma juſtification, éclaircir des faits ſur leſquels
» le temps & la préoccupation avoient répandu quelque obſcu-
» rité. C'eſt malgré moi que je me vois obligé de donner cet
» éclairciſſement, & je conſerve des témoignages authentiques
» du ſacrifice que j'avois fait de mes droits, pour éviter juſqu'à
» l'apparence d'une conteſtation.

»   Au reſte, quoique je ne fuſſe point encore de retour à

[a] Je conviens, & je me rappelle
avec plaiſir, que l'ordre du Roi nous
a épargné peut-être un an, peut-être
deux, d'un travail pénible : mais il
eſt encore bien plus évident que le
mémoire cité de M. *Bouguer*, lequel ne fut lû à l'Académie que le
8 Mars 1738, quoiqu'il ait été
imprimé dans le volume de 1736
(*Voy. p. 443 & à la marge*), n'a
pû donner lieu à des ordres dont le
premier *duplicata* fut reçu un an auparavant à *Quito* (le 9 *Mars 1737*),
& qui ont dû néceſſairement être

expédiés en France dès l'ann. 1736,
& peut-être même avant que le mémoire de M. *Bouguer* fût commencé;
puiſqu'il convient (*ibidem*), qu'il ne
rédigea ce mémoire qu'après que nous
eûmes reçu au Pérou celui de M. de
Maupertuis, & l'extrait de celui de
M. *Clairaut*, leſquels nous parvinrent
dès le mois d'Octobre 1736 à *Oyambaro*, près *Quito*, avec les premières
lettres que nous reçûmes de France.
[b] Lettre au Directeur de l'Académie, Août 1737, ſignée *Godin* &
Bouguer.

Paris lorfque M. *Bouguer* y lut le mémoire dont il s'agit, j'ai « **1737.** tout lieu de croire que ni les deux articles qui font l'objet de « *Septemb.* la préfente difcuffion; ni rien de ce qui eft contenu depuis « le bas de la page 282, jufqu'au milieu de la page 284, n'a « été lû dans nos affemblées, & que le tout a été inféré fans « avoir été communiqué à l'Académie, puifqu'il ne s'en trouve « aucun veftige fur le regiftre original de la Compagnie; mais « cette addition étant devenue publique, je n'ai pû, dans les cir- « conftances préfentes, me difpenfer d'y répondre, fous peine « de paroître avouer les conféquences qu'on en pourroit tirer »].

Le changement de lieu du fignal de *Pitchincha* nous obli-   *Octobre.* geoit à reprendre de nouveaux angles. Les difficultés qui fe rencontrèrent pour placer fur la montagne de *Cota-catché*, vers le nord, un fignal, qui devint depuis inutile, durèrent pref- que tout le mois d'Octobre. Je paffai ce temps à *Pitchincha :* notre nouveau pofte, quoiqu'il y neigeât quelquefois, me fem- bloit un féjour agréable; le climat en étoit doux, par com- paraifon à celui de la première ftation. J'eus tout le loifir de faire, fous ma tente, plufieurs expériences du pendule, 570 toifes au deffus de *Quito*, où je ne defcendis que le 7 No-   *Novembre.* vembre, & je ne pûs partir de cette ville que le 19 Dé- cembre, pour aller reprendre aux environs de notre bafe, les angles que le fignal nouvellement pofé formoit avec les points déterminés.

Cet intervalle de cinq femaines avoit été rempli par des   *Décembre.* occupations de divers genres. J'avois travaillé à une feconde   Obfervations vérification des divifions de mon quart-de-cercle, de degré   diverfes. en degré, dans une plaine voifine de *Quito*, où M. *Godin* avoit fait mefurer des diftances qui lui avoient fervi pour le même ufage. Nous avions examiné M. *Bouguer* & moi, les divifions du limbe du grand fecteur, avec lequel nous avions obfervé les deux folftices, ainfi que celles de la monture du baromètre que j'avois porté dans le voyage de *Lima*, fur laquelle j'avois marqué toutes les hauteurs du mercure que j'avois obfervées: enfin je me trouvai chargé de plufieurs affaires économiques de notre compagnie, qui rouloient fur

moi depuis mes offres & mes avances. Il m'avoit fallu travailler à nous affurer de nouveaux fonds, pour continuer
notre ouvrage fans interruption. Je cherchai & je trouvai les
cautionnemens que j'avois offerts, & qui m'étoient néceffaires
pour nous mettre en état de tirer du tréfor royal de *Quito,*
les nouveaux fecours dont nous étions à la veille d'avoir
befoin. J'épargne au lecteur tous ces détails ; on a déjà pû
voir que nous ne reftions pas oififs dans les intervalles que
nous laiffoient quelquefois nos grandes opérations : & la fin
de l'année 1737, entre autres, fut pour moi un de ces
temps critiques où je me trouvai furchargé de foins étrangers
à nos travaux académiques, mais qui n'en avoient pas moins
pour but le fuccès de notre miffion.

Je dois cependant remarquer, que fi cette année eft celle
où nous avons le moins avancé la mefure de la méridienne,
qui étoit notre principal ouvrage, ce n'eft pas au défaut de
fonds qu'il faut s'en prendre. Depuis le mois d'Août 1736,
j'avois pourvû à la fubfiftance de notre compagnie, par les
arrangemens que j'avois pris dès-lors, en attendant les reffources que j'efpérois trouver, & que je trouvai effectivement
à *Lima.* Par ce qui précède on a pû voir que la principale
raifon de notre retardement étoit, qu'on nous avoit affurés
que nous perdrions notre temps, en nous obftinant à prendre
des angles pendant la faifon des pluies. C'eft ce qui fit que,
depuis l'obfervation du folftice de Décembre & la vérification du fecteur, terminée au commencement de Février, jufqu'à mon retour de *Lima* au mois de Juin ; prefque tout
le temps avoit été employé à reconnoître le terrein de la méridienne. L'obfervation du folftice de Juin & fes fuites nous
ayant enfuite retenus jufqu'au mois d'Août, les difficultés de
notre première ftation fur *Pitchincha,* la pofition des fignaux
fuivans, & le changement de celui-ci, furent caufe que tout
le refte de l'année fe paffa, pour ainfi dire, en opérations
préliminaires, ou fubordonnées à notre objet le plus important.

ANNÉE 1738.

DISPENSÉS de la partie la plus difficile de notre ouvrage, nous avions lieu de nous flatter que nos opérations ne souffriroient plus de retardement, & que nous verrions la fin de nos travaux dans le cours de l'année 1738 : pouvions-nous prévoir que les obstacles naîtroient successivement les uns des autres, & se multiplieroient à chaque pas? Il faut avouer que la nature du pays où nous allions opérer n'y a pas peu contribué : il est si différent à plusieurs égards de celui que nous habitons, que le peu que j'en ai dit ne suffit pas pour le faire connoître.

Le terrein peuplé & cultivé de la province de *Quito*, de l'aspect duquel j'ai déjà donné une première idée, est un vallon situé entre deux chaînes parallèles de hautes montagnes, qui font partie de *la Cordelière des Andes*. Leurs cimes se perdent dans les nues, & presque toutes sont couvertes de masses énormes d'une neige aussi ancienne que le monde. De plusieurs de ces sommets, en partie écroulés, on voit sortir encore des tourbillons de fumée & de flamme au sein même de la neige. Tels sont les sommets tronqués de *Coto-paxi*, de *Tongouragua* & de *Sangaï*. La plupart des autres ont été volcans autrefois, ou, vrai-semblablement, le deviendront un jour [a]. L'Histoire ne nous a conservé l'époque de leurs éruptions, que depuis la découverte de l'Amérique ; mais les pierres ponces, les matières calcinées dont ils sont parsemés, & les traces visibles qu'a laissées la flamme, sont des témoignages authentiques de la réalité de leur embrasement. Quant à leur prodigieuse élévation, ce n'est pas sans raison qu'un auteur espagnol [b] avance que les montagnes d'Amérique

Description du vallon de Quito.

Volcans.

---

[a] On trouvera les dates qu'on a pû recueillir des éruptions des volcans de *Pitchincha*, *Anti-sana*, *Coto-paxi*, *Tongouragua*, *Sangaï*, &c. dans l'ouvrage suivant sur la *Mesure du degré du Méridien*, p. 56.

[b] Le P. *Acosta* Jésuite, *Hist. nat. y moral de las Indias, lib. III, c. 9,*

font à l'égard de celles d'Europe, ce que font les clochers de nos villes, comparés aux maisons ordinaires.

Hauteur du fol de la Province.   La hauteur moyenne du fol du vallon où font situées les villes de *Quito*, de *Cuenca*, de *Riobamba*, de *Latacunga*, de *la Villa de Ybarra*, & un grand nombre de bourgs & de villages, est de 1500 à 1600 toiſes au deſſus de la mer; c'est-à-dire qu'elle excède celle des plus hautes montagnes des *Pyrénées*, comme le *Canigou* & le *Pic du Midi*, & ce fol fert de bafe à des montagnes plus d'une fois auſſi élevées. *Cayambour*, fitué fous l'équateur même, *Antifana*, qui n'en est éloigné que de cinq lieues vers le fud, ont plus de 3000 toiſes, à compter du niveau de la mer; & *Chimboraço*,

Hauteur des montagnes.   haut de près de 3220 toiſes, furpaſſe de plus d'un tiers le *Pic* de *Ténériffe*, la plus haute montagne de l'ancien hémiſphère : la feule partie de *Chimboraço*, toûjours couverte de neige, a 800 toiſes de hauteur perpendiculaire [a].

  Pitchincha & le *Coraçon*, fur le fommet defquels nous avons porté des baromètres, n'ont que 2430 & 2470 toiſes de hauteur abfolue; & c'est la plus grande, que l'on fache, où l'on ait jamais monté. La neige permanente a rendu juſques ici les plus hauts fommets inacceſſibles [b]. Depuis ce

Terme de la neige permanente.   terme, qui est celui où la neige ne fond plus, même dans la zone torride, on ne voit guère, en defcendant juſques à 100 ou 150 toiſes au deſſous, que des rochers nuds, ou des fables arides; plus bas, on commence à voir quelques mouſſes

Climats divers par étages.   qui tapiſſent les rochers, diverfes efpèces de bruyères, qui, bien que vertes & mouillées, font un feu clair, & nous ont été fouvent d'un grand fecours; des mottes arrondies de terre fpongieuſe, où font plaquées de petites plantes radiées & étoilées, dont les pétales font femblables aux feuilles de l'if, & quelques autres plantes dont je laiſſe la defcription à M. de *Juſſieu*. Dans tout cet efpace, la neige n'est que paſſagère; mais elle s'y conferve quelquefois des femaines & des mois entiers. Plus bas encore, & dans une autre zone d'environ

[a] Voy. le profil des montagnes de la province de *Quito*, *Planche II.*
[b] Voy. plus bas, page 56.

300 toiſes

300 toifes de hauteur, le terrein eft communément couvert d'une forte de *gramen* délié, qui s'élève jufqu'à un pied & demi ou deux pieds, & qui fe nomme *outchouc (uchuc)* dans la langue des *Incas*. Cette efpèce de foin ou de paille, comme on l'appelle dans le pays, eft le caraftère propre qui diftingue les montagnes que les Efpagnols nomment *Paramos*. Ils ne donnent ce nom, du moins dans l'Amérique méridionale, qu'aux landes ou friches d'un terrein affez élevé pour que le bois n'y croiffe plus, & où la pluie ne tombe guère autrement que fous la forme de neige, quoiqu'elle fe fonde prefqu'auffitôt. Enfin en defcendant encore plus bas, jufques à la hauteur d'environ 2000 toifes au deffus du niveau de la mer, j'ai vû neiger quelquefois, & d'autres fois pleuvoir.

On fent bien que la diverfe nature du fol, fa différente expofition, les vents, la faifon, & plufieurs circonftances phyfiques, doivent faire varier plus ou moins les limites que je viens d'affigner à ces différens étages, & qu'elles ne peuvent être déterminées géométriquement.

Si l'on continue de defcendre, après le terme que nous venons d'indiquer, on commence à rencontrer des arbuftes; & plus bas, on ne trouve plus autre chofe que des bois, dans les terreins non défrichés; tels que les deux côtés extérieurs de la double chaîne de montagnes, entre lefquelles ferpente le vallon qui fait la partie habitée & cultivée de la province de *Quito*. Au dehors, de part & d'autre de la *Cordelière*, tout eft couvert de vaftes forêts qui s'étendent, à l'oueft jufqu'à la mer du fud, à 40 lieues de diftance; & du côté de l'eft, dans tout l'intérieur d'un continent de 7 à 800 lieues, le long de la rivière des *Amazones*, jufqu'à la Guianne & au Bréfil.

La hauteur du fol de *Quito* eft celle où la température de l'air eft la plus agréable. Le thermomètre de M. de *Reaumur* y marque communément 14 à 15 degrés au deffus du terme de la glace, comme à *Paris* dans les beaux jours de printemps, & il ne varie que fort peu *. En montant ou en defcendant,

---

* *Voy. Mém. de l'Acad. 1736,* page 500 & fuiv.

G

on eft fûr de faire defcendre ou monter le thermomètre, &
de rencontrer fucceffivement la température de tous les
divers climats, depuis 5 degrés au deffous de la congéla-
tion ou plus, jufques à 28 ou 29 au deffus. Quant au baromètre, fa hauteur moyenne à *Quito* eft de 20 pouces une
ligne, & fes plus grandes variations ne vont pas à une ligne
& demie. Elles font ordinairement d'une ligne un quart par
jour, & fe font affez régulièrement à des heures réglées.
C'eft ce que M. *Godin* a remarqué le premier, & ce que
j'ai vérifié pendant plus d'un an, par des obfervations fuivies,
que je rapporterai ailleurs.

*Direction de
la Cordelière.*

Les deux chaînes de montagnes qui bordent le vallon de
Quito, s'étendent à peu près du nord au fud. Cette fituation
étoit favorable pour la mefure de la méridienne, & nous
offroit alternativement fur l'une & l'autre chaîne, des points
d'appui pour terminer nos triangles. La plus grande difficulté confiftoit à choifir les endroits les plus favorables pour
y placer des fignaux. Les pointes les plus élevées étoient
les unes enfevelies fous la neige, les autres le plus fouvent

*Situation des
fignaux.*

plongées dans les nuages, qui nous en déroboient la vûe.
Placés dans les lieux plus bas, les fignaux fe *projectoient* fur
le terrein, & devenoient par-là très-difficiles à appercevoir de
loin. D'ailleurs, non feulement il n'y avoit point de chemin frayé qui conduifît d'un fignal à l'autre; mais il falloit

*Ravines pro-
fondes, dites
Quebradas.*

fouvent traverfer, en prenant de longs détours, des ravines
formées par les torrens de pluie & de neige fondue, creufées quelquefois de 60 & 80 toifes de profondeur, defquelles j'aurai fouvent occafion de parler. Les Indiens les nomment *Ouaïcou*, & les Efpagnols *Quebradas*. On conçoit
les difficultés & la lenteur de notre marche, quand il falloit
tranfporter d'une ftation à l'autre des quarts-de-cercle de deux
& de trois pieds de rayon, avec tout ce qui étoit néceffaire
pour nous établir dans des lieux d'un accès difficile, & y

*Fuite des In-
diens.*

féjourner quelquefois des mois entiers: fouvent les Indiens
qui nous fervoient de guides, nous abandonnoient en chemin
ou fur le fommet de la montagne où nous étions campés,

& plufieurs jours fe paffoient avant que nous pûffions les remplacer. Les ordres qu'avoit donnés S. M. C. de pourvoir à tous nos befoins, ont toûjours été refpeétés; mais l'autorité des Gouverneurs efpagnols, celle des Curés, fouvent plus abfolus qu'eux fur les Indiens, celle de leurs Caciques, enfin un falaire double, triple & quadruple de l'ordinaire, ne fuffi-foient quelquefois pas pour nous faire trouver des guides, des muletiers & des porte-faix, ni même pour retenir ceux qui s'étoient offerts volontairement.

Un des obftacles qui ont le plus exercé notre patience, & qui ne tiennent pas moins que les précédens à la nature du pays, dans le phyfique & dans le moral, c'eft la chûte & l'enlè-vement fréquent des fignaux qui terminoient nos triangles. En France, les clochers, les moulins, les tours, les châteaux, les arbres ifolés placés dans un lieu remarquable, ont offert aux obfervateurs une infinité de points, parmi lefquels ils n'avoient qu'un choix à faire; mais dans un pays fi différent de l'Europe, & où les fommets de montagnes ne préfentoient pas de points affez précis, nous étions obligés de nous créer, pour ainfi dire, des objets diftinéts pour former nos triangles. Les premiers fignaux que nous pofâmes à cet effet, étoient des pyramides de trois ou quatre longues tiges d'une efpèce d'a-loès, dont le bois étoit très-léger, & cependant d'une affez grande réfiftance. Nous faifions garnir de paille ou de nattes la partie fupérieure de ces pyramides, & quelquefois d'une toile de coton fort claire, qu'on fabrique dans le pays; d'autrefois je les ai fait enduire d'une couche de chaux. Au deffous de cette efpèce de pavillon, on laiffoit affez d'efpace pour placer & ma-nier un quart-de-cercle. Mais après plufieurs jours, & quelque-fois plufieurs femaines de pluies & de brouillards; lorfque l'horizon s'éclairciffoit, & que les fommets des montagnes fe montrant à découvert, fembloient nous inviter à prendre nos angles; fouvent à l'inftant même où nous étions près de recueillir le fruit d'une longue attente, nous avions le déplaifir de voir difparoître nos fignaux, tantôt enlevés par les ouragans, & plus fouvent volés. Des Pâtres indiens, que la

Autres obfta-cles.

Conftruétion des fignaux.

Signaux ren-verfés & en-levés.

G ij

1738.

figure humaine diſtingue à peine de la brute, des Métis[a], eſpèce d'hommes qui n'a que les vices des nations dont elle eſt le mélange, s'emparoient furtivement des perches, des cordes, des piquets &c, dont le tranſport dans ces lieux écartés avoit coûté beaucoup de temps & de peine; & pour le plus vil intérêt, nous cauſoient un très-grand préjudice. Il ſe paſſoit quelquefois des huit, des quinze jours avant qu'on pût réparer le dommage : il nous falloit enſuite attendre des ſemaines entières dans la neige & dans les frimats, un autre moment favorable pour nos opérations. C'eſt ce qui nous étoit arrivé plus d'une fois pendant nos ſéjours à *Pitchincha*, & le même inconvénient avoit ſi long-temps prolongé nos ſtations aux environs de notre première baſe. Le ſeul ſignal de *Pamba-marca* [b], tantôt mal placé, tantôt détruit, fut réparé juſqu'à ſept fois, & me coûta en mon particulier trois voyages exprès, juſqu'à ce qu'enfin je m'aviſai, pendant notre ſtation ſur cette montagne, de faire raſſembler par nos gens un grand amas de pierres des débris d'une ancienne fortereſſe indienne, & de faire élever ſur ce monticule une haute croix, qui ſubſiſtoit encore cinq ans après, lorſque nous avons quitté le pays.

Janvier.

Nos tentes ſervent de ſignal.

Vers le commencement de cette année, M. *Godin* imagina le premier un expédient ſimple & commode, pour rendre tout à la fois nos ſignaux faciles à conſtruire, & très-aiſés à diſtinguer de loin; c'étoit de prendre pour ſignaux nos tentes mêmes, ou d'autres pareilles à celles ſous leſquelles nous campions. Chaque Académicien avoit une grande tente garnie de ſa marquiſe : M[rs] les Officiers eſpagnols nous en offroient deux autres toutes ſemblables, & nous avions encore trois canonnières. M. *Verguin* & M. *Godin des Odonnais* nous précédoient, & faiſoient placer celles-ci alternativement ſur les

---

[a] Les enfans nés d'un Blanc & d'une femme indienne, ſont déſignés, dans toute l'Amérique eſpagnole, ſous le nom de *Meſtizos*, c'eſt-à-dire, *Métis*; & ceux qui naiſſent d'un blanc & d'une négreſſe, ſe nomment *Mulatos*, & Mulâtres dans nos Colonies.

[b] *Pamba-marca*, ou, dans l'ancienne langue du pays, *Pampa-marca*, ſignifie fortereſſe de la plaine, c'eſt-à-dire, qui domine la plaine.

deux chaînes de la *Cordelière*, aux points désignés, conformément au projet de triangles dont on étoit convenu; & ils
laissoient un Indien pour les garder.

Nous étions dans la saison des pluies : ce temps avoit été
employé l'année précédente, à reconnoître le terrein dè la
méridienne, & à mon voyage. de *Lima.* Il eût été même
inutile, suivant l'avis des gens du pays, de songer alors à
monter sur les montagnes : mais l'expérience nous avoit appris,
depuis notre séjour dans la province de *Quito*, que les beaux
jours étoient seulement plus rares pendant le temps qu'on y
nomme l'hiver, depuis Novembre jusqu'en Mai ; & que
dans le reste de l'année qu'on appelle l'été, il ne laissoit pas
de pleuvoir quelquefois plusieurs jours de suite. Depuis que
nous nous en fûmes apperçûs, toutes les saisons de l'année nous
furent égales ; & la diversité des temps n'interrompit plus le
cours de nos opérations.

Eté & hiver
de *Quito*.

Nous avions été retenus tout le mois de Janvier & la
moitié de Février, à nos premiers signaux des environs de
la base, & à ceux de *Pamba-marca*, de *Tanlagoa* & de *Changailli*. Nous revînmes à *Quito* pour observer l'éclipse de Soleil
du 18 Fév. & continuer notre marche vers le sud : ce fut alors
que nos tentes commencèrent à servir au nouvel usage auquel
nous les avions destinées. Je fis ajoûter une pièce de toile trian-
gulaire au dessus des canonnières, pour les exhausser & les
rendre aussi aisées à distinguer de loin, que les grandes tentes.
Nous laissions toûjours au centre du signal, un piquet enfoncé
profondément, quelques pierres, & deux sillons tracés en
croix, pour reconnoître l'endroit en cas de besoin.

Février.
Stations à
Pamba-marca,
Tanlagoa &
Changailli.
Eclipse de
Soleil.

Nous approchions du volcan de *Coto-paxi* *, qui, après

Station sur le
volcan de *Coto-
paxi*.

---

* *Herrera* fait mention de l'éruption de ce volcan en 1533 : il le
nomme le volcan de *Latacunga*,
petite ville dont il est distant de
quatre lieues : son nom indien *Coto-
paxi*, signifie dans la langue des
Incas, *masse brillante*. Les monta-
gnes & les lieux de la province de | *Quito*, dont les noms ne signifient
rien dans cette langue, ont vrai-sem-
blablement conservé celui de la langue ancienne de ce canton, où les
Incas n'avoient porté leurs armes &
leur langue que 40 ou 50 ans avant
l'arrivée des Espagnols.

un filence de plus de deux fiècles, a renouvelé fes explo-
fions en 1742, & depuis a continué fes ravages. Il devoit,
par fa fituation, fournir un des points de nos triangles;
mais la difpofition du terrein, l'efpace qu'occupoit la neige
de fon fommet, la groffeur, la rondeur & la pente de la
montagne, ne permettoient guère de trouver un lieu acceffi-
ble, & en même temps affez élevé, pour découvrir de là
tous les autres points néceffaires. On plaça le mieux qu'il
fut poffible une tente au pied de la neige permanente, &

Mars.

nous allâmes y camper. Nous fîmes plufieurs courfes, M. *Bouguer* & moi, en montant fur la neige, qui, durcie & incorporée avec le gravier, reffembloit en quelques endroits à de
la roche pure. Le point que nous cherchions nous eût épargné
un triangle; mais les brouillards & les mauvais temps ne nous
permirent pas de nous fatisfaire. Enfin le féjour de *Coto-paxi*
ne nous fut guère plus agréable que celui de *Pitchincha*: trop
heureux encore qu'il ne nous ait pas été funefte, & de n'avoir
vû que de loin les terribles effets de l'éruption de ce volcan,
& de l'inondation qui en fut la fuite. Celle-ci, plus terrible
encore que l'embrafement qui l'avoit caufée, porta au loin
de toute part la défolation & la mort. J'en parlerai en fon
lieu plus amplement.

Après neuf à dix jours paffés fur cette montagne, nous
la quittâmes le 21 Mars, pluftôt que nous n'aurions voulu;
puifque nous ne pouvions nous difpenfer d'y revenir prendre
un angle qui nous manquoit. La fête de Pâques, & l'impoffibilité de pouvoir difpofer des Indiens dans toute la quin-

zaine, nous ramenèrent à *Quito*, dont nous n'étions encore
éloignés que de dix lieues. M. *Godin* & Don *George Juan*,
quoique campés un peu plus bas que nous, partagèrent les
incommodités de cette pénible ftation. Don *George*, en y

montant, tomba dans un ravin de 25 pieds de haut, avec fa
mule, mais affez heureufement pour ne fe point bleffer. Je n'ai
point fait mention de plufieurs autres femblables accidens.

Avril.
Voyage parti-
cul. de l'auteur
à *Coto-paxi.*

Nous revînmes à *Quito* le 3 Avril: j'en repartis le 21, &
je retournai feul à *Coto-paxi*, pour faire une nouvelle tentative,

& m'affurer s'il étoit impoffible de trouver le point que
nous avions vainement cherché. Le détail des accidens finguliers de ce voyage pourroit me fournir la matière d'un
long article. J'éprouve, en relifant aujourd'hui mon journal
écrit fur le lieu même, combien le temps eft propre à affoi-
blir les impreffions les plus vives. A peine me reftoit-il un
fouvenir léger & confus de ce que je fouffris alors : je me
vis réduit, par la fuite de mes Indiens, & par l'abfence d'un
domeftique, à paffer deux jours fans feu, fous une tente còu-
verte de neige, & dans l'impoffibilité de convertir cette neige
en eau pour mes befoins; je me trouvai privé de lumière,
fouffrant le froid & la foif, fur ce même volcan où le feu
& l'eau cauferent depuis tant de défordres. Au premier rayon
de foleil, l'oculaire d'une lunette, dont je me fis un verre
ardent, me tira de cette trifte fituation.

Je trouvai enfin le point que je cherchois, & j'y laiffai
un fignal. Celui-ci, quoiqu'en un lieu plus élevé, n'étoit pas
de plus difficile accès que notre premier pofte, qui exigeoit un
fignal & un triangle de plus. Je me hâtai de retourner à
Quito, pour faire part à M. *Bouguer* du fuccès de ma nouvelle recherche; mais le voyant déterminé à retourner à notre
première ftation, & à ne fe pas fervir du point que je venois
de reconnoître, je jugeai qu'il n'y avoit plus rien à gagner
pour le temps, que j'avois eu en vûe de ménager, & j'aimai
mieux perdre le fruit de mes peines, en renonçant à mon
nouveau fignal, que de paroître affecter aucune fingularité.

J'appris, en arrivant à *Quito*, que pendant mon abfence,
l'efclave nègre qui fervoit M. *Bouguer*, avoit été tué d'un
coup de couteau par un métis. On ne fit aucune pourfuite,
le meurtrier paffant pour avoir l'efprit aliéné; ainfi cet accident ne peut être mis au nombre de ceux dont le récit nous
caufoit fouvent de l'horreur. Malgré la loi qui défend de porter
des poignards, ils font tolérés dans l'Amérique efpagnole:
prefque tous les métis, fouvent même les nègres, foit libres,
foit efclaves, en portent impunément. Nous avons vû des
temps à *Quito*, où il ne fe paffoit pas de femaine, quelquefois

1738.
Avril.

Nouveau
fignal.

Mai.

Meurtre d'un
Nègre efclave.

pas un feul jour, qui ne fût marqué par quelque affaffinat de
cette efpèce, & nous n'avons pas vû quatre exécutions en
fept ans. Un gentilhomme de la nobleffe la plus diftinguée
de la province, *Alcalde* de *Riobamba*, faifant les fonctions
de fa charge, fut poignardé par un *mulâtre*, en plein jour,
au milieu de la ville. L'abus des afyles eft la principale caufe
de ce défordre. Un affaffin, fur le parvis d'une églife, infulte
librement à toute la juftice féculière. Il y a lieu de croire que
l'excès du mal fera fentir enfin la néceffité du remède.

Pendant mon féjour à *Coto-paxi*, j'avois fait plufieurs tentatives pour engager le Cacique de *Mulahalo*, fes Indiens,
ou quelques métis qui fervoient d'économes dans les fer-
mes voifines, à me feconder dans le projet que j'avois de

Tentative pour monter au fommet de Coto-paxi. monter fur le fommet du cône tronqué de la cime de *Coto-
paxi*: cette partie de la montagne étoit entièrement couverte
de neige, & avoit alors plus de 500 toifes de hauteur perpendiculaire. Je m'étois propofé d'y ménager deux ftations
pour fervir d'entrepôt, & d'y faire dreffer deux canonnières.
La neige du Pérou ne devoit pas être plus froide que celle
du Canada, fous laquelle les chaffeurs du pays fe font un
abri où ils paffent les nuits fort tranquillement : mais aucun
de ceux à qui je fis cette propofition, ne fut tenté d'en faire
l'expérience, ni ne voulut croire que je lui parlaffe férieufement, & je fus obligé de renoncer à mon deffein, que je
ne pouvois exécuter feul.

Immédiatement avant ma dernière courfe à *Coto-paxi*,
j'avois reçû de *Lima* toutes les pièces néceffaires pour réalifer
l'ordonnance que le Viceroi & le Confeil de finance de
Lima m'avoient accordée fur le tréfor royal de *Quito*. Il me

Caution pour le crédit fur le tréfor royal. falloit pour cela, comme je l'ai dit, une caution auprès des
Tréforiers royaux : feu Don *Pedro Maldonado*, Gouverneur
de la province des *E'meraudes* *, en qui fa patrie & fes amis
ont fait une perte difficile à réparer, n'avoit pas attendu ce
moment pour m'offrir fon cautionnement & celui de Meffieurs
fes frères. Il offroit, outre cela, de nous prêter par mes mains,

* Mort à *Londres* le 16 Novembre 1748.

une

une fomme de 12000 piaftres. Les lettres de change qui nous venoient de France, & dont nous reçûmes l'avis dans le même temps, rendirent alors fes offres inutiles.

Nous ne fongions plus qu'à nous tirer de *Quito*, pour n'y revenir qu'après avoir terminé la mefure de la méridienne. Jufqu'alors nous n'avions pas été obligés de nous écarter des environs de cette ville, où étoit notre principal établiffement. Tout contribuoit à y prolonger notre féjour: nous y avions plus de commodités que par-tout ailleurs pour employer notre temps utilement. Outre les obfervations journalières, chacun de nous avoit plufieurs expériences commencées, fur les réfractions aftronomiques, fur la longueur du pendule, fur la dilatation des métaux, fur l'examen de la divifion de fes inftrumens, &c. D'ailleurs il n'étoit pas aifé de mettre en mouvement une compagnie auffi nombreufe que la nôtre, dans un pays où l'on ne trouve pas pour les voyages les mêmes reffources qu'en Europe. Ce qui nous retint le plus long-temps avant cette dernière fortie, fut l'acquifition, devenue néceffaire, de mules de charge & de monture, qu'il avoit été plus commode jufqu'alors, de louer pour quelques jours, dans nos différentes tournées aux fignaux de la bafe, & aux environs de *Quito*. Toutes ces caufes réunies firent que ce ne fut que le 9 Juillet que nous nous trouvâmes tous en état de fortir de cette ville, pour continuer de fuite nos opérations trigonométriques vers le fud, jufqu'aux environs de *Cuenca*. Le lendemain de notre départ, & avant que de perdre *Quito* de vûe, nous fîmes cinq expériences fur la vîteffe du fon par le moyen d'un canon de huit à neuf livres de balle, qu'on avoit fait tranfporter exprès fur une petite montagne appelée le *Panecillo*, de laquelle nous étions diverfement éloignés M. *Godin*, M. *Bouguer* & moi; les uns au nord, les autres au fud. Ce fut M. *Verguin* qui fit tirer le canon aux heures convenues, & en différentes directions.

Le 12 nous montâmes, Don *Antoine de Ulloa*, M. *Bouguer* & moi, fur la montagne appelée le *Coraçon de Barnuevo*; nous trouvâmes en y arrivant, les murailles de ma tente volées

1738.
Mai.
Lettres de change de Fr.
Juin.
Départ de *Quito* pour *Cuenca.*

Juillet.

Station fur le *Coraçon.*

H

sous les yeux du gardien. Nous fûmes arrêtés près d'un mois en ce poste, & nous y aurions été retenus plus long-temps, si je n'eusse fait plusieurs voyages pour aller rétablir divers signaux tombés ou disparus, & pour lever les obstacles que la lenteur des démarches, les mal-entendus, & la mauvaise volonté des Indiens & des Métis, nous suscitoient à chaque pas.

Hauteur du baromètre.

Le 20 nous allâmes faire l'expérience du baromètre beaucoup plus haut que l'endroit où nous étions campés, c'est-à-dire, sur le *Pic* même du *Coraçon*, dont la pointe est toûjours couverte de neige, & surpasse d'une quarantaine de toises le terme constant au dessus duquel la neige ne fond jamais.

Nous étions partis de notre tente, à pied, M. *Bouguer* & moi, par un assez beau temps : ceux que nous y avions laissés nous perdirent bien-tôt de vûe dans les nuages, qui n'étoient plus pour nous que du brouillard, depuis que nous y étions plongés. Un vent froid & piquant nous couvrit en peu de temps de verglas : il nous fallut en plusieurs endroits gravir contre le rocher, en nous aidant des pieds & des mains : enfin nous atteignîmes le sommet. Là, nous voyant l'un & l'autre avec tout un côté de nos habits, un sourcil & une moitié de la barbe hérissés de petites pointes glacées, nous nous donnâmes mutuellement un spectacle singulier. Ce sommet étoit élevé de 250 toises au dessus de notre signal, & surpassoit de 40 le *Pic* de *Pitchincha*, où nous avions campé l'année précédente ; aussi le mercure étoit-il plus bas d'environ deux lignes au *Coraçon* : il s'y soûtenoit à 15 pouces 10 lignes. Personne n'a vû le baromètre si bas dans l'air libre ; & vraisemblablement personne n'a monté à une plus grande hauteur : nous étions 2470 toises au dessus du niveau de la mer ; & nous pouvons répondre, à 4 ou 5 toises près, de la justesse de cette détermination.

A 2470 toises de hauteur.

Mon baromètre étoit le même qui avoit fait le voyage de *Lima :* c'étoit le seul qui me restât de ceux que nous avions apportés de *Paris.* M. *Bouguer* n'en avoit point : j'attendois de nouveaux tubes de verre de la Jamaïque, où j'en avois demandé depuis plus d'un an : je les reçûs peu de temps après par M. *Seniergues* à son retour de *Carthagène*, & je les partageai avec Mrs *Godin* & *Bouguer*.

1738.
Juillet.

Le 9 Août nous achevâmes de prendre nos angles au *Coraçon*, après vingt-huit jours passés sur cette montagne. Nous fûmes plus heureux aux signaux suivans ; & dans le reste du mois, nous nous tirâmes de ceux de *Papa-ourcou*, de *Pouca-ouaïcou* & de *Milin* : le premier, sur une croupe de *Coto-paxi* prolongée vers le sud, étoit cette station que j'ai dit que nous aurions pû nous épargner ; le second étoit notre ancien poste au pied de la neige de *Coto-paxi*, où il nous restoit à prendre un angle qui nous coûta cher. Le 16 nous partîmes de la ferme d'*Ilitiou*, M. *Bouguer* & moi, seuls, après avoir fait prendre les devans à tout notre bagage : nous atteignîmes en chemin le porteur des mâts de la tente sous laquelle nous devions camper, & nous jugeâmes qu'il ne pourroit arriver avant la nuit au signal. Nous cherchâmes vainement une grotte, où nous espérions rencontrer nos gens : la nuit nous surprit en plein champ au pied de la montagne, dans une lande très-froide, où il fallut bien se résoudre d'attendre le jour. Nos selles nous servirent de chevet, le manteau de M. *Bouguer* de matelas & de couverture ; une cape de taffetas verni dont je m'étois heureusement pourvû, soutenue sur nos couteaux de chasse, devint un pavillon, & nous fournit un abri contre le verglas qui tomba toute la nuit. Nous nous trouvâmes au jour enveloppés d'un brouillard si épais que nous nous perdîmes en cherchant nos mules : M. *Bouguer* ne put même atteindre la sienne. A dix heures & demie je commençai à voir à me conduire : j'eus bien-tôt rejoint l'Indien qui portoit les bois de notre tente & quelques pains : je le renvoyai sur ses pas, partager ses provisions avec M. *Bouguer*, & l'aider à chercher sa monture. J'arrivai peu après à notre ancien poste, où je trouvai le reste de notre monde déjà campé. Trois perches que nous avions laissées à notre premier voyage, pour signal, avoient servi à nos gens, en attendant mieux, à monter la tente, sous laquelle

Août.

Stations à
*Papa-ourcou,
Pouca-ouaïcou,
Milin.*

Nuit passée en
plein champ.

ils avoient paſſé la nuit, ainſi que Don *Antoine de Ulloa*. Mon premier ſoin fut d'envoyer une mule & des vivres à M. *Bouguer*, & de diſpoſer mon quart-de-cercle pour profiter du temps qui étoit fort beau. Je pointai la lunette ſur un des ſignaux précédens aſſez à temps pour l'apercevoir très-diſtinctement, & le voir diſparoître l'inſtant d'après, par l'enlèvement du drap blanc dont il avoit été couvert afin de le rendre viſible : heureuſement il ne fallut que deux jours pour en envoyer poſer un autre. Le haſard nous ſervit mieux cette fois que les précédentes, & nous terminâmes en quatre jours une ſtation qui pouvoit nous coûter un mois de travail.

Celle de *Milin*, qui ſuivit, fut une des plus tranquilles de toute la méridienne : nous y reçûmes même des viſites, comme je le dirai ailleurs. De-là nous paſſâmes à *Latacunga**, petite ville ſituée à dix-ſept lieues de *Quito* vers le ſud, & qu'un tremblement de terre détruiſit en 1698. Toutes les maiſons y ſont bâties de pierre-ponce qui ſe trouve aux environs: ce lieu eſt ſur-tout célèbre par ſes pâturages, ou pluſtôt par ſes champs entourés de haies vives, arroſés de canaux, & ſemés de luzerne, nourriture ordinaire des chevaux & mules du pays, & que l'on porte fraîchement coupée à *Quito*.

*Latacunga,
ville.*

Juſques alors les deux bandes d'obſervateurs, compoſées l'une de M. *Godin* & de Don *George Juan*, l'autre de M. *Bouguer*, de Don *Antoine de Ulloa* & de moi, avoient obſervé, chacune de ſon côté, les trois angles de chaque triangle ; tant parce que les triangles des deux troupes n'étoient pas abſolument les mêmes, que parce que la meſure des trois angles nous donnoit un nouveau moyen de vérifier les erreurs des diviſions de nos quarts-de-cercle, que chacun de nous avoit eſſayé de reconnoître par différentes méthodes. Ce ne fut qu'à *Milin* que nous commençâmes à ne plus avoir tous qu'une

*Diſtribution
des obſerva-
teurs, & ordre
de marche.*

* Le vrai nom de *Latacunga*, qui a été défiguré par les Eſpagnols, dont quelques-uns écrivent *Tacunga* & d'autres *la Tacunga*, eſt *Llactacunga*, en prononçant la double *ll* mouillée. *Llacta*, dans la langue péru- vienne, ſignifie pays ou contrée, & *cunga*, gorge ; En effet, ce lieu eſt ſitué entre des montagnes, dans un défilé qui ſe nomme *gorge* en cette langue par métaphore, ainſi que dans la nôtre.

même fuite de triangles, & à ne plus obferver dans chacun que deux angles. Le troifième, qui dès-lors auroit pû fe conclurre des deux premiers, étoit cependant encore obfervé réellement par l'autre troupe. C'étoit une conféquence nécef-faire de l'ordre de marche, propofé par M. *Bouguer,* & que fuivirent les deux Compagnies, en paffant alternativement d'une chaîne de montagnes à l'autre, après avoir fait deux ftations confécutives fur la même chaîne : en forte que nous nous réuniffions de deux en deux fignaux.

Les premiers jours de Septembre, pendant la halte que nous fîmes à *Latacunga,* en attendant que les fignaux fuivans fuffent pofés, & que M. *Godin* fût de retour de *Quito,* où il étoit allé fur l'avis d'une lettre de change venue de France, je fis un voyage de quelques jours au delà de la *Cordelière* occidentale, à *Tagualo,* dans un canton peu connu, dont je levai la carte. Je fis porter un quart-de-cercle fur la mon-tagne de *Gnougnou-ourcou *,* d'où l'on m'avoit affuré qu'on découvroit jufqu'à la côte ; ce qui nous eût pû fervir dès-lors à déterminer la hauteur abfolue de nos ftations, & à réduire nos triangles au niveau de la mer. Le Marquis de *Maënza* feigneur de tout ce canton, avoit fait conftruire fur ce fom-met un abri pour mes inftrumens, & un logement pour moi ; mais par un contretemps qui n'étoit que trop ordi-naire, le brouillard rendit mes peines & tous ces préparatifs inutiles. Je n'ofai m'arrêter plus long-temps en ce lieu, de peur de retarder l'ouvrage principal. Je me détournai feule-ment un peu du chemin, pour voir, en revenant, le lac de *Quilotoa,* fitué fur le haut d'une montagne, & dont on me racontoit des chofes merveilleufes.

Ce lac eft renfermé dans une enceinte de rochers efcarpés qui ne me parut pas avoir beaucoup plus de 200 toifes de diamètre, quoiqu'on lui fuppofe une lieue de tour. Je n'eus ni le temps ni la commodité de le fonder : il s'en falloit alors environ 20 toifes que l'eau n'atteignît les bords. On m'affura qu'elle étoit montée d'une pareille quantité depuis

Septembre.

Voyage parti-
culier hors de la
Cordelière.

Quilotoa, lac
enflammé.

* *Gnougou-ourcou* (Téton montagne), ainfi nommée à caufe de fa figure.

un an, qu'elle avoit près des bords plus de 40 toifes de pro-fondeur, & qu'il étoit long-temps reſté dans ſon milieu une iſle & une bergerie que les eaux, en s'élevant peu à peu, avoient enfin couvertes entièrement. Je ne ſuis pas garant de la vérité de ces faits : & quoiqu'ils n'aient rien d'impoſſible, j'avoue que j'avois regardé comme une fable ce qu'on m'avoit dit ſur la foi de la tradition des Indiens, que peu après la formation du lac, il étoit ſorti du milieu de ſes eaux des tourbillons de flamme, & qu'elles avoient bouilli plus d'un mois. Mais j'apprends aujourd'hui de M. de *Maënza*, qui eſt actuelle-ment à *Paris,* & qui avoit douté comme moi de tous les faits précédens, qu'au mois de Décembre 1740, deux ans après le temps dont je parle, il s'éleva pendant une nuit, de la ſurface du même lac, une flamme qui conſuma tous les ar-buſtes de ſes bords, & fit périr les troupeaux qui ſe trou-vèrent à portée. Depuis ce temps, les choſes ſont reſtées dans leur ſituation ordinaire. L'eau du lac a une couleur verdâtre : on la dit mauvaiſe au goût; & quoique les trou-peaux voiſins en boivent, on ne voit aucun oiſeau ni aucun animal aquatique ſur ſes bords, non plus qu'aux environs. Les eaux qui coulent d'un côté de la montagne, ſont ſalées; les vaches, moutons, chevaux & mulets en paroiſſent fort avides: du côté oppoſé, les ſources donnent une eau ſans aucun goût, & qui paſſe pour une des meilleures du pays. Il y a toute apparence que le baſſin de ce lac eſt l'entonnoir de la mine d'un volcan, qui après avoir joué dans les ſiècles paſſés, ſe renflamme encore quelquefois. Le baſſin a pû ſe remplir d'eau par quelque communication ſoûterraine avec des montagnes beaucoup plus élevées des environs.

J'arrivai le 9 Septembre, & beaucoup pluſtôt qu'il n'étoit néceſſaire, au ſignal de *Ouango-taſſin,* qui terminoit la meſure de notre premier degré: j'y reçûs le 12 des lettres de *Paris,*

& entre autres de M^rs de *Maupertuis* & *Clairaut,* par leſ-quelles nous apprîmes leur retour, & le ſuccès de leurs opéra-tions ſous le cercle polaire. Nous venions d'obſerver à *Ouango-taſſin,* & nous obſervâmes encore à l'un des ſignaux ſuivans,

deux étoiles dont nous avions déjà pris les hauteurs méridiennes à *Carabourou* au mois de Janvier précédent. Comme
nous connoiſſions la diſtance & la poſition reſpectives des
lieux des obſervations, on pouvoit eſſayer d'en déduire la
valeur du degré; mais je ne fus pas même tenté de tirer
aucune conſéquence de l'amplitude d'un auſſi petit arc, meſurée avec un quart-de-cercle ordinaire. D'ailleurs la concluſion que nous pouvions tirer d'obſervations faites à ſept
mois l'une de l'autre, ne pouvoit alors manquer d'être ſujéte
à erreur par le défaut de l'équation pour l'aberration de la
lumière, dont la théorie & le calcul nous étoient encore
inconnus.

Outre les lettres des Académiciens du nord, j'en reçûs par
la même voie de M. le Comte de *Maurepas* & de M. *Partyet*
Conſul de France à *Cadiz :* le Miniſtre me laiſſoit le choix
d'être rembourſé de mes premières avances à *Carthagène*, ou
en France, & les lettres de change nouvellement venues
étoient payables à moi en premier lieu; mais ces fonds étant
néceſſaires pour continuer notre ouvrage, je conſentis qu'ils
fuſſent délivrés à M. *Godin.* Je reviens à nos opérations.

Un des premiers fruits que nous recueillîmes de l'ordre
que nous nous étions preſcrit dans la marche des deux troupes d'obſervateurs, fut que pendant le mois de Septembre
nous expédiâmes quatre ſignaux *, & les angles qui en dépendoient.

Nous nous trouvâmes enſuite arrêtés : la diſpoſition du
terrein & la ſituation de la montagne d'*Igoalata*, qui inter-
rompoit les deux chaînes parallèles de la *Cordelière*, nous
avoit conduits à un côté de triangles qui n'étoit pas plus long
que notre première baſe. Pour prévenir l'erreur que nous
avions à craindre en paſſant ſubitement à des côtés beaucoup
plus longs, nous crûmes ne devoir pas adopter les diſtances
conclues, ſans les vérifier par quelques triangles auxiliaires.

Un des points qui y fut deſtiné, & que nous allâmes
reconnoître M. *Bouguer* & moi, étoit une petite montagne

* Ceux de *Ouangotaſſin*, *Tchoulapou*, *Hivicatſou*, *Tchitchi-tchoco.*

appelée *Nabouço*, voifine des villages indiens de *Pénipè* &
de *Guanando*, où l'on recueille de fort belle cochenille, fur
une efpèce particulière de ces arbuftes à feuilles épineufes,

appelés *Opuntia* par les Botaniftes, & vulgairement nommés
Raquettes. La bafe de la montagne de *Nabouço* eft de marbre : dans les ravines des environs, j'en découvris de très-
beaux, & richement veinés de diverfes couleurs. J'y vis auffi
des rochers d'une pierre blanche auffi tranfparente que l'albâtre, & plus dure que le marbre. Elle fe caffe par éclats,
& rend beaucoup d'étincelles : on m'a depuis affuré qu'elle
fe liquéfioit à un feu violent : je foupçonnai qu'elle pouvoit
être utilement employée à la porcelaine, & j'en recueillis
plufieurs fragmens, qui faifoient partie de l'envoi que je fis
en 1740 pour le Cabinet du Jardin du Roi. Je trouvai auffi,

en defcendant plus bas, une carrière d'ardoife, dont on ne
fait aucun ufage dans le pays : cette pierre n'y eft pas même
connue.

Pour arriver à notre pofte, il nous avoit fallu paffer à

Pénipè la rivière d'*Atchambo*, fur un de ces ponts de réfeaux
de lianes dont j'ai déjà parlé : celui-ci étoit long de 20 toifes ;
la vîteffe du courant, que nous mefurâmes M. *Bouguer* &
moi, étoit en ce lieu de quatre toifes par feconde. Arrivés
à *Nabouço*, le féjour nous en parut délicieux : nous n'étions
pas accoûtumés à trouver fur nos montagnes, des bois, des
prairies, & des promenades charmantes, ni à rencontrer, en
fortant de nos tentes, des tapis de verdure émaillés de fleurs.
A peine eûmes-nous le temps de jouir de ces agrémens : la
douceur du climat & la férénité du ciel nous mirent à portée
d'achever nos opérations en vingt-quatre heures. Notre fort
étoit de ne prolonger nos féjours que dans les poftes dont
nous aurions defiré nous éloigner le plus promptement.

Tels avoient été les deux précédens : le premier nommé

Moulmoul, moins incommode par fa hauteur, que par les
orages que nous y effuyâmes : le tonnerre y tomba très-pro-

che de notre tente : le fecond appelé *Igoalata*, rocher aride,
& l'une des plus hautes & des plus difficiles de nos ftations,

quoique

quoiqué le voifinage de *Savañac*, maifon de campagne de
Don *Jofeph Davalos*, où nos deux troupes logèrent tour à
tour, nous en eût beaucoup adouci la rigueur. La proximité
des fignaux en cet endroit, fit cependant que ces deux
ftations, ainfi que celles d'*Ilmal* & de *Nabouço*, furent terminées dans le mois d'Octobre & dans les premiers jours de
Novembre. Le 8 de ce mois, nous nous rendîmes tous à
Riobamba, où nous avions été précédés par Don *Antoine de
Ulloa*, qui étoit tombé malade quelque temps auparavant.

Après *Quito* & *Cuença*, *Riobamba* eft la ville la plus confidérable de la province: elle eft célèbre par fes manufactures de
draps, dont on fait un grand commerce à *Lima* & dans tout
le Pérou. Le fol de *Riobamba* eft de 200 & quelques toifes
plus élevé que celui de *Quito*: la température de l'air y eft
par conféquent plus froide, mais d'ailleurs fort faine. J'ai vû
dans ce canton, à *Guano*, à *San-Andres* & à *Pénipé*, plufieurs vieillards indiens, métis, & efpagnols, qui paffoient cent
ans; un entre autres qui difoit fe fouvenir de l'éruption du
volcán de *Tongouragua*, arrivée vers 1641, & qui en rapportoit des circonftances. Je feuilletai le regiftre des baptêmes
& morts de fa paroiffe, qui commençoit en 1630, & je ne
pûs y rencontrer fon nom; j'y trouvai feulement la date ancienne de la mort de plufieurs vieillards qu'il m'avoit nommés,
& la fignature de plufieurs curés qu'il difoit avoir connus dans
fa jeuneffe: & tout me parut conforme à fon récit.

Je ne dois pas omettre que pendant tout le temps de
notre féjour à *Quito*, & dans le cours de notre travail, nous
avons reçû toutes fortes de politeffes & de prévenances de la
nobleffe créole de cette province, où un affez grand nombre
de familles nobles d'Efpagne ont paffé il y a environ deux
fiècles, & poffèdent, depuis ce temps, des grandes terres, &
les premiers emplois du pays. Plufieurs s'étoient empreffés à
nous offrir leurs maifons de campagne qui fe trouvoient fur
notre chemin, nous avoient vifité fous nos tentes dans le
voifinage de leurs terres, ou nous y avoient envoyé des provifions & des rafraîchiffemens. De ce nombre furent, aux

I

environs de *Latacunga*, le Marquis de *Maënza*, & Don *Ramon Maldonado*, depuis Marquis de *Lizès*, frère de feu Don *Pedro Maldonado*, dont j'aurai fouvent occafion de parler. Nous reçûmes de même, en approchant de *Riobamba*, la vifite de Don *Jofeph Davalos*, Général de la Cavalerie, & de Don *Jofeph de Villavicencio*, *Alferès Real* de Riobamba : nous logeâmes chez l'un & l'autre à la campagne & à la ville ; & les agrémens qu'ils nous y procurèrent nous firent oublier les mauvais temps que nous avions paffés fur leurs montagnes [a].

Séjour à *E'len.*   Notre féjour à *E'len*, chez Don *Jofeph Davalos*, fut fur-tout remarquable par fes circonftances. Nous n'avions guère trouvé à *Quito* que trois ou quatre Jéfuites allemands ou italiens qui fûffent le françois [b] : perfonne ne le parloit à *E'len*, ce qui n'avoit rien d'extraordinaire ; mais ce qui l'étoit beaucoup, tout le monde l'entendoit, du moins par écrit. Le maître de la maifon avoit des livres françois ; & fans parler cette langue, il l'avoit apprife à fes enfans. Je fus témoin que fon fils unique Don *Antoine Davalos*, jeune homme d'une grande efpérance, qu'il perdit peu de temps après par un cruel accident [c], traduifit en deux jours en efpagnol la préface des Mémoires de l'Académie des Sciences par M. de *Fontenelle*. Don *Antoine* avoit trois fœurs, dont la cadette étoit un enfant de dix ans : on peut juger quelle fut notre furprife, en les voyant traduire le *Moréri* à l'ouverture du livre, & prononcer couramment en efpagnol tout ce qu'elles lifoient des yeux en françois. Ce

[a] La fuite de la narration ne m'a pas donné lieu de nommer toutes les autres perfonnes de marque chez qui plufieurs d'entre nous ont logé aux environs de *Quito*, en différentes occafions : comme à *Cangagua*, chez Don *Fernando Guerrero*, ancien Gouverneur de *Popayan*; à *Tchantac*, chez Mefdames fes fœurs ; à *Añaquito* & à *Cotchefqui*, chez Don *Manuel Frayre*; à *Couchi-Carangui*, chez Don *Diego de Nava*, ancien Corrégidor de *Quito*; à *Hambato*, chez Doña *Luiza Naranjo* ; dans un fauxbourg de *Quito*, chez Don *Manuel Rubio*, Oydor de l'Audience royale ; à *Yarouqui* & au *Quinché*, chez les Curés du lieu, &c.

[b] J'oubliois Don *Juan de Lujan*, Protecteur fifcal des Indiens, qui a fait fes études à *Paris*, & dont j'ai vû une thèfe de Philofophie dédiée à feu M. le Marquis de *Torcy*.

[c] C'eft lui dont il eft parlé ci-deffus page 56, fous le nom d'Alcalde de *Riobamba*.

n'étoit-là que le prélude de ce qui nous restoit à voir dans 1738.
cette maison, où les arts peu cultivés dans la province de *Novembre.*
Quito, fembloient s'être domiciliés. Nous y trouvâmes un Talens d'une
tour monté, & plufieurs ouvrages délicats très-bien exé- demoifelle
cutés de la main de ces jeunes perfonnes. L'aînée réuniffoit Créole.
tous les talens : elle jouoit de la harpe, du clavecin, de la
guittare, du violon, de la flûte traverfière ; j'aurois pluftôt
fait de dire de tous les inftrumens qu'elle avoit vûs : elle pei-
gnoit en miniature & à l'huile ; & n'avoit jamais eu de
maître. Nous vîmes entre autres un de fes tableaux de che-
valet, repréfentant la converfion de *St Paul*, qui contenoit
une trentaine de figures correctement deffinées, & dans lequel
elle avoit tiré un grand parti des mauvaifes couleurs du pays.
Avec tant de reffources pour plaire dans le monde, fon
unique ambition étoit de fe faire Carmélite : elle n'étoit
retenue que par fa tendreffe pour fon père, qui, après une
longue réfiftance, lui donna enfin fon confentement : elle fit
profeffion à *Quito* en 1742.

Le 19 Novembre, après un court féjour, à *Riobamba* qui Station à *Do-*
nous fervit d'entrepôt tout le temps que nous paffâmes aux *lomboc.*
environs, nous reprîmes notre travail, & nous allâmes nous
établir, M. *Bouguer* & moi, au fignal de *Siçapongo* ou de
Dolomboc. Outre les angles qui y aboutiffoient, nous fîmes
en ce lieu trois obfervations de l'azimuth du foleil couchant, Obfervation
pour vérifier la direction des côtés de nos triangles par rap- d'azimuth.
port à la méridienne ; ce que nous n'avons jamais négligé,
quand l'occafion s'eft trouvée favorable. La nuit, nous voyions
de notre pofte très-diftinctement, à environ quinze lieues
de diftance, les flammes du volcan de *Sangaï*, au pied Volcan de
duquel eft aujourd'hui fituée la petite ville de *Macas*, autre- *Sangaï.*
fois célèbre : nous déterminâmes la fituation & la hauteur de
ce volcan*. Le 26 nous étions de retour à *Riobamba.*

M. *Godin* étoit allé à *Quito* pour lever quelques difficultés Voyage de M.
Godin à Quito.

---

* *Voy.* le profil des montagnes de la province de *Quito*, *Pl. II*, Table
de la hauteur des montagnes, & *Part. I*, art. *XIV*, *p.* 56 de la Mefure
des trois premiers degrés du *Méridien.*

Projet d'expé-
riences fur l'*At-
traction newto-
nienne.*

Examen du
terrein.

Station à *Con-
tour-palti.*

Décembre.

au fujet des lettres de change dont j'ai parlé. Nous prîmes
le temps de fon abfence, M. *Bouguer* & moi, pour exécuter
un projet d'obfervation de nouvelle efpèce : il étoit queftion
de reconnoître par expérience, en obfervant la même étoile
en deux différens endroits, fi le voifinage d'une très-groffe
montagne pouvoit détourner de la ligne verticale le fil-à-
plomb d'un quart-de-cercle, conformément à la théorie de
la gravitation univerfelle de M. *Newton.* Cette idée étoit dûe
à M. *Bouguer:* je n'ai eu de part qu'à l'exécution, & à rendre
l'effet plus fenfible, par un moyen qui n'eût fans doute pas
échappé à M. *Bouguer,* & que je lui propofai, pour fuppléer à
un autre expédient qu'il avoit imaginé, mais que la difpofition
du terrein ne nous permit pas, & doit rarement permettre
d'employer. M. *Bouguer,* au commencement d'Octobre, avoit
été vifiter la montagne de *Tongouragoa* & fes environs, pour
tâcher d'y trouver un lieu convenable à fon deffein ; mais
celle de *Chimbo-raço,* par fa hauteur & toutes fes dimenfions,
y parut plus propre qu'aucune autre.

Le 29 Novembre, nous partîmes pour aller la reconnoître,
& choifir le pofte le plus avantageux. Nous nous établîmes
dans une ferme, à mi-côte, pour nous approcher du point que
nous cherchions. Le 30, nous paffâmes tout le jour fur la
neige, parmi les rochers & les fables mouvans, montant &
defcendant à pied les profondes ravines dont les flancs de la
montagne font fillonnés : cette marche dura plus de dix heures,
au lieu de trois ou quatre fur quoi j'avois compté. Nous ne
revînmes qu'à la nuit, & moi en particulier, excédé de laffitude, & bien réfolu de ne plus aller reconnoître le terrein
à jeun. Nous avions choifi le lieu de notre ftation au pied
de la neige permanente, fur une croupe qui s'étend vers le
fud, dans un lieu que les Indiens nomment *Contour-palti;*
c'eft-à-dire, juchoir du *Contour* ou *Condor,* cet oifeau célèbre
du Pérou, le plus grand que l'on connoiffe. Nous y fîmes
porter une tente, fous laquelle nous campâmes le 1.er Décembre. L'Académie a été informée du détail de nos obfervations & de notre expérience fur l'*Attraction newtonienne,* par

les mémoires que nous envoyâmes dans le temps, M. *Bou-*
guer & moi, fur ce fujet. Le mien, fous la forme d'une lettre
écrite à feu M. *du Fay* le 2 3 Décembre 1 7 3 8, a été lû
dans nos affemblées par M. de *Mairan* le 2 5 Février 1741:
il eft tranfcrit fur le regiftre. Je n'en rappellerai ici ni le
détail ni le réfultat. Si l'on n'en peut rien tirer d'abfolument
décifif en faveur de l'*Attraction newtonienne*, encore moins en
conclurra-t-on rien qui y foit contraire. Je dirai feulement,
que nous effuyâmes à *Contour-palti*, & à l'*Arénal* où il nous
fallut répéter la même opération, plus d'incommodités qu'à
Pitchincha, par le froid extrême que nous y reffentîmes, par la
neige, fous le poids de laquelle notre tente auroit fuccombé
plus d'une fois, fi nous n'euffions été continuellement occupés
à fecouer celle qui s'amaffoit fur le toit, & fur-tout par la
violence du vent, le plus grand ennemi des obfervations.
Nous nous étions impofé la tâche d'obferver toutes les nuits,
quand cela feroit poffible, les hauteurs méridiennes de huit
étoiles, qui paffoient fucceffivement au méridien à toutes
fortes d'heures ; ce qui nous tenoit continuellement alertes.
Don *Antoine de Ulloa*, à peine convalefcent, étoit venu dans
l'intention de partager notre travail ; mais il retomba malade
peu de jours après fon arrivée, & fut obligé d'abandonner
la partie. Une des circonftances particulières à la ftation que
nous fîmes à *Contour-palti*, ce font les éboulemens fréquens
de groffes maffes de neige durcie & incorporée avec le fable,
que nous avions d'abord prifes pour des bancs de rochers :
elles fe détachoient du fommet de la montagne, & fe préci-
pitoient dans les ravines & dans ces crévaffes profondes,
entre deux defquelles notre tente étoit placée ; & nous étions
fouvent réveillés par ce bruit, que les échos redoubloient, &
qui fembloit encore s'accroître dans le filence de la nuit.

M. *Bouguer* s'étoit déterminé à ne point porter de pendule à *Chimboraço :* les vibrations de la fienne étoient fort
grandes ; il eût été trop difficile de l'affermir & de la régler
fous un auffi foible abri qu'une tente, & dans un lieu où
les vents déployoient toute leur furie. Je cherchai les moyens

1738.
Décembre.
Mémoires fur
l'Attraction.

de furmonter ces difficultés. Ma pendule étoit d'un moindre volume que celle de M. *Bouguer*, fes ofcillations étoient plus petites : je fis faire une longue boîte fort folide, qui renfermoit le rouage, les poids & le balancier, & qui les garantiffoit du vent : je portai le tout fous notre tente, j'attachai la boîte avec deux fortes vis à un poteau que je fis enfoncer en terre de plufieurs pieds, & où je fixai l'horloge : à force de foins & d'opiniâtreté, nous parvînmes à la régler. Elle nous fervit à prendre plus exactement les hauteurs de nos étoiles, en calculant l'heure de leur médiation ; & de plus, elle nous mit en état de profiter de trois belles foirées con-

Obfervation des réfractions. fécutives, pour obferver au foleil couchant les réfractions aftronomiques, 2400 toifes au deffus du niveau de la mer ; dans la circonftance rare, & peut-être unique, de voir le foleil plus d'un degré au deffous de l'horizon. Les momens étoient précieux, je ne fongeai qu'à aider M. *Bouguer*, en lui facilitant les moyens de perfectionner fa table de réfractions pour la zone torride : il pointoit la lunette du quart-de-cercle, & obfervoit fucceffivement les hauteurs des deux bords du foleil : je calois l'inftrument, j'eftimois le point de la divifion où tomboit le fil-à-plomb ; & l'importance de l'obfervation fit que je me chargeai le plus fouvent du foin de compter les fecondes. Ce concours de deux obfervateurs fit que les hauteurs furent obfervées de degré en degré, fans en manquer prefque aucune, pendant les trois foirées. A la faveur de la même horloge, j'eus la facilité de faire en ce même lieu l'expérience du pendule, à peu près à la même élévation de fol où je l'avois déjà faite à *Pitchincha*. Je la répétai les jours fuivans à *Riobamba*, 800 toifes plus bas.

Retour à Riobamba. Nous employâmes vingt-trois jours aux deux ftations de *Contour-palti* & de l'*Arénal*, d'où nous revînmes paffer les fêtes de *Noël*, & prendre un peu de relâche à *Riobamba*, les derniers jours de l'année.

ANNÉE 1739.

L A moitié de la longueur de notre méridienne étoit meſurée ; & nos opérations ſur le terrein n'avoient été
ſuſpendues que par le voyage de M. *Godin* à *Quito*, où il
avoit été retenu par quelques accès de fièvre. Nous avions,
comme on l'a vû, mis le temps de ſon abſence à profit,
M. *Bouguer* & moi, par nos travaux ſur *Chimboraço*. Lorſque
nous revînmes à *Riobamba*, le retour de M. *Godin* nous fut
annoncé comme très-prochain. En l'attendant, j'entrepris un
autre travail.

Une prairie fort unie, à la porte de la ville, m'invitoit à
reprendre de nouveau l'examen des diviſions de mon quart-
de-cercle & de leurs erreurs : j'en avois fait, ſur mes premiers
eſſais, diverſes tables, qui ne s'accordoient pas aſſez pour y pouvoir compter. Je partageai mon temps entre cette occupation,
quelques nouvelles expériences du pendule; le calcul de celles
que je venois de faire à *Chimboraço*, tant ſur le pendule que
ſur l'attraction, & mes lettres pour France, d'où je n'attendois
plus de réponſe, perſuadé que nous terminerions toutes nos
opérations avant la fin de l'année où nous venions d'entrer.
M. *Bouguer*, de ſon côté, s'étoit retiré dans une campagne
voiſine de *Riobamba*, pour y faire diverſes obſervations dont
je n'ai point eu de connoiſſance. C'eſt par la même raiſon
que je n'ai pû parler plus ſouvent des travaux particuliers de
M. *Godin*.

Quinze jours s'étant paſſés, & voyant que M. *Godin*
n'arrivoit point, avec les fonds que nous attendions, nous
craignîmes, M. *Bouguer* & moi, de nous trouver arrêtés par
les brouillards dont on nous menaçoit, dans la province
d'*Alaouſſi*, où la ſuite de nos triangles alloit nous conduire :
nous réſolûmes de continuer la meſure de la méridienne, &
de laiſſer dans toutes nos ſtations des ſignaux, afin que M.
Godin pût, chemin faiſant, y prendre ſes angles, & nous

rejoindre plus promptement. Je fis, en conféquence de cet arrangement, les avances néceffaires à M. *Bouguer*, ainfi qu'à M. *Verguin*, qui devoit aller pofer les fignaux en avant: précaution néceffaire pour que notre marche ne fût pas retardée. Je me chargeai auffi du foin de faire tranfporter le fecteur de douze pieds de rayon, qui devoit fervir à notre obfervation aftronomique, aux deux extrémités de la méridienne. Le 17 Janvier, je partis de *Riobamba* pour aller camper à *Sefgoum*, autrement *Zagroum*, le premier des fignaux où M. *Godin* devoit obferver, fuivant l'ordre de marche dont nous étions précédemment convenus. Cette ftation, à la difficulté près du chemin que je pris pour m'y rendre, n'eut rien de pénible: j'étois campé fur le penchant d'une colline; le temps fut doux & affez favorable, pendant les trois jours que j'y paffai: j'entendois, les nuits fur-tout, les mugiffemens du volcan de *Sangaï*, dont je n'étois éloigné que de fept à huit lieues. Depuis qu'il s'eft rallumé en 1728, il a prefque toûjours vomi des flammes, mais fans caufer aucun fâcheux évènement.

Le 21 je me rendis au fignal de *Lanlangouço*, où je comptois trouver M. *Bouguer*: je me préparai le lendemain, par des hauteurs correfpondantes, à l'obfervation de l'éclipfe de lune du 24. Le vent, la pluie & la neige fondue, m'empêchèrent de l'obferver, & firent déferter mes Indiens: ils furent fuivis de près par un valet métis, qui me vola; infidélité fi commune dans le pays, qu'elle peut être regardée comme une maladie épidémique. Le 25, M. *Bouguer* & Don *Antoine de Ulloa* vinrent me joindre au fignal: ils n'avoient pas été plus heureux que moi en tentant d'obferver l'éclipfe dans une ferme où ils s'étoient arrêtés à mi-côte. Le pofte de *Lanlangouço*, quoique moins élevé que plufieurs des précédens, fut pour nous un des plus rudes de tous nos campemens fur les montagnes: j'y paffai dix jours, nous y eûmes deux tentes déchirées par le vent, & nous y reftâmes expofés aux injures de l'air: nous ne pûmes achever de prendre nos angles que le 31.

Nous en defcendîmes le 1.er Février. Dans notre nouveau

plan

plan de travail, j'occupois la place de M. *Godin*, & je devois obferver les angles aux fignaux, qui, dans notre première difpofition, lui étoient échûs en partage : ainfi M. *Bouguer* fut difpenfé d'aller au pofte de *Zagroum*, où je venois de faire une ftation. Le 2, il partit pour fe rendre à *Sénégualap*, Station à *Sénégualap.* tandis que je pris, avec Don *Antoine de Ulloa*, le chemin de *Choujaï*. Nous couchâmes le même jour à *Alaouffi*, *Alaouffi.* gros bourg d'Efpagnols, dont l'afpeét eft riant, quoique ce lieu foit fitué dans un fond. J'allai le lendemain trois lieues au delà, trouver à *Choufgna* M. *Verguin*, que plufieurs difficultés locales avoient empêché jufqu'alors de pofer le fignal fuivant, au fud de *Choujaï*, du côté de l'oueft. Je le vis partir pour cette opération, & je repris auffi-tôt la route de *Choujaï*, où Station à *Choujaï.* je me rendis dès le même foir. Je rencontrai, en y montant, Don *Antoine :* nous attendîmes trois jours dans une chaumière d'Indien, que notre tente fût réparée; elle ne fut prête & nous ne montâmes au fignal que le 6. Nous y arrivâmes encore beaucoup trop tôt.

Choujaï eft une petite montagne conique, ifolée & très-efcarpée, voifine du bourg d'*Alaouffi*, au deffus duquel elle eft élevée de 700 toifes, & d'environ 1960 au deffus du niveau de la mer. Il y faifoit affez froid les nuits & les matins; mais il n'y geloit que rarement: du refte, la prédiétion qu'on nous avoit faite ne fe vérifia que trop; nous y effuyâmes des pluies & des brouillards continuels. Les plaifirs du carnaval d'*Alaouffi* n'avoient rien de bien piquant pour nous, & j'aurois tort d'en vanter le facrifice; mais en allant camper dans ce temps fur *Choujaï*, nous étions bien éloignés de prévoir que nous y pafferions jufqu'à la Semaine fainte fans pouvoir obferver qu'un feul angle de ceux qui nous étoient néceffaires.

La difficulté qu'il y eut à pofer les fignaux fuivans, en Defcription du *Paramo** de l'*Affouaye.* forte qu'ils pûffent fe voir les uns les autres, contribua plus à ce long délai que le mauvais temps. La direétion des deux branches de la *Cordelière*, jufqu'alors à peu près parallèles, eft interrompue dans ce canton par l'interpofition d'un amas

* Voyez ci-deffus, page 49, ce que c'eft que *Paramo.*

K

de montagnes très-hautes, & presque égales en hauteur : elles barrent le vallon qui sépare les deux chaînes. Ce bloc immense de rocs entassés, qu'on nomme l'*Assouaye*, est à peu près de figure ronde : il a six à sept lieues de diamètre; son sommet est entre-coupé de ravins, & hérissé de pointes, dont les plus élevées restent plusieurs mois de l'année couvertes de neige. Leurs intervalles sont remplis par des landes, des marais & des lacs, vrai-semblablement les plus hauts qui soient dans le monde. Les orages & les tonnerres y sont fréquens. Les Indiens redoutent ce passage, quoique ce soit le grand chemin, quand on ne veut pas prendre un long détour. On nous a fort assurés qu'on avoit souvent trouvé des gens morts de froid sur ce fameux *Paramo;* mais je suis fort tenté de croire que cet accident n'est arrivé qu'à des Indiens qui s'étant enivrés d'eau de vie, ou d'une liqueur de maïz fermenté, appelée *Chitcha*, dont ces peuples font souvent des excès, avoient été surpris d'un orage pendant leur sommeil, & étoient demeurés ensevelis dans la neige.

Les pointes les plus élevées de l'*Assouaye*, vûes de quelque distance, paroissent se confondre, en se *projectant* les unes sur les autres. On n'aperçoit de loin qu'une masse, & il étoit difficile d'y trouver des points qui réunissent toutes les conditions requises pour continuer notre suite de triangles. Il y avoit près d'un mois que nous étions à *Choujaï* : les deux signaux vers le sud n'étoient pas encore placés, & les difficultés se multiplioient chaque jour : je prévis que nous pouvions être arrêtés encore long-temps. Les lettres de M. *Bouguer*, qui étoit toûjours à *Sénégualap*, m'invitoient à aller reconnoître moi-même le terrein, & j'eusse prévenu son invitation si j'eusse été en état de monter à cheval.

Accident. J'étois descendu le 15 au matin à *Alaoussi:* le jour même en remontant à *Choujaï*, mon cheval fit un effort & se cabra; heureusement j'eus le temps de lâcher les étriers, & dans le moment où il étoit encore en équilibre & prêt à se renverser sur moi, je me jetai d'un côté & le poussai de l'autre : j'en fus quitte pour me froisser une jambe, & pour ne plus rémonter ce cheval, qui fe précipita feul peu de temps après. Cet accident me retint au lit quelques jours; mais, grace à la pluie & aux brouillards, je ne perdis aucun moment favorable. Enfin je réfolus, pour accélérer l'ouvrage, d'aller voir par mes yeux où il falloit pofer les deux fignaux fuivans, comme M. *Bouguer* m'en prefloit.

Je partis le 2 Mars de *Choujaï:* je paffai huit jours errant par les landes & les marais, fans trouver d'autre gîte que des cavernes creufées dans le roc. Je parcourus toutes les éminences de l'*Affouaye* l'une après l'autre, & j'en levai le plan, afin que nous pûffions nous déterminer avec connoiffance de caufe, fur le choix du point que nous cherchions. Je plaçai le 7 un fignal fur la pointe de *Gnaoupan*, d'où je m'affurai qu'on voyoit tous les points néceflaires. C'eft ce qui fut évidemment reconnu dans la fuite; mais un mal-entendu fut caufe qu'on ne fe fervit point de ce fignal: celui de *Sinaçahouan*, qui fut fubftitué au mien, ne fut pofé que plus d'un mois après.

Je ne puis paffer fous filence, que pendant notre ennuyeufe quarantaine à *Choujaï*, Don *Eftevan de Hegues*, Efpagnol d'Europe, établi à *Alaouffi*, nous combla, Don *Antoine* & moi, de marques d'attention & d'offres de fervice, que je me trouvai dans le cas d'accepter.

Nous defcendîmes de *Choujaï* le 21 Mars, veille des *Rameaux*, fans avoir pû, pendant un féjour de fix femaines, achever de prendre nos angles. Si la longueur de cette ftation nous avoit caufé beaucoup d'impatience, elle ne dut pas déplaire à M. *Godin*, à qui elle donna le temps de nous rejoindre: il étoit arrivé de *Quito* à *Riobamba* le 2 Février avec Don *George Juan;* & trouvant tous les fignaux placés & le temps favorable, il avoit atteint M. *Bouguer* au fignal de *Sénégualap*.

En defcendant de *Choujaï*, je trouvai M. *Godin* & le refte de notre compagnie, hors M. *Bouguer*, raffemblés à *Alaouffi*. M. de *Juffieu* en partit le 22 pour aller à *Loxa* vifiter l'arbre du Quinquina, & les autres plantes du pays: il étoit accompagné

K ij

de feu M. *Seniergues* notre Chirurgien, qui venoit de faire
un voyage utile à *Carthagène*, & d'affurer par fon induftrie
une fortune, dont il avoit jeté les premiers fondemens par
fon habileté dans fon art [a]. Il auroit continué d'en jouir
noblement, fans le malheur qui l'attendoit à *Cuenca*. M. de
Juffieu emmenoit auffi avec lui M. de *Morainville*, pour deffi-
ner fous fes yeux les plantes rares des environs de *Loxa* &
de *Zaruma*.

Pendant ce petit féjour à *Alaouffi*, M. *Godin* me communiqua une Table des déclinaifons du foleil, d'une nouvelle
conftruction, qu'il avoit calculée avec Don *George Juan* [b],
pour le lieu de cet aftre dans l'écliptique.

Nous remontâmes encore, Don *Antoine de Ulloa* & moi,
le 24 Mars avant le jour, à *Choujai*, & nous prîmes, au
foleil levant, un de nos angles : celui qui nous manquoit
encore regardoit particulièrement M. *Godin*, qui reftoit à
Alaouffi pour l'obferver, auffi-tôt que le fignal de l'*Affouaye*

feroit placé. Le 26 j'allai joindre M. *Bouguer* à *Satcha-tian*,
d'où nous reprîmes notre ancien ordre de marche : nous ne
pûmes rien faire les jours fuivans. Le 29, qui étoit celui de
Pâques, il nous fallut aller chercher une meffe à fix lieues,
& revenir le foir même à notre pofte. Nous étions logés à
Soula dans une ferme, à deux lieues du fignal, en attendant
le moment favorable pour aller y prendre nos angles. M. *Godin* en avoit ordinairement ufé de même, & s'en étoit quelquefois bien trouvé. Je me laffai bien-tôt de paffer tous les jours
quatre ou cinq heures en pure perte, pour aller au fignal & en
revenir : je pris le parti de camper fous la tente qui fervoit
elle-même de fignal. M. *Bouguer* & Don *Antoine de Ulloa*

[a] Il avoit abattu fort heureufement
les cataractes à un habitant de *Guayaquil*, dont il tira une fomme confidérable.

[b] Cette table fuppofe l'obliquité
de l'écliptique de $23^d 28' 0''$; mais
il y a des équations pour $10''$ de plus
ou de moins, en forte que la Table

eft applicable à une plus grande ou
à une moindre obliquité. M. *Verguin*, à la prière de M. *Godin*, a
étendu cette table, qui n'étoit calculée que de 15 en 15 minutes, &
l'a rendu plus commode, en la calculant de minute en minute, ainfi
que les différences.

restèrent à la ferme, & montoient presque tous les matins à la tente au point du jour ; mais le brouillard arrivoit aussitôt qu'eux : ils firent cinq ou six voyages inutiles. Je jouissois dans l'obscurité de la nuit du spectacle que m'offroit le volcan de *Sangaï*, plus embrasé que jamais : tout un côté de la montagne paroissoit en feu, comme la bouche même du volcan : il en découloit un torrent de soufre & de bitume enflammés, qui s'est creusé un lit au milieu de la neige, dont le foyer ardent du sommet est toûjours couronné : ce torrent porte ses flots dans la rivière d'*Upano*, où il fait mourir le poisson à une grande distance. Le bruit du volcan se fait entendre fréquemment à *Guayaquil*, qui en est éloigné de plus de quarante lieues en droite ligne. J'aurai lieu de rapporter des faits plus singuliers en ce genre.

Les intervalles des dates de nos observations au signal de *Satcha-tian*, où nous joûimes d'un ciel assez pur, suffisent pour donner une idée de la difficulté de notre travail, lors même qu'il ne nous arrivoit pas de contretemps extraordinaires. Souvent, tandis qu'il faisoit le temps le plus serein pour tout le monde, un petit nuage malheureusement interposé nous déroboit la vûe de quelque signal, & le plus beau jour devenoit pour nous un jour de ténèbres. J'ai dit que nous étions arrivés à notre poste le 26 Mars, nous prîmes un angle le 3 Avril entre les nuages. Le 11, je vis paroître dans ma lunette le nouveau signal de l'*Assouaye* à l'instant même qu'on le posoit : il devoit tenir lieu de celui de *Gnaoupan*, qui m'avoit coûté tant de peines plus d'un mois auparavant. Je profitai de ce moment pour prendre un angle. Il m'en restoit un à observer ; mais le signal de l'*Assouaye* ayant disparu dans les nuages, je ne le revis plus que le 14 au point du jour. Je pris aussi-tôt l'angle qui me manquoit, Don *Antoine* & M. *Bouguer* arrivèrent encore à temps.

Cependant nous n'étions pas encore bien sûrs d'avoir terminé cette station ; il falloit s'assurer, avant que de la quitter, si le signal nouveau de *Sinaçahouan* sur l'*Assouaye*, seroit aperçû de celui qui venoit d'être posé en dernier lieu.

K iij

à *Quinoa-loma* par M. des *Odonais*, ce qui étoit encore douteux; & de plus, il falloit fixer le point où M. *Verguin* placeroit un autre signal du côté de l'est. Je me chargeai d'éclaircir
notre doute : je laissai Don *Antoine* & M. *Bouguer* à *Soula*,
& je traversai l'*Assouaye* pour la quatrième fois : j'allai trouver
M. *Verguin* à *Cagnar*, & nous visitâmes ensemble la montagne de *Bouéran*, destinée au signal suivant. De là je passai

*Signal à Qui-
noa - loma.*

à *Quinoa - loma :* je trouvai la canonnière sur laquelle nous
avions pris l'angle à *Satcha - tiàn*, transportée à un nouveau
point par M. des *Odonais*, qui du premier n'avoit pû voir
le signal de l'*Assouaye :* c'étoit-là précisément ce que nous crai-
gnions. Je fus plus heureux que lui : je découvris le signal, de
ce même point, & j'y fis aussi-tôt rapporter la canonnière;
ce qui me dispensoit de retourner sur mes pas à *Soula*. J'écrivis
aussi-tôt à ces Messieurs qu'ils pouvoient en partir, sans craindre
d'être obligés d'y revenir, & j'allai les attendre à *Sinaçahouan.*

*Station à
Sinaçahouan.*

Ce poste, qui étoit le plus haut point de l'*Assouaye*, ne pouvoit manquer d'être difficile à franchir; & nous le redou-
tions avec raison : mais nous nous consolions dans l'espérance
que la hauteur du terrein diminuant sensiblement de l'*Assouaye* à *Cuenca*, les stations suivantes nous donneroient plus
de facilité.

J'arrivai le 27 au soir à *Sinaçahouan*, qui n'est inférieur
au *Pic* de *Pitchincha* que de 90 toises. Le lendemain au
point du jour, je courus au signal qui étoit sur un rocher où
l'on n'avoit pû placer de tente : le temps étoit clair & serein;

*Horizon de
l'Assouaye.*

je découvrois le plus bel horizon qu'il soit possible de voir :
je me trouvois précisément au milieu des deux chaînes de
montagnes de la *Cordelière*, qui fuyoient au nord & au sud à
perte de vûe. Je distinguois très-clairement *Coto-paxi* à près
de cinquante lieues de distance. Les montagnes intermédiaires,
& sur-tout les vallons voisins, s'offroient à ma vûe à vol
d'oiseau comme sur une carte topographique. Si mon quart-
de-cercle fût arrivé aussi-tôt que moi, je me serois tiré en
une matinée de la plus laborieuse de nos stations. Insensiblement la plaine se couvrit d'une vapeur légère, je n'apercevois

plus les objets qu'à travers un voile tranfparent, qui ne laiffoit paroître diftinctement que les fommets des montagnes les plus éminens. A mefure que le foleil montoit, les nuages s'élevoient : bien-tôt j'en fus enveloppé, à peine pouvois-je diftinguer mon quart-de-cercle, qu'on m'apporta dans le moment qu'il me devenoit inutile. Je paffai cette journée & la nuit fuivante fous une tente fans murailles : on va voir que cette expérience, que la néceffité me fit faire, n'eût pas été facile à répéter.

M. *Bouguer* arriva le 28 avec Don *Antoine* de *Ulloa :* nous fimes placer notre tente quelques toifes plus bas que le fignal, pour tâcher de nous mettre un peu plus à l'abri du vent froid & piquant qui fouffle prefque toûjours dans ce *Paramo.* La nuit du 29 au 30, vers les deux heures du matin, il y eut un orage mêlé de grêle, de neige & de tonnerre. Nous fûmes réveillés par un bruit affreux : la plufpart des piquets étoient arrachés; les quartiers de rocher qui avoient fervi à les affurer, rouloient les uns fur les autres; les murailles de la tente, déchirées & toutes roides de verglas, ainfi que leurs attaches rompues & agitées d'un vent furieux, battoient contre les mâts & la traverfe, & menaçoient de nous couvrir de leurs débris. Nous nous levâmes avec précipitation, M. *Bouguer* & moi, pour y mettre ordre. Nos muletiers indiens & le métis qui les commandoit, étoient reftés dans une grotte affez loin de nous : ils ne nous auroient pas été d'un grand fecours : nous avions éprouvé fouvent en pareil cas, qu'engourdis de froid, ils s'enveloppoient dans leurs lambeaux, & ne cherchoient qu'un abri, fans travailler à fe le procurer. M. *Bouguer,* deux domeftiques & moi, réufsîmes enfin à la lueur des éclairs, à prévenir le mal le plus preffant, qui étoit la chûte de la tente, où le vent & la neige pénétroient de toutes parts. Le lendemain nous en fimes dreffer une autre un peu plus bas & plus à l'abri.

Malgré cette précaution, nous ne fûmes guère plus tranquilles les nuits fuivantes. Trois tentes montées tour à tour avec les peines qu'on peut imaginer, à caufe du vent & du terrein de fable & de roche, eurent toutes le même fort : deux traverfes furent rompues ; mon quart-de-cercle, refté près du fignal, fut renverfé, heureufement fans aucun dommage : nos Indiens, las de racler & de fecouer la neige dont la tente fe couvroit continuellement, prirent tous la fuite les uns après les autres ; nos chevaux & nos mules, qu'on laiffoit errer, fuivant la coûtume du pays, pour chercher leur pâture, fe retirèrent par inftinct dans le fond des ravines. On trouva le cheval dont j'ai parlé, noyé dans un torrent, où le vent l'avoit fans doute précipité. M.rs Don *George Juan* & *Godin*, qui formoient l'autre troupe d'obfervateurs, partagèrent avec nous les fatigues de cette pénible ftation, & ne fouffrirent guère moins que nous, quoique campés dans un lieu plus bas. Je reçûs dans ce même temps, & au fignal même, des lettres de France, où l'on ne nous plaignoit que des grandes chaleurs auxquelles on nous croyoit expofés.

Météore nouveau.

Au refte nous ne revîmes point à *Sinaçahouan*, comme je l'avois efpéré, le météore nouveau, du genre de l'arc-en-ciel, que M. *Godin*, M. *Bouguer* & moi avions obfervé pour la première fois au foleil levant à *Pamba-marca*, le 21 Novembre 1736. C'eft un cercle lumineux, embelli de toutes les couleurs de l'*Iris*, dont le fpectateur voit l'ombre de fa tête environnée comme d'une gloire, quand cette ombre eft reçûe fur un brouillard affez denfe, à une diftance convenable. M. *Bouguer* a donné de ce phénomène *(Mém. de l'Acad. 1744)* une defcription qui me difpenfe d'entrer ici dans un plus grand détail.

Le 7 Mai, la matinée ayant été fort belle, & le vent s'étant un peu calmé, nous achevâmes avant midi, de prendre tous nos angles, fans oublier les verticaux, ni la vérification du quart-de-cercle par le renverfement ; opération difficile & délicate, lors même qu'on a toutes fes commodités. Je pris

Arrivée au bourg de *Cagnar*.

les devans auffi-tôt après, & j'arrivai le foir à *Cagnar*, gros bourg peuplé d'Efpagnols, à cinq grandes lieues au fud de l'*Affouaye*. En voyant de loin les nuages, les tonnerres & les éclairs qui durèrent plufieurs jours, & la neige, qui tomboit fans relâche, couvrir la cime de la montagne où
l'on

l'on favoit que nous étions campés, la violence de la tempête
dans la plaine même, & les exagérations ordinaires en pareil
cas, firent croire à quelques gens que nous avions tous péri.
Ce n'étoit pas la première fois que le bruit en avoit couru.
Dans l'occafion dont je parle, on fit à *Cagnar* des prières publiques pour nous: du moins on nous l'affura. Nous nous
délaffâmes chez le Docteur *Enderica* Curé de ce bourg, &
nous y trouvâmes de quoi nous remettre de nos fatigues. Entre
autres amufemens, il nous procura fous une de nos tentes, le
fpectacle d'une petite comédie jouée par de jeunes métis; elle me
parut, en defcendant de l'*Affouaye*, meilleure que toutes celles
que j'avois vû repréfenter avec plus d'appareil. Nous nous arrêtâmes quelques jours à *Cagnar*, en attendant que les fignaux
fuivans fuffent pofés. Dans cet intervalle, nous fîmes plufieurs
voyages fur la montagne de *Bouéran*, que j'avois déjà recon-
nue avec M. *Verguin.* En vain nous effayâmes de nous difpenfer d'y camper: il fallut s'y réfoudre: nous paffâmes fous la
tente le refte du mois de Mai avec d'affez mauvais temps.

Pendant le cours de cette ftation, je propofai à M. *Bou-*
guer, un jour que l'horizon étoit embrumé, d'aller voir à
deux lieues de *Cagnar*, vers l'eft, les ruines d'une ancienne
forterefe du temps des Incas, près de laquelle j'avois paffé
dans mon voyage à *Lima* en 1737; mais que la précipitation
de ma marche m'avoit alors empêché d'examiner. Nous y
allâmes le 20 Mai: nous en prîmes les dimenfions, & j'y
retournai le 27. J'en ai donné le plan, la defcription & la
vûe dans les mémoires de l'Académie de *Berlin*, de 1746.

Le premier Juin, nous partîmes, Don *Antoine de Ulloa*,
M. *Bouguer* & moi, pour *Cuenca*, où la mefure de nos trois
degrés devoit finir. Nous nous arrêtâmes en chemin au bourg
de *los Affogues*, ou du *vif argent**: nous vifitâmes un ruiffeau
voifin, dans le fable duquel on m'avoit dit qu'on trouvoit

Station à
Bouéran.

Ruines d'une
forterefe du
temps des In-
cas.

Juin.

Bourg de *las
Affogues.*
Ruiffeau où
l'on trouve des
grenats.

---

* Je n'ai pû découvrir ce qui a
pû donner le nom d'*Affogues* à ce
lieu, aux environs duquel on ne
connoît aucune mine de mercure:
peut-être la couleur rouge de la
plufpart des terres du canton a-t-elle
fait croire qu'il y avoit du cinabre.

L

1739.
Juin.

des rubis. C'étoient de très-petits grenats. J'eus beaucoup de peine à en faire raffembler une certaine quantité, que j'ai remife au cabinet d'hiftoire naturelle qui eft au Jardin du Roi.

Juillet.

Examen du terrein de la nouvelle bafe.

Nous paffâmes, M. *Bouguer* & moi, prefque tout le mois de Juin & les premiers jours de Juillet, à faire un grand nombre de voyages aux environs de *Cuenca*, pour choifir un terrein mefurable à la perche, & en faire le dernier côté de nos triangles ; afin que la mefure effective de cette nouvelle bafe pût fervir de vérification à toutes nos mefures conclues. Nous confirmâmes, par un choix réfléchi, le jugement que j'avois porté deux ans auparavant de la prairie

Prairie de *Tarqui.*

de *Tarqui*, qui m'avoit paru très-propre à cet ufage, lorfque je l'avois traverfée en allant à *Lima*; mais fa fituation dans un fond entre deux collines parallèles, nous engageoit à reconnoître fes environs fort en détail, & même à en lever le plan, pour trouver les moyens de lier cette feconde bafe avec nos triangles. Après avoir fait toutes les difpofitions néceffaires pour cela, nous allâmes le 9 Juillet nous établir

Station à *Yaffouaï.*

à *Yaffouaï*, montagne fort efcarpée, fur laquelle nous trouvâmes encore M. *Godin* & Don *George Juan*, qui y campoient depuis plus d'un mois, fans avoir pû terminer leurs opérations. Ils n'en partirent que deux jours après notre arrivée, & peu s'en fallut que nous n'achevaffions auffi-tôt qu'eux.

Nous ne fûmes retenus que par un fcrupule: pour le lever, nous envoyâmes couvrir d'un drap blanc un fignal que nous ne voyions pas affez diftinctement. Nous reftâmes enfuite pendant quatre jours plongés dans un brouillard fi épais, que ne pouvant mettre le pied hors de la tente, dont les environs & le fol même étoient un terrein gras & humide, nous n'eûmes pas de meilleur parti à prendre que de ne pas fortir de nos lits, qui, fur les montagnes, étoient notre cabinet ordinaire. Le 16, le ciel fe maintint tout le jour fans le moindre nuage : efpèce de phénomène très-rare dans le pays: tous nos angles, tant de pofition que de hauteur, étoient pris dès neuf heures du matin. Nous defcendîmes auffi-tôt par une pente très-roide; un de nos mulets, à qui le pied manqua, roula fort loin avec sa charge. Nous allâmes le même jour visiter un canton voisin, où l'on avoit découvert des arbres de Quinquina depuis quelque temps : la feuille & la fleur m'en parurent beaucoup plus grandes, & le rouge des pétales beaucoup plus foncé que celles de l'arbre de *Loxa*. On avoit fait les années précédentes de grandes récoltes, & des envois confidérables en Europe, de ce nouveau Quinquina : mais foit expérience, foit ancien préjugé, il n'a pas à beaucoup près, même fur les lieux, autant de réputation ni de débit que celui des environs de *Loxa;* & cela de l'aveu des gens intéreffés à le faire valoir. Il en eft de même du Quinquina de *Jaën.*

Le 18, nous paffâmes au fignal de *Borma,* l'un des points que j'avois reconnus & déterminés. Après y avoir pris les angles entre les fignaux, j'y reftai feul pour obferver les angles de hauteur Le 23, je me rendis à *Cuenca,* pour conférer avec M. *Bouguer;* je montai le 24 à *Cahouapata,* où j'obfervai feul jufqu'au 28, que je revins à *Cuenca.* J'y laiffai M. *Bouguer* occupé à faire travailler aux perches qui devoient fervir à mefurer notre nouvelle bafe de *Tarqui:* où je me tranfportai le 31.

Les premiers jours d'Août furent employés à la mefure des angles aux environs de cette bafe, & à l'alignement de la bafe même ; ainfi qu'aux autres préparatifs pour notre mefure fur le terrein, qui nous éloignoit de cinq lieues de *Cuenca,* d'où il nous falloit tout tirer. La commodité du voifinage de cette ville avoit déterminé M. *Godin* à mefurer fa bafe de vérification dans la plaine même de *Cuenca.* Le terrein en étoit affez inégal, & entre-coupé de plufieurs rivières; mais les chevalets de peintre, dont il fe fervoit pour porter fes perches, lui facilitèrent cette opération. Quant à la bafe de la prairie de *Tarqui,* elle fut mefurée deux fois terre à terre, & de deux fens différens : par M. *Bouguer* du fud au nord, & par moi du nord au fud. Il fut aidé dans ce travail par Don *Antoine de Ulloa,* & je le fus par M. *Verguin.*

1739. Juillet.

Quinquina nouvellement découvert.

Stations à *Borma* & à *Ca- houapata.*

Août.

Stations aux environs de la bafe.

Bafe de *Cuenca.*

Bafe de *Tarqui* mefurée deux fois.

L ij

Nous procédâmes avec le même scrupule qu'à notre première base; & quoique dans un terrein fort uni, nous ne mesurions communément que 500 toises par jour. J'ai rendu compte du détail de cette opération, par un mémoire que j'envoyai dans le temps à l'Académie : il suffit de dire ici qu'après avoir terminé notre travail, nous nous communiquâmes réciproquement, M. *Bouguer* & moi, nos deux mesures, & qu'elles s'accordoient à un pied un pouce près. Cette différence n'étoit pas considérable sur 5259 toises; cependant elle disparut presque entièrement, & se réduisit à un ou deux pouces, quand nous eûmes comparé à la toise de fer que nous avions apportée de France, les deux toises différentes qui avoient servi pour étalonner les perches de bois avec lesquelles nous avions opéré sur le terrein.

Accord des deux mesures.

Cette longueur se trouva, selon M. *Bouguer*, à trois ou quatre pieds près, & à une toise près selon moi, la même que celle qui résultoit du calcul de trente-deux triangles, dont le premier côté étoit notre première base, distante de soixante-quinze lieues de la seconde. Pour fixer la longueur de la méridienne, j'ai supposé que les deux bases étoient également bien mesurées, & j'ai pris un milieu entre les deux résultats.

Fin de la mesure géométrique.

Notre mesure géométrique se trouvoit entièrement terminée par celle de la base de *Tarqui*, & nous savions combien notre méridienne avoit de toises : il ne nous manquoit plus que la mesure astronomique. Celle-ci consistoit à déterminer quelle portion de la circonférence de la terre, répondoit à la longueur de l'arc du méridien que nous venions de mesurer : pour parler le langage ordinaire des Astronomes & des Géographes, il nous restoit à savoir combien la longueur que nous connoissions en toises, valoit de degrés, de minutes & de secondes; ou enfin, quelle étoit l'amplitude de l'arc dont nous connoissions déjà la longueur.

Préparatifs pour la mesure astronomique.

Le moyen le plus propre, de l'aveu de tous les Astronomes, pour parvenir à cette détermination, étoit d'observer la hauteur d'une même étoile aux deux extrémités de la méridienne mesurée. Nous avions compté que cette observation

fe feroit en commun par les trois Académiciens, & avec
l'inſtrument de douze pieds de rayon, qui nous avoit ſervi
pour celle de l'obliquité de l'écliptique : cependant M. *Godin*
ayant jugé à propos de faire conſtruire, pour ſon uſage, un
ſecteur d'un beaucoup plus grand rayon, & d'obſerver à part, il
nous avoit remis, à M. *Bouguer* & à moi, l'ancien ſecteur,
qui nous parut d'une grandeur ſuffiſante; mais auquel il falloit faire pluſieurs réparations & changemens pour le rendre
propre au nouvel uſage auquel il étoit deſtiné. Nous revînmes
de *Tarqui* à *Cuenca* le 23 Août, pour y faire travailler. Nous
étions tous raſſemblés en cette ville, & très-occupés, les uns
& les autres, des préparatifs de l'obſervation aſtronomique,
qui devoit terminer notre miſſion. Après deux ans paſſés
ſur les montagnes à mener la vie que j'ai décrite, nous com-
mencions à jouir de quelque repos, quand l'évènement le
plus imprévû nous mit tous, dans le plus grand danger.

Sur la fin du mois d'Août, à l'occaſion de je ne ſais
quelle ſolemnité, il ſe fit à *Cuenca* dans une place publique,
une courſe de taureaux qui dura quatre jours. Le dernier, qui
étoit le 28 Août, je cédai aux inſtances qui me furent faites,
& j'allai pour la première fois à ce ſpectacle : il étoit déjà
fort avancé; mais j'arrivai encore trop tôt ce qui me
reſtoit à voir. M. *Seniergues* notre Chirurgien, membre d'une
compagnie honorée de la protection ſpéciale de deux Souve-
rains, tranquillement aſſis dans une des loges de l'enceinte de la
place, fut aſſailli ſous nos yeux par une populace armée &
furieuſe, animée par celui dont le devoir étoit de la réprimer;
nous vîmes preſqu'en un même inſtant *Seniergues* deſcendre
de ſa loge, faire face à cette multitude, la contenir; puis en être
pourſuivi, enveloppé, déſarmé, & enfin tomber percé de bleſ-
ſures mortelles. Ceci paroîtra peu vrai-ſemblable; mais je n'a-
vance rien dont il n'y ait eu deux ou trois mille témoins.

Les détails de cette horrible avanture ont été rendus publics
en 1745 *. Je me contenterai de dire ici, que ce meurtre,
dont une querelle particulière avoit été l'origine, fut ſuivi

Courſe de
taureaux à
Cuenca.

Mort tragique
de M. *Senier-
gues.*

* Lettre ſur l'émeute populaire de *Cuenca. Paris, 1745.*

d'une émeute générale contre tout ce qu'on appeloit Compagnie françoise : qu'il n'y eut aucun de nous qui ne courût rifque de la vie, & que M^{rs} les Officiers efpagnols, nos compagnons de voyage, ne furent pas exempts du même péril. Le Curé de l'Eglife principale, & divers particuliers de la ville, retirèrent chez eux la plufpart d'entre nous. Je ne fongeai point à chercher d'autre afyle que mon logement ordinaire : ma porte fut affiégée par une troupe de féditieux, que le Père Recteur des Jéfuites & fon compagnon eurent bien de la peine à contenir. J'avois fait porter le bleffé chez moi, & dans mon lit, où il mourut quatre jours après. M. de *Juffieu* ne le quitta pas.

Le jour même du tumulte, & avant le retour du Corrégidor, qui étoit alors en tournée, un des principaux auteurs de la fédition s'érigeant en juge dans fa propre caufe, commença une procédure monftrueufe, où bien-tôt nous fûmes tous envéloppés. Je me vis obligé, tant en mon nom qu'en qualité d'exécuteur teftamentaire de M. *Seniergues*, de foûtenir & d'intenter pour l'honneur de fa mémoire, & devant un tribunal étranger, un procès criminel, qui a duré près de trois ans, & qui feul eût fuffi pour occuper quelqu'un qui

n'eût eu que cette feule affaire. Les coupables en ont été quittes pour être condamnés à quelques années d'un banniffement qu'ils n'ont point gardé, pour une amende qu'ils n'ont point payée ; & j'ai fû qu'ayant fait entendre de nouveaux témoins après mon départ, ils ont été abfous, & que le plus criminel d'entre eux craignant l'appel au Confeil d'Efpagne, & la juftice, toûjours lente, mais quelquefois févère, de ce Tribunal, s'étoit fait prêtre pour fe mettre à l'abri de toute pourfuite de la part de la Juftice féculière.

J'ai dit qu'il y avoit encore beaucoup de réparations à faire à notre fecteur : & il s'agiffoit fur-tout d'en changer la fufpenfion. Tout cela fut exécuté pendant le mois de Septembre 1739, par le fieur *Hugo* notre horloger, fous les yeux & la direction de M. *Bouguer*, qui avoit offert de s'en charger, tandis que tous mes momens étoient remplis par des occupations, moins philofophiques à la vérité, mais non moins intéreſſantes; puiſqu'il s'agiſſoit de défendre dans les Tribunaux, notre honneur attaqué par ceux même qui avoient attenté à notre vie.

Au commencement d'Octobre, nous retournâmes à *Tarqui:* nous y fîmes choix d'un lieu convenable pour notre obſervation de l'amplitude de l'arc du méridien. Les préparatifs néceſſaires, dont on peut voir le détail dans l'ouvrage ſuivant, nous occupèrent une partie du même mois.

Pendant ce temps, M. *Godin*, dont le nouvel inſtrument avoit été pluſtôt prêt que le nôtre, obſervoit avec Mʳˢ les Officiers eſpagnols à *Cuenca*, où il avoit terminé ſa meſure géométrique; quant à M. *Bouguer* & à moi, nos premières obſervations à *Tarqui*, auxquelles M. *Verguin* aſſiſta conſtamment, ne commencèrent qu'à la mi-Octobre. Les mauvais temps, & d'autres obſtacles que je rapporte ailleurs, les prolongèrent pendant trois mois : elles n'étoient pas encore finies à la fin de Décembre de cette année.

Cette ſuite d'obſervations triſte & pénible, d'autant plus qu'elle ne fut pas heureuſe, fut entre-mêlée d'un divertiſſement auquel nous ne nous attendions pas dans cette ſolitude. Les Indiens attachés à la terre de *Tarqui*, ſont dans l'habitude de faire tous les ans une fête, qui n'a rien de barbare ni de ſauvage, & qu'ils ont imitée des Eſpagnols leurs conquérans, qui l'ont eux-mêmes vrai-ſemblablement empruntée autrefois des Maures. Nous n'avons rien vû de pareil à *Quito;* mais cette coûtume ſubſiſte à *Cuenca*, à *Riobamba* & à *Latacunga*. Ce ſont des courſes de chevaux, qui forment de vrais ballets figurés : les Indiens louent des parures deſtinées à cet uſage, & ſemblables à des habits de théatre; ils ſe fourniſſent de lances & de harnois d'apparence pour leurs chevaux, qu'ils manient avec aſſez d'adreſſe & peu de grace. Leurs femmes leur ſervent d'écuyers en ces occaſions, & c'eſt le jour de l'année où la condition de ces infortunées eſt le plus ennoblie. Leurs maris dépenſent en un de ces jours de fêtes, plus qu'ils ne gagnent en un an. Le maître ne contribue pour l'ordinaire à ce spectacle, qu'en l'honorant de sa présence.

Ce divertissement eut pour intermède des scènes pantomimes de quelques jeunes métis, qui ont le talent de contrefaire parfaitement tout ce qu'ils voient, & même ce qu'ils ne comprennent pas : nous en fûmes alors témoins très-croyables. Je les avois vûs plusieurs fois nous regarder attentivement, tandis que nous prenions des hauteurs du soleil pour régler nos pendules. Ce devoit être pour eux un mystère impénétrable, qu'un observateur à genoux au pied d'un quart-de-cercle, la tête renversée, dans une attitude gênante, tenant d'une main un verre enfumé, maniant de l'autre les vis du pied de l'instrument, portant alternativement son œil à la lunette & à la division, pour examiner le fil-à-plomb, courant de temps en temps regarder la minute & la seconde à une pendule, écrivant quelques chiffres sur un papier, & reprenant sa première situation. Aucun de nos mouvemens n'avoit échappé aux regards curieux de nos spectateurs : au moment que nous nous y attendions le moins, parurent sur l'arène de grands quarts-de-cercle de bois & de papier peint, assez bien imités; & nous vîmes ces bouffons nous contrefaire tous avec tant de vérité, que chacun de nous, & moi tout le premier, ne pût s'empêcher de se reconnoître. Tout cela fut exécuté d'une manière si comique, que j'avoue que je n'ai rien vû de plus plaisant pendant les dix ans du voyage; & il me prit une si forte envie de rire, que j'oubliai durant quelques momens mes affaires les plus sérieuses.

ANNÉE 1740.

LES premiers jours de Janvier 1740, nous terminâmes, M. *Bouguer* & moi, nos obſervations à l'extrémité auſtrale de la méridienne : je reſtai cependant encore à *Tarqui* juſqu'au 14, à obſerver ſeul. Je cherchois à me ſatisfaire ſur les différences de 8 à 10 ſecondes, que nous avions quelquefois remarquées d'un jour à l'autre, entre les hauteurs apparentes de la même étoile. Ces variations ſe compliquoient alors avec diverſes ſources d'erreur, que le temps & la perſévérance pouvoient ſeuls nous aider à démêler. Je fis auſſi pendant ces derniers jours, pluſieurs expériences du pendule ſimple avec une boule d'or de dix lignes de diamètre, peſant deux onces ; qui me ſervoit à cet uſage depuis 1737 : je l'avois fait tourner par le ſieur *Hugo* notre Horloger : elle conſervoit ſenſiblement ſes oſcillations pendant quatre heures, c'eſt-à-dire, près d'une heure & demie de plus qu'une boule de cuivre du même poids.

Je partis de *Tarqui* le 16 Janvier, le même jour que M. *Bouguer* ſe mit en chemin de *Cuenca* pour *Quito*, d'où nous devions paſſer le plus promptement qu'il ſeroit poſſible à l'extrémité ſeptentrionale de la méridienne, afin d'y obſerver la même étoile qu'à l'extrémité auſtrale ; mais l'inſtrument, dont les pièces devoient être portées à bras par des chemins difficiles, à 80 lieues de diſtance, ne pouvoit aller auſſi vîte que nous.

Cela me donna le loiſir de m'arrêter quelques jours à *Cuenca* : j'y fis l'expérience de l'inclinaiſon de l'aimant, que nous avions déjà faite à *Tarqui*. Nous nous étions ſervis pour cet effet d'une aiguille que j'avois fait faire avec ſoin par notre Horloger : nous avions travaillé long-temps, M. *Bouguer* & moi, à la mettre en équilibre avant que de l'aimanter. Je l'avois ſuſpendue d'une façon fort ſimple, en faiſant porter les deux bouts de ſon axe ſur la ſurface d'une glace polie,

M

Certificats
honorables.

que j'avois fait entailler exprès : je donnerai ailleurs le détail des diverses expériences que j'en ai faites. Pendant mon séjour à *Cuenca*, je rassemblai les certificats que m'avoient offerts les Curés des paroisses de la ville, & les Supérieurs de différens Ordres religieux, sur la manière dont nous nous étions tous comportés en cette ville, avant & depuis l'émeute dont j'ai parlé. J'eus aussi le temps d'aller visiter une source bouillante d'eaux minérales, qui sort d'un rocher à fleur de terre, à deux lieues au sud-ouest de *Cuenca :* la fumée s'apercevoit autrefois de plus d'une lieue : leur chaleur s'est beaucoup modérée depuis un tremblement de terre arrivé le Vendredi 9 Juin 1719. J'emportai deux bouteilles de ces eaux à *Quito*, pour en faire l'analyse.

En passant à *Riobamba*, nous fûmes invités par Mrs *Maldonado*, & par leurs beaux-frères Mrs *Davalos* & *Villavicencio*, à la nôce d'une de leurs nièces, dans une maison de campagne des environs. Outre la reconnoissance que nous devions à cette famille, qui nous avoit prévenus en tout, & dans toutes les rencontres, j'avois, en mon particulier, l'obligation à Messieurs *Maldonado* de s'être rendus mes cautions envers les Officiers royaux, pour le nouveau crédit que j'avois obtenu du Viceroi de *Lima* sur les caisses royales de *Quito.* Le retardement de mon bagage, qui étoit encore en chemin, fut une nouvelle raison dont il se servit pour m'engager à une partie qu'il ne m'étoit guère possible de refuser.

Fête à *San-*
Andrès.

Février.

Je passai en habit de voyageur trois jours à *San-Andrès*, où se donna la fête la plus magnifique & la plus brillante que j'aie vûe pendant mon séjour au Pérou. C'est la plus longue vacance que je me sois donnée pendant le cours du voyage, & ce fut dans un temps que je ne pouvois occuper plus utilement : M. *Verguin* fut mon complice. Nous ne laissâmes pas de nous dérober aux plaisirs de notre isle enchantée, dès que j'eus nouvelle que mon quart-de-cercle étoit arrivé à *Riobamba*, & nous allâmes ensemble à quatre lieues de *San-Andrès*,

Réfractions
terrestres obser-
vées à *Colta.*

faire quelques expériences sur la réfraction des objets terrestres, au bord du lac de *Colta*, dont la surface me donnoit, fans aucune opération, deux points de niveau éloignés d'une lieue l'un de l'autre. Je me rendis à *Quito* le 7 Février, & j'y attendis encore les équipages, quoique je me fuffe arrêté deux jours dans les terres de Don *Pedro Maldonado*, où je fus témoin de quelques fingularités phyfiques, dont je renvoie le détail au recueil de mes expériences & obfervations diverfes.

M. *Bouguer*, arrivé quelques jours avant moi, faifoit faire plufieurs réparations & quelques changemens à notre fecteur, pour le rendre plus folide. Il partit le 11 avec M. *Verguin*, pour aller au nord de la méridienne chercher fur le penchant de la montagne de *Mohanda*, comme nous en étions convenus, un lieu propre pour notre feconde obfervation aftronomique. Je reftai quelques jours de plus à *Quito*, pour faire réponfe aux lettres que j'y reçus du Viceroï, au fujet de l'affaire de *Cuenca*, fuivre la procédure criminelle commencée à l'Audience royale, & mettre ordre à quelques affaires de la fucceffion de feu M. *Seniergues*, defquelles M. de *Juffieu*, mon coexécuteur teftamentaire, refta chargé en mon abfence.

Le 17, j'allai joindre M. *Bouguer* à *Cotchefqui* : j'y trouvai tout difpofé pour l'obfervation qui n'étoit pas encore commencée. La fituation du lieu étoit très-favorable : on voyoit diftinctement notre première bafe, & fes deux termes extrêmes, ainfi que tous les fignaux des environs. Le beau temps fembloit nous répondre que notre obfervation feroit bien-tôt terminée ; cependant le refte du mois de Février, ainfi que les mois de Mars & d'Avril, y furent employés, & nous fuffirent à peine.

Dans les intervalles de notre travail, je fis une table des erreurs des divifions de mon quart-de-cercle, en tirant un réfultat moyen de mes différentes vérifications, faites par diverfes méthodes, & de la comparaifon des mêmes angles obfervés avec divers inftrumens. Je corrigeai tous les miens d'après cette table, avant que d'avoir commencé mes calculs, & je remis deux liftes de mes angles obfervés & corrigés,

M ij

l'une à M. *Godin* , l'autre à M. *Bouguer.* On trouvera le détail des obſervations aſtronomiques, faites à *Cotchefqui* & à *Tarqui*, dans l'ouvrage ſuivant: j'y rapporte les procès verbaux des unes & des autres, dreſſés dans le temps par M. *Bouguer*, & légaliſés ſur les lieux.

Fin des pre-
mières obſerva-
tions à *Cotchef-
qui.*

J'euſſe bien voulu continuer d'obſerver à *Cotchefqui* juſqu'à ce que nous perdiſſions notre étoile de vûe dans les rayons du ſoleil ; mais M. *Bouguer* ayant jugé que ce que nous avions fait étoit ſuffiſant, je me rendis à ſon avis. Nous démontâmes le ſecteur, nous vérifiâmes le rapport du rayon à la corde , & nous partîmes de *Cotchefqui* le 28 Avril.

Triangle
ajoûté.

Nous avions pris en ce lieu l'angle qui y aboutiſſoit, dans le nouveau triangle qu'il avoit fallu former pour lier notre obſervatoire ſeptentrional avec la première baſe. Tandis que M. *Bouguer* alloit à *Tanlagua*, pour obſerver le ſecond angle,

Séjour au
Quinché.

je me chargeai du troiſième à *Oyambaro.* Je m'arrêtai chemin faiſant au *Quinché,* chez le Docteur Don *Joſeph Maldonado*, depuis Curé de la cathédrale de *Quito*, & enſuite Chanoine de la même Egliſe. Cet Eccléſiaſtique, auſſi recommandable par les vertus propres de ſon état, que par l'étendue de ſes connoiſſances , & la douceur de ſon commerce, étoit frère de Don *Ramon Maldonado*, Marquis de *Lizes*, Corrégidor de *Quito* , & de Don *Pedro Maldonado*, Gouverneur d'*Eſmeraldas*, dont le nom reviendra ſouvent dans cette Relation. Il venoit d'être pourvû de la cure du *Quinché*, bourg ſitué à cinq lieues de *Quito* , & célèbre par les pélerinages qu'on y vient faire de fort loin : ce lieu étoit voiſin de la plaine d'*Yarouqui*, où nous avions meſuré notre première baſe , fondement de toutes nos opérations. Le Docteur Don *Joſeph* me procura des facilités que je n'oſois eſpérer, quant aux matériaux , & en me faiſant trouver des ouvriers dont

Projet de deux
pyramides.

j'avois beſoin pour la conſtruction dont je m'étois chargé, de deux monumens durables aux deux extrêmités de cette baſe, pour en fixer les deux termes, & ſervir dans tous les temps à vérifier notre travail. Une grande partie du reſte de l'année ſe paſſa en voyages qu'il me fallut faire au *Quinché*, à la baſe,

& aux environs, pour donner les ordres néceffaires à cet ouvrage, dans un pays où ce n'eft qu'à force de temps, de foins & de patience qu'on peut parvenir à finir la moindre chofe. Mais je ne m'arrêterai pas davantage fur un point qui mérite d'être traité dans un article à part : je ne ferai mention ici que de mes autres occupations.

Du *Quinché* je me rendis à *Oyambaro :* j'y pris le dernier angle de ceux qui appartenoient aux triangles de la méridienne. Après quatre ans d'une vie errante, dont deux paffés fur les montagnes, je revins à *Quito* le 1.er Mai 1740, dans le deffein d'y tirer à loifir les conféquences de toutes nos mefures, & d'en conclurre la valeur du degré du méridien, qui étoit le but de tant d'opérations.

Je me fentis effrayé à la vûe des longs calculs qu'il me falloit entreprendre, & dont les tables inférées dans l'ouvrage fuivant, peuvent donner une idée. J'avois une extrême répugnance pour un travail que le peu d'habitude rend pénible & rebutant quand on n'y eft pas rompu, tandis qu'il n'eft pour le calculateur exercé, qu'une occupation douce & paifible : elle peut même ceffer d'être ennuyeufe pour lui, par la promptitude avec laquelle il trouve les réfultats qu'il cherche. S'il étoit permis de faire peu de cas d'un talent utile & difficile à acquerir, ce feroit tout au plus à ceux qui le poffèdent fupérieurement. Quel avantage n'a pas, pour arriver au terme, celui qui connoît le chemin le plus court, & qui eft fûr de ne faire jamais un faux pas ! J'avoue que ce qui n'eût peut-être été que l'ouvrage de quelques femaines pour un autre, me coûta plufieurs mois : il eft vrai que je ne me permis aucune négligence, & que tous mes calculs ont été refaits plufieurs fois à *Quito,* fans compter la vérification que j'en ai faite depuis mon retour en France.

Mon travail fut fouvent interrompu : outre les foins qu'exigeoit la conftruction des pyramides, en quoi je fus fort foulagé par M. de *Morainville,* j'étois continuellement occupé du procès criminel, qui s'inftruifoit à *Cuenca* & à *Quito,* contre les meurtriers de M. *Seniergues;* j'avois à repouffer les efforts

des parties adverſes, qui ne négligeoient aucun moyen d'obſ-
curcir la vérité, & d'étouffer la voix de la juſtice. Le grand
Vicaire de *Cuenca*, principal auteur du ſoulèvement du peuple
contre nous, avoit obtenu de l'Evêque un ordre au Recteur
des Jéſuites, de ſupprimer l'épitaphe faite par M. *Godin*, &
placée à *Cuenca* dans l'égliſe de ces Pères ſur la tombe de
feu M. *Seniergues*. La défenſe de ſa mémoire me regardoit,
en qualité d'exécuteur teſtamentaire; d'un autre côté, j'étois
intéreſſé perſonnellement dans l'affaire : les circonſtances m'engageoient à me charger auſſi de défendre l'honneur de notre
compagnie, & celui de la nation même, que les auteurs du
tumulte cherchoient à flétrir. Je ne voulus cependant rien
faire ſans conſeil : j'agis toûjours de concert avec M. de *Juſſieu*
dans tout ce qui regardoit le mort, & avec M. *Bouguer* dans
ce qui concernoit notre compagnie. L'un & l'autre ſignèrent,
ou me donnèrent leur procuration pour ſigner les écrits &
requêtes que j'eus à préſenter dans les Tribunaux eccléſiaſti-
ques & civils. Il me falloit compoſer, ſans ſecours, des *Fac-
tums* dans une langue étrangère, & dans un ſtyle encore plus
étranger pour moi que la langue. Outre cela, j'étois dans un
commerce ſuivi de lettres avec le Viceroi du Pérou, & le
nouveau Viceroi du royaume de *Grenade*, ſous la juriſdic-
tion duquel la province de *Quito* venoit de paſſer. Tels
furent, ſans parler de quelques obſervations particulières, mes
occupations ordinaires pendant les mois de Mai, Juin, Juillet
& Août 1740.

Elles ne me permirent pas de partager avec M. *Bouguer*
les fatigues d'une courſe pénible & laborieuſe de près de
deux mois, dans la province d'*Eſmeraldas*, que j'avois traverſée en 1736 pour venir à *Quito*. M. *Bouguer* y étoit allé
pour déterminer, dans un lieu dont la hauteur au deſſus de
la mer fût connue, celle de quelques-unes de nos montagnes, afin de pouvoir réduire au niveau de la ſurface de la
mer, la valeur du degré que nous avions meſuré ſur le haut
de la Cordelière. Le ſignal que j'avois poſé en Septembre
1736 ſur le ſommet oriental de *Pitchincha*, & qui avoit été

*Juin.
Juillet.
Août.*
Voyage de
M. *Bouguer* à
l'iſle de l'*Inca.*

transporté plus bas en 1737, devint néceſſaire à M. *Bouguer* en cette occaſion ; & le temps qu'il fallut pour le rétablir, ne contribua pas peu à prolonger ſon ſéjour dans l'iſle de l'*Inca*, ſur la rivière d'*Eſmeraldas*, où il avoit choiſi ſon obſervatoire.

On peut voir dans les Mémoires de l'Académie de 1744, les incommodités que M. *Bouguer* eut à ſouffrir. Je crois avoir aſſez donné de preuves de mon zèle pour n'être pas ſoupçonné d'avoir voulu me dérober à ce travail ; on a vû en 1738, que je m'étois tranſporté de *Latacunga* à *Gnoug-nou-Ourcou*, d'où l'on m'avoit aſſuré qu'on voyoit la mer ; & au commencement de cette année 1740, j'avois eſpéré trouver à *Cuenca* le moment de paſſer à *Guayaquil*, dans la même vûe qui avoit déterminé M. *Bouguer* à ſon nouveau voyage. S'il eût conſenti que je lui en euſſe épargné la peine, ou ſi j'euſſe cru la choſe en moins bonnes mains, je lui aurois pluſtôt diſputé la fatigante commiſſion dont il ſe chargea d'office, que je ne l'euſſe refuſée ; je dis plus, ſi j'avois eu le choix je l'euſſe préférée à la triſte occupation que me don-noient mes calculs, & ſur-tout les procès où je me trouvois engagé.

Tout ce que j'avois obtenu, après un an de pourſuites judi-ciaires, étoit la nomination d'un nouveau juge dans l'affaire de *Cuenca*, & un arrêt qui ordonnoit de nouvelles informa-tions, ſans rien ſtatuer ſur les premières procédures.

Nouveau Juge dans l'affaire de *Cuenca.*

Tandis que d'ennuyeuſes ſupputations, & les détours odieux de la chicane, exerçoient tour à tour ma patience, tout *Quito*, ou pluſtôt toute l'Amérique eſpagnole, étoit dans les alarmes les plus vives, ſur la nouvelle reçûe d'Eſpagne qu'on armoit en Angleterre ſix vaiſſeaux pour la mer du ſud. Les ordres du Viceroi avoient été auſſi-tôt expédiés, pour que le tréſor des galions, qui de *Lima* venoit d'être envoyé par mer à *Panama*, fût à l'inſtant rembarqué, tranſporté à *Guaya-quil*, & de là par terre à *Quito*, dont la ſituation le mettoit hors d'inſulte. Alors on fit trève aux queſtions, qu'on n'avoit juſque-là ceſſé de nous faire, ſur le but de notre voyage &

Tréſor des galions, tranſ-porté à *Quito.*

de nos opérations, qui avoient donné matière aux raifonne-
mens les plus finguliers. De nouveaux objets, & beaucoup
plus intéreffans, occupoient l'attention des nouvelliftes. Tous
les députés du commerce de *Lima*, tous les commiffionnaires
d'Efpagne & du Pérou, arrivoient fucceffivement à *Quito*. Le
9 Août & les jours fuivans, il entra dans cette ville plufieurs centaines de mulets chargés d'or & d'argent, & elle
devint en ce moment dépofitaire de la plus grande partie des
richeffes du nouveau monde.

Lettres
d'Europe.

On y reçût le 14 des nouvelles d'Europe, les plus fraîches
qui y foient parvenues pendant notre féjour en Amérique.
Les lettres de *Cadiz* étoient du 20 Mars, & avoient à peine
quatre mois & demi de date. Je n'en reçûs de France que
de fort anciennes.

M. *Godin* re-
tourne à *Cuenca*
répéter fon ob-
fervation.

M. *Godin* étoit parti dès le commencement du mois d'Août
pour *Cuenca*, où il retournoit faire fon obfervation aftronomique, avec les deux Officiers efpagnols, n'étant pas content
de celle qu'il y avoit faite l'année précédente. Nous ne nous
doutions pas encore, M. *Bouguer* ni moi, que nous nous
trouverions bien-tôt dans le même cas que M. *Godin ;* mais
je fuis ici l'ordre des dates.

M. *Bouguer*
revient de l'ifle
de l'*Inca*.

Le 27 au matin, avant le jour, il y eut un tremblement
de terre affez violent à *Quito ;* M. *Bouguer* y arriva le foir
même, de l'ifle de l'*Inca*. Mes calculs étoient prefque finis, &
nous fongions férieufement à notre départ pour la France. Cependant il reftoit à M. *Bouguer* quelques angles à prendre,
pour tirer toutes les conféquences de fon dernier travail.

Septembre.

Préparatifs
pour l'expé-
rience du fon.

Le 5 Septembre, j'allai faire pofer une tente fur la hauteur de *Goapoulo*, où j'avois fait tranfporter un canon, avec
l'agrément du Gouverneur, pour faire une nouvelle expérience de la vîteffe du fon, fur une diftance plus grande que
toutes celles que nous y avions jufqu'alors employées. Je me

Obfervations
au *Quinché*.

rendis le même jour au *Quinché*, où nous devions opérer : je
pris, en attendant M. *Bouguer*, un des angles qui devoient
fervir à mefurer la diftance du canon : mais M. *Bouguer*
m'ayant écrit qu'il avoit encore quelques angles à prendre à
Papa-ourcou,

Papa-ourcou, pour la détermination de la hauteur abſolue de nos montagnes : je lui envoyai mon petit quart-de-cercle, qu'il me demandoit, & je remis l'expérience du ſon à ſon retour ; cependant il différa lui-même ce voyage, par des raiſons que je ne fûs qu'au mois de Novembre ſuivant.

On s'accoûtume à tout, même aux tremblemens de terre. Ils étoient aſſez fréquens à *Quito*, mais peu violens : il y en eut trois en quatre jours ; le 1 2 à cinq heures, le 1 4 à quatre heures, & le 1 6 à deux heures du matin. Le premier avoit duré près de deux minutes à diverſes repriſes.

Je revins le 1 6 en cette ville : le 1 9 j'obſervai la déclinaiſon de l'aimant : j'achevai le 2 0 la vérification de mes calculs de la longueur de la méridienne, de la valeur du degré, & du rapport des axes terreſtres. Je m'aſſurai de l'exactitude de mes réſultats par une nouvelle preuve, en les comparant à ceux de M. *Verguin :* il avoit calculé les angles obſervés par M. *Bouguer*, qui ne différoient des miens que de quelques ſecondes.

Le 3 Octobre, M. des *Odonnais* partit pour *Carthagène :* je profitai de cette occaſion pour le prier de ſe charger de la troiſième caiſſe de curioſités d'hiſtoire naturelle en tout genre, & de monumens de l'induſtrie des anciens Indiens, que j'envoyois en France *. J'avois raſſemblé les morceaux qui compoſoient celle-ci, depuis mon retour de *Lima :* elle étoit deſtinée, comme les précédentes, pour le Cabinet du jardin du Roi, & adreſſée à feu M. du *Fay.* Cette caiſſe n'eut pas un ſort plus heureux que celle que j'avois dépêchée de *Lima* en 1737, par la voie de Mrs *Parmenter* & *Davidſon*, Facteurs anglois à *Panama ;* elle arriva cependant à bon port à *Carthagène*, & je reçûs avis de Don *Blas de Lezzo*, Général des galions, qu'il l'avoit fait embarquer ſur une frégate françoiſe, prête à mettre à la voile pour *Saint-Domingue.* J'appris depuis que les Anglois ayant forcé la rade de *Carthagène*, on avoit mis le feu à tous les vaiſſeaux qui y étoient mouillés, pour les empêcher de tomber entre les mains de

* Voy. la note à la fin de l'hiſtoire de cette année, *page 1 0 4.*

N

1740.
Octobre.

l'ennemi. Je me flattois néanmoins qu'on retrouveroit ma caisse : car on avoit eu le temps de décharger la frégate; mais Don *Blas de Lezzo* étant mort peu de temps après, les perquisitions que je fis alors, & que j'ai faites depuis, n'ont pas eu plus de succès que celles dont M. *Bouguer* voulut bien se charger en passant à *Carthagène*, en 1743.

M. *Godin* revient de *Cuenca.*

Le même jour 3 Octobre, M. *Godin*, Don *George Juan* & Don *Antoine de Ulloa*, revinrent de *Cuenca*, où, pendant les mois d'Août & de Septembre, ils avoient répété leur observation astronomique de l'année précédente : ils comptoient passer aussi-tôt à l'extrémité septentrionale de la méridienne, pour y faire leur seconde observation, & détermi-

Les deux Officiers espagnols appelés à *Lima.*

ner l'amplitude de l'arc; mais les deux Officiers espagnols, à la veille de leur départ de *Cuenca*, avoient reçû ordre du Viceroi de se rendre au plustôt à *Lima*, où il armoit quatre vaisseaux pour aller croiser sur les côtes du *Chili*, & attendre l'escadre du vice-Amiral *Anson* sur les isles de *Juan Fernandez*. Don *George* & Don *Antoine* n'étoient revenus à *Quito* que pour se mettre en état de faire le voyage de *Lima*. Ils partirent le 21 Octobre.

Nouvelle expérience sur la vîtesse du son.

Nous étions alors depuis quelques jours au *Quinché*, M. *Bouguer* & moi : nous y avions observé plusieurs angles qui lui manquoient pour tirer toutes les conséquences de son travail dans l'isle de l'*Inca*. On faisoit pendant ce temps à *Quito* & à *Goapoulo*, les préparatifs nécessaires pour la nouvelle expérience du son, que j'avois projetée, & à laquelle j'avois invité M. *Bouguer.* Quelques accidens la retardèrent jusqu'au 26 : nous la répétâmes trois fois, & nous ne différâmes jamais d'une demi-seconde sur la mesure de l'intervalle entre la vûe de la flamme & le bruit. Nous trouvâmes alors la vîtesse du son, de 174 toises par seconde. Ce fut M. *Verguin* qui se chargea dans cette occasion, comme dans les précédentes, des signaux d'avis, & de faire charger & tirer le canon à *Goapoulo.* La pièce n'étoit que de huit à neuf livres de balle : il n'y en avoit pas de plus grosse à *Quito.* La distance du lieu où nous étions, au canon, étoit de 10540 toises, & nous ne l'avions pas prife plus grande, de peur de ne pas entendre le canon, comme il étoit arrivé à M. *Godin* en 1737 : en effet, le bruit, qui fut plus de 60 fecondes à parvenir juf-qu'à nous, fut très-foible. Je n'étois pas alors dans le cas de ne pouvoir juger de la force du fon auffi-bien qu'un autre ; & je n'avois pas encore recueilli ce premier fruit de mon voyage.

Règle de bronze égale à la longueur du pendule.

Je faifois travailler dans le même temps au *Quinché*, fous mes yeux, à mouler une règle de bronze, pour laiffer à *Quito* un modèle durable de la longueur exacte du pendule à fecondes, tirée de nos obfervations. Il faudroit avoir été dans le pays, & en connoître les ouvriers, pour favoir ce qu'il m'en coûta pour conduire ce travail. Je parlerai ailleurs de l'ufage que je fis de cette règle.

Nouvelles France.

Je revins le 31 Octobre à *Quito*, où je reçûs, pour la dernière fois, des lettres de ma famille & de mes amis : elles m'apprirent que le Roi m'avoit fait l'honneur de me nommer, en mon abfence, Penfionnaire de l'Académie. Le plaifir que j'en reffentis fut empoifonné par la nouvelle de la mort de l'illuftre ami à qui je fuccédois : c'étoit M. du *Fay*, dont l'Académie & le public regrettoient la perte depuis plus d'un an.

Variations apparentes dans la hauteur des étoiles.

Conjectures fur ces apparences.

Nous avions tous remarqué des changemens bizarres, & quelquefois très-fenfibles, d'un jour à l'autre, dans la hauteur des étoiles voifines du zénith, qui nous avoient fervi à déterminer l'amplitude de l'arc du méridien. M. *Godin* foupçonnoit que ces variations avoient une période réglée ; pour s'en affurer, il avoit, en partant pour *Cuenca*, chargé M. *Verguin* d'obferver en particulier à *Quito*, avec une longue lunette fcellée contre un mur, les variations apparentes & journalières de hauteur de l'étoile dont M. *Godin* alloit obferver à *Cuenca* la diftance au zénith avec un inftrument de 20 pieds de rayon. Nous apprîmes, M. *Bouguer* & moi, par M. *Verguin*, qu'il continuoit depuis deux ou trois mois à remarquer fouvent des différences notables ; mais nous ne fûmes aucun détail.

Autres conjectures.

M. *Bouguer* jugeoit que toutes ces variations n'étoient produites que par un mouvement imperceptible, qui étoit communiqué à la lunette par les briques crues, & feulement féchées à l'ombre, dont les murs ordinaires des maifons de *Quito* font conftruits. Il fuppofoit que ces briques, en fe renflant ou en fe refferrant, lorfque l'air étoit plus ou moins humide, ne pouvoient manquer de faire varier la direction de la lunette fcellée qu'on regardoit comme inébranlable. Cette conjecture ne manquoit pas de vrai-femblance; mais jufqu'à ce que le fait eût été vérifié, ce n'étoit qu'une conjecture. A cette caufe, qui faifoit de la lunette un hygromètre, on eût pû joindre une autre caufe, dont l'effet eût été comparable à celui du thermomètre, je veux dire l'action alternative des rayons du foleil fur une muraille, où ils ne fe réfléchiffoient pas toûjours, ni avec la même direction. Cette action eft très-fenfible, même fur les murs de pierre les plus maffifs. M. le *Monnier* s'en eft convaincu par expérience, en obfervant avec une lunette de cent pieds, fcellée dans la tour de l'églife de *Saint Sulpice* à *Paris;* & il en a vû des effets très-marqués & très-réguliers dans fon dernier voyage d'Ecoffe en 1748, à l'obfervatoire de Mylord *Macclesfield.*

Malgré tout cela, il étoit poffible que les variations que nous avions tous aperçûes dans nos étoiles, euffent auffi quelque chofe de réel. Pour favoir précifément à quoi nous en tenir, je propofai à M. *Bouguer* de fixer une lunette pareille à celle avec laquelle obfervoit M. *Verguin,* & d'obferver de notre côté les mêmes étoiles, pour reconnoître fi les apparences feroient pour nous les mêmes que pour lui. Je propofai encore, dans le même temps, d'aller répéter à *Cotchefqui,* au nord de la méridienne, notre obfervation, dans la même faifon où nous l'avions faite l'année précédente au fud; pour éviter les réductions ou corrections néceffaires, à caufe de l'aberration de la lumière, dont j'ai déjà remarqué que les loix ne nous étoient pas encore connues. M. *Bouguer* me répondit qu'il étoit de mon avis,

quant à la répétition de l'obfervation au nord de la méridienne; mais que cette obfervation n'étant que confirmative de la précédente, il feroit plus à propos & plus commode de la faire à *Quito* même; d'autant plus que les 15 à 16 min. que nous perdrions par-là fur la longueur de l'arc étoient de peu de conféquence : j'en convins avec M. *Bouguer*. Le 2 Nov. lendemain de cette converfation, il me conduifit en un endroit écarté, différent de celui où je favois qu'il obfervoit les réfractions ; j'y trouvai un nouvel obfervatoire, & le fecteur tout monté. M. *Bouguer* m'apprit alors qu'il y répétoit depuis fix femaines les mêmes obfervations que nous avions faites à *Cotchefqui*. Je jugeai que c'étoit-là ce qui lui avoit fait remettre fon voyage de *Papa-ourcou*.

Je lui demandai des nouvelles de fon obfervation, & à y prendre part. Le 4, il me fit remettre, en partant pour *Papaourcou*, la clef de fon obfervatoire, avec une lettre par laquelle il me propofoit d'y obferver feul jufqu'au 13 Décembre fuivant, après quoi il reprendroit fon obfervation. Le 5 & le 6, je ne pûs avoir de hauteurs correfpondantes : le 7, j'eus le midi, & je fis auffi-tôt porter un lit à l'obfervatoire, où j'allai m'établir, pour ne perdre aucun moment favorable. M. *Bouguer* y avoit laiffé fa pendule, que les pluies fréquentes me donnèrent beaucoup de peine à régler. Du 9 au 23, je ne pûs voir l'étoile une feule fois.

J'ai dit que ce lieu, choifi par M. *Bouguer*, étoit à l'extrémité de la ville : une des nuits les plus fombres, vers une heure après minuit, comme j'attendois l'inftant de la médiation de l'étoile, je vis entrer dans mon obfervatoire, dont la porte étoit bien fermée, un homme avec une lanterne fourde, fuivi de fept ou huit autres l'épée & le piftolet à la main : je n'ignorois pas que les Alcaldes (Magiftrats annuels de Police), faifoient fouvent des rondes nocturnes ; mais je n'avois pas lieu de m'attendre à une pareille vifite, qui ne fe fait d'ordinaire que dans les endroits fufpects. L'Alcalde avoit fait forcer, fans bruit, la porte de la rue avec une pince de fer : il feignit de n'avoir pas fû que j'étois en cette maifon, me fit de grands complimens & fortit avec fa cohorte, affez mal payé de fa curiofité.

Le mauvais temps continuoit : M. *Bouguer*, de retour de *Papa-ourcou*, eut befoin de fa pendule pour quelques obfervations particulières qu'il avoit faite dans le voifinage de *Quito*:

N iij

1740.
Novembre.

M. *Bouguer* obferve feul à *Quito*.

M. *Bouguer* va à *Papa-ourcou*.

J'obferve à mon tour feul.

Vifite nocturne de l'Alcalde.

il la fit démonter & enlever le 26 au matin, avant que j'euſſe pû régler la mienne, les pluies continuelles m'en ayant empêché. Je prenois tous les jours avec opiniâtreté un très-grand nombre de hauteurs du ſoleil le matin entre les nuages, pour obtenir plus ſûrement le ſoir quelqu'une des correſpondantes ; ce qui me réuſſiſſoit rarement. Je redoublois d'ardeur le 26, pour tâcher d'avoir le midi à ma pendule, & ſuppléer

Accident. au défaut de celle de M. *Bouguer,* lorſqu'il m'arriva un accident dont j'ai long-temps ignoré la cauſe préciſe. En regardant à ma pendule pour marquer l'heure de l'obſervation, je perdis connoiſſance, & je tombai de ma hauteur. Heureuſement c'étoit ſur la terre : mon Nègre, qui par haſard ſe trouva préſent, me ſecourut : il m'apprit que je m'étois relevé, & que j'étois retombé une ſeconde fois. Tout cela ne dura que quelques ſecondes, & n'eut point de ſuite marquée, ni, je crois, rien de commun avec quelques reſſentimens de fièvre que j'eus peu de temps après, & qui n'interrompirent pas mon obſervation. Ces faits m'étoient échappés de la mémoire, ainſi que beaucoup d'autres : je les retrouve ſur mon journal hiſtorique, que je parcours pour la première fois depuis mon retour en Europe ; & j'ai cru qu'on me pardonneroit un détail, qui, quoique perſonnel, n'eſt aſſurément pas étranger à l'hiſtoire de nos travaux.

Quant à la cauſe d'un accident qui étoit tout nouveau pour moi, je l'attribuai d'abord vaguement à la fatigue, aux veilles précédentes, & au concours de diverſes circonſtances ; mais la même choſe m'étant arrivée deux ans après, & préciſément de la même manière, en étendant le col pour mieux diſtinguer les ſecondes à ma pendule, qui étoit placée aſſez haut & mal éclairée, j'ai ſoupçonné quelque cauſe anatomique dans cette attitude même, & les maîtres de l'art conviennent qu'il n'en faut pas chercher d'autre que la compreſſion des artères carotides, occaſionnée par cette extenſion du col, ſur-tout à la ſuite de la poſture gênante que je venois de prendre en obſervant, & qui avoit déjà interrompu le libre cours de la circulation.

Je n'avois encore vû l'étoile qu'une ſeule fois, & peu diſtinctement ; ce qui m'avoit ſuffi pour reconnoître que la lunette n'étoit pas à mon point. Plusieurs nuits se passèrent avant que je püsse lui donner exactement la longueur qui convenoit à ma vûe : cette opération me fit perdre quelques observations. Ce fut alors que je m'aperçûs, pour la première fois, que le foyer d'une longue lunette, que nous avions reconnu dès l'année précédente n'être pas le même pour deux différentes vûes, changeoit aussi quelquefois très-sensiblement d'une nuit à l'autre pour le même observateur, suivant le plus ou le moins de lumière de l'étoile, & le différent état de l'atmosphère. J'en fis mention sur mon journal d'observations le 26 Novembre 1740, & le 27 Décembre suivant. Cet article, moins propre à une relation historique, est plus détaillé dans l'ouvrage suivant. Enfin le 13 Décembre, terme que M. *Bouguer* m'avoit désigné pour lui remettre l'observatoire & le secteur, étoit passé avant que j'eusse pû retourner l'instrument : je priai M. *Bouguer,* qui avoit déjà deux observations complètes des mois de Septembre & d'Octobre, de me donner le temps de terminer la mienne; cependant les derniers jours de Décembre arrivèrent, sans que j'eusse pû vérifier la cause d'une variation très-considérable que j'avois remarquée dans la hauteur de l'étoile, & qui me fit soupçonner du dérangement dans le secteur; mais M. *Bouguer* ayant remis la lunette à son point de vûe le 31, je ne pûs tirer aucune conséquence de mon travail.

La suite du récit m'a empêché de faire mention dans le cours de cette année, de plusieurs faits qui ont une relation moins directe avec nos occupations, & que j'omets, pour abréger; mais je ne dois pas passer sous silence la maladie qu'eut M. de *Jussieu* au commencement de Décembre, & qui fut assez sérieuse pour l'engager à mettre ordre à ses affaires & à sa conscience. C'étoit une fièvre maligne continue, avec des redoublemens : il se traita lui-même & aussi heureusement qu'un grand nombre de malades qu'il avoit guéris peu de temps auparavant d'un mal de gorge épidémique, qui régnoit alors à *Quito.* C'est vrai-semblablement le même qui commença son tour d'Europe en l'année 1738, & qui semble

Marginalia:
1740.
Novembre.

Expérience & remarque d'optique.

Décembre.

Maladie de M. de *Jussieu.*

Mal de gorge épidémique.

avoir fait celui du monde. Un autre fléau plus terrible encore
se manifesta dans le même temps à *Guayaquil;* un grand
nombre de gens moururent du vomissement noir ou mal de
Mal de *Siam.* *Siam,* jusqu'alors inconnu sur les côtes de la mer du sud.

Ce n'est pas l'unique présent funeste que les Européens
aient fait à l'Amérique, en échange de l'or & des remèdes
Petite vérole. salutaires qu'ils en ont bien certainement tirés. La petite vérole,
maladie nouvelle dans le nouveau monde, y a détruit des mil-
liers d'Indiens, & continue de faire parmi ces peuples les
mêmes ravages toutes les fois qu'elle s'y renouvelle. Je ne fais
point mention de plusieurs évènemens importans & dignes de
la curiosité du lecteur, mais trop étrangers à mon sujet, pour
que je me permette ici de les rapporter. J'ajoûterai seulement
une note des différens *ENVOIS faits à l'Académie.*

On peut voir au Cabinet du Jardin du Roi, nos premiers envois, faits
en commun de nos isles & de *Portobelo* en 1735, & un autre fait de *Quito*
en 1737, par M. *Godin,* auquel j'eus beaucoup de part.

La caisse que j'embarquai à *Lima* en 1737, pour *Panama,* contenoit,
outre le vase d'argent du temps des Incas (*voy. page 32),* plusieurs petites
idoles d'argent des anciens Péruviens : Un grand nombre de vases antiques d'argille de plusieurs couleurs, ornés d'animaux, & dont quelques-uns étoient faits
avec un tel artifice, que l'eau formoit un sifflement lorsqu'on la versoit : Un
beau morceau de mine de cristal : Plusieurs pétrifications & coquilles fossiles
du *Chili :* Une belle plante marine adhérente à un caillou lisse : Dix-huit
coquilles rares : Un aimant de *Guancabelica :* Une dent molaire, pétrifiée
en agathe, du poids de deux livres : Plusieurs baumes secs & liquides : Un
dictionnaire & une grammaire de la langue des *Incas,* &c.

La caisse perdue à *Carthagène* (*voy. page 97),* contenoit quelques vases
d'argille semblables aux précédens : Plusieurs autres vases de calebasses de différentes formes, ornés de desseins faits à la main dans l'obscurité, avec un char-
bon brûlant ; quelques-uns de ces vases étoient montés en argent avec leurs
pieds : Des incrustations pierreuses du ruisseau de *Tanlagua,* entre autres sur
une planche qui y avoit été plongée trois ans ; les caractères que j'y avois
tracés paroissoient en relief : Plusieurs marcassites taillées de la pierre appelée
miroir de l'Inca : Un grand nombre de fragmens de cristal noirâtre, nommé
dans le pays pierre de *Gallinaço :* Deux pièces de bois pétrifié : Plusieurs
pierres de différentes formes, qui ont servi de haches aux anciens Indiens :
Divers mortiers & vases d'une espèce d'albâtre de *Cuenca :* Un petit crocodile
de la rivière de *Guayaquil :* La tête & la peau empaillées de la belle couleuvre
appelée *Coral,* dont les anneaux sont couleur de feu & noir, &c.

Je ne parle point d'une caisse d'os monstrueux prétendus de géans, qui me
venoit du *Tucuman* en 1746, & qui fut jetée à la mer, par la superstition
ordinaire des matelots, après une délibération signée de tous les passagers, &c.

ANNÉE

ANNÉE 1741.

IL y avoit déjà huit mois que nous regardions nos obfer-vations aftronomiques aux deux extrémités de la méri-dienne, comme terminées; & depuis le retour de M. *Bouguer* de l'ifle de l'*Inca*, nous avions achevé de prendre tous les angles néceffaires pour réduire au niveau de la mer la valeur du degré : ainfi rien ne fembloit plus nous retenir à *Quito*. Cependant quelque légitime que fût notre impatience de revoir la France, après une abfence de fix ans, comme l'intention de l'Académie avoit été que notre mefure de la terre fût le fruit du travail commun des trois Académiciens, nous jugeâmes, M. *Bouguer* & moi, que nous ne devions point partir fans avoir comparé le réfultat de nos opérations à celui de M. *Godin* : mais cela même n'étoit poffible que lorfqu'il ne man-queroit plus rien à M. *Godin* pour tirer fes conclufions.

Raifons qui retiennent à Quito les Académiciens

Il faut fe rappeler ici qu'il étoit retourné dès le mois d'Août précédent de *Quito* à *Cuenca*, pour y répéter avec Don *George Juan* & Don *Antoine* de *Ulloa*, l'obfervation aftronomique qu'il avoit faite avec eux il y avoit près d'un an, au fud de la méridienne; & qu'à la fin de Septembre, au moment qu'ils alloient tous paffer à l'extrémité fepten-trionale, pour achever de déterminer l'amplitude de l'arc du méridien, les deux Officiers efpagnols avoient reçu ordre de fe rendre promptement à *Lima*, où le Viceroi armoit une efcadre, & où les Officiers de marine étoient plus rares, que les Aftronomes à *Quito*. Don *George* & Don *Antoine* étoient donc allés reprendre les fonctions militaires de leur véritable profeffion. Quand on fut qu'ils étoient retenus à *Lima* pour un temps confidérable, M. *Godin* fongea férieufement à fon obfervation au nord de la méridienne.

Les deux Offi-ciers efpagnols appelés à Lima.

Nous n'attendions, M. *Bouguer* & moi, que le moment où elle feroit achevée, pour favoir fi nous étions tous d'accord fur la valeur du degré, & ne plus penfer en ce cas qu'à

O

notre retour en Europe. Il eſt vrai qu'en partant alors j'euſſe laiſſé dans l'indéciſion les procès commencés à l'Audience royale, & à l'Officialité, au ſujet de l'affaire de *Cuenca;* & que la conſtruction des deux pyramides de la baſe, quoique fort avancée, n'étoit pas encore finie. Mais aucun de ces objets, ſubordonnés à l'objet principal de notre miſſion, n'eût été capable de m'arrêter; & ſi l'accord parfait du réſultat de M. *Godin* avec le nôtre ne m'eût plus laiſſé de doute ſur la juſteſſe de nos obſervations, le jour où j'aurois pû, ſans ſcrupule, me mettre en chemin pour revenir en France, auroit touché de près à celui de la fin de toutes mes affaires.

Obſervation. En attendant la comparaiſon que nous deſirions, M. *Bouguer* répétoit en ſon particulier, pour la troiſième fois à *Quito,* l'obſervation de notre étoile. Il eut pendant le mois de Janvier un ciel plus favorable que je ne l'avois eu le mois de Décembre précédent.

Il y avoit déjà du temps que j'eſſayois toutes les nuits divers objectifs que m'avoit prêtés M. *Godin,* qui en avoit apporté de France un grand nombre, & de différens foyers: je n'en avois encore trouvé aucun qui ne me fît voir les étoiles rayonnantes & mal terminées. Je cherchois un verre propre pour une lunette de 14 ou 15 pieds, que je voulois faire

Lunette ſcellée. ſceller chez moi contre un mur, & la fixer ſur l'étoile que j'avois d'abord propoſé à M. *Bouguer* d'obſerver enſemble, ou tour à tour, dans le lieu où il avoit fait monter notre ſecteur. Pluſieurs raiſons, également fortes, m'engageoient à me faire un objet capital de cette obſervation.

A quel deſſein. Mon premier but étoit de vérifier ſi les variations fréquentes que nous avions tous aperçûes, dans la diſtance des étoiles au zénith, avoient quelque choſe de réel, comme le conjecturoit M. *Godin,* & de tâcher en ce cas d'en déterminer la période, ou de reconnoître ſi ces apparences n'avoient pour cauſe que le gonflement & le deſſèchement alternatifs des briques crues des murs du pays, comme le ſuppoſoit M. *Bouguer.* En ſecond lieu, j'eſpérois qu'à force de multiplier les obſervations, & de ſuivre pluſieurs étoiles de différentes grandeurs, parmi celles qui pafferoient dans le champ d'une lunette immobile, je pourrois non feulement confirmer les remarques que j'avois faites aux mois de Novembre & Décembre précédens avec le fecteur *, mais peut-être encore démêler quelle part avoient les différentes caufes qu'on foupçonnoit dans les variations journalières que nous avions tous remarquées.

Je fens bien que ce détail aftronomique n'eft pas fort intéreffant pour la plufpart des lecteurs, mais je ne puis oublier que j'écris particulièrement l'hiftoire de nos travaux. Je ne parle ici qu'à ceux qui y ont pris part, & je les prie de confidérer que ce qui fatigue peut-être leur attention pendant quelques momens, nous a triftement occupés des mois & des années entières. Par la même raifon, il me fera permis de dire que dans le temps dont je parle, une fluxion violente dans la tête, caufée vrai-femblablement par les alternatives de froid & de chaud auxquelles nous nous expofions en obfervant le jour & la nuit, me priva prefqu'entièrement de l'ouïe pendant plufieurs jours : les fuites en dureront probablement autant que ma vie. Ce fut au retour d'une courfe que je fis derrière les montagnes à l'oueft de *Quito*, dans laquelle j'acquis quelques connoiffances topographiques, en allant reconnoître le nouveau chemin que Don *Pedro Maldonado* venoit d'ouvrir de *Quito* à la rivière des *Emeraudes*.

Le 11 Janvier, M. *Godin* nous écrivit, à M. *Bouguer* & à moi : il nous propofoit de retourner, ou l'un ou l'autre, au fud de la méridienne, & d'y répéter notre obfervation aftronomique, tandis que lui-même feroit celle qui lui manquoit à l'extrémité feptentrionale de l'arc. Il ajoûtoit que pendant que deux Académiciens obferveroient ainfi la diftance de l'étoile au zénith, aux deux bouts de la méridienne à la fois, le troifième obferveroit dans un lieu intermédiaire, les variations apparentes de cette même diftance, avec une lunette fixe : que cette obfervation ferviroit de critique aux deux autres, qui fe feroient avec les deux fecteurs aux extrémités de l'arc, & qu'elle faciliteroit la réduction de celles qui y

Propofition de M. *Godin.*

* Voy. ci-deffus à la fin de Novembre 1740.

O ij

feroient faites en différentes nuits, à une même époque.

Dans le même temps, M. *Godin* reçut auffi une lettre de M. *Bouguer :* elle portoit que comme nous avions déjà plufieurs obfervations réitérées au nord de la méridienne, il étoit d'avis que nous devions pareillement les répéter au fud, pour fuppléer au défaut de communication du réfultat de M. *Godin*, qui lui-même l'ignoroit encore, puifqu'il n'avoit jufqu'alors opéré qu'à l'une des extrémités de l'arc.

Nous fûmes bien-tôt d'accord de nos arrangemens. M. *Godin* devoit néceffairement aller au nord de l'arc, puifqu'il n'y avoit pas encore obfervé; M. *Bouguer* fe chargea d'aller répéter notre obfervation au fud du même arc. Je reftai à *Quito* pour fuivre la même étoile avec la lunette fcellée, conformément à mon projet. Ce n'étoit pas la partie la plus brillante dans ce travail commun; mais il fuffifoit qu'elle fût utile pour que je m'en chargeaffe avec plaifir. Quoique, fuivant la propofition de M. *Godin*, la fonction qui m'étoit échûe dût fervir à rectifier les conféquences des obfervations faites aux extrémités de l'arc; il étoit évident que celles-ci feules, fur-tout fi elles étoient faites les mêmes nuits, fuffifoient pour conclurre la grandeur du degré. J'indiquai même, à cette occafion, un moyen particulier de fe paffer non feulement de l'obfervation intermédiaire avec la lunette fixe, mais encore de tirer la valeur de l'arc des obfervations extrêmes & fimultanées, fans chercher l'erreur des deux fecteurs, ou, ce qui revient au même, fans employer la vraie diftance de l'étoile au zénith pour chaque obfervatoire. C'eft ce que j'explique dans la feconde partie de l'ouvrage fuivant, *art. XXIII, page 225.*

Tout ceci fût arrêté entre nous, vers le milieu de Janvier, & j'écrivis auffi-tôt en France, préfumant que ce feroit pour la dernière fois de *Quito;* je mandois que nous étions encore retenus dans le pays pour quelques mois, en conféquence de la convention précédente. M. *Bouguer* dépêcha dans le même temps à *Tarqui* notre fecteur; & pour lui épargner l'embarras du tranfport de fon grand quart-de-cercle, je lui en prêtai un petit d'un pied de rayon, qui suffisoit pour régler sa pendule; il suivit de près son équipage astronomique, & partit de *Quito* le 9 Février pour *Cuenca* & *Tarqui.*

Le 10, lendemain de son départ, & les jours suivans, j'eus plusieurs conférences avec M. *Godin,* tant sur nos travaux précédens que sur un projet, dont j'avois déjà fait part à M. *Bouguer,* au sujet d'une inscription qui devoit contenir le résultat de toutes nos observations faites dans la province de *Quito.* Elle devoit être gravée sur une grande table d'une espèce de marbre blanc qui tient beaucoup de l'albâtre. Je l'avois fait tirer en 1739, d'une carrière voisine du terme austral de notre base de *Tarqui,* & transporter à *Quito.* Nous nous communiquâmes aussi réciproquement, M. *Godin* & moi, dès ce même jour nos mémoires sur l'obliquité de l'écliptique : cette communication me mit en état d'éclaircir la source d'une différence de 8 à 9 secondes entre la détermination de M. *Godin* & la mienne, qui différoit à peine de celle de M. *Bouguer.* Tout se réduisoit à la diversité du choix des élémens du calcul, & à la différente évaluation de l'erreur du centre, laquelle dépendoit d'une question de fait.

Je fis aussi quelques expériences du baromètre avec M. *Godin,* & nous en montâmes un, sur lequel je continuai toute cette année les observations, que je suivois déjà depuis quelques mois, des hauteurs du mercure à différentes heures de la journée, pour confirmer la remarque de M. *Godin,* qui s'étoit aperçû le premier de plusieurs variations journalières & périodiques. Je trouvai que vers les neuf heures du matin le baromètre étoit à sa plus grande hauteur, & vers trois heures après midi à la moindre : la différence moyenne étoit 1 ligne $\frac{1}{4}$.

Il ne nous restoit presque plus de mercure : celui que nous avions apporté de *Paris,* & que M. *Geoffroy* avoit pris soin de purifier, s'étoit presque tout consommé ou perdu en six ans dans le grand nombre d'expériences du baromètre que nous avions faites sur les montagnes, & dans nos divers voyages. Le mercure que nous trouvions dans le pays, où il n'est pas rare, étoit mêlé de plomb & d'autres impuretés. J'entrepris,

Communication d'observations.

Variations périodiques du baromètre.

Mars.
Opérations chymiques.

1741.
Mars.

à la prière de M. *Godin*, de l'en dépouiller, en le révivifiant du cinabre; opération qui n'auroit rien de difficile dans une ville d'Europe, mais pour laquelle je prévoyois à *Quito* de grandes difficultés. J'eus recours au laboratoire du collège des Jésuites, & je fus très-bien reçû du Frère qui avoit la direction de leur apothicairerie; mais je le trouvai plus fourni de remèdes que de fourneaux & d'instrumens chymiques. Les pots de terre qu'il me fallut couper, ou plustôt scier, pour en faire des aludels, étoient si poreux, qu'ils absorbèrent une grande quantité de mercure dans la sublimation. Je rencontrai beaucoup d'autres obstacles: cependant, à force de temps, de soins & de dépense, j'achevai les deux opérations de convertir le mercure en cinabre, & de le révivifier. La première, avec les préparatifs qu'elle exigea, me prit une partie du mois de Mars: je ne fis la seconde qu'au mois de Mai suivant, non plus que quelques autres expériences pour tirer l'essence d'une sorte de canelle qui se trouve abondamment dans la province de *Macas*, au sud-est de *Quito*. Le procédé que je suivis ne me réussit qu'imparfaitement: l'essence conserva une odeur d'empyreume; ce qu'il eût été possible d'éviter, en opérant avec plus de commodités ou plus de loisir.

Carte géographique.

Je travaillois dans le même temps avec Don *Pedro Maldonado* à la carte de la partie septentrionale des côtes de la province de *Quito*, qu'il venoit de parcourir: il me communiqua ses routes, ses distances estimées, & les airs de vent qu'il avoit observés avec une boussole faite exprès, dont je lui avois enseigné l'usage. Sur ces indications, & sur les mémoires qu'il avoit recueillis dans le pays, nous eûmes de quoi tracer la côte depuis *Rio verde* jusqu'aux embouchûres de la rivière de *Mira*, & le cours de la rivière de *Sant-Iago*, que Don *Pedro* avoit remontée: ce qui ajoûtoit un morceau neuf à la carte que j'avois envoyée à l'Académie en 1736.

Hauteur absolue des montagnes.

Un autre travail m'occupoit encore, & moins agréablement, puisque ce n'étoit qu'une répétition de calculs qui ne devoit rien m'apprendre de nouveau. M. *Bouguer* nous avoit communiqué, à M. *Godin* & à moi, un extrait des opérations que j'ai dit qu'il avoit faites dans l'isle de l'*Inca*, sur la rivière des *Emeraudes*, pour déterminer la hauteur absolue des montagnes, d'où dépendoit la réduction de notre degré au niveau de la mer. Cet extrait contenoit tous les angles observés par M. *Bouguer*, tant dans ce voyage, qu'à *Papa-ourcou* depuis son retour, & au *Quinché*, où nous avions opéré ensemble. Il y avoit joint les résultats de ses calculs. J'étois bien sûr que son travail n'avoit pas besoin de vérification ; & d'autant moins, que cent toises d'erreur sur la hauteur des montagnes n'auroient pas changé de deux toises la longueur du degré : cependant je ne crus pas devoir me dispenser de tirer moi-même toutes les conclusions. La multiplicité des élémens de cette supputation, & le long circuit qu'il falloit faire pour atteindre le but, ne me rebutèrent point : je fis le calcul tout au long ; & après un travail opiniâtre, je trouvai la distance de l'observatoire de l'isle de l'*Inca* au sommet d'*Iliniça*, la hauteur de cette montagne, & celle de *Pitchincha*, les mêmes, à deux ou trois toises près, que M. *Bouguer*, & précisément la même réduction du degré au niveau de la mer. Je donnai à M. *Godin* un extrait des procédés & des résultats de mon calcul.

Ce que M. *Bouguer* avoit rapporté de plus précieux de son voyage à l'isle de l'*Inca*, est une table géométriquement construite des différentes hauteurs du sol, qui répondent aux divers abaissemens du mercure dans le vuide. Nous avions reconnu sa hauteur moyenne au niveau de la mer, par nos expériences du baromètre à *Portobelo*, à *Panama*, à *Manta*, à *Guayaquil* ; & par celles que j'avois faites en mon particulier au *Callao* & à *Payta**. Nous en avions encore plusieurs autres, faites à diverses hauteurs de sol mesurées géométriquement dans nos isles & à *Panama*, jusques à 700 tois. de hauteur : nous connoissions aussi, par voie géométrique, la hauteur relative, ou la différence d'élévation de tous nos signaux, & de plusieurs sommets des montagnes de la Cordelière, ainsi que les hauteurs du baromètre qui y répondoient ; mais nous

Table de la hauteur des montagnes par le baromètre.

* Cette hauteur, si elle est moindre que 28 pouces, en diffère très-peu.

manquions d'expériences & de mesures géométriques sur les
hauteurs intermédiaires, depuis sept cens jusques à douze ou
treize cens toises au dessus de la mer. Faute de connoître
géométriquement la hauteur absolue des montagnes de la
Cordelière, nous ne pouvions lier nos expériences du baromètre, faites à *Pitchincha*, au *Coraçon*, &c, avec celles qui
avoient été faites au bord de la mer. Cette table est, comme
je l'ai déjà dit ailleurs, ce que j'ai trouvé jusqu'ici de plus
exact pour conclurre, par le baromètre, la hauteur absolue
d'une montagne. Des hauteurs de 2 à 3000 toif. connues géométriquement, diffèrent rarement de 10 toif. de celles qui font
indiquées par la table, & la différence est souvent beaucoup
moindre. Je ne m'arrêterai pas à l'énumération de plusieurs observations particulières que je fis dans le même temps à *Quito*.

Préparatifs
pour l'observa-
tion à *Mira.*

M. *Verguin* & le sieur *Hugo* notre ingénieur en instrumens, partirent de *Quito* le 2 Mars, avec le secteur de M.
Godin, pour aller le monter, le disposer, & faire tous les préparatifs nécessaires, quinze lieues au nord de *Quito*, à *Mira*,
lieu choisi par M. *Godin* pour son observation septentrionale,
qui devoit aussi servir de correspondante à celle que M. *Bouguer* alloit répéter à *Tarqui*. Le 19, M. *Verguin* n'avoit encore
pû tracer de méridienne dans ce nouvel observatoire : ce qui
fit que M. *Godin* pressa moins son départ. En attendant,
nous allâmes ensemble voir le Président & les Oïdors ou
Conseillers de l'Audience royale, & leur déclarer que je
restois chargé, au nom des autres Académiciens, de tout
ce qui regardoit la construction des pyramides. M. *Bouguer*
m'envoya de *Cuenca*, dans le même temps, sa procuration
à cet effet.

Lunette scel-
lée: avec quelles
précautions.

Outre ces diverses occupations, & les affaires litigieuses
où je me trouvois engagé, les dispositions pour l'observation
avec la lunette fixe avoient exigé beaucoup de soins & d'appareil. J'avois choisi, pour la faire avec les précautions convenables, un mur de refend de trois pieds d'épaisseur, qui
n'étoit exposé d'aucun côté à l'air extérieur : j'avois fait faire
un chassis de cuivre, où le bout oculaire de ma lunette de
quatorze

quatorze pieds étoit reçû & contenu par quatre vis, qui fervoient à changer & à fixer fa direction. J'avois ménagé dans
le toit une efpèce de fenêtre qu'on pouvoit ouvrir & fermer
commodément d'en bas, fans monter fur une échelle, à chaque obfervation. Obligé de conduire des ouvriers, qui opé-
roient aveuglément, il m'avoit fallu mettre par-tout la main à
l'œuvre : je n'étois pas feulement l'ingénieur de la machine,
je devins encore, par néceffité, forgeron, maçon & cou-
vreur; & je m'aperçûs que je n'avois nulle vocation pour ce
dernier métier.

Un des ouvriers que j'employois alors avoit vû fur ma
table un petit volume relié en chagrin, avec des fermoirs
d'argent : il le prit vrai-femblablement pour un livre de prières :
à cet afpect, tranfporté de zèle, il ne put fe contenir; &
par une dévotion affez mal entendue, il s'appropria, fans me
confulter, une table manufcrite, calculée par M. l'Abbé de la Table de ré-
Grive, & commode pour la réduction des angles obfervés hors duction d'an-
du centre du fignal. Au refte, il prit bien fon temps : tous mes gles.
calculs trigonométriques étoient achevés il y avoit près d'un an;
& cette table alors ne m'étoit guère plus néceffaire qu'à celui
qui s'en empara par droit de conquête.

Je comptois déjà un affez bon nombre d'obfervations avec Accident à la
ma lunette fixe, lorfqu'un orage violent, qui découvrit plu- lunette fcellée.
fieurs toits de la ville, caufa de grands défordres dans mon
nouvel obfervatoire. L'eau entra dans la lunette par l'objectif,
& détendit les foies du micromètre : il fallut le deffouder pour
les retendre, & pouvoir réparer le dommage.

M. *Godin* partit le 10 Avril pour aller, comme je l'ai dit, *Avril.*
obferver à *Mira*, à quinze lieues de *Quito* vers le nord, la Départ de
diftance verticale des étoiles que M. *Bouguer* obfervoit en M. *Godin* pour
même temps à l'autre bout de la méridienne, à *Tarqui*, près *Mira.*
Cuenca. Je reftai à *Quito*, fuivant nos conventions, chargé de
l'obfervation journalière des mêmes étoiles avec la lunette fixe.

Pour mieux reconnoître fi elle changeroit de fituation, Obfervations
foit par quelqu'une des caufes qui avoient été foupçonnées, en trois lieux
foit par les tremblemens de terre fréquens, foit par quelque différens.

autre accident imprévû, j'avois fait sceller à part dans le mur,
& tout proche du bout oculaire, une petite plaque d'argent
planée, où j'avois marqué de distance en distance des points,
& tracé des transversales. Un fil de pite long de 14 pieds,
attaché au bout supérieur de la lunette, près de l'objectif,
& chargé d'un poids de deux onces, rasoit le petit limbe
scellé dans le mur. Ce fil devoit toûjours répondre au même
point du limbe, si la situation de la lunette étoit invariable;
& l'aplomb devoit changer, si la muraille travailloit par l'humidité, ou par quelqu'autre cause. Je tenois compte, à chaque observation, des différences que je remarquois dans l'a-
plomb, pour voir si elles s'accordoient avec les changemens
apparens de distance de l'étoile au zénith, que je mesurois
par le micromètre. Depuis l'accident arrivé aux soies du foyer
de la lunette, que l'humidité avoit détendues, je ne pûs revoir
l'étoile que le 14 Avril. Le 21, je reçus des nouvelles de
M. *Bouguer:* il m'écrivoit de *Tarqui* qu'il n'avoit pas été moins
contrarié que moi par les mauvais temps jusqu'au commencement du même mois, & il me marquoit qu'il ne faisoit pas
grand fond sur son premier résultat du mois de Mars, qui n'étoit
tiré que de deux observations, dont il ne me communiquoit
pas le détail. Il n'étoit pas content de l'oculaire de la lunette du
secteur, & m'en demandoit un autre, que je lui envoyai.

Peu de temps après, M. *Bouguer* me manda qu'il avoit
été obligé de suspendre son travail par divers obstacles, entre
autres par une incommodité à laquelle il ne devoit pas s'attendre, vû le genre de vie très-philosophique qu'il menoit dans sa
solitude: il y faisoit assez d'exercice, le lait étoit son aliment
le plus ordinaire, & il y avoit quatre ans qu'il n'avoit bû de
vin. C'est dans ces circonstances qu'il eut un accès de goute,
qu'il n'avoit jamais connue.

Je remarquerai à cette occasion, que les vins de *Lima*, qu'on
transporte à *Quito* dans des jarres, ne sont point cuvés; ce qui
les rend, dit-on, mal-faisans. D'ailleurs, ces jarres sont en-
duites d'un goudron qui communique au vin un goût qui m'y
avoit fait renoncer, & qui n'étoit pas encore à la mode

quand nous partîmes de France. Les Créoles espagnols les plus aisés boivent très-peu de ce vin, & le craignent: les Espagnols d'Europe s'en accommodent mieux. En général, on fait beaucoup plus d'usage d'eau de vie que de vin dans toute la province de *Quito :* il est commun à *Lima,* & l'on en tire d'excellent du *Chili,* dont le plant, à ce qu'on assure, a été transporté de Bourgogne & de Champagne par les François qui se sont établis au *Chili* au commencement de ce siècle, dans le temps de notre commerce à la mer du sud, & qui y ont introduit l'usage des tonneaux.

Le 14 Juin, à une heure trois quarts après midi, il y eut un tremblement de terre, le plus violent de ceux que j'ai ressentis à *Quito :* il ne dura que quelques secondes. J'ai déjà dit qu'on y est familiarisé avec cet accident, qui n'a jamais été funeste à cette ville; quoique celles de *Latacunga* & d'*Hambato,* qui n'en sont éloignées que de quinze & de vingt-deux lieues, aient été presque entièrement ruinées par un tremblement le 20 Juin 1698.

Tremblement de terre.

Ce fut vers ce temps qu'on apprit, par des lettres de *Lima,* que Don *George Juan* & Don *Antoine* de *Ulloa* n'avoient pû, malgré leur diligence, arriver assez tôt pour s'embarquer sur l'escadre que le Viceroi avoit armée au *Callao,* port de *Lima,* pour aller attendre celle des Anglois. Le Viceroi ne laissa pas d'employer nos deux compagnons de voyage : il les chargea de lever le plan de *Lima,* de présider à la construction de quelques galères, & de faire toutes les dispositions nécessaires pour mettre en état de défense les côtes du Pérou,. dans les lieux où l'on craignoit une descente de l'ennemi. Le lecteur me pardonnera sans doute volontiers une courte digression sur des évènemens politiques qui se lient naturellement à mon sujet.

Occupations des deux Officiers espagnols.

On avoit reçû depuis peu avis à *Lima,* par des lettres du Gouverneur de *Buenos-aires,* que Don *Joseph Pizarro* Commandant d'une escadre de cinq vaisseaux, armée à *Cadiz* pour s'opposer aux entreprises des Anglois dans la mer du sud, n'avoit pû doubler le cap *Horn;* que cette escadre avoit été obligée de relâcher à la rivière de la *Plata,* sans

Nouvelles de *Buenos-aires* & de *Carthagène.*

1741.
Mai.

vivres, avec perte de deux vaiffeaux, & de plus de la moitié des équipages. On craignoit que l'efcadre angloife n'eût été plus heureufe, & en ce cas elle devoit être actuellement dans la mer du fud; ce qui n'étoit effectivement que trop vrai. D'un autre côté, on mandoit de *Carthagène* que le Fort de

Prife de *Boca-chica.*

Boca-chica, qui défendoit la rade, avoit été pris; que la flotte ennemie, commandée par l'Amiral *Vernon*, avoit débarqué quatre mille hommes, & que *Carthagène* étoit affiégée

Juin.

par mer & par terre. On peut juger de la confternation où ces nouvelles mirent toute l'Amérique efpagnole, & de l'intérêt que nous devions y prendre nous-mêmes. Il y avoit déjà quelques mois que les quatre frégates armées au *Callao*, & commandées par Don *Jacinto de Segurola*, Général de la mer du fud, étoient allé croifer fur les côtes du *Chili*, & fur les ifles de *Juan Fernandez*, où l'on jugeoit avec raifon que les Anglois auroient leur rendez-vous. Les malheurs que ceux-ci avoient éprouvés en doublant le cap *Horn*, & dont on peut voir le tableau dans le voyage publié fur les Mémoires du Lord *Anfon*, furent le falut de ceux qui avoient échappé aux glaces, aux tempêtes & au fcorbut; fléaux fous lefquels les deux tiers des équipages avoient fuccombé. Les Anglois ne reconnurent la grande ifle de *Fernandez* que le 9 Juin, trois jours après le départ de l'efcadre efpagnole, qui les y avoit attendus jufqu'au 6 du même mois, & qui, dans l'état de foibleffe & de découragement où étoient leurs ennemis, auroient eu bon marché d'eux.

L'efcadre de *Lima* rentre dans le port.

Le temps marqué par les inftructions du Général efpagnol étant expiré, il avoit jugé que les Anglois, qui devoient avoir doublé le cap *Horn* au mois de Janvier ou de Février précédent, n'avoient pû y réuffir, puifqu'ils n'avoient pas encore paru le 6 Juin; & que s'ils n'avoient pas péri en mer, ils auroient au moins été obligés de relâcher fur la côte du Bréfil, comme il étoit arrivé à l'efcadre de *Cadiz*. Cette conjecture étoit fondée fur la plus forte vrai-femblance : d'ailleurs, le mauvais état feul du vaiffeau que montoit le Général de la mer du fud, auroit pû fuffire pour le déterminer à finir fa croifière, & à chercher un port. Il revint au *Callao* à la fin de Juin, hors d'état de tenir la mer, & faifant eau de toutes parts. On ne put difconvenir, à fon retour, de la force de fes raifons, & l'inutilité apparente d'un plus long féjour parloit en fa faveur. Mais comme les évènemens font la règle la plus ordinaire, quoique la plus trompeufe, des jugemens des hommes ; quand on fut dans la fuite que s'il fût refté trois jours de plus fur les ifles de *Fernandez,* il auroit rencontré les Anglois ; & que ceux-ci, épuifés de fatigues & de maladies, euffent été incapables de réfifter aux moindres forces, toutes les voix fe réunirent contre le Général : il fut regardé comme l'unique auteur du dommage que l'efcadre ennemie fit depuis dans ces mers. Perfonne n'eut le courage de prendre le parti d'un homme dont le plus grand crime étoit d'être malheureux. Il ne put furvivre à la perte de fa réputation ; chargé du poids de l'indignation publique, accablé de douleur, il expira fans autre caufe apparente, dans le moment même où l'on venoit pour l'arrêter.

Je n'ofe nommer ici, fans aveu, la perfonne dont je tiens les principales circonftances de ce récit ; quoique rien ne pût lui faire plus d'honneur que d'avoir eu la générofité de défendre, contre le cri public, & contre fon intérêt perfonnel, l'infortuné Général : je dirai feulement que perfonne n'étoit plus en état de juger du fait avec connoiffance de caufe, que celui qui m'en a inftruit. Je n'ai jamais connu Don *Jacinto de Segurola;* mais je n'ai pas cru devoir perdre l'occafion qui s'eft préfentée, de juftifier la mémoire de cet Officier, en oppofant aux bruits populaires un témoignage refpectable.

Qu'on me permette ici une réflexion qui fe préfente naturellement. Si le hafard eût fait que les débris de l'efcadre angloife fuffent arrivés quelques jours pluftôt aux ifles de *Fernandez,* & que les fquelettes vivans qui la montoient fuffent tombés entre les mains des Efpagnols, on eût fans doute attribué au Commandant de cette nation l'honneur d'un fuccès qu'il n'auroit dû qu'à fa bonne fortune ; &, par

1741. Juin.

Le Général de la mer du fud meurt de douleur.

Réflexion.

P iij

la même raifon, probablement, on n'eût pas alors rendu toute
la juftice dûe au courage, à la prudence & aux grandes qualités
dont le Lord *Anfon* a donné tant de preuves dans fa glorieufe
expédition. Ceux qui ne peuvent aujourd'hui s'empêcher d'en
faire l'aveu, feroient peut-être moins équitables, fi le galion
de *Manille*, que les juftes mefures du Général anglois lui
ont fait prendre, fût refté par hafard dans le port comme
celui d'*Acapulco*, qui, fans cette précaution, pouvoit encore
moins lui échapper. C'eft ainfi que la réputation la mieux
méritée dépend fouvent d'un hafard que toute la prudence
humaine ne fauroit prévoir.

Lettre du Viceroi à l'Audience de Quito.

On fera fans doute furpris qu'au milieu des foins qu'exigeoient les préparatifs pour la défenfe de *Carthagène*, &
dans le temps même où l'on s'attendoit chaque jour à voir
paroître la flotte ennemie commandée par le Vice-amiral
Vernon, le Viceroi de *Santa-Fé*[a], à la jurifdiction duquel la
province de *Quito* venoit d'être réunie, eût trouvé le moment
de faire droit fur la requête que je lui avois préfentée au fujet
des lenteurs de l'Audience royale de *Quito*, dans le jugement
de l'affaire de l'émeute de *Cuenca*. Le 11 Juin, le Préfident
& Gouverneur de *Quito* reçut une lettre très-forte[b], adreffée
à l'Audience même : le Viceroi y témoignoit l'*étrange furprife
que lui avoit caufé le peu de vigilance de cette Compagnie dans
l'inftruction & le jugement d'une caufe où le refpect des loix
étoit intéreffé, ainfi que la très-fpéciale recommandation de Sa
Majefté Catholique.* Il enjoignoit au Préfident, fi quelque
chofe manquoit encore à la preuve des faits, de nommer un
des Confeillers de la Cour, avec ordre de fe tranfporter fur
le champ à *Cuenca*, pour y achever les informations, décréter
les coupables, & les faire tranfporter à *Quito* : le tout fous
peine de deux mille piaftres (dix mille livres de notre monnoie) d'amende contre le juge qui refuferoit la commiffion.

[a] El S.r Don *Sébaftien de Eflaba*, aujourd'hui Capitaine général des
armées de S. M. C. Directeur de l'Infanterie, &c.

[b] Voy. les pièces juftificatives imprimées à la fin de la lettre fur l'émeute
de *Cuenca*, imprimée en 1745, page 93.

Cette lettre fut lûe à l'Audience le 19 du même mois; & le 27, sur le *vû* des conclusions du Procureur général, il fut délibéré qu'on expédieroit au Corrégidor de *Cuenca,* dernièrement nommé pour l'instruction du procès, ordre d'envoyer dans un terme préfix, les charges & informations au greffe de la Cour; & que cet ordre me seroit remis, pour le faire signifier à ce Corrégidor. On peut juger qu'il ne tarda pas à le recevoir.

Je continuois mes observations avec la lunette scellée : je prenois tous les jours des hauteurs correspondantes du soleil pour régler ma pendule, & j'observois toutes les nuits, quand le temps me le permettoit, cinq étoiles qui passoient dans l'ouverture de ma lunette. J'entretenois un commerce de lettres fréquent avec Mrs *Godin* & *Bouguer,* qui étoient aux deux extrémités de la méridienne, l'un à *Mira,* l'autre à *Tarqui.* J'étois le lien de leur correspondance, & je m'étois encore chargé d'être leur commissionnaire à *Quito.*

Le mauvais temps, fort ordinaire à *Tarqui,* l'indisposition de M. *Bouguer,* & la nécessité de faire de nouvelles réparations au secteur, dont l'assemblage n'avoit pas encore acquis une parfaite solidité, interrompirent ses premières observations: il ne put même en avoir aucune correspondante à celles de M. *Godin,* qui les avoit commencées au mois d'Avril, & terminées au mois d'Août. Aux difficultés que rencontra M. *Bouguer* à *Tarqui,* se joignit encore l'incommodité de se relever plusieurs fois toutes les nuits, & de traverser une cour, pour aller consulter la pendule de son observatoire, & ne pas manquer l'heure du passage des étoiles. Le grand ressort de sa montre s'étoit cassé; accident qui est arrivé à toutes les nôtres dans le cours du voyage, & que les alternatives fréquentes de chaud & de froid ont vrai-semblablement occasionné.

Dans ce même temps, M. *Bouguer* ayant perdu de vûe dans les rayons du soleil l'étoile ε d'*Orion,* la principale de celles que nous observions, il profita de ce temps pour aller prendre quelque repos à *Cuenca,* & y faire construire une clepsydre à réveil. On inftruifoit alors en cette ville, en conféquence des derniers ordres du Viceroi & de l'Audience, le procès criminel contre les meurtriers de *Seniergues*, & les auteurs de l'émeute populaire. M. *Bnoguer* arriva fort à propos à *Cuenca* pour agir, en vertu de la procuration que M. de *Juffieu* & moi lui envoyâmes de *Quito*, comme exécuteurs teftamentaires du défunt. Il préfenta plufieurs requêtes, & me donna avis de ce qui fe paffoit dans un lieu où je n'avois point de correfpondant qui ne me fût fufpeét, par les liaifons d'intérêt ou de parenté qu'ils avoient tous avec nos parties adverfes.

Levée du fiège de *Carthagène*.

Médaille fingulière.

Les derniers jours de Juin, on reçut à *Quito* la nouvelle confirmée de la levée du fiège de *Carthagène*, avec les circonftances que les gazettes ont depuis rendu publiques. Elles s'accordent mal avec la médaille frappée probablement à la *Jamaïque*, que j'ai fous les yeux, & dont le revers repréfente le port de *Carthagène* avec cette légende: *TOOK CARTHA-GENA, 1741.* Si les anciens en ont fabriqué de femblables, en donnant de fauffes prophéties pour des faits, ces monumens, ordinairement regardés comme la preuve la plus authentique de l'hiftoire, doivent perdre un peu de leur crédit.

Juillet.

M. *Bouguer* retourne à *Tar-qui.*

Au commencement de Juillet, M. *Bouguer* retourna de *Cuenca* à *Tarqui.* Le 13, un tremblement de terre dérangea fon feéteur: il en reffentit un autre le 16 à quatre heures & demie du matin; le feéteur fut encore dérangé le 25 Août, par un troifième tremblement plus violent que les deux premiers. Indépendamment des effets produits par de femblables caufes, j'apercevois à *Quito*, de mon côté, avec ma lunette fixe, des changemens très-fenfibles dans les diftances apparentes

Variations apparentes & journalières dans la hauteur des fixes.

des étoiles au zénith, & fouvent d'un jour à l'autre, quoique mon fil-à-plomb répondît au même point de la divifion du limbe. Quelquefois même ces changemens étoient en fens contraire fur les différentes étoiles qui paffoient fucceffivement dans la lunette peu de temps l'une après l'autre. J'avois envoyé la fuite de mes obfervations à M. *Bouguer*, & il ne m'avoit pas encore communiqué les fiennes; je ne les reçûs
qu'au

qu'au mois de Décembre fuivant : mais fes lettres fuffifoient pour m'apprendre qu'il avoit auffi remarqué jufqu'alors d'affez grandes variations, & qu'elles ne s'accordoient pas toûjours avec celles que j'avois obfervées.

Cependant nous n'avions trouvé, ni l'un ni l'autre, rien qui pût fervir à confirmer le fyftème de la période qu'a-voit foupçonnée M. *Godin.* Ainfi M. *Bouguer* perfiftoit à croire que le jeu d'hygromètre, qu'il attribuoit à ma lunette quoique fcellée, fuffifoit pour expliquer les changemens que j'avois remarqués; & quoiqu'il fût bien que le mur où elle étoit appliquée n'étoit pas expofé à l'air extérieur, il me mar-quoit qu'en jetant les yeux fur la lifte de mes obfervations faites avec la lunette prétendue fixe, il étoit toûjours tenté de croire qu'il lifoit des obfervations météorologiques. Il con-venoit que les effets de l'humidité fur mon mur ne pouvoient fe manifefter d'une manière prompte & fubite, outre que le petit limbe gradué que rafoit mon fil-à-plomb m'affuroit de la ftabilité de ma lunette; mais l'humidité, felon lui, pouvoit influer fur mes obfervations en plus d'une manière, & il avoit remarqué lui-même, avec fon fecteur mobile, un chan-gement notable, que cette caufe devoit avoir produit infen-fiblement dans la courbure des foies de fon micromètre.

D'ailleurs nous favions alors que les différens états de l'at-mofphère faifoient varier pour le même obfervateur le foyer d'une longue lunette. En mon particulier, je l'avois remarqué plus d'une fois, & noté fur mon journal dès le 26 Novembre & le 27 Décembre 1740. J'ignore encore quand M. *Bou-guer*, à qui je fis part de mes remarques, s'affura du fait par lui-même; mais dans le temps dont je parle, un grand nombre d'obfervations ne permettoient plus de le révoquer en doute. On voit que la complication de ces diverfes caufes d'erreur & d'incertitude, les rendoit fort difficiles à démêler les unes des autres, fur-tout fi l'on y joint celles qui provien-nent de l'imperfection de nos fens; comme la difficulté d'efti-mer le point où répond un fil-à-plomb, qui paroît quel-quefois, après de longues ofcillations, s'arrêter en différens

Q

endroits, & femble y refter immobile. Auffi M. *Bouguer* me marquoit-il par fa lettre du 20 Juillet, qu'il n'y avoit que la patience *qui pût, fi nous continuions nos travaux, moi à* Quito, *& lui à* Tarqui, *nous apprendre ce qu'il falloit penfer de tout cela.* Je n'avois garde de ne pas déférer à un avis fi fage: ainfi nous continuâmes de part & d'autre nos obfervations juf-qu'à la fin de l'année.

Août.
Nouvelles
d'Europe.

On reçut à *Quito,* vers le commencement du mois d'Août, des lettres d'Europe, & d'anciennes gazettes, qui avoient pour nous tout le mérite de la nouveauté. J'y lus une nouvelle, dont la fauffeté, qui n'étoit que trop évidente, m'affligeoit fen-fiblement. On affuroit que nous étions partis de *Quito,* pour revenir en France, au mois de Juillet 1740. Je reçus par la même occafion une lettre de M. le Comte de *Maurepas,* au fujet des différentes routes que nous avions propofées pour retourner en France. Je ne puis bien faire entendre de quoi il eft ici queftion, fans reprendre les chofes de plus haut.

Projet de re-
tour par la ri-
vière des *Ama-
zones.*

Dès le temps de notre arrivée à *Panama,* ou même à *Portobelo,* M. *Godin* avoit penfé qu'après notre commiffion exécutée, nous pourrions nous embarquer tous fur la rivière des *Amazones,* pour revenir en Europe. Je ne connoiffois alors ce chemin que par la traduction françoife de la Relation du Père d'*Acuña,* écrite en efpagnol en 1640. Cet auteur donne au *Marañon* ou fleuve des *Amazones,* depuis le lieu d'em-barquement le plus voifin de *Quito,* 1350 lieues de cours juf-qu'à la mer, ce qui, fur le pied de dix-fept lieues & demie au degré, felon l'ancienne évaluation * des lieues efpagnoles, feroit plus de 1900 de nos lieues communes. La lecture de cet ouvrage ne pouvoit me faire regarder ce chemin que comme le plus long & le plus difficile de tous; & j'étois fort éloigné de goûter un projet qui ne fembloit propre qu'à reculer le terme de notre retour en France. Depuis mon féjour à *Quito,* des informations plus exactes, tirées de divers Miffionnaires,

* M. le Commandeur Don *George Juan* a prouvé depuis, que la vraie lieue de Caftille eft de 15000 pieds, & de 26 ¼ lieues au degré. Voy. *Obfer-vaciones aftronomicas y phyficas. Madrid, 1748, pag. 300 & 304.*

avoient réformé mes premières idées : je m'étois convaincu qu'à la vérité cette route étoit impraticable pour une compagnie nombreuse, telle que la nôtre ; puisqu'il eut fallu pour chacun de nous, ou du moins de deux en deux personnes, un canot & un équipage de sept à huit rameurs ; & que souvent il n'eut pas été possible d'en trouver un si grand nombre : mais les choses étoient fort différentes pour un ou deux voyageurs : je voyois même l'avantage, en prenant ce chemin, de ne pas faire un seul pas qui ne m'approchât de la France. D'ailleurs, en suivant le fleuve jusqu'à la mer, je devois me trouver fort près de *Cayenne,* où je jugeois que je pourrois m'embarquer sur le vaisseau du Roi qui aborde tous les ans à cette colonie. Quant aux incommodités, inséparables d'un pareil voyage, je ne doutai pas qu'elles ne fussent exagérées ; & tout ce que j'en entendois dire, ne servoit qu'à redoubler le desir que j'avois de m'assurer par moi-même de leur réalité.

J'avois proposé dès 1738 à M. le Comte de *Maurepas,* mon idée au sujet de mon retour, conformément à ce projet ; & pour prévenir tout obstacle, en cas qu'elle fût approuvée, & que je ne changeasse pas d'avis, j'avois prié dans le même temps M. le Marquis d'*Argenson,* alors nommé Ambassadeur à la cour de Portugal, de vouloir bien solliciter en ma faveur des passeports de S. M. P. pour me faciliter le passage sur les terres de sa domination. Les lettres que je venois de recevoir ne m'apprenoient rien au sujet de l'expédition des passeports ; mais seulement que l'intention du Roi étoit que nous revinssions le plus promptement qu'il nous seroit possible, & par le chemin le plus court ; ce qui me rendit pour lors incertain sur le parti que j'avois à prendre. Je dirai en son lieu ce qui fit renaître mes anciennes idées, & acheva de me déterminer sur le choix de ma route.

Le 15 Août, les charges & informations si long-temps attendues de *Cuenca* arrivèrent enfin, & furent remises au greffe de l'Audience royale : elles avoient été jusque-là secrettes. On me dit alors que je pouvois en demander communication :

Procès
criminel.

Q ij

je l'obtins le 2 1 ; je trouvai un *in-folio* de mille pages, qu'il me fallut déchiffrer, avant que de travailler à une requête proportionnée à l'énormité du volume dont elle devoit contenir un extrait.

M. *Godin re-vient de Mira.*

M. *Godin* étoit revenu depuis deux jours de *Mira*, remis à peine d'une fièvre tierce qu'il avoit gardée six semaines. Cet accident est fort commun dans les pays chauds & humides, tels que celui qu'il venoit d'habiter. Du reste, il avoit eu un assez grand nombre d'observations pendant les mois de Mai & de Juin ; tandis que M. *Bouguer* n'avoit pu réussir à en faire aucune à *Tarqui*. Au mois de Juillet, le temps devenu plus favorable à M. *Bouguer*, fut très-contraire à M. *Godin* : ce qui fit qu'ils n'eurent aucune observation correspondante.

Marbre & inscription à *Quito.*

Il y avoit déjà quelques jours que j'avois commencé de faire graver sur le marbre dont j'ai parlé, l'inscription qui contenoit le résultat de nos principales opérations, dans le pays que nous habitions depuis cinq ans. Le graveur, qu'on m'avoit indiqué comme le meilleur pour cet ouvrage, étoit un Indien, sculpteur en bois de son métier. Il ne savoit pas lire ; ainsi j'étois non seulement obligé de compasser les lignes & les espaces, mais de lui dessiner, avec la dernière précision, toutes les lettres, points & virgules, en sorte qu'il n'eût qu'à suivre les contours avec le burin. Il travailloit sous mes yeux ; & si je m'absentois un moment, je n'étois pas sûr de le retrouver, à moins que je ne l'enfermasse sous la clef. Souvent plusieurs jours se passoient sans que je le visse paroître. Il ne gravoit ordinairement qu'une ligne par jour : son travail dura six semaines.

Septembre.
Les deux Officiers espagnols reviennent de *Lima.*

Le 5 Septembre, Don *George* & Don *Antoine de Ulloa* revinrent de *Lima*, où le Viceroi les avoit occupés depuis près d'un an. J'ai déjà dit qu'après le retour au *Callao* des quatre vaisseaux qui avoient croisé plusieurs mois sur les côtes du *Chili*, & sur les isles de *Fernandez*, sans rapporter aucune nouvelle des Anglois, on avoit jugé, avec la plus grande vrai-semblance, qu'il n'y avoit plus rien à craindre

de l'ennemi cette année. La faifon étoit trop avancée pour
tenter le paffage du cap *Horn*, qu'on ne peut guère franchir,
en venant d'Europe, qu'en plein été; c'eft-à-dire, en ce pays-
là, vers le mois de Janvier ou de Février. Dans cette fuppo-
fition, nos deux Officiers efpagnols avoient obtenu du Viceroi la permiffion de revenir à *Quito*, pour faire l'obfervation
aftronomique qui leur manquoit à l'extrémité feptentrionale
de la méridienne. Ils avoient offert de retourner fur leurs
pas au premier avis que leur préfence feroit jugée néceffaire:
ils ne s'attendoient pas à être rappelés fi tôt.

M. *Godin* leur avoit laiffé tout monté à *Mira* le fecteur
avec lequel il avoit obfervé; mais une autre affaire retint ces
Meffieurs *à Quito* pendant trois mois. J'ai tout lieu de croire
qu'ils ont eu plus d'une fois regret d'avoir employé un temps
précieux, & qui fuffifoit pour terminer leur travail, à m'intenter un procès politique, au fujet des pyramides & de l'infcription: procès, au refte, qui n'a jamais altéré les fentimens d'eftime & d'amitié dont j'ai toûjours fait profeffion à leur égard,
& dont ils ont paru m'honorer avant & depuis ce temps-là.
Puis-je douter qu'ils ne fe foient repentis d'avoir perdu une fi
belle occafion d'achever leur obfervation, lorfque je me rappelle le temps & les fatigues qu'il leur en a coûté depuis pour
réparer ce délai? un voyage pénible & dangereux de *Guayaquil* à *Quito*, entrepris par Don *Antoine de Ulloa* dans la plus
fâcheufe faifon *; fon retour précipité fur fes pas de *Quito* à
Guayaquil, & de *Guayaquil* à *Lima* avec Don *George*, pour
obéir aux ordres du Viceroi; un autre voyage de 800 lieues,
qu'ils furent obligés, l'un & l'autre, de faire trois ans après,
uniquement pour revenir à *Quito* terminer leur travail, &
retourner encore à *Lima*, où ils s'embarquèrent enfin pour
l'Europe en Octobre 1744.

Le 5 Décembre, au moment où ces deux Officiers fe
difpofoient à fe rendre à *Mira* avec notre Horloger, qui devoit
les y accompagner, & mettre le fecteur en état, on reçut à
Quito la nouvelle de la prife & du pillage de *Païta*, réduit

* Voyez ci-après, Janvier 1742, page 134.

Leurs aven-
tures dans la
mer du fud.

en cendres le 24 Novembre précédent par cette même efcadre
qu'on croyoit, ou périe, ou de relâche à la côte du Bréfil.
J'ai dit que le Commandant anglois avoit reconnu la grande
ifle de *Juan Fernandez* trois jours après le départ des vaiffeaux
efpagnols. A peine avoit-il pu gagner le mouillage : plufieurs
de fes malades expirèrent dans les chaloupes qui les tranfpor-
toient à terre, d'autres en atteignant le rivage ; & la morta-
lité continua plus de trois femaines après le débarquement.
Ceux qui échappèrent au fcorbut reprirent enfin, & peu à
peu, leurs forces. Ils avoient trouvé dans l'ifle, des chèvres
fauvages, & fur les côtes une grande quantité de poiffon
de toute efpèce. Les équipages eurent le temps de fe rétablir
de leurs fatigues paffées, de femer & de recueillir du riz &
divers légumes, dont ils avoient apporté les graines d'Angleterre : enfin ils réparèrent à loifir tous leurs dommages pendant un féjour tranquille de quatre mois. Alors ils remirent en
mer, firent plufieurs prifes fur les Efpagnols près des côtes
du *Chili*; & enfin ils venoient de furprendre, piller & brûler
Païta. On douta de cette dernière nouvelle à *Quito* jufqu'au
9 Décembre, qu'on en reçut la confirmation par une lettre

On craint
pour *Guaya-
quil.*

du Corrégidor de *Guayaquil*, qui demandoit du fecours ; perfuadé que de *Païta* les ennemis viendroient attaquer fa Place.
La crainte du Corrégidor étoit fondée ; mais lorfqu'on reçut
le 5 Décembre à *Quito* le premier avis du fac de *Païta*, & à
plus forte raifon le 9, il étoit évident pour ceux qui connoiffent le pays & les vents qui règnent dans ces parages,
que l'expédition de *Guayaquil* étoit faite ou manquée ; &
encore plus, qu'elle feroit l'un ou l'autre avant l'arrivée du
fecours le plus prompt, qui ne pouvoit s'y rendre en moins
de douze ou quinze jours de marche.

Confeil de
guerre à *Quito.*

Cependant on tint le 9 un Confeil de guerre à *Quito*, où
probablement on n'en avoit pas tenu depuis le temps des
guerres civiles du Pérou dans le XVI.e fiècle. Le réfultat fut
qu'on fecourroit *Guayaquil*. Le 12, on apprit par une lettre
de *Monte Chrifto*, proche *Manta*, que les Anglois avoient
débarqué le 3 leurs prifonniers efpagnols fur cette côte ; &

par conféquent qu'ils étoient fous le vent de *Guayaquil* à plus
de cent lieues, & en route, vent en poupe, pour la côte de
Panama ou du Mexique. On ne laiffa pas de faire partir de
Quito le 1 5, foixante hommes de nouvelle levée, la plufpart
tirés des prifons. Cette troupe devoit fe joindre en chemin
aux recrues des petites villes & bourgs de *Latacunga*, de
Hambato, de *Riobamba* & de *Guaranda*.

Le tout montoit à 1 8 0 hommes, non compris 6 0 que   Secours en-
le Corrégidor de *Cuenca* devoit auffi conduire à la Place me-   voyé à *Guaya-*
nacée. Le Préfident de *Quito*, Gouverneur & Capitaine géné-   *quil.*
ral de la province, prit le 1 4 la route de *Guayaquil* à la tête de
cette milice : il ne paffa pas *Guaranda*. Le 1 6 il fut fuivi
par nos deux Officiers efpagnols, nommés par l'Audience
royale pour commander les troupes de la province; ils arrivèrent à *Guayaquil* le 2 4. Je reviens à ce qui fe paffoit à
Quito, où leur abfence me laiffoit le champ libre.

Ils étoient partis avant que le procès qu'ils me faifoient au   Procès divers.
fujet des pyramides fût jugé : c'étoit au moins le fept ou
huitième dont je me trouvois chargé; deftinée fingulière pour
un homme qui jufque-là n'en avoit connu que le nom. Je
dois dire pour mon honneur, que je n'en ai perdu aucun, &
que j'ai gagné tous ceux que j'ai pû parvenir à faire juger.
Celui du meurtre de M. *Seniergues* & de l'émeute de *Cuenca*
en avoit engagé un autre devant le Juge eccléfiaftique, contre
le grand Vicaire de cette ville, ennemi déclaré du nom françois,
& premier mobile de la fédition où nous avions tous couru
rifque de la vie. J'avois cru devoir rendre plainte à l'Officialité contre ce grand Vicaire, & demander permiffion d'informer. Il m'avoit encore fallu recourir au même tribunal, pour
avoir raifon d'un dépôt d'effets appartenans en partie à feu M.
Seniergues, & dont j'étois obligé de rendre compte aux intéreffés. La partie adverfe avoit pour défenfeur le plus célèbre
Avocat de *Quito*, qui étoit auffi Commiffaire de l'Inquifition :
cette affaire me brouilla avec lui, quoique nous euffions été
jufque-là fort bien enfemble, & affez pour qu'il eût, à ma
follicitation, donné depuis quatre ans un logement chez lui à

M. *Bouguer*, qui le conserva jusqu'à son départ de *Quito* en
1743. Le déni de justice de l'Évêque, qui n'avoit pas fait
droit sur ma plainte réitérée contre son grand Vicaire, m'avoit
forcé, après deux ans, d'appeler au Métropolitain, & de pré-
senter une requête à l'Audience royale, pour obtenir que l'Évêque fût exhorté : formalité pratiquée en Espagne en pareil cas
entre les juges ecclésiastiques & laïques. Ainsi, sans compter
mon procès personnel contre le Président, duquel la lettre du
Viceroi*, équivalente à un arrêt, m'avoit fait désister en 1737,

* Page 28.

j'en avois un contre les meurtriers de *Séniergues*, un contre
le grand Vicaire, un contre l'Évêque, un contre l'Inquisi-
teur, & un, en mon propre nom, contre les deux Officiers
espagnols. Outre cela, je n'avois pû éviter, en mon particulier, trois instances judiciaires, à moins de consentir à perdre
volontairement ce que j'avois prêté à divers parculiers, uniquement pour les obliger. Je ne compte point une autre
discussion qui regardoit encore la succession du défunt, parce
que M. de *Jussieu* mon co-exécuteur testamentaire, qui s'en
étoit chargé, m'en épargna les soins. Au milieu de tous ces
embarras, notre grand procès avec les étoiles, dans lequel
nous étions juges & parties, étoit celui de tous qui me tenoit
le plus au cœur. Dans le temps où nous le croyions terminé,
il se trouva malheureusement sujet à révision.

*Fin des obser-
vations de M.
Bouguer à Tar-
qui.*

Le 15 Décembre, je reçus la liste des observations que
M. *Bouguer* faisoit à *Tarqui* depuis le commencement de
Mars, & qu'il avoit enfin achevées le 4 Décembre. Je reconnus, en voyant leur résultat, ce qu'il n'étoit plus possible de
me dissimuler, & ce que M. *Bouguer* me marquoit ne m'a-
voir déclaré qu'à la dernière extrémité, *dans la crainte de
me donner un faux avis.* Je n'avois reçû que le 1.er Décembre
sa lettre du 6 Novembre, par laquelle il m'annonçoit que
la mesure des degrés du méridien, que nous regardions comme
consommée depuis plus d'un an, ne pouvoit encore l'être de
plusieurs mois ; & qu'enfin il me falloit retourner à *Tarqui*,
pour y observer à mon tour, & me convaincre par moi-
même, comme il s'en étoit déjà convaincu, que nous devions
abandonner

abandonner nos anciennes obfervations de 1739, trop différentes de celles qu'il venoit de faire dans le même lieu, &
auxquelles il travailloit depuis neuf mois. Le défaut de folidité
dans l'enfemble de notre ancien fecteur avoit caufé tout le mal :
il n'avoit pas fallu à M. *Bouguer* moins de temps ni moins de
conftance pour fe garantir des mêmes inconvéniens, & pour
s'affurer que fes nouvelles obfervations n'étoient pas fujettes à
la même erreur que les anciennes. Un plus long détail à ce
fujet feroit ici déplacé : on le trouvera dans l'ouvrage fuivant
(*Part. II, art. XI, p. 152*). M. *Bouguer* me marquoit qu'il
revenoit à *Quito*, mais qu'il me laiffoit l'inftrument tout monté
dans l'obfervatoire; & que la même perfonne qui l'avoit aidé
dans le cours de fes obfervations, m'attendroit à *Tarqui.*

Raifons pour
aller répéter les
obfervations à
Tarqui.

    J'avois bien prévu que le nouveau réfultat pourroit donner
quelques fecondes de plus ou de moins que l'ancien : une petite
différence diftribuée fur trois degrés, feroit devenue prefque
infenfible; & pour lors je n'aurois pas balancé à m'en rapporter à M. *Bouguer*, fans me croire obligé d'entreprendre un
long travail & un long voyage pour un objet de peu d'importance. Le cas devenoit fort différent : je voyois entre notre
première obfervation de 1739, & la nouvelle, une différence
de plus de 20 fecondes; même de près de 30, car elle nous
a paru telle tant que nous n'avons pu appliquer la correction
qui réfulte de l'aberration de la lumière. Cinq à fix réfultats,
indépendans l'un de l'autre, confirmoient la nouvelle détermination. M. *Bouguer* me mandoit, *qu'il avoit été auffi étonné,*
qu'il jugeoit que je le ferois, de tout ce qu'il m'annonçoit. Je
ne pouvois donc plus me difpenfer de me convaincre par mes
yeux d'un fait important, dont je devois dépofer comme
témoin. D'un autre côté, la même caufe d'erreur pouvant
avoir influé fur nos obfervations au nord de la méridienne,
auffi-bien que fur celles que nous avions faites au fud, je
jugeois que nous ferions encore obligés de répéter les obfervations à *Cotchefqui.*

    Dans le temps que ces affligeantes nouvelles me par- Affaires graves
à *Quito.*
vinrent, le procès au fujet des pyramides étoit prêt à être

rapporté : celui de l'affaire criminelle de *Cuenca* n'étoit guère moins avancé ; je travaillois actuellement à ma dernière requête, dans laquelle je réfumois tous les faits & toutes les procédures, pour en mettre le précis fous les yeux des juges, & obtenir un plus prompt jugement. Ces deux conteftations intéreſſoient, j'oſe le dire, l'honneur de la nation & celui de l'Académie. J'ai remis le détail hiftorique de la première affaire à un article exprès. Quant à la feconde, il ne s'agiſſoit pas feulement de la mémoire du défunt, que je devois défendre comme exécuteur teftamentaire : un meurtre qui avoit toutes les apparences d'un aſſaſſinat prémédité ; le droit des gens violé dans nos perfonnes fans le moindre prétexte ; malgré la protection & la recommandation fpéciales de Sa Majefté Catholique ; les calomnies dont on avoit voulu nous noircir, en nous impliquant dans une procédure criminelle, étoient des objets aſſez importans pour mériter toute mon attention. La lettre, déjà citée, du Viceroi, & les concluſions du Procureur général, prouvent que je n'exagère rien : je n'ai fait que copier leurs expreſſions.

Sur la lettre de M. *Bouguer*, du 6 Novembre, j'avois cherché à douter qu'il fallût abandonner entièrement notre ancien travail à *Tarqui* ; mais auſſi-tôt que j'eus reçu, le 15 Décembre, la lifte de ſes obſervations, depuis le mois de Réponfe à Mars, je lui répondis que je voyois avec douleur que nos M. *Bouguer.* travaux n'étoient pas prêts de finir : que j'étois réfolu d'aller répéter l'obfervation à *Tarqui*, comme il me le confeilloit lui-même : que j'allois couper court à tout ce qui auroit pu, dans d'autres circonftances, prolonger mon féjour à *Quito*, où j'étois bien réfolu de ne plus revenir, dès que je pourrois m'en tirer : que les deux affaires principales dont je viens de parler, étoient fur le point d'être jugées : que je n'attendois que ce moment pour partir, & me mettre en état de pouvoir dépoſer, comme témoin oculaire, de ce dont j'étois déjà perfuadé fur fon feul témoignage. Je le priois enfin de me laiſſer le fecteur en état à *Tarqui*, comme il me l'offroit par fa première lettre ; ce qui pourroit m'épargner un temps & un travail

confidérables. Ma réponfe ne lui put être remife affez tôt :
il étoit déjà parti de *Cuenca,* d'où il rapportoit le fecteur
démonté.

C'eft ainfi que dans le temps où je me flattois, avec plus
d'apparence que jamais, que tous les obftacles qui nous retenoient depuis fi long-temps alloient être levés, & que je pourrois me mettre en-chemin pour revenir en France, je me vis
obligé de recommencer un nouveau travail, devenu néceffaire,
pour ne pas rapporter des fujets de doute & d'incertitude, au
lieu de l'éclairciffement que nous étions allé chercher fi loin.

Les derniers jours de l'année, on reçut nouvelle à *Quito*   Mort du Gé-
que le Général des galions Don *Blas de Lezo,* Lieutenant   néral des Ga-
général des armées du Roi d'Efpagne, étoit mort à *Carthagène*   lions, D. *Blas*
peu de temps après la levée du fiège de cette place, à la dé-   *de Lezo.*
fenfe de laquelle il avoit beaucoup contribué. Nous devons
à fa mémoire un tribut de reconnoiffance. Lorfque feu M. *Se-*
niergues avoit fait un voyage à *Carthagène* en 1737 pour fes
propres affaires, il fit entendre à Don *Blas,* fans avoir été
chargé d'aucune commiffion à cet égard, que les lettres de
change de France ne nous parvenoient que fort lentement :
fur ce feul avis le Général nous écrivit une lettre, adreffée   Ses offres aux
aux trois Académiciens, par laquelle il nous offroit un fecours   Académiciens.
préfent de quarante mille piaftres, ou deux cens mille livres
de notre monnoie. Nous le remerciâmes alors de fes offres :
les douze mille piaftres que je venois d'avancer, & les lettres
de change que nous reçûmes peu après, avoient pourvu dans
ce temps à tous nos befoins. Cependant M. *Godin* ayant eu
depuis recours à Don *Blas,* toucha par fes ordres, quelques mois avant fa mort, une fomme de vingt mille livres,
que M. le Comte de *Maurepas* a fait rembourfer aux hé-
ritiers.

Don *Blas de Lezo,* dans fa jeuneffe, avoit fervi dans la   Ses fervices.
marine de France : il eut une jambe emportée d'un boulet
de canon au combat de *Malaga,* à côté de feu M. le Comte
de *Touloufe,* dont il étoit Page. Il avoit confervé pour la
nation françoife une affection dont il a fouvent donné des

preuves. On devoit lui en favoir d'autant plus de gré , qu'il faut avouer que nous ne favons pas toûjours nous concilier celle des étrangers.

J'ai déjà parlé de l'accueil que nous avions reçu de la nobleffe créole , ainfi que des Gouverneurs & Commandans efpagnols. En général , les attentions ont été plus marquées, lorfque ceux à qui nous avons eu affaire étoient plus élevés en dignité, ou plus inftruits. La meilleure éducation triomphe rarement du préjugé national , mais elle en fauve les apparences odieufes; & le voyageur qui ne fait pas un long féjour, recueille de la politeffe de fes hôtes à peu près le même fruit, que d'une bienveillance réelle.

Tandis que des évènemens imprévus nous retenoient à *Quito* malgré nous, un de nos compagnons de voyage, M. *Godin des Odonnais,* coufin germain de l'Académicien, s'y fixa par un établiffement. Il avoit partagé le foin de faire placer les fignaux fur les montagnes dans le temps de notre mefure trigonométrique : depuis qu'elle étoit terminée, fes fonctions, relatives à l'objet de notre miffion, avoient ceffé. Le 27 Décembre de cette année, il époufa la fille de M. de *Grammaifon,* François né à *Cadix,* & depuis Corrégidor d'*Otavalo,* dans la province de *Quito,* par la faveur du dernier Viceroi de *Lima,* le Marquis de *Caftelfuerte,* auquel il s'étoit attaché en Efpagne, & qu'il avoit fuivi au Pérou. Je reçus l'année dernière, 1750, une lettre de M. des *Odonnais,* datée de la colonie portugaife du *Para:* il me marquoit qu'il étoit venu reconnoître le chemin, & qu'il retournoit à *Quito* pour fe difpofer à repaffer en France avec fa famille, par la route que je lui avois frayée en defcendant la rivière des *Amazones,* & que plufieurs Efpagnols ont prife depuis moi. M. le Commandeur de la *Cerda,* Envoyé extraordinaire de Portugal, a bien voulu fe charger de folliciter les paffeports de S. M. P. que demandoit M. des *Odonnais,* & m'accorder pour lui une recommandation particulière au nouveau Gouverneur du *Para.*

ANNÉE 1742.

Janvier.

J'ÉPROUVOIS depuis plus de dix-huit mois, que le féjour de *Quito* étoit moins tranquille pour moi que notre vie errante des années 1738 & 1739, fur les montagnes de la Cordelière. Quelle que fût mon impatience de me tirer de cette ville, mon fort étoit d'y paffer encore huit mois, dans l'efpérance toûjours fpécieufe, & continuellement fruftrée, d'être à la veille de mon départ.

M. Bouguer arrive de Cuenca.

Le 3 Janvier, M. *Bouguer* arriva de *Cuenca* : il étoit parti de *Quito* depuis onze mois, dont il en avoit paffé neuf à *Tarqui*. Nous eûmes une longue converfation au fujet des nouvelles obfervations qu'il venoit d'y faire, & qu'il étoit malheureufement néceffaire que j'allaffe y répéter.

Alarme à Guayaquil.

Cependant les troupes levées à la hâte dans la province de *Quito*, & commandées par Don *George Juan* & Don *Antoine de Ulloa*, étoient arrivées à *Guayaquil.* L'alarme n'avoit pas encore ceffé dans cette ville : cependant les Anglois en étoient alors à plus de deux cens lieues, occupés à faire de l'eau dans l'ifle de *Quibo*, bien au delà de *Panama.* Leur Général avoit eu grande raifon de ne point tenter de defcente à *Guayaquil.* A la vue réelle ou imaginaire de deux chaloupes, que l'on crut être venues pour reconnoître l'embouchûre de la rivière, fept lieues au deffous de la Place ; & même fur la première nouvelle de l'expédition de *Païta*, les habitans de *Guayaquil* avoient tranfporté leurs effets de quelque valeur, dans les bois, dont tout le pays eft couvert. Ainfi, quand même les Anglois euffent forcé les batteries qu'on avoit élevées pour s'oppofer à leur débarquement, ils n'auroient plus trouvé qu'un lieu défert, & qui ne valoit pas la peine d'être racheté de l'incendie ; la plufpart des maifons de cette ville, quoique riche par fon commerce, n'étant conftruites que de rofeaux.

Quand on fe fut enfin raffuré, & qu'on eut évidemment

1742.
Janvier.
Don *Antoine*
de *Ulloa* revient
à *Quito.*

reconnu qu'on n'avoit plus rien à craindre pour *Guayaquil*, à moins qu'il ne vînt d'Angleterre une nouvelle escadre; les deux Officiers espagnols convinrent entre eux que Don *George* resteroit dans la Place, pour être tout porté, en cas de quelque évènement imprévu, & que Don *Antoine* iroit faire l'observation qui leur manquoit encore au nord de la méridienne. En conséquence de cet accord, cet Officier revint de *Guayaquil* à *Quito*, dans le temps de l'année où le chemin est entièrement rompu par les pluies. Il perdit une partie de son équipage en traversant les rivières, & courut lui-même beaucoup de risque. Le 19 Janvier, à peine arrivé à *Quito*, il apprit que de nouveaux ordres du Viceroi le rap-

Il repart pour
Lima avec Don
George Juan.

peloient, lui & Don *George Juan*, à *Lima* sans aucun délai: il repartit le 22, avec les mêmes incommodités, pour *Guayaquil*, d'où son camarade & lui passèrent aussi-tôt à *Lima*. Malgré leur diligence, ils ne pûrent s'y rendre avant le départ d'une seconde escadre, de cinq vaisseaux, nouvellement armée au *Callao*, port de *Lima*. Elle avoit ordre de chercher & de combattre *Anson*, qu'on supposoit en vouloir à *Panama*; tandis que ce Général, sur les nouvelles du mauvais succès de l'expédition de *Carthagène*, avoit pris la route d'*Acapulco*, sur la côte du Mexique. Au mois d'Octobre suivant, Don *George* & Don *Antoine* eurent le commandement de deux fré-

Ils vont croiser
sur les côtes du
Chili.

gates, pour aller croiser sur la côte du Chili, & sur les isles de *Juan Fernandez*, dans la crainte que les Anglois ne tentassent quelque nouvelle entreprise: ils avoient ordre de se joindre aux débris de l'escadre de Don *Joseph Pizarro*, qu'on attendoit de *Buenos-aires*, où l'on sut depuis qu'il avoit été forcé de relâcher une seconde fois, après avoir perdu tous ses mâts sur le cap *Horn*. Telle fut la destination de nos deux compagnons de voyage, pendant le cours de l'année 1742: leurs occupations astronomiques ne remplissoient que l'intervalle de leurs premières fonctions d'Officiers de marine. Ils ont eu sur nous l'avantage d'exposer leur vie pour la défense de leur pays, sans cesser d'avoir part à un travail utile à toutes les nations.

Lorſque Don *Antoine* partit de *Quito*, il ne manquoit plus que les concluſions du Procureur général dans l'affaire des pyramides & dans celle de *Cuenca*, pour rendre les arrêts définitifs, & je n'attendois que ce moment pour aller répéter à mon tour l'obſervation aſtronomique à *Tarqui*, extrémité auſtrale de la méridienne.

Pendant que M. *Bouguer* obſervoit en ce même lieu l'année précédente 1741, j'avois prié M. *Godin* de me prêter ſon ſecteur de 20 pieds de rayon, pour m'en ſervir au nord de la méridienne, à *Cotcheſqui*, où je me propoſois alors de retourner; & il y avoit conſenti ſans difficulté : mais lors de nos dernières conventions, ſuivant leſquelles M. *Bouguer* alloit à *Cotcheſqui*, tandis que j'irois occuper ſa place à *Tarqui*, M. *Godin* lui avoit écrit qu'il ne lui étoit plus poſſible de tenir ſa promeſſe, attendu que Don *Antoine de Ulloa*, dans les trois jours qu'il avoit paſſés à *Quito*, avoit obtenu du Préſident un ordre, pour que l'inſtrument, que M. *Godin* avoit laiſſé tout monté à *Mira* depuis ſon obſervation de 1741, reſtât en place dans ce même lieu juſqu'au retour des deux Officiers eſpagnols.

M. *Godin* nous offroit, à M. *Bouguer* & à moi, par la même lettre, une nouvelle correſpondance d'obſervations, qui n'avoit pu réuſſir l'année précédente aux deux extrémités de la méridienne : il s'engageoit d'aller recommencer d'obſerver au nord de l'arc à *Mira*, au cas que M. *Bouguer* & moi retournaſſions à *Tarqui*, à l'extrémité ſud; & ſuppoſé que M. *Bouguer* n'acceptât pas cette propoſition, & qu'il voulût ſeulement répéter l'obſervation à *Cotcheſqui* pendant que je la répéterois à *Tarqui*, M. *Godin* lui offroit de s'obliger à rembourſer, quand il le pourroit, les frais de la conſtruction d'un nouveau ſecteur, qui ſeroit néceſſaire en ce cas. M. *Bouguer*, content de ſon dernier travail à *Tarqui*, où il avoit paſſé neuf mois, & ne jugeant pas que nos anciennes obſervations de *Cotcheſqui* euſſent beſoin d'être répétées, paroiſſoit réſolu de partir, ſans délai, pour revenir en France.

Je lui repréſentai qu'il ne pouvoit ſe diſpenſer d'attendre

1742.
Janvier.
répéter les ob-
fervations aux
deux extrémi-
tés de l'arc &
en même
temps.

au moins le réfultat des obfervations qu'il étoit néceffaire, de fon aveu même, que j'allaffe recommencer à *Tarqui*; d'ailleurs, le temps où je ferois occupé au fud de la méridienne, ne pouvoit être plus utilement employé, pour notre ouvrage, qu'à répéter auffi nos obfervations au nord de l'arc, puifque fi nous n'avions pas tout-à-fait les mêmes raifons de les foupçonner que celles du fud, l'exemple de l'erreur que nous avions commife fur celles-ci, fuffifoit pour nous donner de l'inquiétude fur les autres, & nous engager à les vérifier. En effet, les obfervations de *Cotchefqui*, réduites à celles de *Quito* en 1736 & 1737, paroiffoient alors en différer de 9 fecondes, fuivant le calcul que j'envoyois à M. *Boúguer*, & le feul que nous pouvions faire, jufqu'à ce que nous puffions le corriger par l'aberration de la lumière, & favoir fi cette correction augmenteroit ou diminueroit la différence apparente.

M. *Bouguer* ne fe rendoit point encore : tout proches voifins que nous étions à *Quito*, nous paffions les journées à nous écrire : fes lettres me font trop précieufes, pour en avoir perdu aucune. Après fept ans de fatigues & de dangers, il fe croyoit, avec raifon, difpenfé de prolonger fon féjour en Amérique, à moins d'une néceffité évidente : il ne confultoit que fon jufte empreffément pour revoir la France, & peut-être doutoit-il que mon impatience fût égale à la fienne. J'ofai m'expofer à confirmer fes foupçons : je lui repréfentai le rifque que nous courions, fuppofé qu'il partît avant que j'euffe répété comme lui les obfervations de *Tarqui*, fi malheureufement je trouvois un réfultat différent du fien; fans avoir pu, fur les lieux, reconnoître la fource de cette différence : que fi la même chofe arrivoit à M. *Godin*, quant à la valeur du degré, n'étoit-ce pas nous expofer à rapporter en France trois déterminations différentes, au lieu de celle qu'on attendoit d'un travail qui devoit être commun, fuivant les intentions de l'Académie, & les ordres du Roi qui nous avoient été déclarés par les lettres du Miniftre?

Une foule d'autres raifons fe joignoient à des motifs déjà fi puiffans & fi décififs. Nos obfervations aux deux extrémités de

l'arc

l'arc n'avoient pas été faites dans la même saison de l'année: nous ne pouvions donc, faute de connoître les loix de l'aberration de la lumière, calculer actuellement la vraie amplitude de cet arc, ni conclurre la juste valeur du degré. Il pouvoit y avoir, ou l'on pouvoit découvrir dans la suite, des variations apparentes ou réelles dans les étoiles; & cela seul pouvoit exposer notre conclusion à des doutes, du moins à des chicanes. Le plus sûr moyen de couper court à toutes les difficultés, bonnes ou mauvaises, étoit de faire aux deux extrémités de l'arc, des observations simultanées, pour suppléer à celles que M. *Bouguer* n'avoit pu faire l'année précédente, en correspondance avec M. *Godin*. De ces observations d'une même étoile, faites à la même heure, & presque sous le même méridien, on pouvoit déduire l'amplitude de l'arc compris entre les zéniths des deux observateurs, quelques mouvemens irréguliers qu'on voulût supposer dans l'étoile; au lieu qu'un observateur seul ne pouvoit se procurer cet avantage: d'où je concluois que si, contre toute apparence, le résultat de M. *Godin* se trouvoit différer sensiblement du nôtre, il n'en pourroit balancer l'autorité. Enfin j'offrois à M. *Bouguer* de faire, dans le moment même, les avances nécessaires pour la construction du nouveau secteur dont nous avions besoin pour cette double observation, & qu'il feroit construire à son gré. J'insistai, je priai, mes instances furent si vives, que j'obtins enfin son consentement, qu'il accorda sans doute à la force de mes raisons, en paroissant ne céder qu'à mon importunité. Le sieur *Hugo* fut aussi-tôt chargé de travailler au nouvel instrument.

M. *Bouguer*
consent aux
observations
simultanées.

Une affaire d'une autre nature occupoit dans le même temps M. *Godin*, & l'on ne peut douter qu'elle ne méritât son attention à plusieurs égards: il a même déclaré par écrit, que quelque étrangère qu'elle parût à l'objet de notre voyage, elle y seroit plus utile qu'on ne pensoit, si elle étoit suivie d'un heureux succès [*]. J'ai dit qu'en 1740 *Quito* étoit devenu

Février.
Rivière détournée de son lit.

Voy. 1740.
Août, p. 96.

[*] M. *Godin* avoit dessein de mesurer un ou deux degrés dans l'hémisphère austral sur la côte du Chili, par 45 degrés de latitude.

S

l'entrepôt de toutes les richeſſes du Pérou, lorſque le Viceroi
de *Lima* eut fait rembarquer à *Panama* pour *Guayaquil*, &
tranſporter de *Guayaquil* à *Quito*, le tréſor des galions, afin
de le mettre en ſûreté contre tout évènement. Le commerce
entre *Quito* & *Carthagène* étoit auſſi vif & auſſi continuel, ſur-
tout depuis la levée du ſiège, que ſi ces deux villes n'euſſent
pas été ſéparées par 400 lieues de très-mauvais chemins. Tous
les négocians du Pérou, tous les commiſſionnaires d'Eſpagne
faiſoient paſſer leur argent de l'une à l'autre, & rapportoient
en échange les marchandiſes d'Europe qui étoient reſtées en
dépôt dans la dernière. On ne voyoit ſur le grand chemin
de *Carthagène* à *Quito*, que mulets chargés d'or ou d'argent:
un de ceux-là, dont la charge étoit de la valeur de 80 mille
piaſtres, ou d'environ 400 mille livres de notre monnoie,
en paſſant ſur un pont à dix ou douze lieues de *Quito*, tomba
dans la rivière de *Piſqué*. La profondeur de l'eau dans cet
endroit, étoit de 15 à 18 pieds, & il y avoit un gué un
peu plus bas : il n'étoit donc pas douteux que les caiſſes d'or
ne fuſſent reſtées dans le lieu même de la chute. Après avoir
employé vainement l'art des plongeurs, on ne trouva plus
d'autre expédient que de détourner le lit de la rivière. Les
intéreſſés s'adreſſèrent à M. *Godin*, qui l'entreprit & y réuſſit
à trois différentes repriſes, en ſurmontant les obſtacles que la
nature du terrein, la difficulté de trouver les matériaux propres
à faire des digues, & la mal-adreſſe des ouvriers, oppoſoient
à un genre de travail dans lequel il n'avoit lui-même eu juſqu'alors aucune expérience ; mais chaque fois que la rivière
fut détournée, & qu'elle eut pris ſon cours par le nouveau lit
qu'il lui avoit creuſé, une de ces crûes d'eau ſubites & impé-
tueuſes, auxquelles elle eſt ſujette par la fonte des neiges, força
toutes les digues, ruina les travaux de pluſieurs mois, &
anéantit juſqu'à l'eſpérance d'un plus heureux ſuccès.

Communica-
tion réciproque
de la valeur du
degré, propo-
ſée.

　　Avant le départ de M. *Godin* pour *Piſqué*, je l'avois preſſé
de nouveau ſur la communication mutuelle de la valeur que
chacun de nous aſſignoit, d'après ſes propres obſervations,
au degré du méridien. M. *Godin* me répondit qu'il n'auroit

pas balancé à nous communiquer fon réfultat, à M. *Bouguer*
& à moi, s'il eût pu partir auffi-tôt que nous pour l'Europe; mais qu'il avoit des ordres précis de ne laiffer aucune
dette dans le pays, & qu'étant obligé d'y refter jufqu'à ce
qu'il eût de quoi fatisfaire à celles qu'il avoit contractées pour
le fervice, il ne vouloit pas que d'autres que lui-même annon-
çaffent en France le réfultat de fes opérations. J'infiftai, en
repréfentant à M. *Godin* que la raifon qu'il alléguoit devoit
céder à un intérêt plus important, & que nous ne pouvions,
fans manquer à notre devoir, négliger de nous affurer, avant
notre féparation, fi nos diverfes mefures s'accordoient fuffifamment, ou du moins fi la différence n'excédoit pas les
limites des erreurs dont il n'eft pas poffible de répondre dans
les obfervations les plus exactes; afin que fi cette différence
étoit plus grande, nous pûffions, fur le lieu même, remonter
à la fource, tandis qu'il en étoit encore temps. Il eft vrai que
nous ne pouvions efpérer de M. *Godin* une communication
bien complète de la mefure du degré, puifqu'il n'avoit pas
encore lié fon obfervatoire feptentrional, qui n'étoit pas le
même que le nôtre, à la fuite des triangles de la méridienne;
mais nous nous contentions, M. *Bouguer* & moi, de la communication du réfultat que M. *Godin* pouvoit tirer de la comparaifon de fon obfervation à *Cuenca*, avec celles que nous
avions faites tous enfemble de la diftance de la même étoile
au zénith de *Quito*, pour vérifier le fecteur, après les folftices
de Décembre 1736, & de Juin 1737.

M. *Godin* convenoit de la néceffité de reconnoître fi nous
étions d'accord dans certaines limites; mais il ne goûta pas
les divers moyens que je lui propofai fucceffivement pour
faire cette vérification, même en fe réfervant, comme il le
fouhaitoit, le fecret de fon nombre. Un de ces moyens confiftoit à faire fouftraire le plus petit de nos deux nombres du
plus grand, par quelqu'un qu'on pouvoit choifir, en lui laif-
fant ignorer à qui de nous appartenoit chaque nombre, &
qui, fans même favoir de quoi il étoit queftion, nous diroit
feulement fi la différence des deux nombres qu'on lui

En quelle
forme elle fut
faite.

préfenteroit, étoit plus grande que 40 ou 50 toifes, ou que telle quantité dont nous ferions convenus.

Enfin j'imaginai un dernier expédient, que M. *Godin* adopta: nous convinmes de nous communiquer réciproquement, chacun la minute de notre degré, en nombre rond de toifes, fans déclarer la fraction. L'on voit bien qu'il falloit une toife entière de différence fur la minute, pour produire une différence de 60 toifes fur le degré. Je communiquai donc, de l'aveu de M. *Bouguer,* le nombre de toifes de notre minute; je fis en gros ce calcul d'après le changement que les dernières obfervations qu'il venoit de faire à *Tarqui* fembloient apporter à notre ancien réfultat. Notre nombre rond, 945, fe trouva moindre d'une toife que celui de M. *Godin:* nous pouvions donc alors foupçonner une différence de 60 toifes entre fon degré & le nôtre. Mais aujourd'hui, par le même calcul fait avec plus de précifion, & corrigé par l'équation pour l'aberration de la lumière, notre minute, felon M. *Bouguer* & moi, feroit exprimée par le même nombre rond de toifes que M. *Godin* nous donna, qui étoit 946; & comme la valeur exacte de notre minute diffère à peine aujourd'hui de 946 toifes complètes, il s'enfuit que la fraction que nous ignorons encore du nombre de M. *Godin,* ne peut faire différer fa minute de la nôtre que d'une demi-toife au plus; & qu'ainfi la différence de fon degré au nôtre ne peut paffer 30 toifes, & probablement eft beaucoup moindre.

Cette communication fut faite réciproquement le 22 Mars. De plus, M. *Godin* nous envoya le 29 fon vrai nombre déguifé fous un chiffre en lettres, dont il fe réfervoit l'explication à fon retour en France. J'ai rapporté de fuite ce qui regardoit cette affaire: je reviens à quelques évènemens qui l'avoient précédée.

Carte de la
méridienne.

Ce fut à peu près dans ce temps-là que M. *Verguin* remit à chacun de nous, M. *Godin,* M. *Bouguer* & moi, une copie très-proprement deffinée de la carte du terrein traverfé par notre méridienne, & compris entre les deux chaînes de montagnes qui renfermoient nos triangles. Cette carte étoit en grande partie le fruit du travail particulier de M. *Verguin*. Outre plufieurs obfervations de latitude qui lui appartenoient en propre, & fes relèvemens des principaux points, avec la bouffole; il avoit examiné dans fes courfes faites pour placer les fignaux, la figure du terrein, & le cours des rivières qu'il a repréfenté fur fa carte. Les points déterminés géométriquement par nos triangles ont fervi à lui donner plus de précifion. J'ai tâché d'y contribuer pour ma part, en communiquant à M. *Verguin* un grand nombre d'angles que j'avois obfervés, ou feul, par le moyen de la bouffole & du quart-de-cercle, ou avec Don *Antoine de Ulloa*, en nous fervant de fon graphomètre à lunettes, fur-tout pour fixer la pofition des fommets de montagnes qui n'étoient point déterminés.

Je joins à cet ouvrage une nouvelle carte de la province de *Quito*. Celle qui a été dreffée par M. *Verguin*, du terrein qu'embraffent nos triangles, occupe le centre de la mienne: tout le refte eft tiré de mes propres obfervations *, & des divers mémoires que j'ai recueillis fur les lieux.

Carte de la province de Quito.

* Ma nouvelle carte de la province de *Quito* s'étend près de 7 degrés en latitude, & près de 4 en longitude. Tout le terrein qu'occupent les triangles de notre méridienne, renfermés entre les deux Cordelières, depuis un demi-degré au nord de la Ligne, jufqu'à trois degrés fud, eft copié fur la carte dreffée par M. *Verguin*, c'eft le morceau le plus détaillé. La partie de la côte qui comprend près d'un degré en latitude, entre le cap *San-Lorenzo* & *Rio-jama*, a été levée par M. *Bouguer* & par moi, conjointement, lorfque nous débarquâmes en 1736 à *Manta* : je l'ai copiée fur la carte que j'envoyai à l'Académie la même année. Tout le refte de la nouvelle carte eft tiré, 1.º De mes propres obfervations dans mes différens voyages particuliers aux provinces de *Efmeraldas, Guayaquil, Loxa, Zaruma, Piura, Païta, Jaën, Borja, &c.* 2.º De ce que j'ai déjà dit

(*Mars 1741, p. 110*) avoir emprunté de feu D. *Pedro Maldonado*, quant à la partie feptentrionale de la côte, que j'ai conftruite fur fes relèvemens, routes & diftances, depuis l'embouchure de *Rio verde* jufqu'à celle de *Rio de Mira*. Il en eft de même du cours des rivières de *Sant-Iago de la Tola*, de *Bobonaça* & de *Paftaça*, que M. *Maldonado* avoit parcourues : le cours de ces deux dernières a été réduit fur fes obfervations par M. *d'Anville*. 3.º De divers mémoires & informations que j'ai raffemblés de toutes parts, & dont je fuis fur-tout redevable au R. P. *Magnin*, Jéfuite de *Fribourg*, ancien Miffionnaire, & Curé de *Borja*, aujourd'hui Profeffeur en Droit Canon à *Quito*, & Correfpondant de l'Académie. C'eft à lui que je dois tout le détail qu'a pu contenir la carte à l'orient des Cordelières : mais j'ai rectifié toutes les pofitions par la

Le 8 Mars, il y eut deux tremblemens de terre à *Quito*,
l'un à trois heures & demie, l'autre à cinq heures du matin.
Ils étoient si fréquens, comme je l'ai déjà dit, que j'ai souvent omis d'en faire mention sur mon journal. Je crus en
sentir un la nuit du 28 au 29 du même mois; je fus réveillé
en sursaut par un bruit qui me parut soûterrain : je reconnus le
lendemain qu'il avoit été causé par l'écroulement d'un pan de
muraille du jardin de la maison où je logeois. Ce mur avoit
été miné par les pluies, qui, depuis six semaines, étoient presque continuelles, & qui durèrent encore long-temps. Elles
avoient sappé les fondemens de plusieurs maisons non habi-
tées des fauxbourgs de *Quito*. Il faut ici se rappeler que les
murailles ordinaires du pays sont construites de grandes briques crues, épaisses de 3 à 4 pouces, séchées à l'ombre, &
que les Espagnols nomment *adóbes*. On pourroit croire qu'elles
sont sujètes à se délayer par les eaux; cependant en quelques
endroits, la terre dont elles sont pétries est d'une si bonne
qualité, qu'elle acquiert assez de dureté pour résister aux injures de l'air. Dans les ruines d'un village indien nommé
Ticsan; que l'éboulement des terres d'une montagne voisine
a fait abandonner, & transférer ailleurs en 1689, j'ai vu plusieurs pignons de maisons bâties de ces *adóbes*, dont les angles
n'étoient pas émoussés depuis plus de cinquante ans.

Les pluies excessives & fréquentes qui tombèrent cette

détermination exacte des sommets des
montagnes de la Cordelière orientale,
d'où les rivières prennent leur cours
vers celle des *Amazones*. Le détail
du *Napo*, & des rivières qu'il reçoit,
est tiré d'un dessein figuré du Père
Pablo Maroni Jésuite italien, autre
Missionnaire de *Mainas*. Le golfe
de *Guayaquil* a été copié sur un plan
levé avec soin, qui m'a été donné par
un habile Pilote françois né à *Cadiz*.
Quant à la portion de la côte depuis
le cap *San-Lorenzo* jusqu'à la *Punta
de Santa Helena*, faute de mieux,
je l'ai tirée d'anciens routiers & cartes manuscrites. C'est sur ces mêmes

matériaux, que j'ai tous communiqués à M. *Maldonado*, & sur son
propre travail, qu'il a fait dresser sous
ses yeux par M. *d'Anville* une carte
espagnole en quatre feuilles, de la
province de *Quito*. Les détails du
nord-est de cette ville ont été fournis en partie par M. *Bouguer*, qui a
pris ce chemin à son retour, & sont
tirés en partie d'un journal curieux de
Don *Miguel de Santistevan* Lieute-
nant-colonel, Espagnol né au Pérou,
ci-devant Corrégidor de *Conchucos*,
Correspondant de l'Académie des
Sciences, qui a bien voulu me laisser
une copie de cet ouvrage.

année à *Quito*, ont fait une époque célèbre dans le pays : elles continuèrent cinq mois presque sans intervalle ; ce qui me Pluies extraordinaires. fit repentir de n'avoir pas fait construire pluſtôt l'inſtrument dont je me ſervis alors, pour meſurer commodément & avec préciſion la quantité d'eau de pluie : ce n'eſt pas ici le lieu de le décrire, ni de rapporter mes expériences.

Dès le commencement de l'année 1738, j'avois ceſſé Avances pour le service. d'être rembourſé de mes dépenſes particulières, par M. *Godin*, qui, d'un commun accord, étoit reſté chargé de l'adminiſtration de nos fonds, même dans le temps où mes avances ſervoient à continuer notre ouvrage : cependant il n'avoit pas laiſſé de payer les mémoires des frais que M. *Bouguer* avoit faits pour le ſervice. Le 31 Mars, il ne ſe trouva plus en état d'y ſatisfaire, & j'y ſuppléai. Je pris auſſi ſur mon compte un emprunt fait à M. de *Juſſieu* par M. *Bouguer*, à qui j'offris de plus les ſommes dont il croiroit avoir beſoin pour ſon retour en France.

Tandis qu'on travailloit à la conſtruction de ſon nouveau *Avril.* Obſervation préparatoire à *Quito*. ſecteur, j'avois fait monter à *Quito* celui qu'il avoit rapporté de *Cuenca*, & je faiſois une nouvelle obſervation, tant pour ſuppléer à celle que j'ai déjà dit être demeurée imparfaite au mois de Décembre 1740, que pour me préparer à celles que j'allois faire ſeul à *Tarqui* avec le même inſtrument. Le mois d'Avril fut auſſi pluvieux que les précédens : je perdis beaucoup de temps en m'opiniâtrant à prendre tous les matins un grand nombre de hauteurs pour régler ma pendule, ſans pouvoir preſque jamais en avoir l'après-midi de correſpondantes. Il m'arriva encore le même accident, & préciſément dans les mêmes circonſtances qu'en 1740 * ; ce qui me mit ſur la voie pour en découvrir la vraie cauſe.

L'année précédente, pendant le temps que M. *Bouguer* Pendule à verge d'acier. obſervoit à *Tarqui*, M. *Godin* m'avoit fait voir un petit pendule à *couteau* & à verge d'acier, qu'il avoit fait exécuter avec beaucoup de ſoin par le ſieur *Hugo*, & qu'il deſtinoit à faire des expériences, en le tranſportant en différens lieux,

* Voyez 1740, *page 102.*

comme l'avoit propofé M. de *Mairan* dans fon Mémoire fur
la longueur du pendule, imprimé dans le recueil de l'Académie de l'année 1735 *(page 204)*, & dont nous avions reçu
copie à *Oyambaro* à la fin de l'année 1736. Feu M. du *Fay*,
dans plufieurs de fes lettres, m'avoit auffi propofé la même
chofe. Dès le temps que nous étions à *Saint-Domingue*,
M. *Bouguer* avoit fait fabriquer un pendule d'une conftruction à peu près femblable, & qui battoit les fecondes; il
s'étoit fervi fécrètement pour le fufpendre, d'une pierre d'aimant qu'il m'avoit empruntée, & qui portoit feize livres.
Il avoit depuis employé une autre fufpenfion; mais foit par
le défaut de l'exécution, foit par l'ébranlement que le mouvement du pendule communiquoit au *fcabellum* qui lui fervoit
de fupport, les ofcillations ne duroient guère plus de quatre
heures. La fufpenfion du pendule de M. *Godin* étoit beaucoup plus parfaite, & imitée de celle de M. *Graham :* ce
pendule ofcilloit au moins douze heures, quoiqu'il fût plus
de la moitié plus court que celui de M. *Bouguer;* & de plus
il pouvoit s'attacher commodément, par le moyen d'une
vis en bois, à une muraille, ou à un lambris. Je parlai à
M. *Bouguer* de ce pendule, & j'appris peu après, qu'il en
faifoit faire un pour fon ufage avec une pareille fufpenfion.
Je crus alors ne devoir rien épargner pour m'en procurer
auffi un en mon particulier : je donnai au mien, par diverfes
confidérations, 28 pouces de longueur, depuis le point de
fufpenfion jufqu'au centre de fa lentille, & neuf livres de
poids; ce qui fut fuffifant pour rendre fes ofcillations encore
très-fenfibles après vingt-quatre heures. Il m'a fervi depuis à
faire des expériences, dont je rendrai compte ailleurs. La
comparaifon du nombre de fes vibrations dans un temps donné
à *Quito*, à *Pitchincha*, au *Para*, à *Cayenne* & à *Paris*, où je
l'ai tenu en expérience plufieurs jours de fuite, me donne,
les différences de longueur du pendule à fecondes dans tous
ces lieux, avec une précifion qui répond à moins d'un cen-
tième de ligne pour chaque ofcillation de plus ou de moins
en vingt-quatre heures.

Le

Le 27 Avril, je répétai devant M. *Bouguer*, des expériences d'une autre nature, auxquelles j'avois déjà travaillé avec M. *Verguin*, & que M. *Godin* m'avoit prié de faire. Elles sembloient prouver que la distance des pointes d'un compas à verge de bois de chêne, dont nous nous étions souvent servis, n'étoit pas la même lorsqu'on présentoit les pointes horizontalement, & lorsqu'on les présentoit verticalement. Nous fîmes aussi quelques jours après, M. *Verguin* & moi, d'autres expériences proposées par M. *Bouguer*, pour mesurer la courbure que prenoit le même compas à verge par son poids; & celles-ci parurent contredire le résultat des précédentes. Nous répétâmes les unes & les autres plusieurs fois avec le même succès. Il ne s'agit ici que de l'histoire des faits, & ce n'est pas le lieu d'entrer dans un plus grand détail à cet égard.

Le 2 Mai, le temps commençant à se mettre au beau, je fis porter un lit à mon observatoire; mais quinze jours se passèrent avant que je pusse perfectionner ma méridienne.

Le 4, nous observâmes à celle que j'avois tracée sur la terrasse du collège des Jésuites, la déclinaison de l'aiguille aimantée : nous la trouvâmes, M. *Bouguer* & moi, de 8 degrés & demi du nord à l'est, & sensiblement la même qu'en 1737.

Le 7, à onze heures du soir, je vis au nord la lumière zodiacale qui s'élevoit à 15 ou 20 degrés de hauteur.

J'avois obtenu dès le 7 Février, que le Procureur général donnât ses conclusions dans l'affaire de *Cuenca*, & elles nous étoient très-favorables. Le rapport du procès commencé le 5 Mars, avoit fini le 21 Avril; mais on m'assura que la loi d'Espagne accordoit cent jours aux juges pour donner leur avis, & je craignois fort que ces Messieurs n'usassent de tout leur droit. Ils étoient moins pressés que M. *Bouguer* & moi : enfin l'arrêt fut rendu le 18 Mai, & signé le 19. J'en ai donné ailleurs la copie, avec l'extrait des charges & informations *. Il ne me seroit pas difficile de prouver que cet

1742.
Avril.
Autres expériences.

Mai.

Déclinaison de l'aimant.

Aurore boréale.

Affaire de *Cuenca.*
Conclusions du Procureur général.

Arrêt définitif.

---

* A la suite de la lettre à Madame * * * sur l'émeute populaire excitée à *Cuenca* contre les Académiciens, page 102. *Paris, 1746.*

T

arrêt eft rempli de nullités. Des gens accufés d'un affaffinat prémédité, & d'un délit qualifié par le Procureur général de crime de lèze-Majefté, fugitifs & contumaces, font condamnés à un fimple banniffement : les perfonnes de deux des principaux coupables font confondues en une feule, &c. Mais j'ai déjà traité cette matière, & je n'en parlerai plus.

Quant à l'affaire des pyramides, les conclufions du Procureur général avoient été données le 24 Avril. Mais il ne m'avoit pas été poffible de pouvoir raffembler tous les juges, quoiqu'ils ne fuffent que cinq : chaque jour de nouvelles difficultés ou de nouveaux prétextes reculoient l'arrêt définitif.

Le 25 Mai, nous fumes tous invités à une Thèfe de Théologie, qui avoit été dédiée à l'Académie des Sciences de *Paris* par le P. *Charles Arboleda* jeune Jéfuite créole de *Popayan*: M. *Godin* y argumenta. Le Préfident de la Thèfe étoit le R. P. *François Sanna*, natif de Sardaigne, Lecteur de la première chaire de Théologie de l'Univerfité de *Saint Gregoire* de *Quito*, & très-célèbre Prédicateur.

Je joins ici l'argument de la Thèfe, ainfi que la dédicace à l'Académie, dont l'auteur étoit le R. P. *Pierre Milanezio*, de *Turin*, Profeffeur de Philofophie, & Procureur des Miffions de *Maïnas*. C'eft lui qui avoit bien voulu fe charger les années précédentes, pendant le temps que nous pafsâmes fur les montagnes, de tenir un journal des hauteurs du baromètre : il m'offrit auffi de continuer après mon départ, avec l'inftrument dont j'ai parlé, les expériences que j'avois commencées fur la quantité de pluie qui tombe à *Quito*.

Le même Père me remit, de la part de fon Univerfité, cette Thèfe & la dédicace; l'une & l'autre gravées fur une planche d'argent, avec une Minerve accompagnée de Génies fous la figure d'enfans, qui forment des jeux avec les attributs des Sciences mathématiques & phyfiques, objet des différentes claffes de l'Académie. Un frère Jéfuite du même collège, qui avoit un talent fingulier pour la gravûre, s'étoit chargé de la planche : fon grand âge & fes occupations

Pl. IV. Introd. Histor. Pag. 24

PARISIENSI ACADEMIÆ,
MATHESEOS AMPLIFICATRICI,
PHYSICES INSTAURATRICI:
CUI
SCIENTIÆ, NOMEN,
GALLIA REGIAS ÆDES, REGIA MUNERA,
EUROPA VECTIGALES PLAUSUS
DEDÊRE;

TENUISSIMUM EX AMERICÂ MUNUSCULUM
CAROLUS ARBOLEDA È SOCIET. JESÛ
SUPREMAM THEOLOGIÆ SUÆ ARENAM

D. O. C.

Actus divinus Liber estreaditer identificatus cum
Deo, et defectibilis realiter solumquoad terminationem
vel
Possibilis est creatura adeo rebellis, quæ prævideatur a
Deo omnibus auxiliis dissensura.

Defendentur ab eodem qui supra auspice P. Francisco Antonio
sanna dignissimo in Gregoriana Quitensi Universitate Primario
Professore. *Diê Iª Junii an. 1742.* *Per integram*

l'empêchèrent de la graver. M. de *Morainville*, quoique peu
exercé à manier le burin, y suppléa avec la facilité qu'il a
pour la pratique de tous les arts. Ce préfent, deftiné pour
l'Académie, étoit accompagné d'une épître dédicatoire latine.
J'ai préfenté la lettre & la planche à mon retour à *Paris* en
1745. L'Académie en a témoigné fa reconnoiffance au Père
Milaneʒio, par une lettre de M. le Secrétaire*.

Le fecteur de M. *Bouguer* n'étoit pas encore achevé à la
fin de Mai, du moins il manquoit encore quelque chofe au
micromètre, qu'il avoit fallu conftruire, avec toutes les pièces
qui en dépendoient. Une des caufes du retardement, fut la
difficulté de trouver du laiton. Le cuivre rouge eft très-com-
mun en Amérique: on en tire de plufieurs mines du pays,
mais on n'y a point encore trouvé de pierre calaminaire; ce
qui rend le cuivre jaune extrêmement rare à *Quito:* on n'y
en porte que peu, ou point, d'Europe.

Retardement
à la conftruc-
tion du nou-
veau fecteur.

Au commencement de Juin, je propofai à M. *Bouguer* un
voyage au volcan de *Pitchincha*, le *Véfuve* de *Quito*, & au
pied duquel cette ville eft fituée. Nous étions trop voifins,
depuis fept ans, de ce volcan célèbre, pour ne pas defirer de
le voir de plus près; d'ailleurs la faifon étoit propre à cette
expédition, & le beau temps nous y invitoit.

La partie fupérieure de *Pitchincha* fe divife en trois fommets, éloignés l'un de l'autre de douze à quinze cens toifes,
& prefque également hauts. Le plus oriental, que j'ai décrit
ailleurs, eft un rocher efcarpé, fur lequel nous avions campé
au mois d'Août 1737. Le fommet occidental, par où les
flammes fe firent jour en 1538, 1577 & 1660, eft celui
que nous n'avions vu que de loin, & que je me propofois de reconnoître plus particulièrement.

Je fis chercher à *Quito*, & aux environs, tous les gens qui
prétendoient avoir vu de près cette bouche du volcan, &
fur-tout ceux qui difoient y être defcendus. J'engageai celui
qui me parut le mieux inftruit, à nous accompagner. Deux

---

* La planche originale eft dépofée à l'Académie : la gravûre ci-jointe
en eft une copie qui a été réduite à la grandeur de ce volume.

T ij

jours avant que de partir, nous envoyâmes monter une tente à l'endroit le plus commode, & le plus à portée de l'objet de notre curiosité.

Je réservois mes mules pour le voyage de *Tarqui*, & j'en avois loué pour porter à *Pitchincha* mon bagage, mon quart-de-cercle & nos provisions. Le 12 Juin, jour marqué pour notre départ, les Indiens muletiers que j'avois arrêtés depuis plusieurs jours, & payés d'avance, ne parurent point : j'en fus peu surpris ; j'aurois eu plus sujet de l'être s'ils m'eussent tenu parole. Cependant M. *Bouguer* étoit fort impatient de partir : pour ne le point gêner, je lui offris le guide que j'avois retenu, & qui n'attendoit que nos ordres. A dix heures du matin, M. *Bouguer* prit les devans avec cet homme, il arriva sur les trois heures après midi à la tente, où un domestique blanc l'attendoit.

M. Bouguer part pour le volcan.

A peine M. *Bouguer* étoit-il sorti de chez moi, qu'un Religieux Francifcain, que je connoissois un peu, fit demander à me parler en particulier : il me dit qu'il avoit appris que j'allois à *Pitchincha*, puis s'approchant de mon oreille, quoique nous fussions seuls, il me promit avec un grand myfière de m'enseigner une mine d'or, qu'un Indien lui avoit fait connoître depuis sept à huit ans. Ce bon Père deftinoit sa part de ce tréfor à fonder à *Quito*, dans toutes les formes, un tribunal de l'Inquisition, qui n'étoit, selon lui, qu'imparfaitement suppléé par un simple Commissaire du saint Office. Pour concourir à des vues si louables, je lui offris une monture, un abri sous ma tente, & de le défrayer jusqu'au retour : il est vrai que je ne lui donnai rien à compte. Comme il n'étoit pas prêt à me suivre dans le moment, je lui dis que j'allois l'attendre, & je n'entendis plus parler de lui.

Avis d'une mine d'or.

Je passai le reste de la matinée à chercher deux muletiers & deux mulets dont j'avois besoin, au défaut de ceux qui m'avoient manqué. En payant d'avance, & à force d'ordres réitérés du Président & des Alcaldes (ordres toûjours aussi faciles à obtenir pour nous, que difficiles à faire exécuter), je trouvai deux Indiens, dont l'un s'enfuit le moment d'après.

Retardemens à mon départ.

Je ne laiſſai pas de partir avec l'autre, que je gardois à vûe : je n'avois guère que trois lieues à faire. Je connoiſſois le chemin juſqu'à un endroit d'où l'on devoit voir la tente déjà poſée, & j'étois accompagné d'un jeune garçon qui avoit aidé à la dreſſer. Je ſortis de *Quito* ſur les deux heures après midi avec ce jeune homme & un valet du pays, tous deux montés, le muletier indien, & deux mules chargées de mes inſtrumens, de mon lit & de nos vivres. Pour plus de ſûreté, je ne refuſai point un Métis, qui, de ſon propre mouvement, m'offrit de me guider. Celui-ci me fit faire halte dans une ferme, où je congédiai mon Indien venu de force, après avoir engagé un autre à me ſuivre de bon gré, en lui avançant ſa paye, & en le régalant d'*eau de-vie de vin :* moyen ſûr, s'il en eſt un, pour gagner les bonnes graces d'un Indien. On verra bien-tôt pourquoi j'inſiſte ſur le détail de ces précautions, & l'on jugera ſi je les avois pouſſées trop loin.

A mi-côte, nous rencontrâmes un cheval à la pâture : mon Indien lui jeta un laqs, & ſauta deſſus. Quoique les chevaux ne ſoient pas, à *Quito,* au premier occupant, comme dans les plaines de *Buenos aires,* je ne m'oppoſai point à l'heureux haſard qui mettoit mon muletier en état de doubler le pas, & de nous ſuivre ſans effort ; ſes camarades & lui paroiſſoient contens & pleins de bonne volonté.

Nous arrivâmes un peu avant le coucher du ſoleil, au plus haut de la partie de la montagne, où l'on peut atteindre à cheval : il étoit tombé une ſi grande quantité de neige les nuits précédentes, qu'on ne voyoit plus de trace de chemin. Mes guides me parurent déſorientés : cependant nous n'avions plus qu'un ravin à paſſer, mais de 80 toiſes & plus de profondeur : nous voyions la tente au delà. Je mis pied à terre avec celui qui avoit aidé à la poſer, pour m'aſſurer ſi les mules pouvoient deſcendre avec leur charge : quand j'eus reconnu que la deſcente étoit praticable, j'appelai d'en-bas, on ne me répondit point : je remontai, & je trouvai mon valet ſeul avec les mulets : l'Indien & le Métis, qui s'étoient

Aventure.

T iij

offerts de fi bonne grace, avoient difparu. Je ne crus pas devoir paffer outre fans guide, fur-tout avec des mules fort mal appareillées. Celui qui avoit monté la tente ne connoiffoit pas le gué de la ravine, ni le chemin pour remonter à l'autre bord. Nous étions loin de toute habitation : une cabane, que M. *Godin* avoit commandée depuis un an, pour y faire quelques expériences, n'étoit qu'à un quart de lieue de nous ; mais j'avois reconnu en paffant qu'elle n'étoit pas encore couverte, & ne pouvoit me fervir d'abri. Je n'eus d'autre parti à prendre que de revenir fur mes pas, pour regagner la ferme où j'avois pris l'Indien qui m'avoit déferté : à chaque inftant il me falloit defcendre de cheval pour raccommoder les charges, qui tournoient fans ceffe : l'une n'étoit pas pluftôt rajuftée, que l'autre fe dérangeoit ; mon valet & le jeune Métis n'étoient guère plus habiles muletiers que moi. Il étoit déjà huit heures ; & depuis la fuite de mes guides, nous n'avions pas fait une lieue : il nous en reftoit au moins autant ; je pris les devans, pour aller chercher du fecours.

Il faifoit un beau clair de lune, & je connoiffois le terrein ; mais j'étois à peine à moitié chemin de la ferme, que je me vis enveloppé tout à coup d'un brouillard fi épais que je me perdis abfolument : je me trouvois engagé dans un bois taillis, bordé d'un foffé profond, & j'errois dans ce labyrinthe, fans pouvoir en retrouver l'iffue. J'étois defcendu de ma mule pour tâcher de voir où je pofois le pied : mes fouliers & mes bottines furent bien-tôt pénétrés d'eau, ainfi qu'une longue cape efpagnole d'un drap du pays, dont le poids m'accabloit. Je gliffois & je tombois à chaque pas : mon impatience étoit égale à ma laffitude ; je jugeois que le jour n'étoit pas éloigné, lorfque ma montre m'apprit qu'il n'étoit que minuit, & qu'il n'y avoit que trois heures que ma fituation duroit : il en reftoit fix jufqu'au jour. Un éclairci, qui ne dura qu'un moment, me rendit l'efpérance : je me tirai du bois, & j'entrevis le fommet d'une croupe avancée de la montagne, fur lequel eft une croix qui fe voit de tous les quartiers de *Quito.* Je jugeai que de là je pourrois m'orienter facilement, & j'y dirigeai ma route : malgré le brouillard, qui redoubloit, j'étois guidé par la pente du terrein. Le fol étoit couvert de ces hautes herbes dont j'ai parlé plufieurs fois : elles m'atteignoient prefque à la ceinture, & mouilloient la feule partie de mes habits qui eût échappé à la pluie. Je me trouvois à peu près à cette hauteur du fol où il ceffe de neiger, & où il commence à pleuvoir : ce qui tomboit, fans être à proprement parler ni pluie ni neige, étoit auffi pénétrant que l'une, & auffi froid que l'autre. Enfin j'arrivai à la croix, dont je connoiffois les environs. Je cherchai inutilement une grotte voifine, où j'aurois pu trouver un afyle ; le brouillard & les ténèbres avoient augmenté depuis le coucher de la lune : je craignis de me perdre encore : je m'arrêtai au milieu d'un tas d'herbes foulées qui paroiffoit avoir fervi de gîte à quelque bête fauve : je m'accroupis enveloppé dans mon manteau, le bras paffé dans la bride de ma mule : pour la laiffer paître plus librement, je lui ôtai fon mors, & je fis de fes rennes une efpèce de licol, que j'alongeai avec mon mouchoir. C'eft ainfi que je paffai la nuit, tout le corps mouillé, & les pieds dans la neige fondue : en vain je les agitois pour leur procurer quelque chaleur par le mouvement ; vers les quatre heures du matin, je ne les fentis abfolument plus : je crus les avoir gelés, & je fuis encore convaincu que je n'aurois pas échappé à ce danger, difficile à prévoir fur un volcan, fi je ne m'étois avifé d'un expédient qui me réuffit ; je les réchauffai par un bain naturel, que je laiffe à deviner au lecteur.

Le froid augmenta vers la pointe du jour. A la première lueur du crépufcule, je crus ma mule pétrifiée : elle étoit immobile, un caparaçon de neige, frangé de verglas, couvroit fa felle & fon harnois : mon chapeau & mon manteau étoient enduits du même vernis, & tout roides de glace. Je me mis en mouvement ; mais je ne pouvois qu'aller & revenir fur mes pas, en attendant le grand jour, que le brouillard retardoit. Enfin fur les fept heures, je defcendis à la ferme, hériffé de frimats : l'économe étoit abfent ; fa femme, effrayée à mon afpect, prit la fuite : je ne pus atteindre que deux vieilles Indiénnes, qui n'avoient pas eu la force de courir affez vîte pour m'échapper.

Je faifois allumer du feu, lorfque je vis arriver un de mes gens auffi fec que j'étois mouillé : fon camarade & lui, dès qu'ils avoient vû le brouillard, peu après que je les eus quittés, avoient fait halte. Ils s'étoient mis à couvert, avec mes provifions, fous des cuirs paffés à l'huile, qui fervoient de couverture à mes mulets : ils avoient foupé à difcrétion fous ce pavillon, & dormi fort tranquillement fur mon matelas. Au point du jour, un grand nombre d'Indiens de *Quito*, qui vont tous les matins chercher à *Pitchincha* de la neige pour l'apporter à la ville, avoient paffé tout proche d'eux, fans qu'aucun de la troupe eût voulu les aïder à recharger, quelques offres qu'on leur eût faites. Le maître valet de la ferme où j'étois, fe trouva de meilleure volonté ; moyennant une petite gratification, il partit avec le mien, & peu de temps après, je les vis arriver avec les mules & mon bagage.

Retour à Quito.
Second départ.
Arrivée au vol-
can.

Je defcendis auffi-tôt à *Quito*, où je réparai dès l'après-midi la mauvaife nuit précédente ; je paffai celle qui fuivit, à mon obfervatoire, où je fis deux obfervations ; le lendemain 14, je repartis à fept heures du matin avec de nouveaux guides, qui ne favoient pas mieux le chemin que les premiers : ils me firent faire le tour de la montagne. Après de nouvelles aventures, j'arrivai enfin à la tente, où M. *Bouguer* étoit depuis deux jours. Faute des provifions que je portois, il avoit été obligé de vivre frugalement : du refte il n'étoit pas plus avancé que moi, fi ce n'eft qu'il avoit paffé de meilleures nuits.

Tentatives
diverfes pour
y monter.

J'appris de lui qu'il s'étoit laffé la veille, & ce jour-là même, à chercher avec notre prétendu guide, un chemin qui pût le conduire à la bouche du volcan, du côté où elle paroît abordable : nous paffâmes les jours fuivans à faire la même manœuvre avec prefqu'auffi peu de fuccès. Nous effayâmes de divers guides, qui n'étoient pas plus habiles les uns que les autres.

Autant

Autant les pluies avoient été exceſſives cette année à *Quito*,
autant la neige étoit tombée abondamment ſur les montagnes.
Le haut de *Pitchincha*, qui, dans la belle ſaiſon, eſt ſouvent
preſque dénué de neige, en étoit entièrement couvert plus de
100 toiſes au deſſous de la cime, à l'exception des pointes de
rocher qui débordoient dans quelques endroits. Nous faiſions
tous les jours des marches de ſix ou ſept heures à pied,
tournant autour de cette maſſe, ſans pouvoir en atteindre le
ſommet. Tout le terrein du côté de l'orient étoit coupé de
ravins creuſés dans les ſables par la chute des eaux : nous ne
pouvions les franchir que difficilement, en nous aidant des
pieds & des mains. Nous regagnions notre tente à l'entrée
de la nuit bien fatigués, & très-peu inſtruits de ce que nous
voulions ſavoir.

Le 16, j'eſcaladai, avec beaucoup de peine, un des rochers
ſaillans dont le talus me parut fort roide : au delà, le terrein
étoit totalement couvert, d'une neige où j'enfonçois juſqu'au
genou. Je montai de la ſorte huit à dix toiſes ; je trouvai enſuite le rocher nud : puis alternativement d'autre neige &
d'autres pointes ſaillantes. Un épais brouillard qui s'exhaloit
de la bouche du volcan, & qui ſe répandoit aux environs,
m'empêcha de rien diſtinguer : je revins à la voix de M. *Bou-*
guer, qui étoit reſté en bas, & dont je ne voulois pas me trop
écarter. Nous abrégeâmes beaucoup le chemin au retour, en
marchant à mi-côte ſur le bord inférieur de la neige, &
un peu au deſſus de l'origine de ces cavées profondes, qu'il
nous avoit fallu monter & deſcendre l'une après l'autre en
allant à la découverte.

Nous remarquâmes ſur cette neige la piſte de certains Eſpèce de
lions.
animaux qu'on nomme lions à *Quito*, quoiqu'ils reſſem-
blent fort peu aux vrais lions, & qu'ils ſoient beaucoup plus
petits : ils ne laiſſent pas de chaſſer les cerfs & les dains
du pays, plus petits auſſi que les nôtres. En revenant, je Autres
tentatives.
remarquai un endroit où la pente étoit beaucoup plus douce,
& facilitoit l'accès du ſommet de la montagne : je tentai de
m'en approcher ; les pierres ponces que je rencontrois ſous

V

mes pas, en plus grand nombre à mesure que j'avançois de ce côté-là, sembloient m'assurer que j'approchois de la bouche du volcan ; mais la brume, qui augmentoit, me fit reprendre le chemin de la tente. En descendant, j'essayai de glisser sur la neige, vers son bord inférieur, dans les endroits où elle étoit unie, & la pente peu rapide : l'expérience me réussit assez bien ; j'avançois quelquefois dix à douze toises d'un élan, sans perdre l'équilibre ; mais lorsqu'après cet exercice je me retrouvai sur le sable, je m'aperçus au premier pas que je n'avois plus de semelles. Nous reçûmes, en arrivant à la tente, quelques provisions & rafraîchissemens, que Don *Gregoire de Leon*, Curé d'un bourg voisin de *Quito*, nous envoyoit en présent, & qui arrivèrent fort à propos.

Le lendemain 17 au matin, M. *Bouguer* proposa d'aller du côté de l'ouest, où étoit la grande brèche du volcan. C'étoit par-là qu'il avoit fait sa première tentative la veille de mon arrivée ; mais la neige qui étoit tombée la nuit précédente, rendoit les approches plus difficiles que jamais, & s'étendoit fort loin au dessous de notre tente. Enhardi par mes expériences de la veille, je dis à M. *Bouguer* que je savois un chemin encore plus court : c'étoit de monter tout droit pardessus la neige à l'enceinte de la bouche du volcan, & je m'offris à lui servir de guide.

Nous montons à la bouche du volcan.

Je pris les devans un long bâton à la main, avec lequel je sondois la profondeur de la neige : je la trouvai en quelques endroits plus haute que mon bâton, mais cependant assez dure pour me porter. J'enfonçois tantôt plus, tantôt moins ; presque jamais beaucoup au dessus du genou. C'est ainsi que j'ébauchai dans la partie de la montagne que la neige couvroit, les marches fort inégales d'un escalier d'environ cent toises de haut. En approchant de la cime, j'aperçus entre deux rochers l'ouverture de la grande bouche, dont les bords intérieurs me parurent coupés à pic ; & je reconnus que la neige qui les couvroit du côté où je m'étois avancé la veille, étoit minée en dessous. Je m'approchai avec précaution d'un rocher nud qui dominoit tous ceux de l'enceinte.

Je le tournai par dehors, où il se terminoit en un plan incliné, d'un accès assez difficile : pour peu que j'eusse glissé, je roulois sur la neige 5 ou 600 toises, jusqu'à des roches, où j'aurois été fort mal reçu. M. *Bouguer* me suivoit de près, & m'avertit du danger qu'il partageoit avec moi : nous étions seuls; ceux qui nous avoient d'abord suivis étoient retournés sur leurs pas. Enfin nous atteignîmes le haut de notre rocher, d'où nous vîmes à notre aise la bouche du volcan.

Vûe de l'intérieur du volcan de Pitchincha.

C'est une ouverture qui s'arrondit en demi-cercle du côté de l'orient; j'estimai son diamètre de 8 à 900 toises : elle est bordée de roches escarpées, dont la partie extérieure est couverte de neige ; l'intérieure est noirâtre & calcinée. Ce vaste gouffre est séparé en deux comme par une muraille de même matière, qui s'étend de l'est à l'ouest. Je ne jugeai pas la profondeur de la cavité, du côté où nous étions, de plus de cent toises; mais je ne pouvois en apercevoir le centre, qui, vrai-semblablement, étoit beaucoup plus profond. Tout ce que je voyois ne me parut être que les débris écroulés de la cime de la montagne lors de son embrasement : un amas confus de rochers énormes, brisés & entassés irrégulièrement les uns sur les autres, présentoit à mes yeux une vive image du cahos des Poëtes. La neige n'étoit pas fondue par-tout, elle subsistoit dans quelques endroits; mais les matières calcinées qui s'y mêloient, & peut-être les exhalaisons du volcan, lui donnoient une couleur jaunâtre : du reste, nous ne vîmes aucune fumée. Un pan de l'enceinte, entièrement éboulé du côté de l'ouest, empêche qu'elle ne soit absolument circulaire, & c'est là le seul côté par où il semble possible de pénétrer au dedans. J'avois porté une boussole à dessein de prendre quelques relèvemens ; je m'y préparois, malgré un vent glacial qui nous geloit les pieds & les mains, & nous coupoit le visage, lorsque M. *Bouguer* me proposa de nous en retourner : ce conseil fut donné si à propos, que je ne pus résister à la force de la persuasion. Nous reprîmes le chemin de la tente, & descendîmes en un quart d'heure ce que nous avions mis plus d'une heure à monter. Nous mesurâmes l'après-midi &

1742.
Juin.

les jours fuivans, une bafe de 130 toifes, & nous relevâmes divers points avec la bouffole, pour faire un plan du volcan & de fes environs.

Le volcan de *Coto-paxi* s'enflamme à notre vue.

Il fit le lendemain un brouillard qui dura tout le jour. Le 19 au matin, l'horizon étoit fort net : j'aperçus & je fis remarquer à M. *Bouguer* un tourbillon de fumée qui s'élevoit de la montagne de *Coto-paxi,* fur laquelle nous avions campé à plufieurs reprifes en 1738. Notre guide & nos gens prétendoient que ce que nous voyions n'étoit qu'un nuage ; ils réuffirent même à me le perfuader : cependant je ne me trompois pas : nous apprîmes à notre retour à *Quito,* que cette montagne, qui avoit jeté des flammes plus de deux fiècles auparavant, peu après l'arrivée des Efpagnols, s'étoit nouvellement enflammée le 15 au foir, & que la fonte d'une partie de fes neiges avoit caufé de grands ravages.

Dernière tentative pour defcendre dans la bouche du volcan.

Nous pafsâmes encore deux jours à *Pitchincha ;* & nous y fîmes une dernière tentative, avec un nouveau guide, pour tourner la montagne par l'oueft, & entrer dans fon intérieur, quelque peu d'apparence qu'il y eût que nous pûffions y voir rien de plus que ce que nous avions déjà vu ; mais le brouillard & un ravin impraticable ne nous permirent pas d'aborder, même la petite bouche, qui fume encore à ce qu'on affure, & aux approches de laquelle M. *Bouguer* crut fentir, à différentes fois, une odeur de foufre. J'avoue que fi j'avois été feul, je me ferois opiniâtré davantage ; mais je conviens en même temps qu'il y a peu d'apparence que ce qui nous reftoit à voir fût vraiment digne de curiofité.

Eruption du volcan de *Coto-paxi.*

Nous revînmes à *Quito* le 22 : on n'y parloit que de l'éruption de *Coto-paxi,* & des fuites funeftes de l'inondation caufée par la fonte fubite d'une grande partie des neiges, dont l'amas, entaflé depuis deux fiècles au moins, couvroit encore la veille toute la partie fupérieure de cette montagne.

Autres poftérioures.

Depuis mon retour en France, j'ai appris qu'il y avoit eu les années fuivantes de nouveaux embrafemens du même volcan à plufieurs reprifes, particulièrement le 27 Septembre 1743, & la nuit du 30 au 31 Novembre 1744, & que les

effets en avoient encore été plus terribles: on vit des cataractes de feu s'ouvrir de nouvelles routes, en perçant les
flancs de la montagne, des cascades de neige à demi-fondue
se précipiter dans la plaine, une mer d'eaux bouillantes couvrit en peu de minutes le terrein plusieurs lieues à la ronde, &
rouler dans ses flots pêle-mêle, des masses enflammées, des
blocs de glace, & des fragmens de rocher. En 1744, les
rivières ou torrens s'enflèrent si prodigieusement, que trois
ou quatre ponts de pierre furent emportés, & qu'une manu-
facture de drap très-solidement bâtie, à douze lieues du volcan, fut entièrement détruite. Le village de *Napo*, distant
de plus de trente en droite ligne, peut-être de plus de
soixante par les grandes sinuosités du cours des rivières entre les montagnes, fut enlevé entre minuit & une heure du
matin, cinq à six heures après la grande explosion.

M. *Godin*, dans la gazette de *Lima* des mois de Février
& de Mars 1745, a publié en espagnol une relation circons-
tanciée de ces évènemens. M. *Bouguer*, dans les Mémoires de
l'Académie de l'année 1744, est entré dans un assez grand
détail sur l'éruption de *Coto-paxi* de 1742. Don *George
Juan* & Don *Antoine de Ulloa*, dans leur Relation historique
de notre voyage, ont aussi traité la même matière; mais le
champ est si vaste, qu'après tant de récoltes, il me reste encore de quoi glaner; & j'ai cru qu'on ne me sauroit pas mauvais gré d'insérer ici dans le texte même la matière d'une
note, qui eût passé les bornes ordinaires. Si je parle d'évènemens postérieurs à l'année dont j'écris l'histoire, la singularité des faits me servira d'excuse: je n'insisterai que sur quelques circonstances dignes de remarque, qui ne se trouvent
point dans les ouvrages que je viens de citer. J'avois été informé des principales, dès l'année 1747, par les lettres du Docteur Don *Ignacio de Chiriboga*, Chanoine dignitaire de l'église
cathédrale de *Quito*; mais j'en apprends un grand nombre
d'un témoin oculaire & très-digne de foi, actuellement présent à *Paris*, & sous les yeux duquel j'écris ceci*.

* Don *Gregorio Matheu y Escalera*, Marquis de *Maënza*.

En 1742, on avoit entendu très-diſtinctement à *Quito* le bruit du volcan de *Coto-paxi*, pluſieurs fois en plein jour, ſans même y faire une attention expreſſe : c'eſt ce que je puis confirmer par mon témoignage, qui a plus de poids ici que je ne voudrois ; cependant on n'entendit point en cette même ville la grande exploſion le ſoir du 3 o Novembre 1744. Ce qu'il y a de plus ſingulier, c'eſt que ce même bruit, qui ne fut pas ſenſible à *Quito*, à douze lieues du volcan vers le nord, fut ouï très-diſtinctement à la même heure & du même côté en des lieux beaucoup plus éloignés, comme à *la Villa de Ibarra*, à *Paſto*, à *Popayan*, & même à *la Plata*, à plus de cent lieues meſurées en l'air : c'eſt de quoi l'on cite des témoins reſpectables. On aſſure auſſi que le bruit fut entendu bien plus loin encore du côté du ſud, vers *Guayaquil*, & au delà du *Piura*, c'eſt-à-dire à plus de 1 2 o lieues de 2 5 au degré : le vent y aidoit un peu ; il ſouffloit alors du nord-eſt. Il y a quelque apparence que ce vent & les montagnes inter-médiaires, ſur-tout celle d'*Yavirac*, vulgairement *el Panecillo* (*Voy. le plan de Quito*), qui couvre immédiatement *Quito* du côté du ſud, empêchèrent le bruit d'y parvenir ; tandis que le ſon, réfléchi & augmenté par les échos dans le vallon au nord du volcan, où ce vent ne ſe faiſoit pas ſentir, fut porté beaucoup plus loin du même côté.

On prétend que les eaux, en ſe précipitant du ſommet de la montagne, firent pluſieurs bonds dans la plaine avant que de s'y répandre uniformément ; ce qui ſauva la vie à diverſes perſonnes, par-deſſus leſquelles le torrent paſſa ſans les tou-cher. Le terrein, cavé en quelques endroits par la chûte des eaux, s'eſt exhauſſé en d'autres par le limon qu'elles ont dépoſé en ſe retirant. On peut juger quels changemens a dû rece-voir la ſurface de la terre par des évènemens ſemblables, pendant le cours des ſiècles antérieurs, dans un pays où preſque toutes les montagnes ſont volcans, ou l'ont été : il n'eſt pas rare d'y voir, & nous en ſommes témoins, des ravins ſe for-mer à vue d'œil, d'autres qui ſe ſont creuſé un lit profond en peu d'années, dans un terrein que l'on ſe ſouvient d'avoir vû

parfaitement uni. Il eſt très-poſſible, il eſt même vrai-ſemblable, que toute la ſuperficie de la province de *Quito*, juſqu'à une
aſſez grande profondeur, ſoit formée de nouvelles terres ébou-
lées, & de débris de volcans; & c'eſt peut-être par cette raiſon
que je n'y ai pu trouver aucune coquille foſſile, quoique j'en
aie cherché avec ſoin dans les *Quebradas* les plus profondes.

En 1738, le ſommet de *Coto-paxi*, par meſure géométrique, étoit de 500 toiſes au moins plus haut que le pied de
la neige permanente. La flamme du volcan s'élevoit, d'un
commun aveu, autant au deſſus de la cime de la montagne, que ſon ſommet excédoit la hauteur du pied de la
neige. Cette meſure comparative, qui ne peut être ſujète
à une grande erreur, m'a été confirmée par le Marquis de
Maënza, de qui je tiens la plus grande partie de ces détails.
Placé à quatre lieues de diſtance, & ſpectateur tranquille de
ce terrible phénomène, quoique d'ailleurs fort intéreſſé par
le dommage que ſes terres en ſouffroient, il ſe trouvoit à
portée de juger de tout avec plus de ſang froid à la *Ciénega*,
que ceux dont la vie étoit actuellement expoſée au danger
de l'inondation. Quand on rabattroit un tiers de la hauteur eſtimée, il reſteroit encore plus de 300 toiſes ou 1800
pieds, pour la hauteur de la flamme : cependant la ſurface
ſupérieure du cône tronqué, dont la pointe a été emportée
par les anciennes exploſions, avoit en 1738, ſept à huit
cens toiſes de diamètre. Cette vaſte bouche du volcan s'eſt
viſiblement étendue par les éruptions poſtérieures de 1743
& 1744; ſans parler des nouvelles bouches qui ſe ſont ouvertes en forme de ſoupiraux dans les flancs de la montagne.
Il eſt donc très-probable qu'avant que cet immenſe foyer
ſe fût ſi fort accru & multiplié, dans le temps, par exemple,
qu'a joué la première mine, qui fit ſauter un quart de la
hauteur de *Coto-paxi;* la flamme réunie en un ſeul jet dut
être dardée avec plus d'impétuoſité, & par conſéquent put
s'élever encore plus haut que dans le dernier embraſement.
Quelle a dû être la force qui fut alors capable de lancer
à plus de trois lieues, de gros quartiers de roches, témoins

irréprochables d'un fait qui femble, au premier afpect, paffer les bornes de la vrai-femblance, parce que nous connoiffons peu la Nature? J'ai vu un de ces éclats de rocher plus gros qu'une chaumière d'Indien, au milieu de la plaine, fur le bord du grand chemin proche de *Malahalo (Voy. la carte),* & je le jugeai, avec réflexion, de 12 à 15 toifes cubes: il n'eft pas douteux qu'il ne foit forti comme les autres de ce gouffre. Des traînées de roches de même efpèce forment en tout fens des rayons qui partent de ce centre commun, & des perfonnes fort éclairées qui ont voulu d'abord révoquer en doute ma conjecture, n'ont pu s'empêcher de fe rendre à cette preuve après un examen plus attentif.

Voici encore quelques circonftances particulières à l'incendie de 1744. Les cendres furent portées jufqu'à la mer, à plus de 80 lieues: il y a d'autres exemples femblables, & ce fait n'eft plus étonnant, s'il eft vrai, comme je l'ai lu quelquepart, que les cendres du mont *Etna* ont quelquefois volé jufqu'à *Conftantinople.* Mais un fait plus nouveau, c'eft que celles de *Coto-paxi,* dans l'occafion dont je parle, couvrirent les terres au point qu'on ne voyoit plus la moindre verdure dans les campagnes à douze & quinze lieues de diftance du côté de *Riobamba;* ce qui dura un mois & plus en quelques endroits, & fit périr un nombre prodigieux de gros & de menu bétail. A la *Ciénega,* quatre lieues à l'oueft de la bouche du volcan, la cendre avoit 3 ou 4 pouces d'épaiffeur. Cette pluie de cendre avoit été immédiatement précédée d'une de terre fine d'odeur défagréable & de couleur blanche, rouge & verte, qui elle-même avoit été devancée par une autre de menu gravier. Celle-ci fut accompagnée en divers endroits d'une nuée immenfe de gros hannetons blancs, de l'efpèce qu'on nomme *ravets* dans nos ifles: la terre en fut couverte en un inftant, & ils difparurent tous avant le jour.

Par des lettres de *Quito* reçues pendant que cet ouvrage eft fous la preffe, j'apprends que le 3 Septembre 1750, *Coto-paxi* faifoit entendre depuis trois jours, fans difcontinuer, de nouveaux mugiffemens plus terribles que jamais, entre-mêlés

de

de fons éclatans qui faifoient craindre une nouvelle explofion.

*Le jour que je defcendis de *Pitchincha*, je repris à *Quito* mon obfervation aftronomique, interrompue par le voyage au volcan : le fecteur de M. *Bouguer* étoit achevé, & mon pendule à verge de métal prefque fini. Les expériences que je me propofois de faire avec cet inftrument, ne demandoient que quelques jours, & je réfolus d'y travailler, en attendant la décifion de l'affaire des pyramides. Le jugement en avoit encore été remis, à caufe de l'indifpofition & de l'abfence du Préfident, qui étoit dans une campagne à quelques lieues de *Quito*, & il me fallut y aller pour lui demander fon jour.

Le 27, M. *Bouguer* fit partir de *Quito* pour *Cotchefqui* fon nouveau fecteur, & un domeftique pour préparer l'obfervatoire. Je payai les frais de l'inftrument, & je donnai à M. *Bouguer* l'argent dont il avoit befoin.

Le 2 Juillet, je montai à la Tour de l'églife de la *Merci* de *Quito*, le plus haut édifice de la ville, & qui, d'ailleurs, fe trouvoit lié à nos triangles : je mefurai fa hauteur au deffus du fol de la grande Place, & je pris divers angles.

Le 4, je reçus une feconde réponfe du Viceroi de *Santa-Fé* en date du 4 Mars, au fujet de l'émeute de *Cuenca* : il me marquoit qu'il récrivoit fur *le même fujet aux Préfident & Confeillers de l'Audience royale de* Quito. Cette feconde lettre étoit conçue en termes encore plus forts que celle de 1741*. Le Viceroi finiffoit en difant qu'il *efpéroit n'être pas obligé de leur en écrire une troifième : il ordonnoit à un des Oïdors, qu'il défignoit nommément, de fe tranfporter fur le champ à* Cuenca, *&c;* mais l'arrêt définitif ayant été rendu, comme je l'ai dit, le 18 Mai précédent, les nouveaux ordres du Viceroi devinrent inutiles.

Je me contentai de faire copier en bonne forme toutes les pièces du procès, pour les apporter en France ; mais, afin d'en pouvoir faire ufage, il fallut commencer par les mettre en ordre, ranger fuivant leurs dates toutes les pièces qui compofent un *in-folio* de mille pages, & en dreffer moi-même une table.

*Voyez Juin 1741, *page 118*.

Marginal notes:
1742.
Juin.
Obfervations.

Juillet.

Lettre du Viceroi de *Santa-Fé.*

Copie des pièces du procès de *Cuenca.*

X

1742.
Juillet.
Mefure du
pendule à *Quito*
incruftée dans
le marbre.

Le *6*, je fis incrufter & fceller avec trois crampons *C, C, C,* dans le marbre que j'avois apporté de *Tarqui*, la règle *A, B*, de bronze fur laquelle étoit marquée la longueur du pendule à fecondes, moyenne entre les obfervations de M. *Godin*, de M. *Bouguer* & les miennes, dont les réfultats ne différoient guère entr'eux que de $\frac{1}{100}$ de ligne. La face

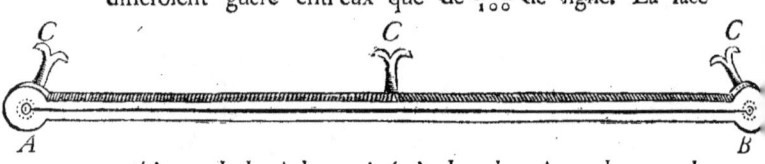

antérieure de la règle, qui étoit dans le même plan que la furface extérieure du marbre, fe terminoit par deux cercles d'un pouce de diamètre. La diftance mutuelle des centres de ces deux cercles étoit marquée par une ligne droite tirée d'un centre à l'autre : cette ligne avoit été rendue égale à la longueur du pendule à fecondes à *Quito ;* & afin que les deux centres, ou les points qui la terminoient, ne s'effaçaffent pas avec le temps, par la rouille, ou par quelque accident, & qu'ils fuffent, même en ce cas, toûjours aifés à retrouver, j'avois fait entrer au milieu de chaque cercle, un clou d'argent, en vis *à-tête-perdue*, d'une ligne de diamètre ; & au centre de chaque clou, j'avois enté pareillement & rivé une aiguille d'or, fur la coupe de laquelle étoit marqué le point qui terminoit la mefure : ainfi les deux points extrêmes fervoient chacun de centre à trois furfaces circulaires concentriques, l'une d'or, l'autre d'argent, & la troifième de bronze, dont une feule fuffifoit pour faire retrouver le centre, s'il fût venu à s'oblitérer.

Outre la longueur du pendule, j'avois fait graver fur ce même marbre *(Voy. Août 1741)*, de concert avec Mrs *Godin* & *Bouguer*, une infcription latine qui contenoit un précis de nos diverfes obfervations dans la province de *Quito*. Ils m'avoient communiqué l'un & l'autre, une partie des nombres auxquels ils s'en tenoient, & j'avois pris un milieu entre nos trois réfultats, quand il s'étoit trouvé quelque légère diffé-

OBSERVATIONIBUS

LUDOVICI GODIN, PETRI BOUGUER, CAROLI-MARIÆ DE LA CONDAMINE,

È REGIÂ PARISIENSI SCIENTIARUM ACADEMIÂ,

INVENTA SUNT QUITI;

LATITUDO HUJUSCE TEMPLI, AUSTRALIS GRAD. 0, MIN. 13, SEC. 18: LONGITUDO OCCIDENTALIS AB OBSERVATORIO REGIO, GRAD. 81, MIN. 22.

DECLINATIO ACUS MAGNETICÆ, À BOREA AD ORIENTEM, EXEUNTE ANNO 1736, GRAD. 8, MIN. 45: ANNO 1742, GR. 8, MIN. 20.

INCLINATIO EJUSDEM INFRÂ HORIZONTEM, PARTE BOREALI, CONCHÆ, ANNO 1739, GRAD. 12: QUITI 1741, GRAD. 15.

ALTITUDINES SUPRÀ LIBELLAM MARIS GEOMETRICÈ COLLECTÆ, IN HEXAPEDIS PARISIENSIBUS,

SPECTABILIORUM NIVE PERENNI HUJUS PROVINCIÆ MONTIUM, QUORUM PLERIQUE FLAMMAS EVOMUERUNT,

COTA-CACHE 2567, CAYAMBUR 3028, ANTI-SANA 3016, COTO-PAXI 2952, TONGURAGUA 2623, SANGAY ETIAMNUNC ARDENTIS 2678, CHIMBORASO 3220, ILINISA 2717:

SOLI QUITENSIS IN FORO MAJORI 1462, CRUCIS IN PROXIMO PICHINCHA MONTIS VERTICE CONSPICUÆ 2042:

ACUTIORIS AC LAPIDEI CACUMINIS NIVE PLERUMQUE OPERTI 2432; UT ET NIVIS INFIMÆ PERMANENTIS IN MONTIBUS NIVOSIS.

MEDIA ELEVATIO MERCURII IN BAROMETRO SUSPENSI, IN ZONÂ TORRIDÂ, EAQUE PARUM VARIABILIS,

IN ORÂ MARITIMÂ POLLICUM 28, LINEARUM 0: QUITI POLL. 20, LIN. 0¾: IN PICHINCHA, AD CRUCEM, POLL. 17, LIN. 7: AD NIVEM POLL. 16, LIN. 0.

SPIRITÛS VINI, QUI IN THERMOMETRO REAUMURIANO, À PARTIBUS 1000, INCIPIENTE GELU, AD 1080 PARTES IN AQUÂ FERVENTE INTUMESCIT,

DILATATIO, QUITI, À PARTIBUS 1008, AD PARTES 1018: JUXTÀ MARE, À 1017 AD 1029: IN FASTIGIO PICHINCHA, À 995 AD 1012.

SONI VELOCITAS, UNIUS MINUTI SECUNDI INTERVALLO, HEXAPEDARUM 175.

PENDULI SIMPLICIS ÆQUINOCTIALIS, UNIUS MINUTI SECUNDI TEMPORIS MEDII, IN ALTITUDINE SOLI QUITENSIS, ARCHETYPUS

(MENSURÆ NATURALIS EXEMPLAR, UTINAM ET UNIVERSALIS!)

ÆQUALIS HEXAPEDÆ, SEU *PEDIBUS* 3, *POLLICIBUS* 0, *LINEIS* 6: MAJOR IN PROXIMO MARIS LITTORE LIN: MINOR IN APICE PICHINCHA LIN.

REFRACTIO ASTRONOMICA HORIZONTALIS SUB ÆQUATORE MEDIA, JUXTÀ MARE 27 MIN: AD NIVEM IN CHIMBORASO 19′ 51″: EX QUÂ ET ALIIS OBSERVATIS, QUITI 22′ 50″.

LIMBORUM INFERIORUM SOLIS, IN TROPICIS DEC. 1736 ET JUNII 1737, DISTANTIA INSTRUMENTO DODECAPEDALI MENSURATA GRAD. 47, MIN. 28, SEC. 56:

EX QUÂ, POSITIS DIAMETRIS SOLIS, MIN. 32, SEC. 37 ET 31′ 33″: REFRACTIONE IN 66 GRAD. ALTITUDINIS 0′ 15″: PARALLAXI VERÒ 4″ 40‴,

ERUITUR OBLIQUITAS ECLIPTICÆ, CIRCA EQUINOCTIUM MARTII 1737, GRAD. 23, MIN. 28, SEC. 28.

STELLÆ TRIUM IN BALTHEO ORIONIS MEDIÆ (BAYERO δ) DECLINATIO AUSTRALIS, JULIO 1737, GRAD. 1, MIN. 23, SEC. 40.

EX ARCU GRADUUM PLUSQUÀM TRIUM REIPSÂ DIMENSO, *GRADUS MERIDIANI SEU LATITUDINIS PRIMUS, AD LIBELLAM MARIS REDACTUS, HEXAP.* 56650.

QUORUM MEMORIAM,

AD PHYSICES, ASTRONOMIÆ, GEOGRAPHIÆ, NAUTICÆ INCREMENTA,

HOC MARMORE PARIETI TEMPLI COLLEGII MAXIMI QUITENSIS SOC. JESU AFFIXO, HUJUS ET POSTERI ÆVI UTILITATI V. D. C.

IPSISSIMI OBSERVATORES. ANNO CHRISTI *M. DCCXLII.*

La mesure ci-dessus qui, pour représenter le Quart du Pendule équinoctial, devrait avoir trois de ...

rence. D'autres nombres, comme celui qui exprimoit la longueur du degré du méridien en toises, étoient restés en
blanc faute de communication, ou parce que nous n'étions
pas encore bien déterminés. Voici ce qui s'est passé depuis.
Je priai M. *Bouguer*, en partant de *Quito*, de remplir ces
nombres: il m'écrivit à *Tarqui*, qu'il y en avoit quelques-uns de ceux que j'avois employés, qu'il n'approuvoit
pas. Je lui répondis que pour ce qui me concernoit, je le
laissois le maître d'y faire tels changemens qu'il jugeroit à
propos, & que je joignois ma voix à la sienne. Je ne reçus
point alors de réponse sur cet article, & je n'ai pu savoir,
même depuis, ce que M. *Bouguer* a fait à cet égard. J'ai
seulement appris il y a peu de temps, que l'inscription est
depuis plusieurs années placée au lieu de sa destination. M.
Bouguer publiera, sans doute, les nombres auxquels il croit
devoir se fixer: en attendant, je donnerai aussi les miens,
c'est-à-dire, ceux auxquels je m'étois arrêté dans le temps dont
je parle, & je les distinguerai par des caractères italiques dans
la copie que je joins ici de l'inscription. Mais comme il y en a
plusieurs, qui sont le résultat d'un grand nombre d'opérations,
& qui demanderoient des discussions assez longues, que quelques-uns même pourroient avoir besoin d'une équation, je
me réserve le droit d'y faire les petits changemens que je
croirai nécessaires, & d'en expliquer les motifs, lorsque je
donnerai le détail de mes observations particulières, & que
j'aurai occasion d'examiner de nouveau cette matière.

Le 9, on commença enfin le rapport du procès au sujet
des pyramides & des inscriptions: il fut achevé le 12; & le
nombre des voix pour & contre s'étant trouvé égal, les pièces
furent remises, pour départager les juges, au Doyen de l'Audience, qui n'avoit point été présent au rapport.

Le même jour & les suivans, je fis avec M. de *Morainville* diverses expériences sur la dilatation des métaux: je m'étois
pourvû à cet effet de deux douzaines de règles, longues de
6 pouces, les unes d'une demi-ligne, les autres d'une ligne
d'épaisseur, de différens métaux, tant purs qu'alliés: je mesurai

X ij

[marginal notes:]

1742.
Juillet.

(le 19 Sept.)

Rapport du
procès des py-
ramides.

Expériences
sur la dilatation
des métaux.

leurs différentes longueurs en les expofant alternativement au foleil, à l'eau bouillante & au froid de la neige. Je me fervis pour cette expérience d'un compas fort fimple, qui quadruploit les différences obfervées, & les rendoit d'autant plus fenfibles : je prenois les diverfes mefures de mes règles de métal avec ce compas, & j'en tranfportois les longueurs quadruplées fur une règle de fer, dont le dernier pouce, pour faciliter l'opération, étoit étamé, & divifé par des tranfverfales en vingtièmes de ligne. Je m'affurai auffi directement de la différence de longueur de mon pendule de métal, expofé alternativement au froid caufé par le contact de la neige, & au degré de chaleur qui répond à 15 divifions au deffus du terme de la glace, dans le thermomètre de M. de *Reaumur.*

Nouvelle
affaire.

Le 17, je reçus avis fécrètement que la partie adverfe avec qui j'étois en procès pour un dépôt appartenant à la fucceffion de feu M. *Seniergues*, avoit fait difparoître un efclave nègre, le feul domeftique fur lequel je puffe compter, & devoit l'envoyer la nuit fuivante à dix lieues de *Quito.* Ce jour & le fuivant fe pafsèrent à prendre les mefures néceffaires pour le retrouver, & prévenir fon évafion.

M. *Bouguer*
part pour *Cot-chefqui.*

Le 18, à la veille de la décifion du procès des pyramides, M. *Bouguer* partit pour *Cotchefqui*, après m'avoir écrit que fi je ne partois auffi pour *Tarqui* dans quinze jours, il renonçoit aux obfervations fimultanées.

Gain du procès
des pyramides.

Le lendemain 19, fut pour moi une époque remarquable : l'arrêt pour la confervation des pyramides & de notre infcription, fut enfin rendu, & je gagnai ce procès, qui duroit depuis deux ans. Le jour même, je demandai des ordres pour avoir les Indiens qui devoient tranfporter à bras, de *Quito* à *Tarqui*, le grand fecteur tout affemblé dans une caiffe folide que j'avois fait faire exprès.

Tente vendue.

La tente qui m'avoit fervi fur les montagnes, dans le cours de nos opérations, & en dernier lieu fur *Pitchincha*, me devenoit inutile, & n'étoit plus qu'un attirail embarraffant pour mon voyage. Je la fis monter fur la grande place de *Quito.* Ce fpectacle, nouveau pour le pays, attira non feulement,

comme je l'avois prévu, l'attention des Dames de la ville, auxquelles j'en fis les honneurs, mais aussi, comme je l'espérois,
celle d'un grand nombre de curieux. Un gentilhomme*, qui
avoit la passion de la chasse, comme son frère avoit celle des
livres, s'accommoda de la tente, que je lui cédai, pour le
compte du Roi, à un prix modéré pour *Quito;* mais qui
ne laissoit pas d'excéder celui qu'elle avoit coûté neuve à
Saint-Domingue.

Dernières
expériences du
pendule à verge
de métal à
Quito.

Tandis que je préparois tout pour mon départ, j'avois fait
à *Quito* les premières expériences de mon pendule de métal,
dont les oscillations étoient encore sensibles après vingt-quatre
heures. Pour en compter plus facilement le nombre, j'avois
raccourci le pendule d'une horloge ordinaire, jusqu'à ce que
ses vibrations fussent exactement isochrones à celles du pendule
d'épreuve, & je ne passois jamais trois heures, ni le jour ni
la nuit, sans les comparer : j'avois, outre cela, pour mesurer
la durée de l'expérience, une autre horloge, que je réglois en
prenant soir & matin des hauteurs correspondantes du soleil.
Ce travail dura quinze jours, presque sans interruption : il ne
finit que le 3 Août.

Le 4, le secteur partit enfin pour *Tarqui,* porté dans sa
caisse par six Indiens, sous les yeux de M. de *Morainville.*
Cet instrument avoit été démonté & emballé dès la fin de
Juillet, aussi-tôt que j'en eus remesuré le rayon, & vérifié
l'arc; mais il avoit fallu plusieurs jours pour assurer les Indiens qui le devoient porter, & pour lever les obstacles qui
retenoient M. de *Morainville* à *Quito.* Les lenteurs ordinaires
des ouvriers, la fuite des Indiens au moment marqué pour le
départ, malgré la précaution que j'avois prise de les faire
coucher chez moi, avoient seules retardé celui de l'instrument : ceux qui le portoient ne pouvoient faire guère plus
de trois lieues par jour dans un pays de montagnes, & devoient

---

* Don *Juan de Chiriboga,* Porte-
étendart royal *(Alféres Real)* de
Quito, dont le frère, le Docteur
Don *Ignacio de Chiriboga,* Chanoine dignitaire de l'église cathédrale,
avoit un cabinet de livres de Belles-
Lettres de six à sept mille volumes,
latins, espagnols, italiens & françois.

Projet de re-
tour par la ri-
vière des Ama-
zones.

par conséquent employer plus d'un mois pour aller de *Quito*,
à *Tarqui*, où je pouvois me rendre en huit jours. Je me hâtai
de profiter du temps qui me restoit, pour terminer toutes mes
affaires à *Quito*, bien résolu de n'y plus revenir.

Je m'étois enfin déterminé à reprendre mon projet de
descendre le fleuve des *Amazones*, sur une lettre de M. *Partyet* Consul de France à *Cadiz*, par laquelle il me donnoit
avis que les passeports & les ordres du Roi de Portugal, que
j'avois sollicités, comme j'ai dit plus haut, par l'entremise de
M. le Marquis d'*Argenson*, étoient expédiés. Cette nouvelle
me fut confirmée d'une manière encore plus décisive pour
mon dessein, par des lettres de *Maïnas*. Quoique les Jésuites
espagnols qui cultivent les Missions de ce nom, à l'orient de
la Cordelière, sur les bords du *Marañon*, n'aient presque
aucune communication avec les Carmes portugais, leurs voisins en descendant le fleuve, les premiers avoient eu cependant, par une occasion extraordinaire, des nouvelles positives
que le Gouverneur du *Para*, & ceux des autres Forts portugais, avoient reçu depuis un an, des ordres de leur Cour
en ma faveur, & même qu'ils m'attendoient avec impatience.

Je crus qu'il ne m'étoit plus permis de balancer sur le choix
de ma route, à moins qu'il ne survînt quelque nouvelle difficulté. Déjà l'on avoit détourné Don *Pedro Maldonado* de
me suivre, comme il me l'avoit promis; & je me voyois par-
là privé d'un compagnon de voyage sur qui j'avois compté.
Je le connoissois pour homme incapable de se laisser effrayer
par la peinture de dangers imaginaires ou exagérés: le passage
de *Quito* à *Maïnas* n'étoit pas plus difficile pour nous que pour
les Missionnaires Jésuites, qui s'y rendent de temps en temps,
& pour les Provinciaux de cette Compagnie, qui y vont tous
les cinq ans faire leur visite. Le chemin des Missions espa-
gnoles aux Missions portugaises, nous étoit ouvert en descendant
le fleuve, sur-tout depuis que je me voyois assuré des passeports & des recommandations de la cour de Portugal; mais
la famille de Don *Pedro Maldonado*, à qui il étoit cher, &
qui le voyoit à regret s'éloigner, cherchoit à le retenir par

toutes fortes de moyens : outre cela, j'ai fu de lui-même que
d'autres perfonnes, à qui il avoit demandé confeil, ou qui
le lui donnèrent officieufement, avoient fait leur poffible, par
des motifs que je ne cherche point à pénétrer, pour le dé-
gouter d'une entreprife qu'ils traitoient d'imprudente & de
téméraire, fur le feul fondement que ce chemin n'étoit pas
fréquenté. On lui repréfentoit qu'il feroit univerfellement
blâmé de préférer une route inconnue & dangereufe, à celle
qui étoit généralement fuivie. Cependant, mettant à part les
terreurs paniques qu'on cherchoit vainement à lui infpirer,
il eft certain que le chemin que je propofois, convenoit encore
mieux à M. *Maldonado* qu'à moi, dans les circonftances où
nous nous trouvions l'un & l'autre.

Le défir de voir un pays inconnu, & de rendre mon voyage
utile, m'avoit déterminé fur le choix de cette route; outre
ces motifs, qui n'étoient nullement indifférens à Don *Pedro*,
il en avoit de plus puiffans & de perfonnels. La France étoit
alors en paix avec les Puiffances maritimes, ce qui rendoit
tous les chemins à peu près également fûrs pour moi ; M.
Maldonado n'étoit pas dans le même cas. Il y avoit près
de trois ans que l'Efpagne & l'Angleterre fe faifoient une
guerre très-vive en Amérique: je confeillois à mon ami, pour
fon propre intérêt, de defcendre avec moi le fleuve des
Amazones jufqu'à la colonie portugaife du *Para*, & de s'y
embarquer pour *Lifbonne:* c'étoit, fans contredit, le plus fûr
moyen de fe mettre à l'abri des efcadres angloifes, qui
couvroient les mers, & de paffer en Efpagne fans inquiétude fous un pavillon neutre; tandis que la plufpart de fes
compatriotes, qui tendoient au même but, attendoient depuis plufieurs années à *Carthagène*, la fin de la guerre; &
que ceux qui avoient ofé fe hafarder fur des vaiffeaux d'avis,
étoient prefque tous tombés, avec leurs richeffes, & celles
qui leur avoient été confiées, entre les mains de leurs
ennemis.

Ces raifons, dont M. *Maldonado* fentoit la force, l'avoient
d'abord engagé à m'accompagner, & les fuites ont fait voir

qu'il s'eft bien trouvé de mon conſeil. Cependant les repré-
ſentations dont j'ai parlé, quoiqu'elles ne fuſſent nullement de
ſon goût, l'avoient plus ébranlé que les alarmes de ſes proches. Jaloux de ſa réputation, il craignoit d'être taxé d'impru-
dence, & de paſſer pour un aventurier dans l'eſprit de ceux-
là même qui ne jugent que par l'évènement, ſi ſon entrepriſe
n'étoit pas ſuivie d'un heureux ſuccès : enfin il étoit parti de
Quito pour ſes terres, ſans avoir encore pris de réſolution. Je
ſentois tout ce que je perdrois à être privé de l'agrément &
des reſſources que je pouvois trouver dans la compagnie d'un
ami tel que lui ; mais cela ne me fit pas changer de deſſein :
je lui écrivis que je n'exigeois rien en conſéquence de ſes premiers engagemens ; que j'étois réſolu à faire ſeul le voyage de
la rivière des *Amazones*, s'il y renonçoit, & s'il ne me ſurve-
noit point d'obſtacle imprévû.

Expériences
du pendule fim-
ple à deux fe-
condes.

Le 5 Août, j'achevai mes expériences d'un pendule fimple de 12 pieds, ſuſpendu par un fil de pite chargé d'un
poids de ſix onces, dont les oſcillations étoient de deux ſecondes : j'en avois déjà fait de ſemblables au petit *Goave*, en
l'iſle de *Saint-Domingue*, & je venois de les répéter à *Quito*
avec l'inſtrument que j'ai décrit dans les Mémoires de l'Académie de 1735. M. *Verguin* voulut bien m'aider à meſurer
ce nouveau pendule, quatre fois plus long que le pendule
à ſecondes : la difficulté de cette opération, toûjours délicate,
croît à proportion de la longueur de la meſure.

Autres du pen-
dule fimple à
ſecondes.

Je répétai auſſi les jours ſuivans, & pour la dernière fois,
les expériences du pendule ſimple avec un autre inſtrument,
auſſi décrit dans les Mémoires de 1735, & qui m'avoit ſervi
au même uſage au petit *Goave*, à *Panama*, à *Lima*, à *Pitchincha*, à *Chimboraço*, à *Riobamba*, à *Tarqui*, & pluſieurs fois
à *Quito*.

Règle d'acier,
meſure du pen-
dule.

Le 8, je retirai enfin des mains du ſieur *Hugo* une règle
d'acier que j'attendois depuis long temps, & que j'ai depuis
rendu égale à la longueur du pendule à ſecondes, telle qu'elle
réſulte de mes obſervations au *Para* & à *Cayenne*, au niveau
de la mer.

Le

Le 9, affifté de M. *Verguin*, j'obfervai l'inclinaifon de l'aimant, que je trouvai de 17 degrés au deffous de l'horizon, du
côté du nord à *Quito*, où elle m'avoit paru de 15 degrés en
1741, & avec la même aiguille. C'étoit auffi celle dont je m'é-
tois fervi en 1739 à *Tarqui*, où nous trouvâmes, M. *Bouguer*
& moi, cette inclinaifon de 12 degrés. Je n'ai jamais opéré
feul, que lorfque je n'ai pu me procurer le fecours de quelque
perfonne intelligente, qui voulût bien me fervir d'aide ou de
témoin dans mes opérations : j'ai cru que, fi j'avois moins
d'expériences qui m'appartinffent en propre, je les rendrois
plus exactes, ou du moins plus authentiques, & que je rem-
plirois mieux les vues de l'Académie.

1742.
Août.
Inclinaifon de
l'aimant.

Le même jour, je montai à *Pitchincha*, à l'endroit où avoit
été pofé notre dernier fignal, & j'y fis les jours fuivans, jufqu'au 14, cinq expériences, les unes de 12, les autres de 24
heures, avec mon pendule de métal, pour reconnoître quelle
étoit dans un jour la différence du nombre de fes ofcillations
en ce lieu & à *Quito*, & combien la pefanteur des corps dimi-
nuoit dans un lieu plus éloigné du centre de la terre de 750 toif.

Expériences
du pendule à
verge d'acier à
Pitchincha.

Le 14, en defcendant de *Pitchincha*, je ne trouvai plus
chez moi la règle fur laquelle j'avois marqué les longueurs
qui réfultoient de mes épreuves fur la dilatation des métaux :
cette règle étoit malheureufement de fer; elle pefoit fept à
huit livres, & valoit alors à *Quito* fept ou huit onces d'argent. Ce vol me fit perdre le fruit d'un travail affez pénible;
mais j'ai confervé les règles que j'avois fait faire de divers
métaux, & je pourrai répéter les expériences.

Autres fur la
dilatation des
métaux, deve-
nues inutiles.

Le 17, je terminai un marché qui me tenoit fort à cœur:
le quart-de-cercle de 3 pieds de rayon qui m'avoit fervi à
toutes mes opérations, & dont je venois encore de faire
ufage à *Pitchincha*, étoit d'une conftruction ancienne, & fon
pied affez incommode. Mon petit quart-de-cercle de 12 pouces
de rayon me fuffifoit pour obferver en chemin les latitudes
avec toute la précifion néceffaire dans les ufages géographiques, & le grand étoit d'un tranfport très-embarraffant, comme
je l'avois affez éprouvé, fur-tout en arrivant à *Quito* par la

Vente du
grand quart-
de-cercle.

Y

province d'*Efmeraldas* : il m'eût fallu deux mulets pour
porter la caiffe de l'inftrument & celle de fon pied, ayant
plus de deux cens lieues à faire par des chemins très - difficiles, avant que de pouvoir m'embarquer. Un Chanoine
de *Quito*, qui avoit un goût décidé pour les machines, jugea
à propos de faire l'acquifition de cet inftrument : je le vendis
quinze cens livres, au profit de l'Académie, qui ne l'avoit
acheté que neuf cens à l'inventaire de feu M. le Chevalier
de *Louville*. Ce marché, outre qu'il m'épargnoit les frais du
tranfport, me mettoit en état de faire conftruire à *Paris* un nouveau quart-de-cercle auffi grand que l'ancien. J'ai fu depuis,
que cet inftrument, après la mort du Chanoine, étoit paffé
heureufement au R. P. *Magnin* Jéfuite : perfonne n'eft plus
en état que lui d'en faire un bon ufage. Ce Père, alors Miffionnaire & Curé de *Borja*, & dont j'ai tiré tant de lumières
fur la topographie de la province de *Maïnas*, eft aujourd'hui
Profeffeur en Droit Canon à *Quito*, & Correfpondant de

Pendule de
M. *Graham.*

l'Académie. La pendule du célèbre M. *Graham*, que M. *Godin*
avoit apportée de *Londres*, & à laquelle il étoit arrivé quelque accident pendant le voyage, eft tombée en auffi bonne
main : elle appartient aujourd'hui au R. P. *Térol*, Reƈteur du
collège & de l'Univerfité des Dominicains de *Quito*, digne,
par fon goût & fon rare talent pour les ouvrages d'horlogerie,
de poffſéder un pareil chef-d'œuvre de l'art. C'eft ainfi que
dans un pays où les fciences & les arts font peu généralement
cultivés, un petit nombre de perfonnes font les dépofitaires
de ce feu facré.

Préparatifs
du départ pour
Tarqui.

Le 20, je fis partir pour *Cuenca* & *Tarqui* mes inftrumens, mes livres & tout mon bagage, hors mon lit & mes
journaux d'obfervations, dont je ne voulois pas me féparer ;
mais chaque jour me devoit donner une nouvelle leçon fur la
nature & les inconvéniens d'un pays que je croyois connoître : j'en reçus alors une qui n'a pas été la dernière. Je me
félicitois de m'être débarraffé de tout ce qui pouvoit retarder
ma marche, lorfque je vis rentrer dans ma cour l'équipage
que je venois de faire partir une demi-heure auparavant :

j'appris que les mulets qui le portoient, & que j'avois envoyés depuis plufieurs mois dans une campagne voifine de *Quito*, pour les préparer au voyage de *Cuenca*, étoient hors d'état de faire la première journée, par la mauvaise foi de ceux à qui je les avois confiés; il me fallut en louer d'autres, avec toutes les difficultés ordinaires, auxquelles j'aurois dû être accoûtumé.

Il ne me reftoit plus, avant que de partir de *Quito*, qu'une feule chofe à faire, dont j'étois chargé par d'arrêt de l'Audience royale, au fujet de notre infcription : il falloit, pour cela, me tranfporter avec un Huiffier fur le lieu même où étoient les pyramides, à peu près à moitié chemin de *Cotchefqui*, où M. *Bouguer* obfervoit déjà. Je voulus profiter de cette occafion pour m'aboucher avec lui, afin de convenir définitivement de nos arrangemens au fujet de la correfpondance de nos obfervations fimultanées aux deux extrémités de la méridienne : je lui dépêchai un exprès, & nous convînmes d'un rendez-vous à la bafe d'*Yarouqui*.

Ce petit voyage fut affez fertile en évènemens. J'en fupprime le détail, pour ne pas tomber dans des répétitions : je dirai feulement que le 24 au foir, après la vifite de la pyramide de *Carabourou*, nous nous mîmes en chemin pour le bourg du *Quinché*, où nous devions paffer vingt-quatre heures chez notre ami le Docteur Don *Jofeph Maldonado*. Nous atteignîmes nos bagages à l'entrée de la nuit au bord d'une profonde *quebrada* : M. *Bouguer*, qui fe reffouvenoit apparemment de notre aventure de *Coto-paxi* *, ne voulut pas perdre fon lit de vue; je laiffai le mien & M. *Bouguer* avec nos muletiers, & je pris les devans. Pour cette fois, je n'eus pas lieu de m'en repentir : j'arrivai à onze heures du foir au *Quinché*, où je trouvai le Docteur à-peine revenu d'une courfe qu'il avoit faite à trois lieues dans les montagnes, pour confeffer un Indien. Il fe délaffoit en traduifant un chapitre de la *Recherche de la Vérité* du Père *Mallebranche*; occupation fingulière pour un Curé des Indes efpagnoles : il eft vrai que cet exemple tire peu à conféquence, &

* Voy. ci-deffus Août 1738, *page 59.*

que celui qui le donnoit est plus fait pour gouverner un diocèse qu'une cure d'Indiens.

M. *Bouguer* arriva le lendemain, après avoir passé à son tour une nuit en plein champ ; mais, heureusement, dans un climat doux, & sans incommodité : nous séjournâmes le 26 au *Quinché*, nous en partîmes le 27, & nous nous séparâmes à une lieue de là, pour ne nous plus revoir qu'en France. Il retourna droit à *Cotchesqui* reprendre son observation. J'arrivai le même soir à *Quito*, pour dire à cette ville mon dernier adieu, & me rendre en diligence à *Tarqui*.

Dernière requête à l'Audience royale de Quito.

Le 29, je présentai à l'Audience un procès verbal qui constatoit l'état des deux pyramides, des inscriptions &c, & je ne songeai plus qu'à mon départ, qui étoit fixé au surlendemain. Je regardois le premier pas que je ferois pour m'éloigner de *Quito*, comme l'époque de mon acheminement vers la France. Le 31 Août, je touchois à ce moment si long-temps desiré, & j'étois prêt à monter à cheval, lorsqu'il m'arriva l'accident le plus cruel & le plus imprévu : je ne m'en rappelle pas encore tranquillement le souvenir.

Vol de mes papiers d'observations.

Sur le midi, rentrant chez moi, d'où je m'étois absenté quelques instans pour hâter mes muletiers, je trouvai la porte de mon cabinet forcée, & je ne vis plus une cassette que j'avois laissée sur ma table, & qui contenoit, avec l'argent destiné pour le voyage, tous mes journaux d'observations, & mes calculs de la méridienne mis au net. J'avoue que je fus près de me livrer au désespoir, & que je ne sais ce qui me seroit arrivé, si les mouvemens que je me donnai, le monitoire que j'obtins & qui fut publié le jour même, la vivacité avec laquelle le Corrégidor [a] prit la chose, & enfin la promesse que je fis d'abandonner les espèces & quelque vaisselle d'argent [b] qui faisoit partie du vol, ne m'eussent procuré la restitution de presque tous mes papiers environ quarante heures après

[a] Don *Joseph Sanchez* Marquis de *Solanda*.

[b] Il y avoit dans la même cassette, plusieurs pendans d'oreille & de narine des anciens Indiens, d'un or fort bas, allié sur cuivre ; de petits ouvrages délicats, d'un or très-fin, trouvés près de l'embouchûre de la rivière de *Sant-Iago*, ainsi que quelques émeraudes percées à jour ; &c.

qu'ils m'eurent été dérobés. Le 2 Septembre, au point du jour, je les vis en liasse exposés sur le bord d'une fontaine au milieu de la cour de la maison où je logeois : cette vue me rendit le calme; je les visitai, & retrouvant ce qui m'étoit le plus précieux, je ne remarquai pas d'abord qu'il y manquoit deux petits livrets originaux de mes observations. Je soupçonne que les noms de *Pitchincha* & de *Cotopaxi*, qu'on avoit pu remarquer au titre de quelques pages, ont peut-être empêché que la restitution ne fût complète : sans doute on crut y trouver des éclaircissemens au sujet des mines d'or, que bien des gens s'imaginoient avoir été le but secret de tous nos voyages sur les montagnes. Cet accident, & une difficulté que fit naître dans le même temps le Procureur général, au sujet de l'exécution de l'arrêt dans l'affaire des pyramides, me retinrent à *Quito* jusqu'au 4 Septembre, que j'en partis à la fin pour me rendre à *Tarqui*.

On peut juger que cet évènement, à la suite de toutes les affaires désagréables que j'avois eues à *Quito* depuis deux ans, fut très-propre à modérer mes regrets, en quittant un lieu singulièrement recommandable par la douceur & l'égalité de son climat, & dans lequel, après un séjour de plusieurs années, je me flatte d'avoir laissé quelques amis.

La nuit du 31 Août au 1er Septembre, il étoit tombé en moins de 12 heures plus de 8 lignes d'eau, qui furent mesurées avec l'instrument dont j'ai parlé. Je le laissai en partant entre les mains du Père *Milanezio*, ainsi que le marbre sur lequel j'avois fait graver l'inscription que j'ai rapportée plus haut, & qui contenoit le résultat de nos principales observations. Elle est aujourd'hui placée dans le collège des Jésuites de *Quito*, sur la face extérieure du mur de leur église, la plus belle de la ville, & bâtie sur le modèle de celle du *Jesus*, à *Rome*.

Le lendemain de mon départ de *Quito*, je m'arrêtai à douze lieues de cette ville, à la *Cienega*, terre considérable, & l'une de celles du Marquis de *Maënza*, chez lequel tout m'auroit invité à prolonger mon séjour dans d'autres

Y iij

1742.
Septembre.
Restitution.

Dernier départ de *Quito.*

Quantité de pluie.

Marbre & inscription laissés à *Quito.*

Séjour à la *Cienega.*

circonftances. J'avois donné des ordres pour que mon quart-
de-cercle m'y attendît, & j'y reftai un jour à deffein d'obferver la hauteur de *Coto-paxi*, pour connoître de combien
elle étoit diminuée par la fonte des neiges depuis l'éruption
du 30 Juillet précédent : les nuages qui couvroient la montagne rendirent mon projet inutile ; & pour ne point retarder ma marche , je m'abftins d'aller au lieu même faire
diverfes autres obfervations fur les changemens arrivés à ce
volcan : elles ont été avantageufement fuppléées par le voyage
que M. *Bouguer* y fit peu de temps après dans la même
vue, & dont il a rendu compte dans les Mémoires de l'A-
cadémie de 1744.

Séjour chez
D. *Pedro Mal-
donado.*

Je me détournai un peu du grand chemin à *Hambato ,*
pour aller voir en paffant Don *Pedro Maldonado* dans
fes terres , comme je le lui avois promis : je le trouvai
encore incertain fur la route qu'il devoit prendre ; il attendoit de *Lima* les ordres du Viceroi. Nous ne laiffâmes pas de

Nos conven-
tions.

convenir, qu'au cas qu'il reprît notre premier arrangement,
il s'embarqueroit fur la rivière de *Bobonaça*, dans la province
de *Canelos,* qui n'étoit pas éloignée de chez lui , pour defcendre par cette rivière dans celle de *Paftaça*, & de celle-ci
dans le *Marañon.* Nous nous donnâmes rendez-vous , dans
ce cas , à la *Laguna ,* chef-lieu des Miffions efpagnoles de
Maïnas, où le premier arrivé de nous deux attendroit l'autre :
il me promit de m'écrire, & de m'informer de fa dernière
réfolution ; pour moi mon deffein étoit, fi je n'en étois pas
détourné par quelque nouvel obftacle, de partir auffi-tôt que
mes obfervations feroient achevées à *Tarqui ,* de prendre ma
route du côté du fud par *Jaën de Bracamoros,* & d'aller m'embarquer au lieu le plus voifin, pour comprendre, dans la carte
du cours du *Marañon ,* que je me propofois de lever, toute
la partie navigable de ce fleuve, & voir par mes yeux fi
le fameux détroit, connu fous le nom de *Pongo de Manfé-
ritché ,* étoit auffi terrible de près, qu'on me le dépeignoit de
loin. Je paffai deux jours chez mon ami, dans un canton où
j'eus occafion de faire quelques remarques d'hiftoire naturelle ;

qui pourront trouver leur place ailleurs. Nous allâmes enfemble
à *E'len* prendre congé de fon beau-frère Don *Jofeph Davalos,*
& des Mufes françoifes de la province de *Quito* [a]. D'ailleurs,
E'len étant à peu près à moitié chemin de *Quito* à *Cuenca,*
je voulois y établir une correfpondance fûre & un entrepôt
fixe, pour les exprès que j'étois convenu avec M. *Bouguer*
de lui dépêcher tous les quinze jours, afin de nous communiquer plus promptement nos obfervations refpectives. Don
Jofeph Davalos, en cette occafion comme dans toutes les
autres, me procura toutes les facilités que je pouvois defirer,
& me donna de nouvelles preuves de fon amitié.

J'atteignis le 14 mon bagage à *Riobamba,* d'où je marchai
à grandes journées : j'en eus bien-tôt deux ou trois d'avance
fur mon lit ; j'allois encore trop lentement au gré de mon
impatience. Je pris ma route par le pied des hauteurs de
l'*Affouaye* vers l'oueft, pour connoître un nouveau pays : je
payai cher cette curiofité ; jamais chemin ne mérita mieux
fon nom que celui de *las Ceneguetas* (les bourbiers) : j'y paffai
des nuits, où, fans fouffrir de froid, je regrettai celles de
l'*Affouaye* [b].

J'arrivai le 19 à *Cuenca,* réfolu de paffer le jour même
à *Tarqui,* cinq lieues au delà, pour ne pas perdre un inftant.
Je devois y trouver le fecteur monté, & toutes chofes difpo-
fées pour l'obfervation, par les foins de M. de *Morainville,* qui
étoit parti de *Quito* un mois avant moi. En arrivant à *Cuenca,*
je fus que la malle où j'avois renfermé ma pendule & le limbe
de l'inftrument, étoit reftée en cette ville ; ce qui m'y retint
jufqu'au lendemain. Je trouvai dès le foir cette malle ouverte
& à moitié vuide : heureufement les voleurs avoient eu plus
befoin de chemifes que d'inftrumens de mathématiques.

J'appris auffi que je courois rifque de n'être pas reçu à
Tarqui dans la maifon de campagne où nous avions obfervé
en 1739 & 1740, & que j'étois brouillé avec le maître du logis, fans autre tort que celui de lui avoir prêté
de l'argent trois ans auparavant. Quelque différente que foit

[a] Voy. 1737, Nov. *p. 66.* | [b] Voy. 1739, Avril, *p. 79.*

1742.
Septembre.
Séjour à *E'len.*

Riobamba.

Chemin de
las Ceneguetas.

Arrivée à
Cuenca.

Obftacles
divers.

l'Amérique de l'Europe, l'ancien & le nouveau monde né laissent pas d'avoir leurs traits de ressemblance, dans le moral aussi-bien que dans le physique. Je trouvai les portes fermées à *Tarqui* comme on me l'avoit annoncé; cependant le secteur étoit logé : M. de *Morainville*, arrivé depuis plusieurs jours, avoit trouvé moyen de se faire ouvrir le bâtiment isolé & désert qui nous avoit toûjours servi d'observatoire; il y avoit fait monter l'instrument, & je m'y établis.

J'aurois pu, dès le jour même, avoir une méridienne, si j'eusse retrouvé en leur place le gnomon & les crampons de fer qui avoient servi à tendre le fil de celle de M. *Bouguer;* mais il avoit tout emporté à *Cotchesqui.* Le soleil étoit à 3 degrés du zénith, & s'en approchoit tous les jours; ce qui ne me permettoit pas de tracer une méridienne par la méthode ordinaire : je ne pouvois y suppléer que très-imparfaitement & d'une manière indirecte, par l'observation d'un azimuth, sur-tout n'ayant pas encore de pendule réglée.

Un autre obstacle m'arrêtoit. Une des traverses du pied de mon quart-de-cercle avoit été volée en chemin avec ses vis : le dommage étoit difficile à réparer, vû la disette, l'éloignement & la mal-habileté des ouvriers qu'il falloit aller chercher à *Cuenca ;* en attendant, je fis comme je pus une traverse de bois, & je pris des hauteurs. Mes premiers essais avec le secteur m'apprirent qu'il s'étoit dérangé dans le transport, malgré toutes mes précautions : ainsi mes premières observations furent perdues; il me fallut démonter l'instrument, & le reconstruire de nouveau. Je rends compte plus en détail dans l'ouvrage suivant, des changemens & réparations que j'y fis à plusieurs reprises, pour le rendre plus libre sur son pivot, & en augmenter la solidité, comme aussi du temps que prirent toutes ces opérations. Cependant M. *Bouguer,* qui avoit commencé d'observer à *Cotchesqui* dès la fin d'Août, m'écrivoit qu'il croyoit en avoir assez fait, & qu'il renonçoit aux observations simultanées, auxquelles il avoit eu tant de peine à consentir. Ses lettres n'étoient propres qu'à m'affliger : il sembloit avoir oublié que *Tarqui* étoit un séjour fatal aux

observations

Le Secteur
dérangé dans le
transport : réparé & reconstruit.

obfervations aftronomiques; que l'année précédente il s'étoit
trouvé précifément dans le même cas que moi; qu'il n'avoit
pu en trois mois avoir une feule obfervation correfpondante
à celles de M. *Godin* à *Mira;* & enfin qu'il en avoit paffé
neuf entiers avant que de terminer fes travaux dans le même
lieu où je n'étois arrivé que depuis un mois. L'impatience
que me témoignoit M. *Bouguer,* ajoûtoit encore à la mienne.
Jamais un laboureur, menacé par les orages de perdre fa récolte, ne fit de vœux plus ardens pour un beau jour, que
j'en faifois pour une belle nuit; cependant les pluies ne cefsè-
rent que pour faire place à des brouillards plus fâcheux par
leur continuité, que les pluies mêmes.

Il ne m'étoit plus poffible de régler ma pendule; elle avoit
d'ailleurs tant de facilité à fortir de fon échappement, qu'elle
n'attendoit pas, pour s'arrêter, les fréquens tremblemens de
terre, qui ne pouvoient manquer de donner lieu à cet accident.

Un petit nombre d'obfervations, dérobées entre les nuages,
ne s'accordoient point, ou n'étoient pas affez conformes pour
que j'y puffe compter. Je ne le diffimulai point à M. *Bouguer,*
non plus que le remède que je me propofois d'y apporter, s'il
partoit avant que nous euffions des obfervations fimultanées:
c'étoit de prier M. *Godin* d'y fuppléer par de nouvelles; réfolu
que j'étois de ne pas retourner en France, & de ne point
quitter le pied de l'inftrument, que je ne me fuffe affuré de
la conformité de mon réfultat avec celui de l'un de mes deux
collègues. M. *Bouguer* approuva fans doute mes raïfons, &
continua d'obferver à *Cotchefqui.*

A la fin de Novembre, les chofes commencèrent à prendre
une autre face. Peu après, je trouvai le moyen de me garantir
de l'erreur d'optique*, qui faifoit varier d'un jour à l'autre la
hauteur apparente d'une même étoile. Depuis ce temps, la conformité de mes obfervations me raffura fur mes fcrupules, &
j'ofai me promettre un heureux fuccès. Après huit ans de travaux, il étoit temps que j'entrevifse le moment de mon retour.

* Voy. Mef. des trois prem. deg. du Mérid. *Part. II, art. XIX, p. 213.*

Z

1742.
Octobre.

Pluies &
brouillards.

Novembre.

Décembre.

ANNÉE 1743.

Obſervatoire
de *Tarqui*.

L'ENDROIT où j'obſervois à *Tarqui*, éloigné de quatre lieues du plus prochain village, eſt le plus triſte ſéjour qu'il ſoit poſſible d'imaginer : c'étoit un bâtiment à raiz-de-chauſſée, ſemblable à une ferme, comme le plus grand nombre des maiſons de campagne du pays. Celle-ci eſt ſituée à l'extrémité auſtrale du vallon, dans un enfoncement qui n'a qu'une ſeule iſſue : un cercle de montagnes, dont la maiſon touche le pied, y borne la vue de tous côtés, ſans donner aucun abri. Pendant le cours de mes obſervations, les vents y furent continuels & violens : j'y reſſentois preſque toûjours, & ſur-tout la nuit, aſſez de froid pour deſirer du feu : il y pleuvoit des ſemaines entières ſans interruption. Les tremblemens de terre n'étoient pas moins fréquens que les orages : deux Indiens y avoient été tués par le tonnerre en 1739, preſque ſous nos yeux, & il étoit tombé ſur une de mes mules à un jet de pierre de notre logis. Quelquefois la matinée annonçoit un beau jour ; mais à une heure preſque réglée, le brouillard épais qui s'élevoit d'un terrein voiſin, bas & humide, entroit par une gorge de montagnes, ſe répandoit ſur tout le vallon, & déroboit ſubitement la vue du ciel & de la terre. Je ne parle point de la difficulté de trouver les choſes les plus néceſſaires à la vie : je ne pouvois rien tirer que de *Cuenca*, dont j'étois éloigné de cinq grandes lieues, & ſéparé par cinq rivières, qu'il falloit paſſer à gué, deux entre autres avec danger.

On ſera ſans doute ſurpris que nous euſſions choiſi ce lieu pour un obſervatoire ; mais la proximité du ſignal qui terminoit notre méridienne, avoit décidé notre choix : la ſaiſon où nous avions meſuré notre ſeconde baſe dans la prairie voiſine, au mois d'Août 1739, avoit aidé à nous tromper : c'étoit le plus beau temps de l'année : enfin nous ignorions alors les incommodités particulières du poſte où nous allions nous établir ; & qu'à une demi-lieue de là, nous euſſions joui d'un autre ciel.

C'eſt dans le lieu que je viens de décrire, que je paſſai ſept mois, dont les trois premiers avec M. de *Morainville*, & les quatre ſuivans ſans autre compagnie que celle de quelques livres eſpagnols. Je faiſois du jour la nuit, pour ne perdre aucune obſervation. Le ſuccès de notre miſſion dépendoit de ce dernier travail; l'eſpérance & la crainte me tenoient dans une agitation continuelle : l'inquiétude me préſerva de l'ennui.

Après deux mois de mauvais temps, & d'obſtacles accumulés, les nuits du mois de Décembre m'avoient été aſſez favorables : c'étoit beaucoup pour *Tarqui*, que d'y avoir vû notre étoile ſept fois en trois ſemaines. Ces variations irrégulières dans ſa hauteur, qui m'avoient laiſſé des doutes dans toutes mes obſervations précédentes, ne ſubſiſtoient plus depuis que j'avois employé l'expédient dont j'ai parlé. L'uniformité des ſuivantes, & leur accord avec le réſultat des dernières de M. *Bouguer*, me répondoient de l'exactitude des unes & des autres. Les premiers quinze jours de Janvier, j'en eus encore trois dont je ne fus pas moins content: j'en fis part à M. *Bouguer* par mes lettres du 15 & du 19.

Pendant le reſte du même mois, il y eut une repriſe de brouillards, qui m'auroit pu diſpenſer, même de me préſenter à la lunette, ſi je n'euſſe quelquefois éprouvé que je voyois l'étoile dans des temps de brume claire, où aucun aſtre ne paroiſſoit à la vûe ſimple. Je fus plus heureux pendant le mois de Février. Le 21, je retournai l'inſtrument pour la quatrième fois. A force d'exercice, j'étois parvenu à obſerver ſeul avec la plus grande facilité, ſans avoir beſoin d'aucun ſecours. Dans toutes ces différentes inverſions, je n'éprouvai plus les changemens auxquels le ſecteur avoit été ſujet dans nos précédentes obſervations.

Je reçus le 16 Février, la réponſe de M. *Bouguer* à mes lettres du 15 & du 19 Janvier, avec la première communication de ſes obſervations juſqu'au 2 du même mois. Sa lettre étoit du 31 : il avoit vu l'étoile ε d'*Orion* pluſieurs des mêmes nuits du mois de Décembre où je l'avois auſſi obſervée.

Le 9 Mars, je lui envoyai la ſuite de mes obſervations :

1743.

Dernières obſervations.

Janvier.

Brouillards.

Février.

Communication mutuelle de nos obſervations ſimultanées.

Mars.

Z ij

j'y joignis une récapitulation de toutes celles que nous avions
faites enfemble & féparément les années précédentes à *Tarqui,*
à *Cotchefqui* & à *Quito ;* avec la comparaifon & la critique
des unes & des autres, & le réfultat de mes réflexions. Je
le priois de me dire fon avis fur le tout, & de me faire
part de fes lumières; afin de convenir dès-lors, non feulement des faits déjà conftatés par la communication réciproque, mais auffi de toutes les conféquences que nous en devions
tirer.

Ma lettre n'atteignit M. *Bouguer* que fur la route de *Carthagène :* il étoit parti de *Quito* dès le 20 Février (prefque
dans le même temps où j'avois reçu fa réponfe): c'eft ce que je

n'appris que le 5 Avril, au retour de mon exprès dépêché le
9 Mars; ainfi, tandis que je continuois d'obferver à *Tarqui,*
dans le deffein d'obtenir un plus grand nombre d'obfervations
fimultanées, correfpondantes à celles de M. *Bouguer,* il étoit
en chemin depuis fix femaines. M. de *Juffieu* me marquoit
qu'il lui avoit délivré, fur mon mandement, ce qu'il lui avoit
demandé de ma part, pour fubvenir aux frais de fon voyage.
Cette fomme faifoit partie de la fucceffion de feu M. *Seniergues,* dont M. de *Juffieu* & moi étions dépofitaires.

Je reçus dans le même temps des nouvelles de Don *Pedro
Maldonado :* il me mandoit qu'il s'étoit enfin déterminé à
prendre avec moi la route de la rivière des *Amazones;* qu'il
fe rendroit, ainfi que nous en étions convenus, par la province de *Canélos* à la *Laguna,* principale miffion de *Maïnas,*
où il m'attendroit s'il arrivoit le premier. Sur cette lettre, je
lui dépêchai un dernier exprès à *Quito,* pour l'informer de
ma marche, & je ne fongeai plus qu'à mon départ.

Je n'attendois, pour me mettre en chemin, que la réponfe
du Père *Magnin,* curé & miffionnaire de *Borja,* que j'avois
prié depuis plufieurs mois de m'envoyer des canots à l'*embarcadero* voifin de *Jaën ;* mais voyant bien que cela me retarderoit trop long-temps, je pris enfin le parti d'aller au devant
de fa lettre.

J'eus encore plus de peine à me tirer de *Tarqui,* où je

n'avois plus d'affaire, que de *Quito*, où elles ne finiſſoient point. Je devois me pourvoir de tout ce qui m'étoit néceſſaire pour une longue route, à *Cuenca*, où je n'étois pas vu de bon œil par les parens & les amis de ceux qui avoient eu part à l'émeute populaire de 1739, & qui ne pouvoient me pardonner l'arrêt que j'avois obtenu, quoiqu'il les eût traité avec peu de rigueur : il me fallut faire pluſieurs voyages en cette ville ; & malgré la faveur du Corrégidor, il ne me fut pas aiſé d'obtenir des muletiers & des porte-faix. La quinzaine de *Pâques* ſervoit de prétexte à la mauvaiſe volonté de ceux à qui j'avois affaire : je me conſolois en penſant que c'étoit pour la dernière fois que j'y ſerois expoſé.

Le 25 Avril, je partis de *Cuenca* pour n'y plus retourner. Toutes les rivières étoient prodigieuſement enflées ; je pris un grand tour, pour éviter les gués : cependant il falloit néceſſairement en paſſer un pour arriver à *Tarqui*, où je revenois coucher. Celui-ci, le plus petit de tous, avoit à peine 6 toiſes de large, & je le connoiſſois très-bien ; mais la rivière avoit tant charié de ſable & de vaſe, que mon cheval, quoique haut & vigoureux, s'y enfonçoit de plus en plus par les efforts même qu'il faiſoit pour s'en tirer : je me jetai à l'eau pour le ſoulager de mon poids, & le dégager. Si dans cette occaſion j'euſſe monté une mule, comme ces animaux ont les pieds moins larges que les chevaux, elle eût couru grand riſque d'y reſter. Le même jour, celle qui portoit ma malle étoit tombée du haut d'une berge dans la rivière, & ne s'en étoit tirée que pour retomber peu après dans une mare : mes livres & mes papiers étoient entièrement mouillés. J'aurois pu m'épargner le long temps que j'employai pour les ſécher, ſi j'euſſe prévu qu'il me faudroit bien-tôt recommencer la même opération.

A la veille de mon départ de *Tarqui*, je me vis menacé d'un nouveau procès avec le maître de la maiſon que j'habitois depuis ſept mois : je lui en avois fait les honneurs toutes les fois qu'il y étoit venu paſſer quelques jours ; je me flattois d'avoir regagné ſes bonnes graces par des attentions

Z iij

1743.
Avril.
Préparatifs pour mon départ.

Départ de *Cuenca.*

Gué de *Tarqui.*

Nouvel obſtacle.

1743.
Avril.

marquées : j'avois, d'ailleurs, très-bien payé tout ce qu'il m'avoit offert gratuitement ; cependant il attendoit le moment de mon départ pour me rançonner, en formant les plus étranges prétentions, & en me rendant refponfable de ce qu'il répétoit, fans aucun droit, contre M˙ʳˢ *Bouguer* & *Verguin*, pour le temps de notre premier féjour à *Tarqui*, quatre ans auparavant. Je lui donnai un peu plus que ce qu'il exigeoit pour mon compte, & je me crus heureux d'en être quitte à ce prix. Je n'infifte fur ce fait que pour remarquer que rien ne reffemble moins que ce procédé, à celui de la plufpart des gens de confidération à qui nous avons eu affaire dans l'Amérique efpagnole. A *Cuenca* même, où nous avions peu d'amis, j'occupai à plufieurs reprifes en 1739 & 1743, une maifon entière, que le maître*, dont j'étois à peine connu, m'avoit offerte, & de laquelle il ne me fut pas poffible de lui faire accepter aucun loyer. Il faut avouer que la vertu de l'hof-pitalité, aujourd'hui prefque bannie de l'Europe, femble s'être réfugiée dans le nouveau monde. Sans doute c'étoit autrefois la même chofe dans l'ancien ; mais l'affluence des hôtes, le nombre des aventuriers, & la facilité de fe procurer pour de l'argent toutes les commodités de la vie dans les grandes villes, ont dû y faire pluftôt fentir les inconvéniens d'un ufage qui faifoit tant d'honneur à l'humanité.

Départ de
Tarqui.
Mai.

Après bien des délais, & des contre-temps que l'habitude feule pouvoit rendre fupportables, je partis enfin de *Tarqui* le 11 Mai 1743. Un jeune Créole établi à *Cuenca*, dont les talens étoient dignes d'une meilleure fortune, vint recevoir mes adieux dans mon défert, & prendre part à ma joie. Je n'ofois prefque m'y livrer ; j'avois befoin d'être confirmé dans l'affurance que je n'étois plus retenu par aucun obftacle. Je pris la route de *Jaën* le 11 Mai 1743, huit ans après mon départ de France, & fept depuis mon arrivée à *Quito*.

Ce qui fuit n'a plus rien de commun avec l'objet principal de notre miffion, c'eft-à-dire, avec la mefure des degrés, &

* Le Docteur Don *Francifco Varfallo*, Commiffaire du tribunal de la *Cruzada*.

ne regarde que mon retour en Europe, dont j'ai donné la relation abrégée en 1745. Cependant, pour remplir le plan que je me suis proposé dans cette Introduction, & pour achever de rendre compte de mes occupations dans le cours des dix années qu'a duré mon voyage, je joins ici, suivant l'ordre des dates, une récapitulation succinte des principaux faits rapportés dans ma première relation ; mais j'indiquerai seulement ce que j'ai déjà dit ailleurs. Je n'insisterai que sur les faits les plus importans, & sur plusieurs circonstances nouvelles & dignes d'attention, que les bornes prescrites à ma lecture m'avoient fait omettre dans l'ouvrage cité [a], & que je retrouve sur mes journaux.

1743. Mai.

Du vallon de *Tarqui*, dont la température approche du froid, on descend au sud par une gorge appelée le *Portété*, dans un pays bas & chaud, comme l'exprime le nom indien *Yunguilla* [b], qui a pris une terminaison espagnole. Ce canton, le laboratoire des brouillards qui nous avoient désolé à *Tarqui*, est très-abondant en oranges, citrons, limes & limons de toute espèce, bananes, grenadilles, & sur-tout en *chirimoyas*, fruit du même genre que celui qu'on nomme dans nos isles, pommes de canelle; mais qui l'emporte beaucoup sur celles-ci par le goût & le parfum. On donne assez généralement au Pérou la préférence à la chirimoya sur l'ananas même, & il faut bien remarquer que l'on ne peut avoir en Europe qu'une idée imparfaite du goût de l'ananas, par ceux que l'art fait éclorre dans nos serres.

Vallon d'*Yunguilla*.

En sortant d'*Yunguilla*, on passe un gué fameux par un grand nombre d'accidens; c'est celui de la rivière de *los Jubones*. Je la trouvai fort enflée par les pluies: plusieurs de mes mules perdirent pied en la traversant, & tout mon bagage fut mouillé: un Nègre libre, établi près du gué, n'a d'autre métier que celui de passer un à un les voyageurs en croupe

Gué de la rivière de *los Jubones*.

[a] Cette relation étoit destinée pour une assemblée publique de l'Académie, & y fut lue en partie le 28 Avril 1745. *V. les Mém. p. 391.*

[b] Dans la langue *Quetchoa*, vulgairement langue de l'*Inga*, c'est-à-dire, des *Incas*, *Yunca* signifie pays de plaine, & se prend d'ordinaire pour pays chaud : d'*Yunca* on a fait *Yunga*, & par diminutif *Yunguilla*.

fur un très-grand cheval accoûtumé à cet exercice. J'avois
couché au bord de la rivière : la conformité de couleur &
la même patrie eurent bien-tôt fait lier connoiſſance au Nègre
qui me ſervoit, avec le *Chimbador** (c'eſt le nom qu'on donne
dans le pays aux paſſeurs de cette eſpèce); celui-ci s'infor-
ma de mon nom, & demanda quelle querelle j'avois eue
avec S . . . . . . l'un de ceux qui étoient le plus chargés dans
l'affaire du tumulte de 1739; & ſur le compte que lui rendit mon Nègre, le Chimbador ajoûta que j'étois bienheu-
reux d'avoir pris cette route au lieu de l'autre, où j'aurois fait
une mauvaiſe rencontre en paſſant ſur les terres de S . . . . . .
Le pur haſard m'avoit déterminé à ce choix : j'avois ſuivi le
grand chemin en 1737, dans mon voyage de *Lima,* je voulus
cette fois en prendre un nouveau, pour mieux connoître le
pays, & pouvoir placer *Zaruma* ſur ma carte. Quoi qu'on
m'en ait dit, je n'ai jamais pu me perſuader que j'euſſe couru
d'autre riſque que de me voir enlever la copie des pièces du
procès criminel, qu'on ſavoit que j'emportois avec moi, &
dont on appréhendoit fort la réviſion au Conſeil des Indes
de *Madrid.* Je n'ai pas porté mes ſoupçons plus loin contre
un homme, qui de chef de ſédition eſt devenu, depuis mon
départ, prêtre & curé, & qui ſans doute a fait des preuves
ſuffiſantes pour être revêtu de ce caractère. On pourra trouver
qu'il a pouſſé les précautions à l'excès, ſur-tout depuis que l'évènement a fait voir que lui & ſes complices n'auroient pas dû
prendre leur conſcience pour meſure de leur frayeur.

J'arrivai le 17 à *Zaruma :* c'eſt le ſeul pays de mines que
j'aie eu occaſion de voir pendant mon ſéjour au Pérou. Si
toutes les autres reſſembloient à celle-ci, la pauvreté habite-
roit au ſein de la richeſſe : ſoit pareſſe, ſoit défaut d'induſtrie,

---

* Ce nom eſt originairement indien. Dans l'ancienne langue du Pérou, *chimpa,* racine du verbe *chim-
pani, (je paſſe au delà),* ſignifie le
bord oppoſé d'une rivière ou d'une
ravine. Les Eſpagnols ont ſouvent
changé le *p* en *b;* de *pampa, (plaine),*

ils ont fait *bamba :* ainſi de *chimpo,*
ils ont fait *chimbo;* & de *chimbo,*
chimbador, paſſeur. *Chimbo* eſt le
nom d'un village où l'on paſſe une
rivière, à la vue de la célèbre montagne de *Chimbo-raço,* dont le nom
veut dire *la neige de l'autre bord.*

preſque

presque tous les habitans de *Zaruma* sont dans l'indigence; &
avec le titre de *Villa**, ce lieu ressemble à un village médiocre :
ceux qui me montroient d'où l'on tiroit l'or, n'avoient point
de souliers. Cet or est de bas aloi, & ne passe guère 14.
carats : on le travaille avec le vif-argent. Les mines de *Za-*
ruma sont presque abandonnées, quoiqu'assez abondantes : il
ne manque que des bras pour les mettre en valeur ; mais les
fruits, qui, grace au climat, ne demandent aucune culture,
y sont excellens. Je ne remportai de ce lieu que la latitude,
une bonne provision d'ananas, & une longue barbe ; car dans
un lieu où j'entendois parler d'*Alcaldes*, de *Régidors* & d'hôtel
de ville, je n'avois pu trouver un Barbier.

Il seroit difficile d'opter, & sur-tout de faire un bon choix
entre les ponts de lianes & les gués qu'il faut passer aux environs de *Zaruma*. Je rejoignis le grand chemin le 23 à
Loxa, que je connoissois dès le temps de mon voyage à *Lima*
en 1737. Cette ville est déchue de son ancien lustre, & presque
tout son commerce, le quinquina excepté, a passé à *Cuenca*.
Mon premier soin, en arrivant à *Loxa*, fut de réduire mon
bagage au moindre volume possible, & de me débarrasser de
tout ce qui pouvoit retarder ma marche. Je ne gardai que deux
habits très-légers ; je me défis de mon lit de camp : un hamac
me suffisoit dans le pays où j'allois entrer, qui devenoit plus
chaud à mesure que le terrein baissoit. Je louai de nouveaux
mulets, & je vendis à vil prix les miens, qui n'étoient pas en
état de me mener plus loin, sur-tout dans les chemins affreux
dont on me menaçoit : j'avoue que cette fois-là je n'eus pas
à me plaindre de l'exagération.

Je m'arrêtai quelques jours à *Malacatos*, chez Don *Fer-*
nand de la Vega, auquel je remis le testament d'un François
son gendre, mort à *Quito*, & qui, pour faire connoissance
avec moi, avoit attendu le jour où il m'envoya prier d'être
son exécuteur testamentaire. Je ne pouvois, d'ailleurs, me
dispenser de séjourner à *Malacatos* : une de mes mules avoit
été entraînée par un torrent avec sa charge ; mes plans, cartes,

1743.
Mai.

Loxa.

Séjour à
Malacatos.

* *Villa*, en Espagne, est une petite ville, à la distinction de *Ciudad*.

A a

vues & deffeins étoient fort maltraités, & j'avois pris l'habitude de fécher mes papiers chaque fois qu'ils étoient mouillés.

Pendant ce temps, un Religieux Auguftin, Curé de *Villca-bamba*, village voifin, me rendit un grand fervice de la manière la plus obligeante : il reffouda & répara les tuyaux d'une grande lunette de 16 pieds, qui m'a depuis fervi dans ma route à plufieurs obfervations de longitude, & qui, fans lui, me feroit devenue inutile dans un pays où je n'aurois pu la faire réparer.

*Quinquina.
Extrait. Sel.*

La récolte de quinquina faifoit le principal revenu de mon hôte, qui avoit fes terres dans un des bons cantons : j'y fis ma provifion de celui de la meilleure efpèce ; il me donna de l'extrait & du fel tirés de cette écorce encore récente, par le procédé que lui avoit enfeigné M. de *Juffieu*, pendant le féjour qu'il avoit fait dans ce même lieu en 1739. Je n'ai pas eu occafion de faire ufage du fel ; mais l'écorce & l'extrait ont guéri de la fièvre tous ceux à qui j'en ai donné au *Parà*, à *Cayenne*, & fur le vaiffeau hollandois qui m'a paffé en Europe.

*Juin.
Plant de
Quinquina.*

Je féjournai le 3 Juin à *Yangana*, pour y chercher & choifir moi-même de jeunes rejetons de l'arbre du quinquina, que je deftinois au Jardin royal des plantes. Je m'étois flatté de pouvoir les tranfporter au moins jufqu'à *Cayenne*, & de les y laiffer en dépôt. On verra quel fut leur fort.

Villes ruinées.

Je paffai par les villes de *Loyola* & de *Valladolid*, & près de *Cumbinama*, fondées dans les commencemens de la conquête du Pérou. Leurs grands noms peuvent fervir tout au plus d'ornement à une carte ; il y auroit à peine de l'exagération à dire que quelques-unes tiennent plus de place fur le papier, que les villes mêmes n'en occupent aujourd'hui fur le terrein. Il ne refte nul veftige de celle de *Cumbinama :* les deux autres ne méritent pas le nom de hameau. Je laiffe à juger de l'état des ponts de lianes qui conduifent à ces lieux inhabités.

*Rivière de
Chinchipé.*

Pendant que mon bagage alloit par terre à *Jaën*, je fis mon premier effai de navigation fur un radeau, en defcendant la rivière de *Chinchipé* depuis *Perico* jufqu'à *Tomépenda*, où

j'allois trouver le Gouverneur efpagnol de *Jaën*, qui préfé-
roit, avec grande raifon, le féjour d'un village indien à celui
de fa capitale : celle-ci eft fituée, comme *Zaruma*, fur une
montagne, mais fale & humide, malgré cette pofition, &
renommée feulement par l'efpèce de tique, appelée *garrapata*,
dont on y eft dévoré.

Mon bagage m'attendoit à *Jaën*, dont je voulois déterminer la fituation : c'étoit, pour ainfi dire, mon point de
partance. Il fallut me contenter d'en fixer la latitude, & de
conclurre la longitude feulement par mes routes, n'ayant pu
y obferver d'éclipfe des fatellites de *Jupiter*. Le *Marañon* n'eft
pas encore navigable à *Jaën* : il me reftoit quatre jours de
marche jufqu'au port où je devois m'embarquer.

La nature du pays que j'eus à traverfer de *Loxa* à *Jaën*,
& de *Jaën* à *l'embarcadero*, mériteroit quelque détail ; on
le trouvera dans les additions à ma relation de *l'Amazone*,
inférées dans les Mémoires de l'Académie de 1745. Je dirai
feulement que j'arrivai le 26, de nuit, à *Chuchunga*, lieu de
mon embarquement, après plufieurs naufrages dans un torrent
que je paffai vingt-deux fois la dernière journée de ma
route par terre.

Pendant qu'on me préparoit un radeau, je m'occupai à
faire un extrait de mes obfervations les plus importantes,
tant fur la mefure du degré que fur diverfes autres matières :
eet extrait étoit adreffé à l'Académie, pour lui être rendu,
en cas que je mouruffe en chemin : je recommandois au
Gouverneur de *Jaën*, de le faire tenir à *Quito* au Père *Milanezio*, que j'en rendois le dépofitaire. Je m'embarquai le 4
Juillet fur la petite rivière de *Chuchunga*, & je la defcendis
en radeau jufqu'à fa rencontre avec le *Marañon*, où je dé-
bouchai le 5 au matin, après environ fix heures de navigation. Un peu au delà, je m'arrêtai deux jours, pour donner
le temps aux eaux de baiffer, & pour aggrandir mon radeau,
fur lequel j'arrivai à *Sant-Iago* le 10, après avoir franchi le
mauvais pas de *Cumbinama*, & le tournant d'eau d'*Efcurre-
bragas* : je ne me tirai de celui-ci qu'au moyen d'une corde

1743.
Juin.
Tomépenda,
Jaën.

Mauvais
chemins.

Embarcadero,
ou port de *Jaën.*

Teftament
académique.

Embarque-
ment.
Juillet.

1743.
Juillet.

Radeau
suspendu.

Paſſage de
Pongo.

Borja.

La *Laguna*,
principale Miſ-
ſion.

que me jetèrent les trois Indiens du canot qui m'eſcortoit en côtoyant le rivage.

J'ai rapporté ailleurs comment la nuit du 11 au 12, tandis que j'attendois que la rivière fût aſſez baſſe pour riſquer le paſſage du *Pongo*, peu s'en fallut que je ne demeuraſſe ſuſpendu avec mon radeau, à l'éclat d'une branche d'arbre qui y étoit entrée par-deſſous, & qui l'avoit traverſé.

Le 12, je paſſai le fameux détroit connu ſous le nom de *Pongo de Manſéritché*, que je trouvai moins effrayant qu'on ne me l'avoit dépeint. J'en ai donné le plan & la vue dans les Mémoires de l'Académie de 1745. En 57 minutes, je me vis tranſporté à *Borja*, que j'eſtimai deux lieues au deſſous de *Sant-Iago*. De nouvelles réflexions ſur la rapidité du courant de pluſieurs rivières qui tombent de la Cordelière, & dont j'ai meſuré la vîteſſe pluſieurs fois proche de leurs ſources, me font ſoupçonner que la diſtance de *Sant-Iago* à *Borja* pourroit bien être plus grande que je ne l'ai évaluée dans ma relation, & que j'ai peut-être trop rabattu de l'eſtime ordinaire de trois lieues.

Borja, capitale du Gouvernement de *Maïnas*, reſſemble aſſez aux villes dont j'ai parlé plus haut : il n'y a plus que des Indiens. J'en partis le 14 avec le R. P. *Magnin*, miſſionnaire & curé de ce lieu, qui voulut bien m'accompagner juſques à la *Laguna*. Le 17, nous fîmes halte à l'embouchure du *Paſtaça*, rivière qui reçoit toutes les eaux de la Cordelière, à l'orient de *Riobamba*, & que Don *Pedro Maldonado* avoit deſcendue en venant de *Quito*. Je trouvai attaché à un arbre un billet qu'il y avoit laiſſé en paſſant, le premier Juin, pour m'inſtruire de ſa marche, comme nous en étions convenus. Le 19, je le joignis à la *Laguna*, principale miſſion de *Maïnas*, où il m'attendoit depuis ſix ſemaines.

Nous en partîmes enſemble le 23 ſur deux canots de 42 & de 44 pieds de long, formés chacun d'un ſeul tronc d'arbre, & équipés de huit rameurs. Nous marchâmes jour & nuit, dans l'eſpérance d'atteindre, avant leur départ, les brigantins que les miſſionnaires, Carmes portugais, dépêchent

tous les ans au *Parà*, pour porter le cacao qu'ils recueillent
dans leurs millions, en échange duquel ils reçoivent de *Lifbonne* tout ce qui leur eft néceffaire.

Nous arrivâmes le 2 5 au foir, après quarante-huit heures
de marche, à la bourgade des *Yaméos,* nation fauvage nouvellement apprivoifée, dont la langue & la prononciation
ne reffemblent à aucune autre.

Yameos.

Le 2 6, je ne trouvai point de fond à 8 0 braffes, quoique
je fuffe encore à 8 0 0 lieues de la mer : je paffai le même
jour devant les bouches de l'*Ucayalé*. Son cours de plus de
5 0 0 lieues, la largeur de fon lit, fa direction, qui change
moins que celle du *Marañon* après leur rencontre mutuelle,
donnent lieu de douter lequel de ces deux fleuves reçoit l'autre,
& doit lui donner fon nom.

Sonde.

*Rivière d'U-
cayalé.*

Le 27 au matin, nous abordâmes à *Saint-Joachim* des
Omaguas. De tous les fauvages qui habitent lés bords de
l'*Amazone*, ce font les plus civilifés, malgré leur ufage bizarre
de s'applatir le front, la longueur artificielle de leurs oreilles,
qui leur eft commune avec quelques autres nations, & leur
goût fingulier pour leurs prétendus fortilèges & certaines fu-
perftitions bizarres, dont le détail me mèneroit trop loin.

Omaguas.

Le 3 1, je déterminai en longitude & en latitude l'embouchure du *Napo,* qui fort des montagnes à l'orient de *Quito,*
& qui a long-temps paffé pour la fource principale de l'*Amazone.* Les Portugais font remonter jufqu'à ce confluent, leurs
prétentions fur le domaine des bords de ce fleuve ; quoique
la borne placée en 1 6 3 9 par *Texeira*, fur laquelle ils fe fondent,
ait été pofée beaucoup plus bas, à *Paraguari,* vis-à-vis de la
première bouche de l'*Yupura.*

Napo, point
de longitude.

Le lendemain, premier Août, nous prîmes terre à *Pévas,*
aujourd'hui la dernière miffion efpagnole en defcendant le
fleuve. Le poifon, dont les Sauvages raffemblés en ce lieu,
particulièrement les *Ticounas,* enduifent la pointe de certaines
petites flèches de bois de palmier, qu'ils lancent avec le foufle
par le moyen d'une farbacanne, paffe dans le pays pour le
plus violent de tous ceux qui fervent au même ufage. On

Août.
Pévas, der-
nière Miffion
efpagnole.

croit communément qu'il perd sa force en peu de mois; mais je ne l'ai trouvé guère moins actif après deux ans. M^{rs} de *Reaumur* & *Hériffant* en ont jugé de même; par les expériences qu'ils en ont faites à *Paris* au bout de quatre ans, sur un grand nombre de quadrupèdes & d'oiseaux, même sur des chevaux, sur un ours, un aigle, &c. L'animal atteint d'une de ces flèches récemment empoisonnées, tombe en paralysie, quelquefois avec des convulsions, & meurt ordinairement en moins d'une minute. Ce poison n'agit que mêlé directement avec le sang : le gibier tué avec ces mêmes flèches, n'en est pas moins bon à manger, & nous en avons vécu pendant le cours de notre navigation sur l'*Amazone*. Le sucre pris intérieurement, qui passe dans le pays pour un contrepoison efficace contre ces blessures, ne produit souvent aucun effet : les animaux piqués d'une flèche empoisonnée, n'ont été sauvés que par l'application du feu sur la plaie, ou l'amputation de la partie blessée, faite à l'instant même.

La mission de *Pévas* est composée de diverses nations rassemblées; nous y vîmes plusieurs Sauvages indépendans qui venoient visiter les nouveaux Chrétiens de la bourgade, leurs parens ou leurs compatriotes. Ceux-ci n'ont d'autre vêtement que ce qui suffit à peine pour couvrir leur sèxe : ceux-là, hommes & femmes, vont entièrement nus. Les uns & les autres ont, pour la pluspart, le visage criblé de trous; & dans leurs fêtes & leurs danses, dont nous fûmes témoins, ils se lardent le visage de plumes d'oiseaux de différentes couleurs. Il y a encore quelques nations barbares dans l'intérieur des terres, & nommément sur des bords de l'*Yupura*, qui mangent leurs prisonniers; mais aucune d'elles n'habite les bords de l'*Amazone*.

Nous partîmes de *Pévas* le soir même : nous navigâmes trois nuits & trois jours, & nous fîmes le chemin de sept à huit journées ordinaires, sans rencontrer aucune habitation. La nuit, nous nous laissions aller au fil du courant, & nos rameurs se reposoient : deux seulement faisoient sentinelle, l'un à la poupe, l'autre à la proue. Hors le temps destiné à prendre hauteur à midi, ou à obferver l'amplitude au lever & au coucher du foleil, nous ne faifions chaque jour qu'une halte de deux ou trois heures, pendant lefquelles je prenois un peu de repos : le refte du temps, j'étois continuellement occupé à obferver avec la boulfole les changemens de direction du cours de la rivière, & avec la montre, le temps que nous employions d'un détour à l'autre ; à mefurer la vîtelfe du courant, celle du canot, la largeur du fleuve, la longueur de fes ifles ; enfin à marquer les embouchures des rivières qu'il reçoit, pour ne rien omettre, s'il étoit poffible, dans la carte que je levois de fon cours. Le 3 Août, M. *Maldonado* voulut bien commencer à fe charger de marquer les changemens de route, & la durée de chacune, depuis fix heures du matin jufqu'à neuf ; ce qu'il continua les jours fuivans, tant que nous marchâmes fans nous arrêter.

Nous évitions de prendre terre dans les endroits dangereux & fufpects, où le hafard peut faire rencontrer quelquefois des Sauvages ennemis, quoique le cas foit fort rare. Je m'étois muni d'armes à feu, qu'ils craignent beaucoup, bien que moins terribles que leurs flèches empoifonnées : j'avois dans mon feul canot, deux fufils & quatre paires de piftolets. Je m'aperçus bien-tôt que cette provifion étoit inutile : elle me fervit à faire des préfens fur la route, à nos hôtes & à nos guides.

Le 5 au matin, nous débarquâmes à *San-Pablo*, la première des cinq miffions portugaifes qui occupent environ deux cens lieues le long de la rive auftrale du fleuve. C'eft depuis l'invafion des Portugais en 1710, que ces nouveaux établiffemens fe font formés des débris de l'ancienne miffion du Père *Samuel Fritz*, Jéfuite allemand, miffionnaire de la couronne d'Efpagne, & l'apôtre du *Marañon*. Il avoit pouffé fes conquêtes fpirituelles jufque dans *Rio-Negro*, à 600 lieues de *Borja*, lorfqu'il defcendit le *Marañon* en 1689. La grande carte Efpagnole du cours de cette rivière, qu'il fit à fon retour du *Parà*, fut gravée en petit à *Quito* en 1707, & depuis copiée en 1717, dans le *Rec. de Lettres édif. & curieuf.* Cette

Sidenotes:
1743. Août.

Carte du cours de l'*Amazone.*

Armes à feu redoutées des Sauvages.

Miffions portugaifes, *San-Pablo.*

Carte du P. *Fritz.*

carte eſt un morceau précieux & unique * : elle prouve l'habileté de ſon auteur, vu la diſette où il étoit d'inſtrumens, ſon infirmité actuelle, & les circonſtances gênantes de ſa navigation. L'original du P. *Fritz,* où les degrés de grand cercle ont près d'un pouce, m'eſt tombé heureuſement entre les mains, à la veille d'être entièrement conſumé par le temps, l'humidité & les inſectes, qui détruiſent tout dans les pays chauds ; j'en ſuis redevable au R. P. *Nicolas Sindlher,* Jéſuite bavarois, Supérieur des miſſions de *Maïnas,* dont le zèle & les travaux ont abrégé les jours : mon deſſein eſt de le dépoſer à la Bibliothèque du Roi, quand j'aurai publié ma grande carte.

Les cinq nouvelles miſſions portugaiſes ſont aujourd'hui gouvernées par des religieux Carmes de la même nation. Nous y trouvâmes des canots beaucoup plus grands & plus commodes que les nôtres, une nouvelle langue, de nouveaux uſages. Là, quoiqu'au centre du vaſte continent de l'Amérique méridionale, tout ſe reſſent de l'aiſance que procure le commerce direct avec l'Europe, par le moyen de la flotte qui vient tous les ans de *Liſbonne* au *Para.* Nous ſéjournâmes

---

* Ce n'eſt que depuis peu de temps que j'ai pu rencontrer un exemplaire de la Relation françoiſe de la rivière des *Amazones,* par le Comte de *Pagan,* imprimée à *Paris* en 1655, quinze ans après celle que le Père d'*Acuña* avoit publiée à *Madrid* en 1640, & que M. de *Gomberville,* de l'Acad. Françoiſe, traduiſit en 1682. J'ai trouvé dans celle du Comte de *Pagan* une petite carte fort défectueuſe de la rivière des *Amazones,* mais antérieure à celle du P. *Fritz,* & qui ne ſe trouve point dans l'édition eſpagnole de l'ouvrage du Père d'*Acuña.* Quelques-uns ont pris la Relation du Comte de *Pagan,* qui ne cite perſonne, pour une paraphraſe de celle du Père d'*Acuña ;* mais comme *Pagan* contredit & relève cet auteur en divers endroits, il faut néceſſairement qu'il ait eu d'autres mémoires. Il y a toute apparence qu'il les avoit acquis en Portugal, où il fut envoyé pour ſervir en qualité de Maréchal-de-camp en 1642, deux ans après la révolution qui mit la maiſon de Bragance ſur le thrône : il eſt probable qu'il les aura tirés de quelqu'un des Portugais de l'expédition de *Pedro Texeira,* Lieutenant de Roi, ou *Capitam mor* du *Para,* qui avoit remonté l'*Amazone* en 1637, & fait le voyage de *Quito.* Peut-être même *Pagan* aura-t-il eu communication de quelques mémoires envoyés directement du *Para* à la cour de *Liſbonne,* pour ſuppléer à ceux que le Jéſuite eſpagnol, nommé par l'Audience royale de *Quito* pour accompagner *Texeira* dans ſon retour, avoit apportés à *Madrid* à *Philippe II,* dont le Portugal venoit de ſecouer le joug.

fix jours à *Coari*, la dernière des cinq miffions : nous y relayâ-
mes de canots & d'Indiens, & nous en partîmes le 20. Le
même jour, nous effuyâmes une véritable tempête, dans un
endroit où le fleuve avoit plus d'une lieue de large : nous
eûmes le temps de nous mettre à l'abri ; l'entrée d'un ruiffeau
nous fervit de port. Je n'ai point fait mention de plufieurs
autres pareils orages. Le 21, je ne trouvai point de fond
avec une fonde de cent trois braffes : je m'étois précautionné
contre l'accident connu, qui peut, en certains cas, empêcher
la fonde d'aller à fond, quand la profondeur eft fort grande,
& le plomb fort petit.

1743.
Août.
Coari.

Le 23, nous entrâmes dans *Rio negro*, ou la *Rivière noire*,
& nous prîmes terre au Fort Portugais : on peut remonter de
cette rivière dans le grand fleuve de l'*Orinoque*, qui a fon embouchure vis-à-vis l'ifle de la *Trinité*. Cette communication de
l'*Orinoque* à l'*Amazone*, autrefois connue, enfuite révoquée en
doute, niée même encore en 1742 par le P. *Gumilla*, auteur
de l'*Orinoque illuftré*, qui avoit paffé fa vie dans les miffions
voifines, a été récemment bien conftatée par les nouvelles
découvertes des Portugais en 1743, & l'auteur cité a reconnu
fon erreur avant fa mort. Il s'enfuit de-là que la *Guiane* eft la
plus grande ifle du monde connu.

Rio negro,
fa largeur.

Le lendemain, nous laiffâmes à droite, fur la rive auftrale,
les bouches de la rivière *da Madeira* (ou du *Bois*), que les
Portugais du *Parà* ont remontée en 1741 jufqu'à *Santa-Cruz
de la Sierra*, dans le haut Pérou. Les Jéfuites portugais ont des
miffions très-floriffantes fur les bords de cette rivière : celles
de l'*Amazone*, au deffous de *Coari*, font régies par des Religieux de la *Mercy* de la même nation.

Rivière da
Madeira.

Le 28, nous atterrâmes fur le bord feptentrional du fleuve
au Fort de *Paouchis* (*Pauxis,*) où les Portugais ont une garnifon.
L'*Amazone*, large d'une & de deux lieues au deffus de *Pauxis*,
forme en ce lieu un détroit dont je mefurai géométriquement
la largeur ; je la trouvai de 900 toifes. Le flux & reflux s'y
fait fentir, quoiqu'à deux cens lieues de la mer.

Fort de *Pauxis.*

En feize heures de marche, nous nous rendîmes de *Pauxis*

à l'embouchure de la rivière de *Topayos*. Nous mouillâmes le 2 Septembre fous le fort de même nom, où il y a auffi garnifon portugaife. Je fis en ce lieu l'acquifition de plufieurs pierres vertes, connues fous le nom de pierres d'*Amazones:* elles font fort eftimées des Indiens, qui ont peine à s'en défaire, & elles deviennent tous les jours plus rares. C'eft un vrai jade, pareil à celui d'orient, mais dont on ne connoît plus la carrière, non plus que l'art avec lequel les anciens Indiens ont fu travailler cette matière, malgré fon extrême dureté, & y percer des trous, quelquefois de fix à fept pouces de long, fans aucun outil de fer *. J'ai remis les plus belles de ces pierres au cabinet du Jardin du Roi.

Montagnes.   Le 4, nous vîmes au nord, à douze ou quinze lieues dans les terres, une chaîne de montagnes parallèles à la rivière, les premières & les feules que nous euffions aperçues depuis que nous avions perdu de vue la Cordelière du Pérou. Le pays entre le fleuve & ces montagnes, paroiffoit entièrement découvert : nous étions, fuivant mes routes, à peu près au fud de *Cayenne;* & je jugeai dès-lors que ce terrein eût été propre aux opérations que nous avions faites dans la province de *Quito.* J'eus occafion depuis de me confirmer dans ce jugement.

Xingu, rivière.   Le 6 au foir, nous entrâmes dans des canaux naturels fort étroits, qui nous conduifirent, par l'intérieur des terres, dans la rivière de *Chingou (Xingu),* & nous la traversâmes le lendemain un peu au deffus de fon embouchûre. Là nous ceffâmes d'être perfécutés des coufins & des maringoins, qui font la plus grande incommodité de cette navigation. J'ai donné dans ma première relation une raifon plaufible de ce changement.

Voie d'eau
au canot,   Le même jour, en approchant de terre pour couper quelques morceaux d'un bois dont on vantoit les vertus pour l'hydropifie, une vague nous pouffa contre un éclat de branche caché, qui ouvrit une voie d'eau très-confidérable

---

* Les deux plus beaux morceaux que j'aie rapportés, m'ont été donnés à *Cayenne* par M. de *Lille-Adam* Commiffaire de la marine, & par M. *Molinier* Arpenteur royal de la colonie.

la carenne de notre canot: elle fe rempliffoit à vue d'œil; & fi nous euffions été moins près du rivage, nous aurions couru le plus grand rifque.

Le 9 au matin, nous nous arrêtâmes fur le bord auftral du fleuve, à la petite ville & forterefle portugaife de *Couroupa (Curupa)*, d'où nous nous rendîmes, à la faveur des marées, entre des ifles, & par un détroit tortueux, appelé *Tagipourou (Tagipuru)*, dans la rivière de *Parà*, qu'on a prife mal-à-propos pour un bras de l'*Amazone*.

Fort de *Cu-*
rupa. Détroit
de *Tagipuru.*

J'ai déjà remarqué que tous les Gouverneurs portugais étoient prévenus de mon arrivée ; ils m'avoient attendu les deux années précédentes. Je n'ai fu que depuis mon retour en France, que les ordres de Sa Majefté Portugaife ne s'étoient pas bornés à mon paffage, & qu'il y en avoit eu de particuliers, pour me défrayer & ceux qui m'accompagnoient, dans tous les lieux de fa domination : circonftance dont il n'étoit point fait mention dans l'ordre que me fit voir le Gouverneur du *Parà*, & dont on trouvera la copie à la fuite de ce Journal. Nous fûmes reçus & traités par-tout avec la plus grande diftinction : l'on tira le canon des Forts, & nous trouvâmes, en débarquant à *Couroupa*, les deux compagnies de la garnifon fous les armes, le Lieutenant de Roi, ou le *Capitam Môr*, à leur tête. Nous y paffâmes trois jours dans des fêtes continuelles ; nous en partîmes enfuite, & nous arrivâmes le 19 Septembre à la vue du *Parà*, où nous fûmes retenus & bien traités pendant huit jours dans une habitation dépendante du collège des Jéfuites, en attendant qu'on eût meublé la maifon qui nous étoit deftinée à la ville : ce ne fut que le 27 que nous allâmes nous y établir.

Ordres du Roi
de Portugal.

Parà, ou le grand *Parà**, dont le nom eft à peine connu en Europe, eft une grande & belle ville nouvellement bâtie en pierre, & que fon commerce avec *Lifbonne* rend tous les

Ville du
grand *Parà.*

---

* *Parà*, dans la langue des *Tupinambas*, la plus généralement répandue dans le Brefil, fignifie fleuve ou rivière; *Paraguafou (Para-guazu)* grande rivière, d'où vient *Paraguay*, & *Baraquan* nom que quelques anciennes cartes donnent à l'*Orinoque* dans fa partie fupérieure.

Bb ij

1743.
Septembre.

Octobre.
Novembre.
Décembre.
D. *Pedro Mal-
donado* part fur
la flotte de *Lis-
bonne.*

jours plus floriſſante. C'eſt le ſiège d'un évêché, & peut-être l'unique colonie européenne où l'argent n'ait point de cours: la ſeule monnoie courante étoit alors le cacao[a].

J'eus le temps de faire en trois mois que je reſtai dans cette ville, un aſſez grand nombre d'obſervations. Le 3 Décembre, Don *Pedro Maldonado* s'embarqua ſur une flotte portugaiſe de ſept navires, qui faiſoient voile pour *Liſbonne,* où il arriva deux mois après. Nous nous rendîmes réciproquement dépoſitaires de nos dernières volontés : il ſe chargea d'un *duplicata* de mon extrait d'obſervations, pour l'Académie. J'avois ajoûté à ce nouvel extrait les latitudes & longitudes que j'avois obſervées depuis dans le cours de ma navigation. J'adreſſai le paquet à M. de *Chavigny,* alors Ambaſſadeur de France à la cour de Portugal : ce Miniſtre me l'a fait remettre depuis mon arrivée à *Paris.*

Sans s'être fait
connoître au
Parà.

L'exemple du P. *Samuel Fritz,* miſſionnaire d'Eſpagne à *Maïnas,* qui deſcendit le fleuve juſqu'au *Parà* en 1689, pour y rétablir ſa ſanté, & que le Gouverneur de cette ville retint pendant plus d'un an, ſans lui permettre de retourner à ſa miſſion, avoit fait craindre à Don *Pedro Maldonado* de ſe déclarer Eſpagnol parmi les Portugais. Ses parens & ſes amis le lui avoient bien recommandé avant ſon départ de *Quito,* & je lui avois promis le ſecret. Après que le Gouverneur du *Parà* m'eût remis copie des ordres de S. M. P. & que nous eûmes éprouvé les manières franches & ouvertes de ce Commandant[b] à notre égard, je fis mon poſſible pour engager M. *Maldonado* à y répondre : je lui repréſentai que le paſſe-port ne diſtinguoit aucune nation, puiſqu'il s'étendoit à tous ceux qui viendroient en ma compagnie; que l'ancien Gouverneur qui avoit retenu le Père *Samuel Fritz,* après en avoir été blâmé par ſa Cour, avoit reçu ordre de le faire reconduire à ſa miſſion, avec de grands honneurs, ce qui avoit été exécuté; que les circonſtances préſentes étoient beaucoup plus favorables, vu l'alliance étroite & la bonne

[a] Les eſpèces monnoyées y ont depuis été introduites.
[b] M. *Joan de Abreu e Caſtel-branço.*

intelligence qui fubfiftoient depuis long temps entre les Cours
d'Efpagne & de Portugal. M. *Maldonado* fentoit la force
de ces raifons, mais une mauvaife honte le retenoit : il avoit
paffé pour François, & reçu en cette qualité des lettres de
recommandation du Gouverneur pour la cour de *Lifbonne ;* il
n'ofa lui avouer fes craintes, ni les foupçons qu'on lui avoit
infpirés. Ce n'eft pas tout : il exigea de moi que je lui gar-
daffe le fecret, même après fon départ ; & tout ce que je pus
obtenir de lui, ce fut de confentir qu'en renvoyant au *Parà*
le canot qui me devoit conduire à *Cayenne*, j'expliquaffe les
raifons qui l'avoient engagé à ce myftère. Je paffai encore au
Parà près d'un mois après fon départ. Je ne me fuis trouvé
de ma vie dans une fituation plus embarraffante : d'un côté,
je me reprochois de payer par une diffimulation qui reffembloit à une tromperie, la franchife d'un homme de beaucoup
d'efprit & de mérite, qui me combloit de politeffes & de prévenances ; & d'un autre côté, je ne pouvois trahir la confiance
de mon ami. J'évitai, autant qu'il me fut poffible, les converfa-
tions particulières avec le Gouverneur, qui me parloit fouvent
de M. *Maldonado.*

Pendant mon féjour au *Parà*, j'avois été fort lié avec un
Eccléfiaftique, homme de lettres, fils d'un François établi en
cette ville : c'étoit Dom *Lourenço Alvares Roxo de Potflis*,
grand Chantre de l'églife cathédrale, & grand Vicaire de
l'Evêque. Il avoit beaucoup de goût pour l'hiftoire naturelle
& pour la méchanique : plufieurs morceaux curieux, qu'il me
donna, & d'autres qu'il m'a depuis envoyés, font partie de
ceux que j'ai remis au cabinet du Jardin du Roi. Il eft aujourd'hui Correfpondant de l'Académie.

Le Général du *Parà* m'avoit beaucoup preffé de m'embarquer fur la flotte qui étoit partie pour le Portugal ; mais c'étoit
en France que je voulois me rendre directement. En partant avec cette flotte, je n'euffe pu me difpenfer de faire
au moins quelque féjour dans les Cours de *Lifbonne* & de
Madrid, dont j'avois reçu tant de faveurs, & dont les langues
m'étoient devenues familières ; mais je croyois ne devoir

Offres du
Gouverneur.

Bb iij

m'arrêter volontairement nulle part, avant que d'avoir rendu compte de ma commiſſion à l'Académie. Je refuſai donc les offres, & je réſiſtai aux inſtances réitérées du Gouverneur: je perſiſtai à lui demander un canot pour paſſer à *Cayenne*, dans le deſſein de m'y embarquer pour la France ſur le vaiſſeau du Roi qui vient tous les ans dans cette colonie.

Raiſons pour
aller à *Cayenne.*

Pluſieurs autres raiſons ſe joignoient à celles que je viens d'expoſer. Je voulois, en faiſant le trajet du *Parà* à *Cayenne*, achever ma carte du cours de l'*Amazone*, & meſurer l'embouchure de ce fleuve en la traverſant. Je comptois dépoſer à *Cayenne* mes jeunes arbres de quinquina, qui avoient beſoin de cet entrepôt pour être tranſportés en France. D'ailleurs, il me paroiſſoit important de répéter l'expérience de M. *Richer* ſur la longueur du pendule à ſecondes à *Cayenne :* je me propoſois auſſi d'y faire celle du pendule de métal, que j'avois employé au même uſage à *Quito*, à *Pitchincha*, au *Parà*, & qui m'a ſervi depuis à *Paris*. Je me flattois, vu les meſures que j'avois priſes, de trouver raſſemblées à *Cayenne* toutes les lettres que j'attendois d'Europe, & dont j'étois privé depuis plus de trois ans : ſur-tout j'eſpérois pouvoir m'embarquer, & repaſſer droit en France, ſur le vaiſſeau de guerre qui, à ſon retour de *Cayenne*, touche ordinairement à la Martinique. J'étois bien réſolu, en ce cas, de remonter ſur la montagne *Pelée*, haute de 700 toiſes, d'y meſurer avec le micromètre, la diverſité d'inclinaiſon de l'horizon dans le ſens du méridien, & perpendiculairement au méridien; & de conclurre de cette obſervation l'inégalité des degrés du méridien & de l'équateur par une voie très-ſimple. J'avois inutilement cherché les moyens de faire cette obſervation ſur la côte de la mer du ſud en 1736, lors de notre débarquement à *Manta :* il ne m'avoit pas été poſſible alors de faire aucune application utile de cette méthode, faute d'une hauteur ſuffiſante, & je m'étois toûjours flatté qu'à mon retour j'en trouverois l'occaſion à la Martinique. Telles étoient les raiſons qui me déterminèrent au voyage de *Cayenne :* j'étois bien éloigné de prévoir qu'il retarderoit de près d'un an mon arrivée en France.

La petite vérole faifoit alors un ravage affreux au *Para* parmi les Indiens, à qui elle eft prefque toûjours mortelle, quand ils l'ont naturellement, & qu'elle ne leur eft pas communiquée par infertion : opération qui a très-bien réufli au *Parà* avant & depuis mon paflage. Il n'étoit pas poflible de trouver un nombre fuffifant d'Indiens pour former un équipage de rameurs : il les fallut faire venir de fort loin, & les garder à vue, pour empêcher qu'ils ne communiquaffent avec ceux de la ville, qui étoient infectés de la contagion. Tout le mois de Décembre fe paffa dans ces préparatifs. Je mis à profit ce délai : je déterminai la latitude & la longitude du *Parà* par plufieurs obfervations, & j'en fis un grand nombre de divers genres, dont j'épargne ici l'énumération au lecteur.

Celui que le Gouverneur avoit chargé d'équiper le canot, avoit refufé de recevoir l'argent que je lui avois offert : je portai fécrètement, au moment de mon départ, 200 cruzades (environ 500 livres monnoie de France), à un riche négociant, que je chargeai de les remettre de ma part pour le fret du canot. J'ai appris depuis mon retour en France, que la fomme n'avoit point été acceptée, & qu'elle étoit reftée en dépôt par ordre du Gouverneur : c'eft à cette occafion que j'ai fu jufqu'où s'étoient étendus les ordres & la libéralité de Sa Majefté Portugaife.

Je m'embarquai enfin la nuit du 29 au 30 Décembre 1743. Neuf ans d'abfence de ma patrie, & l'efpoir de trouver bien-tôt des nouvelles de ma famille & de mes amis, me donnoient la même impatience d'arriver à *Cayenne*, que fi cette colonie eût été la France même.

ANNÉE 1744.

Pirogue
pontée.

LE bâtiment fur lequel je partis du *Parà*, étoit une grande pirogue pontée, avec un équipage de vingt-deux rameurs. Le Gouverneur m'avoit donné un fergent de la garnifon, pour les commander, & je trouvai à bord une ample provifion de vivres & de rafraîchiffemens. Ce bâtiment pouvoit tenir la mer; mais les Indiens & leur conducteur n'étoient pas gens à perdre la terre de vue; & je ne pouvois faire autrement que de me laiffer conduire : peu s'en fallut que les vents contraires ne me ramenaffent au *Parà* huit jours après mon départ.

Janvier.
Pointe de
Maguari.

Enfin nous doublâmes, avec beaucoup de peine, le 11 Janvier, la pointe de *Maguari*, à l'angle oriental de la grande ifle des *Joanes*, ou de *Marayo*. Cette pointe n'eft pas moins dangereufe, par les récifs dont elle eft environnée, que celle de *Tigioca*, fituée tout vis-à-vis dans la terre ferme, ne l'eft par fes bas-fonds, qui s'étendent fort loin au large. Toutes deux forment l'embouchure de la rivière du *Parà*, qui a douze lieues de traverfée d'une pointe à l'autre, & qui eft, je le répète, abfolument diftincte, & à plus de quarante lieues de diftance de l'embouchure du fleuve des *Amazones,* avec lequel la rivière du *Parà* a fouvent été confondue.

Ifle de *Marayo,*
ou des *Joanes.*

Je *prolongeai* la côte feptentrionale de l'ifle de *Marayo*, ou des *Joanes*, qui court quarante lieues de l'eft à l'oueft, prefque fous la Ligne équinoctiale. Cette ifle, qui peut avoir plus de 150 lieues de tour, n'eft feulement pas nommée dans les dictionnaires géographiques les plus récens. Je traverfai enfuite, en paffant d'une ifle à l'autre, & portant toûjours à l'oueft, le vrai canal de l'*Amazone*, dont la largeur vis-à-vis de *Macapà* n'a pas moins de douze lieues, en y comprenant les ifles; j'abordai au fort de *Macapà*, fur la rive gauche du fleuve, à o degré 3 minutes de latitude nord : ce fut là que j'achevai de me convaincre par mes yeux, & par le rapport des gens qui connoiffoient le pays, que ce que j'avois propofé
dès

dès 1734, fur la feule infpection des cartes, eût été d'une
exécution plus aifée que je n'ofois alors le préfumer ; que rien
n'auroit empêché de mefurer plufieurs degrés du méridien au
fud de *Cayenne*, fans fortir des terres de France ; & qu'avec
des paffeports de Portugal, on eût pu facilement pouffer la
mefure jufque fous l'équateur.

Je ne répéterai point ici ce que j'ai dit ailleurs, au fujet
de ce mouvement terrible des marées, que les Indiens nomment *Pororoca*, & qui fait dans tout ce canton de grands
ravages à toutes les pleines lunes : la frayeur de mes Indiens
& de leur chef de route les fit arrêter malgré moi, pour
attendre que ce temps redoutable fût paffé ; ce qu'ils exécu-
tèrent fi complètement, que par ce long délai peu s'en
fallut que les marées de la nouvelle lune fuivante ne nous
devinffent funeftes.

Nous paffâmes cet intervalle de douze jours dans une ifle
déferte, que j'ai nommée fur ma carte *Ifle de la Pénitence :* il n'y
avoit pas où mettre le pied à fec, & je ne fortis point de mon
canot, dans lequel il fembloit que tous les mouftiques de l'ifle
fe fuffent raffemblés ; de là, nous atteignîmes en deux jours,
ainfi que je l'avois prévu, le cap de *Nord*, qui termine fans
équivoque l'embouchure de l'*Amazone* du côté de l'oueft. Si
on prend vers l'eft la pointe de *Maguari* pour l'autre terme,
la bouche du fleuve aura, fuivant mes routes, un peu moins
de cinquante lieues marines, & environ foixante lieues communes ; & fi on veut abfolument y comprendre celle de la
rivière du *Parà*, l'embouchure totale aura plus de foixante-
dix de ces dernières.

Le lendemain du jour où je doublai le cap de *Nord*, mes
guides ayant voulu, malgré moi, jeter l'ancre en pleine marée
fur un bas-fond, les eaux, en fe retirant le premier jour à peu
de diftance de nous, & s'éloignant de plus en plus les jours
fuivans, laiffèrent le canot à fec, ou pluftôt engagé dans
une mer de boue, où mes Indiens enfonçoient jufqu'à la ceinture, quand ils fe hafardoient à fortir pour chaffer, ou pour
aller chercher à deux lieues de-là une eau faumâtre, que la

C c

néceſſité ſeule pouvoit rendre potable. Cette ſituation dura ſept jours, juſqu'à ce que les marées recommençant à croître, vinrent à notre ſecours, & enlevèrent, avec plus de bonheur que je ne l'eſpérois, le canot enchâſſé dans un limon déjà durci par les ardeurs du ſoleil : ainſi je dus mon ſalut à ce même flot dont j'avois tout à craindre. Heureuſement le banc s'étendoit fort loin, & reçut le premier choc. La précaution que j'avois priſe, en faiſant creuſer dans la vaſe deſſéchée un canal juſqu'au canot, & à l'entour, pour recevoir peu à peu les premières eaux des marées croiſſantes, ne me fut pas inutile.

Erreur des cartes. Pendant ce triſte ſéjour, j'eus occaſion de remarquer dans les meilleures cartes marines une erreur très-dangereuſe pour l'atterrage des vaiſſeaux, & qui peut-être en a fait périr pluſieurs, comme ceux dont je vis les débris ſur la côte voiſine, qui court au nord juſqu'au cap d'*Orange :* l'importance de la matière m'engage à expliquer ici plus particulièrement ce que je n'ai dit qu'en paſſant dans ma relation de l'*Amazone.* Rien n'eſt moins conforme à la vérité que la vue & l'aſpect de cette côte, telle qu'elle eſt deſſinée dans le *Flambeau de la mer,* livre traduit du Hollandois dans toutes les langues. On y voit la repréſentation d'une longue chaîne de montagnes, dont les diverſes pointes & inflexions ſont figurées dans le plus grand détail, & l'on donne cet aſpect pour celui ſous lequel paroiſſent les terres quand on en approche : il eſt pourtant très-vrai qu'on n'aperçoit pas ſur le terrein la moindre apparence de colline tant que la vue peut s'étendre. La côte eſt une terre baſſe & noyée, couverte de mangliers qui avancent fort loin dans la mer. Les mêmes cartes hollandoiſes, & d'après celles-ci toutes les autres, défigurent auſſi l'iſle de *Marayo,* ou des *Joanes ;* & d'une ſeule iſle, elles font un *Archipel,* avec des canaux où les ſondes ſont marquées. Je ne trouve qu'un moyen de concilier ce que j'ai vu avec la carte.

Conjecture ſur la cauſe de cette erreur. C'eſt de ſuppoſer que les terres & le limon chariés & dépoſés par l'*Amazone* & par le reflux de la mer, ont uni, avec le temps, pluſieurs iſles en une ſeule, dont le terrein s'affermit & s'élève depuis qu'elle est défrichée par ceux du *Parà,* qui y ont plusieurs établissemens & beaucoup de gros bétail. Cette cause, jointe à la propriété qu'ont les mangliers de se reproduire par leurs branches, qui deviennent des racines, peut avoir aussi fait avancer la côte du continent plusieurs lieues vers l'est, & assez pour que les montagnes de l'intérieur des terres ne puissent plus être visibles en mer, comme elles l'étoient peut-être, lorsque les vaisseaux pouvoient en approcher de près il y a plus d'un siècle, temps où les vues en ont été dessinées. Cette conjecture, que l'inspection du terrein me fit naître sur le lieu même, m'avoit échappé, quand je donnai mon livre en 1745. Elle ne manque pas de vrai-semblance; au moins est-elle plus probable, qu'il ne l'est de supposer que l'auteur des cartes du *Flambeau de la mer* n'a cherché qu'à tromper ses lecteurs.

Je continuai ma route sans autre accident notable jusqu'à la hauteur du cap d'*Orange,* où je dus la vie à la prévoyance du Gouverneur du *Parà.* Pour peu que ma pirogue eût été moins forte, ou même si elle n'avoit pas été pontée, elle ne se seroit jamais relevée, après le coup de mer qui la tourna sur le côté, & faillit à la renverser entièrement. La même vague, en nous inondant, endommagea la poupe de la pirogue, & emporta une caisse qui y étoit fortement amarrée, dans laquelle je gardois à vue depuis huit mois quelques pieds de quinquina, dont trois s'étoient bien conservés. J'ai dit que je m'étois flatté de les conduire à *Cayenne,* pour les y laisser en dépôt, & les faire transporter ensuite en France au Jardin du Roi : j'eus le déplaisir de leur voir faire naufrage au port, après tous les soins que j'en avois pris dans un voyage de plus de douze cens lieues.

La timidité de mes Indiens & du Sergent *Mamelus* * qui les commandoit, leur faisoit toûjours raser la côte de très-près, & jeter l'ancre tous les soirs : ainsi je consommai près de deux mois dans une navigation, qu'un ou deux ans

* On appelle au Brésil du nom de *Mamelus* les fils d'Européens & d'Indiennes, les mêmes qu'on nomme *Métis* au Pérou.

auparavant le Capitaine *Maillorti*, François, fur un pareil canot
ponté & agréé à fa manière, avoit achevé en fix jours, lui quatrième, en prenant le large. Je me confolai de ce retardement, en ce qu'il me donna lieu d'obferver fouvent la latitude à terre, & de déterminer avec plus de précifion un

Arrivée à
Cayenne.

grand nombre de points. J'arrivai enfin à *Cayenne* le 26
Février 1744, trop tard pour obferver la comète que j'avois
vue en mer, & qui fe perdit, peu après mon arrivée, dans
les rayons du foleil.

Séjour.

Le bon accueil que je reçus dans cette colonie, les diverfes
obfervations que j'entrepris, les voyages que je fis dans l'intérieur des terres avec M. d'*Orvilliers,* alors Lieutenant de Roi
Commandant, & aujourd'hui Gouverneur, les occupations de
différent genre que je me procurai, & dont j'ai rendu compte
ailleurs, modérèrent pendant quelque temps mon impatience
de ne pas voir arriver le vaifleau du Roi, fur lequel je fon-
dois l'efpérance prochaine de mon retour en France. On
n'avoit pas reçu d'avis que la guerre fût déclarée avec l'Angleterre : elle ne l'étoit même pas encore, mais fur les dernières
nouvelles de la fin de l'année 1743, je la préfumois ; & l'événement ne tarda pas à vérifier ma conjecture.

Obftacles au
départ, & ma-
ladie.

J'avois vu partir fucceffivement fept à huit navires mar-
chands pour France, fans ofer m'y embarquer, dans la crainte
d'expofer à la difcrétion du premier corfaire, mes papiers &
mes journaux d'obfervations, fruit de neuf années de travail.

Mars.
Avril.
Mai.
Juin.
Juillet.

Après quatre mois & demi de féjour à *Cayenne*, ma fanté,
qui avoit réfifté depuis fi long-temps aux fatigues & aux
traverfes que j'avois effuyées, fuccomba fous le chagrin que
me caufoit cette efpèce de détention : je reconnus alors avec
la plus grande furprife, & fans l'avoir prévu ni cru poffible,
que ce qu'on appelle vulgairement *la maladie du pays* n'eft pas
une chimère, comme je l'avois toûjours penfé. Je ne puis
attribuer à aucune autre caufe l'état où je me trouvai, puifque le Commandant de la colonie, le Commiffaire ordon-
nateur *, les Miffionnaires, les Officiers de la garnifon, & les

* M. *Villiers de Lille-Adam.*

habitans, me procuroient tous les agrémens que le pays & le climat pouvoient permettre. Insensiblement je tombai dans une langueur, accompagnée d'insomnie, & la jauniffe se déclara. Il ne restoit plus qu'un seul vaisseau dans le port, & il eût été imprudent de m'y embarquer sans être informé des nouvelles d'Europe.

Après divers obstacles, j'obtins sur la fin de Juillet de pouvoir dépêcher un exprès à la colonie hollandoise de *Surinam*, pour y apprendre si nous étions en paix ou en guerre, & si je pouvois, avec sureté, profiter de la dernière occasion qui se présentoit pour passer en France. Aussi-tôt que je sus que mon exprès étoit parti de *Cayenne*, je me trouvai soulagé sensiblement; mais la réponse & les offres obligeantes de M. *Mauricius*, Gouverneur de *Surinam*, qui me donnoit le choix de soixante navires pour repasser en Europe, me rendirent entièrement la santé. Je reçus sa lettre le 15 Août, & le jour même je mis ordre à mon départ. Le lendemain, un navire de *Bourdeaux*, frété pour le compte du Roi au défaut du vaisseau ordinaire, nous apporta la nouvelle de la déclaration de guerre du mois d'Avril précédent. Je reçus, par la même voie, réponse à mes lettres du *Parà* du mois de Décembre 1743: M. le Comte de *Maurepas* me recommandoit de presser mon retour. Il n'avoit pas tenu à moi de prévenir ses ordres.

Je partis de *Cayenne* pour *Surinam*, dans un canot du Roi, le 22 Août: M. d'*Orvilliers* me donna un Sergent de la garnison pour commander les Indiens rameurs. Je ne m'arrêtai en chemin que le temps nécessaire pour leur repos, & pour compléter l'équipage à *Sénamari*. J'arrivai le 27, à l'embouchure de la rivière de *Surinam*: j'y couchai sur un bâtiment qui sert de douane. Le lendemain, le Gouverneur m'envoya son canot avec un Officier françois, qui me conduifit à *Paramaribo*, capitale de cette colonie, où j'admirai l'art avec lequel les Hollandois savent forcer la Nature.

Le bâtiment le plus prêt à faire voile, fut le meilleur pour moi. Je m'embarquai pour *Amsterdam* le 3 de Septembre sur une flûte hollandoise de quatorze canons, chargée de café, & qui n'avoit que douze hommes d'équipage : on peut juger quelle devoit être la lenteur de notre manœuvre; mais il feroit difficile de fe figurer ce que j'eus à fouffrir de la grof-fièreté des gens à qui j'avois affaire.

*Rencontre
d'un Forban.*

Le 29 du même mois, nous échappâmes, grace au mau-vais temps, à un corfaire anglois, que nous jugeâmes être un forban, le pavillon des E'tats généraux ne l'ayant pas empêché de nous lâcher de près fa bordée. Le 6 Novembre, en appro-chant des côtes de Bretagne, nous raifonnâmes avec un cor-faire de *Saint-Malo**: je fatisfis à toutes fes queftions; & par-là j'épargnai au Capitaine hollandois le rifque de mettre fa cha-loupe à la mer par un gros temps. Cela ne l'empêcha pas de refufer de me defcendre, en paffant devant *Calais,* dans une barque de pêcheur, comme il l'avoit promis au Gouverneur de *Surinam.* Jufque-là notre navigation avoit été heureufe; elle le fut encore jufqu'à l'entrée du *Texel,* où nous prîmes le 16 un pilote côtier pour nous conduire au port. Le bot fur lequel il étoit venu, lui troifième, rentra fous nos yeux, dans le canal: quels furent mes regrets de ne m'y être pas embarqué ! le vent ayant redoublé en ce moment, nous errâmes le refte du mois dans la mer de *Nort-hollande,* fur des bas-fonds, d'un très-gros temps, par une brume continuelle, & toûjours la fonde à la main. Ce fut par cette même tempête que périt dans la *Manche* le vaiffeau de l'Amiral *Balchen,* monté de 120 canons. Le peu d'eau que tiroit notre navire, nous préferva d'échouer fur la côte, dont nous vîmes fouvent les feux de trop près. J'avois couru quelques rifques fur mer dans mes voyages du Levant & d'Amérique, mais je n'avois jamais vu le capitaine fermer tous fes coffres, fe charger d'un fac qui contenoit fes lettres & fes papiers les plus néceffaires, n'attendre que le moment de toucher, & n'avoir qu'une foible efpérance de fe fauver dans la chaloupe. Nous reconnûmes enfin *Ulie-land,* dont nous nous croyions très-éloignés, & nous entrâmes dans le Zuyderzée.

Novembre.

*Corfaire
françois.*

Vue du Texel.

*Bas-fonds.
Tempête.*

*Arrivée à
Amfterdam.*

Le 30 Novembre, à l'entrée de la nuit, je débarquai à *Amfter-dam:* en mettant pied à terre, tout le refte fut oublié.

* Le *Lis,* commandé par M. de la *Cour-gaillard.*

ANNÉE 1745.

Retour des Académiciens & de leurs compagnons de voyage.

LE défaut de passeports qui m'étoient nécessaires pour tra- *Arrivée de l'auteur à Paris.*
verser avec sûreté la Flandre autrichienne, me retint
plus de deux mois en Hollande; & je ne pus, avant le 25
Février 1745, me rendre à *Paris*, d'où j'étois parti près de
dix ans auparavant.

A mon arrivée, j'eus l'honneur d'être présenté au Roi;
je lus à l'assemblée publique de l'Académie du 28 Avril suivant, une partie de ma *Relation de la rivière des Amazones*,
qui fut imprimée la même année, & qui m'appartenoit en
propre. Quant à nos travaux communs sur la mesure de la
terre, je n'en publiai rien alors, l'Académie étant informée
depuis long-temps de leur résultat; & que toutes les nouvelles
mesures des degrés, en France, sous le cercle polaire & sous
l'Équateur, concouroient à prouver que notre globe est aplati
vers les poles.

A mon arrivée, je remis au cabinet du Jardin du Roi
une collection de plus de deux cens morceaux d'histoire
naturelle, & de différens ouvrages de l'art, que j'avois rassemblés, tant à *Quito*, qu'en descendant la rivière des *Amazones;* & pendant mes divers séjours au *Parà*, à *Cayenne*, à
Surinam & en Hollande.

Deux ordonnances de remboursement, l'une des avances *Rembourse-*
que j'avois faites pour notre ouvrage, l'autre de mes dépenses *ment des avan-*
particulières depuis 1738, me furent expédiées par M. le *ces faites pour le service du*
Comte de *Maurepas;* & malgré la guerre, & les délais *Roi.*
ordinaires en pareil cas, M. *Orry,* alors Contrôleur général,
& depuis, M. de *Machault* son successeur, aujourd'hui Garde
des Sceaux, m'en firent délivrer le montant au Trésor royal,
dans le courant des années 1745 & 1746: justice que les

circonftances du temps peuvent faire regarder comme une faveur.

Il me refte à fatisfaire la curiofité du lecteur fur le fort de tous mes compagnons de voyage, depuis le temps où j'ai ceffé de parler d'eux dans cette Relation.

On ne fera pas furpris fi je mets de ce nombre Don *Pedro Maldonado*, avec lequel j'ai defcendu le fleuve des *Amazones*, qui traverfe toute l'Amérique méridionale. Je commencerai par lui, & par les deux Officiers efpagnols.

Parti du *Parà* le 3 Décembre 1743, fur la flotte portu-gaife, M. *Maldonado* arriva, fi je m'en fouviens bien, à *Lifbonne* en Février 1744, auffi-tôt, ou même pluftôt que je ne fus rendu à *Cayenne*. En l'abfence de M. de *Chavigni*, Ambaffadeur de France, pour qui je lui avois donné des lettres de recommandation, il fut reçu par M. de *Beauchamp*, chargé des affaires de France, qui lui offrit un logement chez lui. Don *Pedro* ne s'arrêta pas long-temps à *Lifbonne;* fon devoir & fes affaires l'appeloient à *Madrid.* Un Ef-pagnol d'Amérique eft, pour l'ordinaire, long-temps étranger dans cette cour : M. *Maldonado* ne tarda pas à s'y naturalifer.

Il fit imprimer, fuivant l'ufage, un mémoire, contenant le détail de fes fervices, avec la preuve judiciaire qu'il avoit établi un nouveau port fur la rivière d'*Efmeraldas*, & pratiqué dans un terrein couvert de forêts inacceffibles, un chemin fort utile au commerce de *Panama* avec la province de *Quito,* qui n'avoit eu jufqu'alors d'autre port ni d'autre débouché que *Guayaquil.* Dans une entreprife, plufieurs fois tentée & toû-jours abandonnée depuis deux fiècles, il avoit fallu tout le courage & la conftance de M. *Maldonado,* pour triompher des obftacles de la nature, & de ceux qu'on lui avoit fufcités. Son mérite & fes talens n'échappèrent pas à la pénétration

des Miniftres de S. M. C.* il obtint pour fon frère aîné le titre de Marquis de *Lifes;* & pour lui-même la confirma-tion du gouvernement de la province d'*Efmeraldas*, avec la furvivance pour deux fucceffeurs à fon choix; 5000 piaftres

---

* Sur-tout de Don *Jofeph de Caravajal y Lancafter,* Doyen du Confeil d'E'tat, Chef du Confeil des Indes, Sur-Intendant des Poftes, &c.

(25000 liv.)

(25000 liv.) d'appointemens, affignés fur les douanes du nouveau port, la clef d'or, & le titre de gentilhomme de S. M. C. honneurs & récompenfes dont il n'a pas eu le temps de jouir.

Il vint en France à la fin de 1746; il affifta fouvent aux affemblées de l'Académie des Sciences, qui lui donna des lettres de Correfpondant. En 1747, il fit la campagne de Flandre avec M. le Duc d'*Huefcar* Ambaffadeur d'Efpagne, & fuivit la perfonne du Roi dans toutes fes marches; il vit de près la bataille de *Lawfeld*, & le fiège de *Berg-op-zoom*. Quels fpectacles ! & pour les yeux d'un créole du Pérou, récemment forti d'un pays où les évènemens qui changent la face de l'Europe, font à peine, fur un petit nombre de lecteurs des journaux politiques, la même fenfation que nous éprouvons en lifant dans *Quinte-Curce* la prife de *Tyr*, ou la bataille d'*Arbelles*. Les lettres de Don *Pedro* peuvent feules donner une idée de ce qui fe paffoit dans fon ame, & de la manière forte dont ce qu'il vit alors fe grava dans fon imagination *.

La même année, il parcourut la Hollande, & revint paffer l'hiver à *Paris*. Il lui manquoit de connoître l'Angleterre: la

Ses voyages.

* Voici ce qu'il m'écrivoit de *Tongres*, le 8 Août 1747. *J'ai paffé le famedi toute l'après-midi, & le dimanche depuis quatre heures du matin jufqu'à dix heures du foir, que je retournai à Tongres, fur le champ de bataille, très-proche de la perfonne du Roi; voyant & écoutant tout ce que vous aurez appris de la bataille de Lawfeld. Vous pouvez juger quel étonnement m'a dû caufer le fpectacle d'objets fi nouveaux, & fi étranges à des yeux jufqu'à préfent fermés & enfevelis dans le fommeil de la profonde paix de la province de Quito, où la vue d'une faignée eft capable de faire évanouir. Il faudroit avoir vu l'enfer de près, ou tout au moins avoir été au pied du volcan de Coto-paxi, le jour qu'il vo-* mit tant de flammes, pour fe faire une idée du feu qui fortoit de Lawfeld, & des autres retranchemens des Anglois; & il faudroit n'être pas mortel, pour imaginer jufqu'où les François ont porté la valeur, l'intrépidité & l'acharnement pour y attaquer leurs ennemis, les en chaffer, & les vaincre. Pendant tout ce temps, le courage & la conftance avec lefquels Sa Majefté fupportoit les fatigues & les incommodités de cette terrible journée, fa vigilance, l'humanité & l'héroïfine que fes regards & fes difcours refpiroient, m'ont rempli d'admiration, & d'une foule de fentimens divers, qui tous font fon éloge, & celui de l'incomparable nation qui lui obéit.*

D d

fufpenfion d'armes lui en facilita les moyens. Dès qu'il eût fes paſſeports (au mois d'Août 1748) il ſe rendit à *Londres*, qui fourniſſoit à peine aſſez d'objets à ſon inſatiable curioſité. Il fut arrêté au milieu de ſa courſe par une fièvre ardente, & une fluxion de poitrine, qu'il avoit d'abord négligées, & dont la force de ſon tempérament ni l'art du fameux Doc-

Sa mort. teur *Mead* ne pûrent le tirer ; il mourut le 17 Novembre 1748, âgé d'environ quarante ans. Sa dernière ſortie avoit été pour ſe trouver à l'aſſemblée de la Société Royale, où il venoit d'être propoſé & agréé : M. *Folkes* Préſident de cette compagnie ; M. *Watſon*, célèbre Chymiſte ; M. *Colebrooke*, nommé Conſul d'Angleterre à *Cadiz* ; M. de *Montaudoin*, François, tous membres de cet illuſtre corps, ne ceſsèrent de lui donner les plus tendres marques de leur eſtime, & de l'intérêt qu'ils prenoient à lui : ce dernier ne le quitta ni jour ni nuit pendant ſa maladie, & reçut ſes derniers ſoupirs. Ces reſpectables amis, malgré la différence de leurs opinions en matière de religion, lui procurèrent à l'envi les ſecours ſpirituels & temporels qu'il eût pu deſirer dans le ſein même de ſa famille ; tous les quatre mirent leur ſceau ſur ſes effets, & m'envoyèrent, ſuivant ſon intention, ſes clefs & ſon porte-feuille. M. *Maldonado* avoit laiſſé à *Paris* deux caiſſes rem-plies de deſſeins & de modèles de machines, ainſi que d'inſ-trumens de différens métiers, qu'il comptoit porter dans ſa

Son éloge. patrie, où il avoit réſolu d'introduire le goût des ſciences & des arts ; & perſonne n'étoit plus capable que lui de faire réuſſir ce projet. Sa paſſion pour s'inſtruire embraſſoit tous les genres ; & ſa facilité à concevoir ſuppléoit à l'impoſſibilité où il avoit été de les cultiver tous dès ſa première jeuneſſe. Sa phyſio-nomie étoit prévenante : ſon caractère doux & inſinuant, & ſa politeſſe, achevoient de lui concilier la bienveillance. Il a eu pour amis en France, en Hollande, en Angleterre, tous les gens de mérite qu'il a connus. L'Académie a été ſenſible à ſa perte, & l'hiſtorien de la compagnie a cru devoir payer un tribut à ſa mémoire.

J'ai déjà parlé de ce que nous devions à la famille de

M. *Maldonado;* ſes deux frères, ſes beaux-frères, tous ſes proches, pendant les ſept années de notre ſéjour dans la province de *Quito,* avoient paru ſe diſputer le plaiſir qu'ils témoignoient à nous obliger. Les trois frères s'étoient rendus mes cautions auprès des Tréſoriers royaux, pour le crédit que j'avois obtenu du Viceroi de *Lima* ſur les caiſſes royales. La mort de l'un d'eux, Don *Ramon,* Marquis de *Liſes,* Corrégidor de *Quito,* a précédé celle de Don *Pedro* qui étoit le plus jeune. Celui-ci reconnoiſſoit devoir ſon inclination pour les ſciences, & ſes premiers progrès, au Docteur Don *Joſeph Maldonado,* l'aîné des trois frères, Eccléſiaſtique vertueux, qui joint à toutes ſes qualités aimables le charme de la modeſtie, trop rarement compagne d'un mérite ſupérieur.

J'ai parlé ailleurs '* des travaux géographiques de Don *Pedro :* depuis ſa mort, j'ai achevé de faire graver ſa carte de la province de *Quito,* en quatre feuilles, & je l'ai publiée ſous ſon nom. J'en ai préſenté, ſuivant ſon intention, un exemplaire à l'Académie : S. M. C. a fait demander les planches, dont j'étois reſté dépoſitaire ; j'ai eu ordre de les remettre à M. l'Ambaſſadeur d'Eſpagne, qui a pareillement retiré des mains d'un compatriote de Don *Pedro,* un coffre auſſi reſté en dépôt, rempli de papiers, de mémoires de la main du défunt, & de curioſités d'hiſtoire naturelle.

Je viens à ce qui concerne les deux jeunes Officiers eſpagnols nos adjoints, qui jouiſſent aujourd'hui, avec la diſtinction due à leur mérite, des honneurs & des récompenſes accordées à leurs ſervices militaires, & à leurs travaux aſtronomiques.

On peut ſe ſouvenir que nous les avons laiſſés au mois de Février 1742 à *Lima,* où le Viceroi les avoit appelés de *Quito* pour la ſeconde fois, ſur la nouvelle de l'entrée des Anglois dans la mer du ſud, & de leur expédition de *Païta.* Don *George Juan* & Don *Antoine de Ulloa,* malgré leur diligence, ne purent ſe rendre à *Lima* qu'après le départ des cinq vaiſſeaux de la nouvelle eſcadre que le Viceroi venoit

Ce qu'il a fait pour les Académiciens.

Sa carte.

Retour des deux Officiers eſpagnols en Europe.

* Voy. Mars 1741, *p. 110,* & Mars 1742, *p. 141.* Voy. la note.

D d ij

d'armer au *Callao*, avec ordre de chercher le Vice-amiral *Anſon*, & de le combattre; mais les Anglois étoient alors bien près d'*Acapulco*, ſur les côtes du Mexique. Le Viceroi ne laiſſa pas d'employer nos deux Officiers; il leur donna le commandement de deux autres frégates pour aller croiſer ſur les iſles de *Juan Fernandez*, & ſur les côtes du Chili, & ſe trouver en état d'agir efficacement en cas de quelque nouvelle entrepriſe de la part de l'Angleterre. Ils devoient auſſi ſe joindre aux débris de l'eſcadre de Don *Joſeph Pizarro*, qu'on attendoit de *Buenos-aires*, où ce Commandant avoit été forcé de relâcher pour la ſeconde fois.

Don *George* & Don *Antoine*, après une campagne de ſept mois, rentrèrent au *Callao* le 6 Juillet 1743; dans le temps où je commençois à deſcendre le fleuve des *Amazones*. Ce ne fut qu'au commencement de l'année ſuivante qu'ils purent ſe rendre à *Quito*, où ils rejoignirent M. *Godin*; ils obſervèrent premièrement avec lui les angles néceſſaires pour lier ſon obſervatoire ſeptentrional avec la ſuite de ſes triangles. Le 22 Mars, ils allèrent s'établir, avec le ſieur *Hugo* notre Horloger, à *Mira*, ou pluſtôt à *Pueblo viejo*, où le grand ſecteur de M. *Godin* de 20 pieds de rayon étoit reſté tout monté depuis le mois de Juillet 1742, qu'il avoit ceſſé d'y obſerver. Les obſervations de Don *George* & de Don *Antoine* durèrent juſqu'au 22 Mai 1744 : peu de temps après, ils repartirent pour *Lima*, & s'y embarquèrent le 22 Octobre de la même année ſur deux des quatre navires de *Saint-Malo* qui avoient paſſé à la mer du ſud, avec permiſſion de la cour d'Eſpagne, & qui étoient prêts à revenir en Europe chargés de deux millions de piaſtres du *Pérou*, ſans compter les marchandiſes. Les deux vaiſſeaux s'étant ſéparés, parce que l'un des deux devoit toucher à *Val-paraiſo*, ils ſe rejoignirent à la *Conception* du Chili, où les quatre frégates françoiſes s'étoient donné rendez-vous, & d'où elles mirent enſemble à la voile le 27 Janvier 1745.

Retour de
Don *George*
Juan.

Une voie d'eau mit le *Lys*, que Don *George* montoit, dans la néceſſité de relâcher; il repartit de *Val-paraiſo* ſur

le même navire le 1.er Mars 1745, doubla le cap *Horn*
heureusement, & après avoir échappé à deux corsaires anglois,
& touché au *Cap François* dans l'isle de *Saint-Domingue*, où
il fit diverses observations, il arriva enfin à *Brest* le 31
Octobre de la même année, avec une partie de la flotte mar-
chande convoyée par l'escadre de M. de *l'Etanduère*.

Pour passer de *Brest* en Espagne par terre, Don *George*
prit sa route par *Paris,* où l'Académie s'empressa de le recevoir au nombre de ses Correspondans. Après un court séjour
en cette ville, il se rendit à *Madrid* au commencement de
1746.

Depuis que le vaisseau de Don *George* eut quitté la petite Retour &
escadre, *la Notre-Dame de bonne délivrance,* sur laquelle étoit aventures de
embarqué Don *Antoine de Ulloa,* continua sa route, de con- D. *Antoine de*
serve avec les deux autres, la *Marquise d'Antin* & le *Louis* *Ulloa.*
Erasme, sans aucun accident fâcheux, jusqu'à l'isle de *Fer-*
nando de Noroña. Depuis cette isle où, il lui fallut relâcher
pour boucher une voie d'eau, la navigation des trois frégates
fut heureuse, jusqu'au nord des *Açores,* vers la latitude du
cap *Finisterre :* là elles furent attaquées par deux corsaires
anglois, fort supérieurs en artillerie & en équipage. Après
trois heures d'un combat très-inégal, la *Marquise d'Antin,*
prête à couler bas, & dont le Capitaine, M. de la *Saudre,*
étoit blessé à mort, amena son pavillon. Plusieurs passagers
espagnols, créoles du Pérou, y étoient embarqués, & furent
emmenés prisonniers en Angleterre, entr'autres le Marquis
de *Valdelirios,* aujourd'hui Conseiller du Conseil des Indes,
& Don *François de Arguedas,* qui y fut blessé. Les deux
autres frégates forcèrent de voiles pendant que les corsaires
amarinoient leur prise. Le *Louis Erasme,* bien-tôt atteint par
le plus grand des deux navires ennemis, fut pris après un nouveau combat : le Capitaine, M. de la *Vigne-Quesnel,* mourut
aussi le lendemain de ses blessures. La troisième frégate, la plus
petite de toutes, sur laquelle étoit embarqué Don *Antoine de*
Ulloa, échappa pendant cette seconde action, & fit route pour
Louisbourg, où elle arriva heureusement le 6 Août. Ce fut là

qu'échappé à tous les dangers, rendu au port, & voyant le pavillon de France arboré de toutes parts, Don *Antoine* se trouva prisonnier des Anglois, devenus maîtres de cette Place par une suite des malheureux hasards que personne n'ignore aujourd'hui. Il fut transféré de *Canada* en Angleterre au mois de Décembre suivant, & ne tarda pas à être relâché. Il reçut tous ses papiers de la main de M. *Folkes,* Président de la Société Royale, à laquelle il fut agrégé. Bien-tôt après, il s'embarqua pour *Lisbonne,* d'où il se rendit à *Madrid* vers la fin de Juillet 1746 ; quelques mois après Don *George Juan.*

Ouvrages des deux Officiers espagnols. L'un & l'autre ont publié conjointement en 1748, à *Madrid,* un recueil d'observations, & une relation historique de leur voyage en 5 vol. *in-quarto,* ouvrages dans lesquels ils ont donné de nouvelles preuves de leur capacité. Don *George* s'est particulièrement chargé de rédiger & mettre en ordre la partie qui concerne les observations astronomiques & physiques, & Don *Antoine* la partie historique & géographique.

Leurs services. Ces deux Officiers, lorsqu'ils furent destinés en 1734 par la cour d'Espagne pour nous accompagner, & pour assister à nos observations, servoient dans la compagnie des Gardes de la marine de *Cadiz,* dont le premier étoit Brigadier. Sa Majesté Catholique, en faveur du voyage, leur donna le grade de Lieutenant de vaisseau ; ce fut en cette qualité qu'ils se joignirent à nous à *Carthagène* d'Amérique en 1735 :

Leurs récompenses. celle de Capitaine de frégate, dont ils firent depuis les fonctions dans la mer du sud, & que le Viceroi leur avoit accordée en 1741, leur fut confirmée à leur arrivée en Espagne, en 1746 ; & lorsque leur relation parut en 1748, ils furent nommés Capitaines de vaisseau. Ils ont depuis fait plusieurs voyages dans les cours de l'Europe : l'un & l'autre sont Correspondans de l'Académie des Sciences de *Paris,* & Membres de celles de *Londres* & de *Berlin* : Don *George* commande aujourd'hui la compagnie des Gardes de la marine à *Cadiz.* Je viens à nos Académiciens, & à nos autres compagnons de voyage.

Retour de M. Bouguer en France. M. *Bouguer,* en partant de *Quito,* comme je l'ai dit, le

20 Février 1742, prît la route de *Carthagène* & de *Saint-Domingue*. Je n'ai pas été informé des particularités de son voyage; je sais seulement qu'il arriva en France vers la fin de Juin 1744, huit mois avant moi. Il rendit compte de nos opérations pour la mesure du méridien, dans l'assemblée publique du mois de Novembre suivant. Au commencement de 1745, il fut gratifié d'une pension de mille écus sur la marine. Il donna en 1746 son *Traité du Navire*, fruit de ses méditations sur les montagnes du Pérou. Cet ouvrage est rempli de savantes recherches sur une matière que personne, jusqu'à M. *Bouguer,* n'avoit autant approfondié que lui. En Juillet 1748, il a publié son livre sur la Figure de la Terre, déduite de nos observations.

Après son départ & le mien, M. *Verguin*, resté à *Quito* pour aider M. *Godin* dans ses dernières opérations trigonométriques, tomba malade dangereusement. Sa santé fut long-temps à se rétablir, & ne lui permit de se mettre en chemin qu'en 1745 : il prit sa route par *Guayaquil, Panama, Portobelo, Saint-Domingue,* la même que nous avions suivie en allant au Pérou. A son arrivée à *Paris,* au commencement de 1746, il obtint le brevet d'Ingénieur de la marine à *Toulon,* sa patrie, & partit peu de temps après pour son département, où les circonstances rendoient sa présence nécessaire. Il est aujourd'hui Ingénieur en chef de cette place.

Retour de M. *Verguin.*

J'ai rapporté de suite ce qui regardoit ceux de nos compagnons de voyage qui sont actuellement de retour en Europe : je viens à ce qui concerne M. *Godin*, & ceux qui, comme lui, ne sont pas encore arrivés.

M. *Godin*, l'ancien des trois Académiciens, & qui avoit proposé le voyage de *Quito,* étoit, comme je l'ai dit, chargé de l'administration des fonds destinés à notre ouvrage. Il avoit ordre de ne laisser aucune dette en Amérique : les dépenses qu'il avoit été obligé de faire pour le service, & le malheureux succès de son entreprise pour détourner la rivière de *Pisqué* [a], le retenoient à *Quito.* Dans ces circonstances, le

Nouvelles de M. *Godin.*

---

[a] Voy. 1742, Janvier, *page 137.*

Viceroi & l'Univerſité de *Lima* lui offrirent, au commence-ment de 1744, la place de premier Coſmographe de Sa Ma-jeſté Catholique, & la chaire de mathématique, vacante par la mort du Doƈeur Don *Joſeph Peralta.* Lorſque nous avions ſollicité en 1734 les paſſeports de la cour d'Eſpagne pour aller meſurer les degrés équinoƈiaux, nous avions offert de nous employer à ce qui pourroit être utile au ſervice de S. M. C. ª & qui ne ſeroit pas incompatible avec notre commiſſion. L'on avoit ſommé M. *Godin* de remplir cet en-gagement, en lui faiſant les propoſitions que je viens de rapporter ; & la ſituation où il ſe trouvoit, ne lui permettoit guère de refuſer, au moins pour un temps, des offres ſi avan-tageuſes. Sur ces entrefaites, l'Univerſité de *Lima* écrivit une lettre très-obligeante à l'Académie, pour la prier de trouver bon que M. *Godin,* qui avoit terminé les affaires de la miſſion, paſſât quelques années dans la capitale du Pérou, pour y faire des diſciples, & répandre les lumières de l'A-cadémie dans cette partie du nouveau monde. M. *Godin* partit de *Quito* pour ſe rendre à *Lima,* au mois de Juillet 1744, avec Don *George Juan;* & bien-tôt après, il entra dans ſes nouvelles fonƈions, auxquelles on joignit celle de compoſer la gazette du Pérou. Il étoit à *Lima* lors de l'affreux tremble-ment de terre qui ruina preſque entièrement cette ville, le 28 Oƈobre 1746, & qui laiſſa ſubſiſter à peine quelques veſ-tiges du port & de la ville du *Callao,* ſubmergée & engloutie avec la garniſon de cette place, & tous ſes habitans. M. *Godin* fut conſulté par le nouveau Viceroi, ᵇ ſur le projet de réédi-fication de *Lima* & du *Callao.* A peu près en ce même temps, M. le Comte de *Maurepas* fit tenir à M. *Godin* des fonds, qu'il reçut en 1747 par le vaiſſeau le *Condé;* ce qui le mit en état de ſatisfaire à ſes engagemens, & de partir de *Lima.* Il me marquoit par ſa lettre du 25 Août 1748, deux

---

ª Voy. les paſſeports de S. M. C. à la fin de cette relation.
ᵇ Don *Joſeph Manſo y Velaſco* Comte de *Superunda,* ſucceſſeur de-

puis le 13 Juillet 1745 du Marquis de *Villa-Garcia,* mort en revenant en *Eſpagne* ſur le vaiſſeau françois l'*Heƈor,* le 14 Décembre 1746.

deux

jours avant son départ, qu'il prenoit la route de *Buenos-aires.* *

Nouvelles de M. de *Jussieu.*

J'avois écrit à M. de *Jussieu* en 1743, des missions de *Maïnas* & du *Parà*, de quelle manière j'avois été reçu dans tous les lieux de mon passage; je l'invitois à prendre la même route que moi, comme la plus propre à multiplier ses recherches de botanique & d'histoire naturelle, & je tâchois de lui donner une juste idée d'une entreprise qu'on lui avoit peinte avec les couleurs les plus propres à l'en détourner. La guerre avec l'Angleterre, déclarée depuis 1744, étoit une nouvelle raison pour le déterminer à prendre ce parti : il y étoit en effet résolu, & me l'écrivit ainsi au mois de Septembre 1747; mais au moment qu'il se préparoit à ce voyage, il se vit retenu par les défenses qui furent faites par-tout de lui fournir des mules, ni des Indiens, & par un decret qui lui fut signifié de l'Audience royale de *Quito*, pour ne point sortir de la ville. Rien n'est plus propre à faire honneur à M. de *Jussieu* que cette espèce de violence : les preuves qu'il avoit données de son habileté, & la confiance qu'il s'étoit acquise, avoient fait juger qu'on ne pouvoit se passer de lui dans un temps où la petite vérole ravageoit toute la Province. La contagion cessée, M. de *Jussieu* reprit le dessein de descendre le fleuve des *Amazones;* il pénétra à pied dans la province de *Canélos*, par la même route qu'avoit suivie Don *Pedro Maldonado*, lorsqu'il partit de *Quito* pour venir à notre rendez-vous de la *Laguna.* M. de *Jussieu* reçut alors des lettres de M. le Comte de *Maurepas*, en conséquence desquelles il alla trouver à *Lima* M. *Godin*, pour lui demander, au cas qu'il comptât se fixer en cette ville, une copie de ses observations & les instrumens de l'Académie, particulièrement la toise de

* Pendant qu'on imprimoit cette feuille, j'ai reçu une Lettre de M. *Godin*, datée de *Lisbonne* du 20 Juillet 1751. Il y est arrivé sur la flotte de *Fernambouc.* Il marque à M. le Comte d'*Argenson* qu'il se rendra incessamment à *Paris.* Les Savans apprendront sans doute avec plaisir que M. *Godin* s'est rencontré à *Rio* *Janeiro* au mois de Février de cette année avec M. de *la Caille*, parti du port de l'*Orient* le 25 Novembre 1750, pour aller faire des observations astronomiques au Cap de *Bonne-Espérance;* que cet Académicien y est arrivé à bon port le 20 Avril dernier, & qu'il a été parfaitement bien reçu du Gouverneur.

E e

fer qui avoit fervi à régler toutes nos mefures. M. de *Juffieu* trouva M. *Godin* prêt à revenir en Europe, à la faveur des nouveaux fecours qu'il avoit reçus de la part du Miniftre : l'un & l'autre partirent enfemble de *Lima* les derniers jours d'Août 1748, & fe mirent en chemin pour *Buenos-aires*, en traverfant le haut Pérou, le Tucuman & le Paraguay. Dans cette longue route, M. *de Juffieu* fe fépara de M. *Godin*, pour aller herborifer aux environs de *Santa-Cruz de la Sierra :* il devoit le retrouver à *Buenos-aires,* d'où M. *Godin* a écrit qu'il l'attendoit. Ils rapportent une collection très-nombreufe de plantes, de graines, de foffiles, de minéraux, d'animaux & de morceaux précieux d'hiftoire naturelle de tout genre, fruit de quinze années de recherches, & du travail particulier de M. de *Juffieu*, outre un grand nombre de deffeins très-bien exécutés, de la main de M. de *Morainville.*

Nouvelles de M. *Godin des Odonnais.* J'ai dit ailleurs *(Voy. Déc. 1741)* que M. *Godin des Odonnais* fe difpofoit à repaffer en France : il m'écrivoit du *Parà* au mois de Septembre 1749, qu'il étoit venu reconnoître la route que j'avois fuivie, & qu'il retournoit à *Quito* pour amener fa famille. Les paffeports qu'il me prioit de folliciter à la cour de *Lifbonne,* ont été adreffés au Gouverneur du *Parà.* J'ai reçu depuis d'autres lettres de lui de *Cayenne,* par lefquelles il me confirme qu'il eft toûjours dans la même réfolution.

De M^rs de *Morainville* & *Hugo.* M^rs de *Morainville* & *Hugo* font reftés feuls de toute notre compagnie, outre quelques domeftiques, dans la province de *Quito :* tous deux y pourroient trouver de fréquentes occafions d'exercer leurs talens & leurs connoiffances dans les arts, mais l'un & l'autre m'écrivent de *Quito* (1749) qu'ils n'afpirent qu'au moment de fe trouver en état de repaffer en France, pour y finir leurs jours dans leur patrie.

C'eft ainfi que par une fuite d'évènemens au deffus de la prévoyance humaine, mon voyage particulier a duré près de dix ans, & qu'il s'en eft écoulé plus de feize depuis notre départ de France jufqu'au moment où j'écris ceci, fans que nous foyons encore tous raffemblés.

Pl. V. libr. des Pyramid. Pag. 210

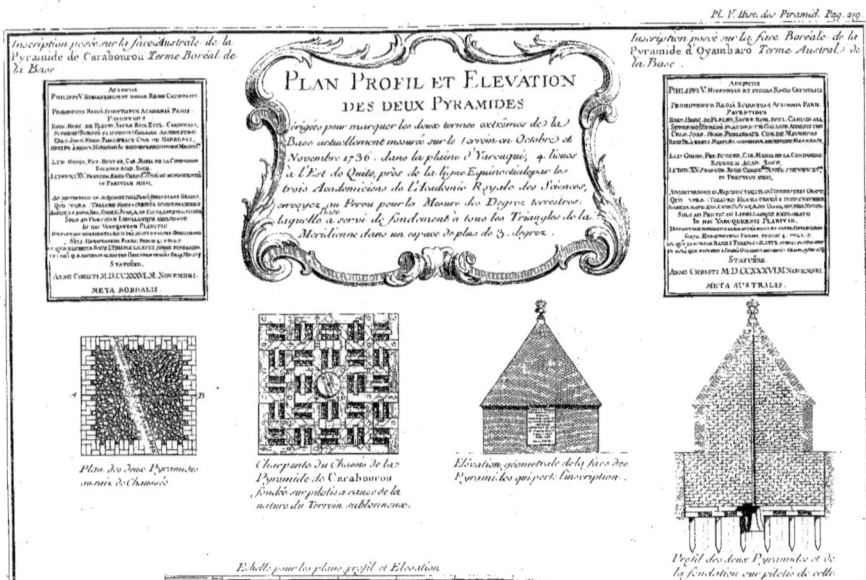

Inscription posée sur la face Australe de la Pyramide de Carabourou Terme Boréal de la Base

AVSPICIIS
PHILIPPI V. HISPANIARVM ET INDIARVM REGIS CATHOLICI

...

META BOREALIS

Inscription posée sur la face Boréale de la Pyramide d'Oyambaro Terme Austral de la Base

AVSPICIIS
PHILIPPI V. HISPANIARVM ET INDIARVM REGIS CATHOLICI

...

META AVSTRALIS

PLAN PROFIL ET ELEVATION
DES DEUX PYRAMIDES

érigées pour marquer les deux termes extrêmes de la Base actuellement mesurée sur le terrain en Octobre et Novembre 1736. dans la plaine d'Yarouqui, 4 lieuës à l'Est de Quito, près de la ligne Equinoctiale, par les trois Academiciens de l'Academie Royale des Sciences, envoyés au Perou pour la Mesure des Degrez terrestres; laquelle a servi de fondement à tous les Triangles de la Meridienne dans un espace de plus de 3. degrez.

Plan des deux Pyramides au ras de Chaussée

Charpente du Chassis de la Pyramide de Carabourou fondée sur pilotis à cause de la nature du Terrein sablonneux.

Elevation géometrale de la face des Pyramides qui porte l'inscription.

Profil des deux Pyramides et de la fondation sur pilotis de celle de Carabourou coupée sur la ligne AB du Plan.

Echelle pour les plans profil et Elevation.

HISTOIRE
DES PYRAMIDES
DE
QUITO.

Etiam perîêre ruinæ. Lucan. Pharf. *Lib. IX.*

ON a vu dans l'hiftoire précédente du voyage académique
à l'Equateur, que j'avois fait élever deux Pyramides aux
extrémités de la bafe mefurée près de *Quito,* & que nous y
aviens fait graver une infcription. J'ai parlé du procès que
j'avois été obligé de foutenir à cette occafion, contre les deux
Officiers efpagnols nommés par Sa Majefté Catholique, pour
affifter à toutes nos obfervations; Don *George Juan,* Commandeur d'*Aliaga* dans l'Ordre de *Malthe;* & Don *Antoine
de Ulloa,* l'un & l'autre alors Lieutenans, & aujourd'hui
Capitaines de vaiffeaux dans la marine d'Efpagne. J'ai dit,
& je le répète, que cette difcuffion, où des motifs louables
de leur part, & peut-être quelque mal-entendu, les avoient
engagés, n'a jamais altéré en moi l'eftime dûe à leur mérite,
ni les fentimens dont j'ai tâché de leur donner des preuves
dans les occafions. J'ai ajoûté que j'avois gagné ce procès en
1742 par arrêt contradictoire de l'*Audience royale de Quito;*
mais comme ma relation finit en 1745, je n'ai pu rien dire de
ce qui s'eft paffé à ce fujet depuis mon retour en Europe.

Ce monument, tel que nous l'avions laiffé, pouvoit fervir
à perpétuer la mémoire d'un travail utile à toutes les nations,
entrepris par l'Académie, exécuté par ordre du Roi, avec
l'agrément & fous la protection de Sa Majefté Catholique;

mais il étoit spécialement destiné à fixer les termes de la base fondamentale de toutes nos opérations géographiques & astronomiques, & à la garantir du sort de tous les travaux des anciens sur la mesure des degrés terrestres : travaux dont le fruit a été perdu pour la postérité, faute d'une pareille précaution. Cependant ce monument, autorisé par plusieurs arrêts solennels rendus contradictoirement, vient d'être anéanti, sans qu'on en ait entendu parler en France. On y en substitue un autre, qui n'aura jamais le même degré d'authenticité pour fixer une mesure dont nous ne pouvons plus répondre. J'ai cru ces évènemens assez intéressans pour mériter d'être rapportés avec quelque détail.

J'avois d'abord pris la résolution de m'en tenir au peu que j'avois dit des Pyramides & de l'inscription, au commencement de mon voyage de l'*Amazone*, & dans la relation précédente. Mais leur destruction totale, avec les circonstances que je viens d'indiquer, les conséquences qu'on en pourroit tirer dans la suite contre l'exactitude de nos opérations, l'exposition pure & simple que fait la relation espagnole * de l'inscription nouvelle, sans nulle mention de tout ce qui a précédé, ni de la suppression de l'ancienne; enfin l'intérêt de la vérité, & la crainte que mon silence ne pût être mal interprété, m'ont déterminé à publier ce qu'un excès de circonspection m'avoit fait laisser dans l'oubli depuis plus de six ans. Cet article appartient à plus d'un titre à la relation de nos travaux académiques, & lui servira de suite.

L'histoire particulière de ce fait se divise naturellement en trois parties, suivant l'ordre des temps. La première traitera de ce qui s'est passé avant notre départ de France au sujet des Pyramides & des inscriptions projetées. La seconde, de la manière dont ce projet s'est exécuté, & des oppositions qu'il a souffertes pendant notre séjour à *Quito*. La troisième, des évènemens relatifs à ce même objet, & postérieurs à notre retour en Europe.

* Relacion historica del viage a la America Meridional. *Part. II,* *Tom. III, n.°* 433.

ARTICLE PREMIER.

Ce qui s'est passé en France avant le départ des Acadé-
miciens, au sujet des Pyramides de Quito, *&*
de leur Inscription.

ON s'étoit plaint en France qu'il ne fût resté aucun monument de la base mesurée en 1672 par M. *Picard* aux environs de *Paris*, laquelle avoit servi de fondement à sa mesure
du degré du méridien entre *Paris* & *Amiens*. Dès le temps
de notre départ (en 1735), les deux points que cet Académicien avoit pris pour termes de cette base, ne subsistoient
déjà plus ; le moulin de *Villejuifve* d'une part, & le pavillon
de *Juvify* de l'autre, étoient détruits il y avoit plusieurs années.
On sait ce qu'il a coûté de soins à M. *Cassini*, pour en retrouver
les vestiges ; les doutes qu'on a formés, & tout ce qui s'est passé
dans cette occasion ª. Quoique je ne pusse prévoir tous ces
détails, j'ose dire que j'avois une sorte de pressentiment de ce
qui pouvoit arriver, lorsque prêt à partir pour le voyage de
l'équateur, j'insistai fortement dans une de nos assemblées,
sur l'importance dont il étoit, de ne pas laisser perdre entièrement les termes de la base de M. *Picard*. J'ajoûtai que pour
prévenir de semblables inconvéniens dans la mesure que nous
allions entreprendre, j'estimois que nous devions fixer les deux
termes de la base fondamentale de nos opérations par deux
monumens durables ; comme deux colonnes, obélisques, ou
pyramides, dont l'usage seroit expliqué par une inscription.

L'Académie parut agréer cette idée. Peu de jours après, je fus
surpris de voir mon projet exposé dans une feuille périodique ᵇ
qui avoit alors beaucoup de cours. Son ingénieux auteur l'avoit
embelli ; il supposoit que l'inscription seroit gravée en quatre
langues, en latin, en françois, en espagnol & en péruvien ;

ª Voy. la *Mérid. de Paris vérifiée*, chap. *I*, & la *Mes. des trois prem.*
degrés du Mérid. Liv. II, chap. XXX.

ᵇ Voy. le *Pour* & *Contre*, Tome VI, page 28.

Ee iij

une fur chaque face des Pyramides. Ma propofition fe bornoit à une infcription latine qui défignât le nombre de toifes comprifes entre les deux termes de la bafe, & qui pût apprendre au lecteur par quel ordre, dans quelle vue, en quel temps, & par qui cette bafe avoit été mefurée. Je fis en conféquence un projet très-fimple qui ne contenoit que huit à dix lignes, où j'expofois en peu de mots le fait principal & les circonftances. Je priai feu M. le Cardinal de *Polignac*, qui m'honoroit de fon amitié, de préfenter à l'Académie des Infcriptions & Belles-lettres, cette ébauche, pour y être examinée; ou pluftôt pour confulter fur la forme la plus propre à en rendre le fens en ftyle lapidaire. Plufieurs autres projets furent auffi propofés.

La matière fut difcutée dans plufieurs affemblées de cette Académie. On y eut pour but de ne rien inférer dans l'infcription, qui pût déplaire à la nation efpagnole, ou bleffer les droits légitimes du Souverain, dans les états & fous la protection duquel nous allions opérer; mais en même temps, de ne pas laiffer ignorer que cette *Mefure de la Terre* s'exécutoit de l'ordre du Roi, & à la follicitation de l'Académie des Sciences, par ceux qu'elle en avoit chargés. On jugera fi ces vues n'étoient pas remplies dans l'infcription que je rapporterai bien-tôt.

M. le Marquis *Scipion Maffei*, qui fe trouvoit alors à *Paris*, avoit affifté, en qualité d'affocié étranger de l'Académie des Belles-lettres, aux affemblées où cette matière fut agitée. Il me fit l'honneur de me remettre un mémoire italien, contenant plufieurs remarques fur le projet qui avoit été rédigé. Il y avoit joint un fonnet ingénieux, comme tout ce qui part de fa plume; c'étoit une infcription pour la colonne qu'il fuppofoit que nous élèverions au point de l'interfection de l'équateur & du méridien. Cette colonne n'a point été placée; & quand elle l'eût été, il ne nous convenoit pas de graver nous-même notre éloge fur le marbre, & fur-tout un éloge auffi poëtique que celui du fonnet; mais un témoignage fi illuftre fait trop d'honneur à notre entreprife, pour le paffer fous filence, & pour en priver le lecteur.

PER I SIGNORI ACADEMICI
DELLE SCIENZE SPEDITI AL PERÙ.

SONETTO,

*In forma d'Inscrizione, da porsi nel sito,
dove le due linee che saranno da essi ritracciate,
sotto l'Equatore s'intersecheranno.*

O Peregrin, quì al tuo vagar pon freno;
E mira, e apprendi, e tanta forte afferra.
Quì il gran cerchio, che in due parte la Terra,
Incrocia l'altro che i dui Poli ha in seno.

Saggi, per divisarne i gradi à pieno,
Venner', senza temer mar, venti o guerra,
Fin dal bel regno, cui d'intorno serra
L'un mar e l'altro, Alpi, Pirene e il Reno.

Per che Alessandro e Ciro esaltar tanto!
Desolando acquistar con straggi orrende
Poca parte del Mondo è piccol vanto.

E' fà ben più, chi ne discuopre e intende
Forma, estesa, e misura; e tutto quanto
Colla mente il possiede, e lo comprende.

TRADUCTION LATINE

Du Sonnet précédent.

A longo jam ſiſte gradus errore, Viator :
Rem tibi ſorte datur luſtrare & diſcere magnam.
Circulus hic duplex, Æquator flammeus, & qui
Tangit utrimque Polos, puncto ſcinduntur in uno.

Iſta reperturi, Sophiæ quos impulit ardor,
Per freta, per ſcopulos, per quidquid ubique
  pericli eſt,
Venère è regno, hinc cingunt quod Rhenus &
  Alpes,
Inde Pyrenæus gemini cum littore ponti.

Pellæi poſthàc juvenis, Cyrique triumphos
Jactet fama loquax ! magnis implendo ruinis,
Exiguam partem vix Orbis uterque ſubegit.

Plus fuit ignotam Terræ eviciſſe figuram,
Diverſos ſignaſſe gradus, totumque capaci
Scrutando Mundum complecti & claudere mente.

TRADUCTION

TRADUCTION ESPAGNOLE

Du même Sonnet.

SUspende, ò Passagero, el passo errante,
Y de tu encuentro da grácias al hado.
Aquì el cerco à los Polos enlazado
Cruza al que de ambos es equidistante.

Para à sus grados dar valor constante
Sábios, que aires, mar, guerra han despreciado,
Vinieron del gran reino, à que hazen lado
Dos mares, Alpe, Rhin, è Íbero Atlante.

De Cyro y Alexandro el nombre oy cesse:
Pues si talar el Orbe, y con esfuerço
Sojuzgar parte de el, lauros merece;

Mas haze el que, con ánimo diverso,
Concive, abraza y mide quanto offrece
La immensa construcción del Universo.

TRADUCTION FRANÇOISE.

ARRÊTE, *Voyageur, & rends grace au deſtin:*
A tes regards ici s'offre un ſavant myſtère.
Le cercle du Midi, dans ce point de la Terre,
De l'ardent Equateur partage le chemin.

Pour fixer leurs degrés, le compas à la main,
Des Sages affrontant les vents, les flots, la guerre,
Quittèrent ces beaux lieux, qu'enferme la barrière
Des Alpes, des deux Mers, du Pyrène & du Rhin.

Dompter un coin du monde & le réduire en cendre,
C'eſt ce qu'a fait Cyrus; c'eſt par-là qu'Alexandre
Obtint l'encens de ceux dont il forgea les fers:

Plus grand eſt à mes yeux, celui dont le génie
Embraſſe les rapports de ce vaſte Univers,
Et vainqueur l'a rangé ſous les loix d'Uranie.

C'eſt-là tout ce qui s'eſt paſſé avant notre dépɑrt de France au ſujet de l'Inſcription. Je ne devrois donc parler des changemens qui ont été faits au projet agréé par l'Académie des Belles-lettres, que dans l'article ſuivant; mais comme la matière de ce ſecond article eſt d'ailleurs fort abondante, & que là un pɑreil détail interromproit le fil de la narration, j'eſpère qu'on me paſſera une tranſpoſition qui ne tire nullement à conſéquence. Je commencerai par rapporter l'Inſcription telle qu'elle a été gravée ſur les Pyramides.

AUSPICIIS
PHILIPPI V. HISPANIAR. ET INDIAR. REGIS CATHOLICI.

PROMOVENTE REGIÂ SCIENTIAR. ACADEMIÂ PARIS.
FAVENTIBUS
EMIN. HERC. DE FLEURY, SACRÆ ROM. ECCL. CARDINALI,
SUPREMO [EUROPÂ PLAUDENTE] GALLIAR. ADMINISTRO,
CELS. JOAN. FRED. PHELIPEAUX, COM. DE MAUREPAS,
REGI FR. À REBUS MARITIMIS, &c. OMNIGENÆ ERUDITIONIS MŒCENATE;

LUD. GODIN, PET. BOUGUER, CAR. MARIA DE LA CONDAMINE
EJUSDEM ACAD. SOCII,

LUD. XV. FRANCOR. REGIS CHRIST.ᵐⁱ JUSSU ET MUNIFICENTIÂ
IN PERUVIAM MISSI,

AD METIENDOS IN ÆQUINOCTIALI PLAGÂ TERRESTRES GRADUS,
QUÒ VERA TELLURIS FIGURA CERTIÙS INNOTESCERET:

(Affiftentibus, ex mandato Maj. Cath. Georgio Juan, & Antonio de Ulloa,
Navis bellicæ vice-Præfeétis);

SOLO AD PERTICAM LIBELLAMQUE EXPLORATO
IN HAC YARUQUEENSI PLANITIE,

DISTANTIAM HORIZONTALEM INTRA HUJUS ET ALTERIUS OBELISCI AXES
6272 HEXAPEDARUM PARISS. PEDUM 4; POLL. 7,

EX QUÂ ELICIETUR BASIS I TRIANGULI LATUS, OPERIS FUNDAMEN,

IN LINEÂ QUÆ EXCURRIT { À BOREÂ OCCIDENTEM } VERSÙS GRAD. 19. MIN. 25
{ AB AUSTRO ORIENTEM }

STATUÊRE.

ANN. CHRISTI M.DCCXXXVI. M. NOVEMBRI.

META { AUSTRALIS.
       { BOREALIS.

Cette Infcription ne diffère pas effentiellement de celle qui me fut remife en 1735 par M. de *Boze*, alors Secrétaire perpétuel de l'Académie des Belles-lettres. Nous en avons confervé le fond & l'efprit, & même la plufpart des termes : fi de nouvelles réflexions nous ont engagés à y faire quelques additions ou changemens, ce n'a été que relativement au temps, au lieu de notre opération, & à des circonftances que nous ne pouvions prévoir, ou qui ne s'étoient pas préfentées à nous, lorfque nous avions confulté cette favante Compagnie.

Le refpeét que j'ai pour une Académie qu'on doit regarder comme juge fouverain en ces matières, affociée d'ailleurs à celle dont j'ai l'honneur d'être membre, m'engage à foûmettre à fon jugement la néceffité des changemens que nous nous fommes crû obligés de faire à fon projet.

Le plus confidérable, & prefque le feul qui mérite explication, c'eft le retranchement de ces mots, *Invictiffimorum Borboniorum gloriæ aç perennitati, fub*, qui, dans le projet, précédoient ceux-ci, *aufpiciis Philippi V,* par où commence l'Infcription qui a été pofée.

Nous avons craint, & l'on ne peut nier que notre crainte ne fût bien fondée, que cette dédicace ne femblât trop pompeufe pour la fimplicité de l'édifice auquel nous étions bornés par les circonftances. Je n'avois point demandé dans le temps, comme peut-être je l'aurois dû, d'être admis dans l'affemblée de l'Académie des Belles-lettres, pour y expofer mon idée; & la chofe fut préfentée fous un autre point de vue que celui fous lequel je l'avois envifagée. Il ne fut queftion que de Pyramides : ce terme réveille de grandes idées; mais en effet nos Pyramides ne devoient rien avoir de commun que le nom, avec celles que l'hiftoire a célébrées. Nous n'allions ériger ni un arc triomphal, ni un monument comparable aux colonnes Trajane & Antonine, ou aux obélifques égyptiens. Nous n'avions à élever que deux maffes de pierre ou de brique, auxquelles on devoit donner une figure pyramidale, pour les rendre plus folides, & dont le principal, &

même l'unique usage, devoit être, de fixer les deux termes de notre Base, & d'indiquer par une Inscription le nombre de toises comprises entre ces deux termes.

La conversation que j'eus alors avec M. le Marquis *Maffei* ne me permit pas de douter que si j'avois exposé la chose sous cet aspect à Messieurs de l'Académie des Belles-lettres, ils n'eussent été les premiers à convenir qu'une Inscription destinée uniquement à constater une distance, ne devoit pas être dans le genre honorifique. Mais si cette remarque avoit quelque fondement avant notre départ de France, quand on ignoroit encore de quelle manière le projet feroit exécuté, combien devenoit-elle plus frappante, depuis que le temps, les lieux & les convenances avoient exigé que nous nous en tinssions à construire deux bornes de la forme la plus simple, sans aucun ornement d'architecture, & dont la hauteur totale n'excédoit pas 16 pieds? Ce monument, encore une fois, étoit suffisant pour rendre invariables les deux termes de notre mesure fondamentale; mais certainement il n'étoit ni assez vaste, ni assez magnifique pour servir de champ à un éloge pompeux des deux plus puissans monarques de l'Europe: & si leurs noms étoient destinés à y paroître, ce ne devoit être que d'une manière purement historique.

Une autre raison qui suffisoit seule pour nous déterminer à ce parti, c'étoit la crainte de blesser la délicatesse de la nation espagnole. Si malgré l'attention scrupuleuse qu'on y avoit apportée, l'Inscription commençant par ces mots, *Auspiciis Philippi V. Hispaniarum & Indiarum Regis Catholici*, ne laissa pas d'être dénoncée à l'Audience Royale de *Quito* comme offençante & injurieuse pour l'Espagne; une dédicace à la maison de France en général, *Borboniorum gloriæ ac perennitati*, eût été bien plus propre à causer quelque ombrage. Cette considération, comme on le voit, étoit encore plus importante que l'autre. La suppression de cette première ligne a entraîné celle de la particule *sub*, qui précédoit le mot *Auspiciis*, & qui sans doute n'avoit été insérée que pour une plus grande clarté, afin de caractériser l'ablatif *Auspiciis*, &

d'empêcher qu'il ne pût être pris pour un datif à la suite de *gloriæ ac perennitati.*

Quant au reste des changemens, les uns étoient devenus nécessaires, comme la substitution de ces mots, *terrestres gradus,* à ceux-ci, *cum Æquatoris, tum Meridiani gradus,* depuis que nous avions été dispensés de la mesure de l'Equateur; les autres regardoient, presque tous, certaines circonstances, qu'un examen plus réfléchi nous avoit obligés d'ajoûter, ou d'exprimer autrement que dans le projet ; telles que la direction de la base par rapport aux régions du monde, la distinction entre la distance des deux termes de la base, mesurée horizontalement à différens niveaux, à cause de la pente du terrein, & la distance en droite ligne d'un terme à l'autre, qui ne pouvoit être conclue que par le calcul. Enfin notre reconnoissance envers deux Ministres, membres de notre Académie, & par la faveur desquels un voyage si utile aux sciences avoit été entrepris, nous engageoit à leur en donner un témoignage, en faisant d'eux une mention honorable dans notre Inscription. Elle ne contenoit cependant rien à cet égard, que l'histoire puisse désavouer, & qui n'ait été dit d'une manière beaucoup plus forte, dans les papiers publics de toutes les cours de l'Europe, au temps même de la date de ce monument. Tout le reste de l'Inscription qui fut posée, est demeuré conforme au projet de l'Académie des Belles-lettres.

Il n'est pas encore temps de parler de l'addition en caractères italiques, qui, dans la copie précédente, est renfermée entre deux parenthèses.

ARTICLE II.

Ce qui s'eſt paſſé à Quito *au ſujet des Pyramides & de l'Inſcription.*

§. I.

Conſtruction des Pyramides.

JE me permets dans la narration ſuivante quelques détails, & je me flatte qu'ils ne déplairont pas au lecteur. Si je m'y ſuis arrêté, c'eſt moins dans la vue de l'intéreſſer par la peinture des obſtacles qui m'ont été ſuſcités à chaque pas, & par le récit des peines que j'ai priſes pour les ſurmonter, que pour donner une idée, tant dans le moral que dans le phyſique, de la nature du pays où nous opérions; & pour en tirer une concluſion importante, qu'on verra qu'il étoit de mon devoir de mettre dans tout ſon jour.

Vers la fin de 1736, nous meſurâmes aux environs de *Quito*, avec la perche & le niveau, une plaine de deux lieues, pour ſervir de fondement à toutes nos opérations.

Auſſi-tôt que cette baſe eût été meſurée, mon premier ſoin fut d'en conſtater les deux termes d'une manière invariable. Dans cette vue, je fis transporter une meule de moulin à chaque extrémité; je fis creuſer le ſol & enterrer les meules, en ſorte que les deux jalons qui terminoient la diſtance meſurée, occupoient les centres vuides de ces pierres. L'une des deux fut depuis reculée de deux ou trois pouces, dans le deſſein de donner à notre meſure un nombre complet de toiſes; mais un examen plus exact nous ayant fait connoître qu'il reſtoit encore une fraction, nous y avons eu égard dans nos calculs & dans l'Inſcription. En attendant que l'édifice fût élevé, j'eus la précaution de faire une brèche à la circonférence de chaque meule placée au milieu des fondemens, de peur que les gens du voiſinage ne fuſſent tentés de les enlever, & de les employer à leur première destination.

Cela s'étoit exécuté sous les yeux de Don *George Juan*, & de Don *Antoine de Ulloa*. Le premier avoit aidé à la mesure de M. *Godin*, & le second avoit assisté à celle qui m'étoit commune avec M. *Bouguer :* nous leur avions laissé prendre à ce travail la part que chacun d'eux avoit voulu, pour ne les pas rendre, comme nous l'eussions pu, spectateurs oisifs d'un ouvrage dont nous étions seuls chargés, seuls responsables, & pour lequel nous n'avions nullement besoin de leur secours. J'avois parlé plusieurs fois en leur présence & sans aucun mystère, du projet des Pyramides; & jamais ils ne m'avoient fait aucune objection.

Dès le temps de la mesure de notre base, j'avois fait mes premières dispositions à l'égard des fondemens des Pyramides. M. *Godin*, chargé de l'administration des fonds destinés à notre ouvrage, me remit alors quelque chose à compte pour l'entrepreneur des briques; mais dans la suite il m'écrivit qu'il ne pouvoit plus faire les avances nécessaires pour continuer ce travail, jusqu'à ce qu'il eût reçu de nouveaux secours de France. Depuis ce moment, je crus devoir me charger plus particulièrement de cette affaire : résolu cependant de ne rien faire d'essentiel que de concert avec Mrs *Godin* & *Bouguer.*

Tout ceci s'étoit passé sur la fin de 1736 : je fis au commencement de 1737 le voyage de *Lima ;* à mon retour, en Juin, nous observâmes le solstice : nous passâmes le reste de l'année, & presque les deux suivantes, sur les montagnes, occupés à la mesure des triangles de la méridienne, & à nos premières observations astronomiques aux environs de *Cuenca*, comme je l'ai rapporté dans la relation précédente. Ce ne fut qu'au mois de Mai 1740, après notre observation de *Cotchesqui*, que je pus veiller de près & par moi-même à la construction des Pyramides, en quoi je fus bien secondé par l'activité de M. de *Morainville*, qui se chargea de faire exécuter l'ouvrage sous ses yeux, & de conduire des ouvriers qu'il ne falloit pas perdre de vue.

II

Il n'y eut pas beaucoup à méditer fur la matière & la forme les plus convenables à un monument fimple & durable, propre à conftater fans équivoque les deux termes extrêmes de notre bafe. Quant à la forme, la plus avantageufe pour ce deffein étoit la pyramidale, & la plus fimple de toutes les Pyramides étoit un *tétraedre* *; mais comme il convenoit d'orienter l'édifice par rapport aux régions du monde, je me déterminai, par cette confidération, à donner à nos Pyramides quatre faces, fans compter celle de leur bafe; ce qui d'ailleurs rendoit la conftruction plus facile. L'Infcription pofée fur une face inclinée, eût préfenté un afpect défagréable; elle eût été moins aifée à lire, & trop expofée aux injures de l'air : le moyen de prévenir ces inconvéniens, étoit de faire porter les Pyramides fur un focle ou piédeftal à faces verticales, d'une hauteur fuffifante pour y placer l'Infcription à portée de la vue, & par conféquent de 5 à 6 pieds de haut. Quant à la matière, il n'y avoit pas à choifir. La terre n'auroit point eu affez de folidité; la carrière de pierres de taille la plus voifine, étoit au delà de *Quito*, à fix ou fept lieues de diftance : la profondeur des ravines intermédiaires & la difficulté des chemins auroient rendu impraticable le tranfport des matériaux. Je n'eus donc d'autre parti à prendre que de tirer des ravines les plus prochaines, des pierres dures & des quartiers de roche, pour faire le maffif intérieur de l'ouvrage, fauf à le revêtir de briques extérieurement.

Enfin, outre les raifons d'économie fur le temps & la dépenfe, il étoit, comme je l'ai déjà remarqué, parfaitement inutile pour le but qu'on fe propofoit, de donner beaucoup de grandeur à cet édifice. Par toutes ces raifons, l'on voit qu'il n'y eut guère plus à délibérer fur la grandeur des Pyramides que fur la forme & la matière : le temps, le lieu, & toutes les circonftances demandoient qu'elles fuffent à peu près telles que les repréfente la Planche fuivante.

Le 30 Avril 1740, j'allai fur les lieux avec M. de *Morille*, & nous vérifiâmes l'alignement des quatre faces, que

* Corps régulier terminé par quatre triangles équilatéraux.

Gg

j'avois déjà tracé seul plus de trois ans auparavant. Nous laissâmes des piquets pour marquer les encoignures. Je fis marché avec divers particuliers pour tirer des ravines profondes, dont le terrein est entre-coupé, la quantité de pierres qui devoit entrer dans la fondation, & former le corps de l'édifice. Elles ne pouvoient se transporter qu'à dos de mulet : c'est l'unique voiture que permette le pays. Cette seule opération demandoit plusieurs mois de travail ; il ne falloit souvent que deux pierres, & quelquefois une seule, pour une charge.

Je donnai les ordres nécessaires pour faire mouler & cuire les briques sur le lieu même, & dans le voisinage de chaque emplacement, afin de rendre leur transport plus facile. Quoiqu'on se serve dans l'Amérique espagnole, pour les bâtimens ordinaires, de grosses masses de terre pêtrie & simplement séchée, qu'on nomme *Adobés,* on ne laisse pas d'y faire aussi des briques à la manière d'Europe ; ainsi, de toutes les dispositions préliminaires à la construction, ce fut celle-ci qui me coûta le moins de soins & de peines. J'eus attention de faire le moule de mes briques d'une proportion différente de l'ordinaire, pour qu'elles fussent moins propres à toute autre fabrique, & qu'on ne fût pas tenté de dégrader les Pyramides à dessein d'en employer les briques ailleurs ; je fis venir de la meilleure chaux de la Province : elle se fait au bourg de *Cayambé,* à dix lieues de *Quito* vers l'orient.

Messieurs les Officiers espagnols étoient en cette ville, lorsque je me donnai tous les mouvemens pour ces préparatifs, & je n'éprouvai alors de leur part aucune apparence de contradiction.

Je n'ignorois pas que pour ériger un monument & poser publiquement une Inscription dans une terre étrangère, j'avois besoin de l'aveu du Souverain, ou de ceux qui le représentoient : je songeai donc à mettre l'Inscription & les Pyramides sous la protection de l'*Audience royale* de *Quito,* qui rend ses arrêts au nom de S. M. C. comme toutes les Chancelleries ou Cours souveraines d'Espagne ; mais il n'étoit pas à propos de faire autoriser l'Inscription par ce tribunal, avant que les trois Académiciens fussent entièrement d'accord sur tous les termes, de sorte qu'il n'y eût plus le moindre changement à y faire. Il nous restoit du temps pour convenir de tout, jusqu'à l'entière exécution d'un ouvrage, dont les fondemens n'étoient pas encore jetés. Cependant je mis l'Inscription au net, avec les additions & les petits changemens qui nous avoient paru nécessaires, pour en concerter à loisir toutes les expressions, d'abord avec M. *Bouguer* présent à *Quito*, ensuite avec M. *Godin*, qui observoit alors à *Cuenca*.

J'ai déjà dit que Messieurs les Officiers espagnols avoient participé à la mesure de notre base; & quoique ce fût d'office & sans aucune obligation pour eux de partager ce travail, ni pour nous de les y admettre, il me parut que la bonne intelligence qui régnoit entre eux & nous, demandoit que nous leur offrissions de les nommer dans notre Inscription: mais j'avoue que je ne me crus engagé à cette démarche que par un égard de pure politesse, dont je ne doutois pas qu'ils ne me sussent gré. En effet, Don *Antoine de Ulloa*, qui se trouvoit alors seul à *Quito*, loin de me faire aucune difficulté, parut sensible à mon attention: il me dit seulement qu'il s'en rapportoit à Don *George Juan*, son camarade & son ancien, qui répétoit alors à *Cuenca*, avec M. *Godin*, l'observation astronomique à l'extrémité australe de la méridienne. Ceci se passa au mois d'Août 1740.

J'envoyai aussi-tôt à *Cuenca* le projet d'Inscription, tel que je l'avois rédigé de concert avec M. *Bouguer*. Je priois M. *Godin* de me faire part de ses remarques sur ce projet; & par une lettre particulière à Don *George*, à qui je rendois compte de ma conversation avec Don *Antoine*, j'offrois de faire entrer leurs noms dans l'Inscription, avec mention expresse de la part que l'un & l'autre avoient prise à notre travail, & cela dans la forme suivante.

Auxiliantibus Georgio Juan & Antonio de Ulloa, navis bellicæ in Hispania Vice-præfectis; c'est-à-dire, *avec l'aide de Don George Juan & de Don Antoine de Ulloa, Lieutenans de vaisseau en Espagne.*

Je ne m'attendois point que cette propofition pût être rejetée par Don *George* ; mais comme il me parut que fon mécontentement procédoit fur-tout du terme *auxiliantibus* qui lui déplaifoit, & que je n'avois rien plus à cœur que de nous concilier, je lui propofai d'y fubftituer celui de *concurrentibus*, ou de *cooperantibus*, qui exprimoient la participation d'un travail commun. Je fis tout mon poffible pour lui faire agréer ce tempérament ou quelqu'autre femblable, & pour le fatisfaire fur fes difficultés, par les lettres que je continuai de lui écrire pendant fon féjour à *Cuenca*, & depuis fon retour à *Quito*. J'allai jufqu'à lui offrir de fupprimer dans l'Infcription, les noms de M. *Godin*, de M. *Bouguer* & le mien, pourvu qu'il fût dit que la bafe avoit été mefurée par des Académiciens des Sciences de *Paris*, envoyés pour reconnoître la longueur des degrés terreftres; mais les chofes s'étoient aigries au point que je ne pus rien obtenir. Dans ce même temps, Don *George* & Don *Antoine* furent appelés, comme je l'ai dit ailleurs *, par le Viceroi du Pérou, fur les premières nouvelles qu'on y avoit reçues de l'armement qui fe faifoit en Angleterre, d'une efcadre deftinée pour la mer du Sud. Ces deux Officiers partirent pour *Lima* le 21 Octobre 1740; ce qui coupa court pour lors à notre difcuffion.

Dans ces entrefaites, les fondemens des Pyramides avoient été pofés. Avant que de paffer outre en élevant l'édifice hors de terre, je portai au Préfident & aux *Oïdors*, ou Confeillers de l'*Audience royale*, le projet d'Infcription, fur lequel M. *Godin*, M. *Bouguer* & moi, n'étions plus en différend qu'au fujet de deux ou trois expreffions relatives à nos mefures, & qui ne pouvoient intéreffer l'Efpagne. Je fis pefer aux juges tous les termes du projet, fur-tout ceux qui pouvoient donner matière à contradiction de la part des deux Officiers efpagnols; après quoi, de l'aveu & par l'avis des mêmes juges, je préfentai ma requête, dont voici l'extrait.

J'expofois que tous les travaux entrepris en divers temps de l'antiquité & du moyen âge, par le zèle d'habiles mathé-

---

* Voy. *Introd. Hift.* Année 1740, Octobre, page 98.

maticiens, & fous les ordres de puiffans Monarques, pour déterminer la grandeur des degrés terreftres, étoient devenus inutiles, & que l'hiftoire nous en avoit en vain confervé la mémoire; uniquement parce qu'on avoit négligé de fixer, par des monumens durables, les mefures prifes fur le terrein, qui fervoient de fondement aux diftances conclues par le calcul. J'ajoûtois que, pour ne pas tomber dans le même inconvénient, il avoit paru convenable d'élever deux bornes en forme de Pyramides, aux extrémités de notre bafe, afin que dans tous les temps on pût, par le moyen de ces deux termes, vérifier notre travail, fans être obligé de le répéter entièrement. Je demandois qu'en conféquence de la protection fpéciale que S. M. C. nous avoit accordée par fes paffeports, pour tout ce qui regardoit l'objet de notre miffion, il nous fût permis de faire conftruire ces deux bornes pyramidales, & d'y placer une Infcription qui exprimât le nombre de toifes comprifes entre les deux termes extrêmes de la bafe, & les noms des Aca-démiciens qui l'avoient mefurée par ordre du Roi, fous les aufpices de S. M. C; enfin, qu'il fût ordonné à tous les Cor-régidors, Juges, & Miniftres inférieurs, de nous prêter toute l'aide & faveur dont nous aurions befoin, &c.

Ma requête me fut accordée: l'arrêt impofoit des amendes (dont moitié au dénonciateur) & des peines afflictives: les premières regardoient les Efpagnols & les Métis; les autres menaçoient les Indiens qui feroient quelque dommage aux Pyramides ou aux Infcriptions. De plus, le Corrégidor de *Quito* fut nommément chargé par le même arrêt, de recon-noître l'état de ces monumens, lorfqu'il feroit la vifite annuelle de fa banlieue, & d'en rendre compte à l'*Audience royale*, fous peine d'en être refponfable, quand il fortiroit de charge *(con cargo de refidencia)*. Cet arrêt fut prononcé & figné le 2 Décembre 1740: je l'envoyai auffi-tôt à *Lima* à Don *Antoine de Ulloa*. Il me répondit qu'il avoit communiqué ma lettre à Don *George Juan*, qui lui avoit dit, que puifque j'avois permiffion de l'*Audience royale*, il n'avoit plus de raifons pour s'oppofer à mon projet.

Je me vis alors en état de travailler librement à la conf-truction des Pyramides. L'endroit où devoit être placée celle qui marqueroit l'extrémité auftrale de la bafe d'*Oyambaro*, étoit un petit tertre d'un terrein propre à bâtir folidement. Le fol de la Pyramide feptentrionale à *Carabourou*, étoit d'une nature fort différente, & j'y rencontrai des obftacles auxquels je ne m'étois pas attendu. La plaine d'*Yarouqui*, dans laquelle nous avions mefuré notre bafe, a fa pente vers le nord : elle s'y termine * par une cavée ou vallon d'une très-grande pro-fondeur où coule la rivière de *Guaïllabamba*, qui réunit toutes les eaux du territoire à l'orient de *Quito*. Celles qui tombent des montagnes dont la plaine eft entourée, ont entraîné à la longue une grande quantité de fable, & l'ont dépofé dans le bas de la plaine, en prenant leur cours vers la grande ravine. C'étoit précifément fur fon bord que nous avions fixé le terme boréal de notre bafe, & que devoit être conftruite la Pyramide de *Carabourou*. J'avois fait creufer quinze à vingt pieds fans rien trouver que du fable, & je m'étois convaincu, en examinant la coupe du terrein au bord de la ravine, qu'en fouillant beaucoup plus bas ce feroit encore la même chofe : il étoit donc indifpenfable de fonder cette Pyramide fur pilotis.

Dès le mois d'Août précédent, j'avois parcouru les envi-rons de ce canton, qui eft fort dénué de bois, & il s'étoit heureufement trouvé quelques arbres de l'efpèce que les In-diens nomment *Capouli*, dont le bois dur & compacte fe conferve très-long-temps dans l'eau. J'avois fait marché de ces arbres fur pied, & envoyé de *Quito* des charpentiers pour les abattre & les façonner en pilotis. M. de *Morainville* conf-truifit, pour les enfoncer, une machine femblable à celle dont on fe fert en France à cet ufage. Quoique je lui euffe donné un jeune homme du pays, affez intelligent, pour conduire les ouvriers fous fes ordres, & lui fervir de piqueur, il ne fe croyoit pas difpenfé d'en faire fouvent lui-même les fonctions ;

* Voy. la vue de la bafe & des Pyramides, *Introduction hiftorique*, *Planche II*.

Comme tout alloit fort lentement par la rareté, la pareſſe & la malhabileté des Indiens, pluſieurs mois s'étoient paſſés à raſſembler ſeulement les matériaux. Je me tranſportois de *Quito* ſur les lieux auſſi ſouvent que mes obſervations & mes affaires me le· permettoient, & M. de *Morainville* veilloit à tout encore de plus près. Il s'étoit établi au *Quinché* chez le Docteur Don *Joſeph Maldonado*, qui faiſoit bâtir une nouvelle tour à ſon Egliſe, & il ſervoit d'Architecte pour cet édifice, dont je lui avois procuré la direction.

Il reſtoit encore un grand obſtacle à ſurmonter ; la diſette d'eau pour éteindre la chaux & détremper le mortier. Les ruiſſeaux qui des montagnes voiſines ſe précipitent en torrens dans la plaine, ſe rendent, comme je l'ai dit, par diverſes ravines dans celle de *Guaïllabamba*. Notre baſe étoit dirigée entre deux de ces ravines, & l'une d'elles avoit ſon embouchure très-proche de *Carabourou;* mais elle étoit ſi profonde, qu'on ne devoit pas ſonger à en tirer de l'eau, ni à bras, ni par machines. Il fut plus aiſé de la prendre dans une ſource éloignée de deux lieues, & de la conduire par une pente douce, en lui creuſant un lit, juſqu'à l'endroit où l'on en avoit beſoin.

Tous ces travaux regardoient la conſtruction des Pyramides; mais aucune des difficultés qui la retardèrent, n'approcha de celle qu'on eut à trouver des pierres propres pour les Inſcriptions, à les tailler, à les tirer de 400 pieds de profondeur, à les graver & à les tranſporter au lieu de leur deſtination. Il fallut parcourir les lits de tous les torrens, de tous les ravins deux lieues à la ronde, avant que de rencontrer de quoi former deux tables de grandeur ſuffiſante. Les pierres, que j'avois reconnues trois ans auparavant, & ſur leſquelles je comptois, avoient été enlevées ou briſées par les crues d'eau, & il ne fut plus poſſible de les retrouver. Le lit de ces torrens eſt ſemé de pierres, la pluſpart arrondies, & de médiocre groſſeur; mais les bords ſont garnis de groſſes roches, parmi leſquelles j'en cherchois qui fuſſent en quelque ſorte ébauchées par la nature, & telles qu'on en pût tirer, ſans un trop grand travail, deux tables de cinq pieds de haut & de trois pieds de large : nous les trouvâmes enfin. Je fis faire à *Quito* tous les instrumens nécessaires ; & muni des ordres du Président, du Corrégidor & des Alcaldes, j'envoyai sur les lieux des tailleurs de pierre, qui furent très-difficiles à trouver, parce qu'ils étoient en petit nombre, & d'ailleurs fort occupés dans la ville au bâtiment d'une nouvelle église. A mesure qu'ils désertoient avec mes outils, ce qui leur arrivoit très-souvent, j'en renvoyois d'autres prendre leur place. Quoique payés à la journée, ils trouvoient ce travail insupportable par sa lenteur : les pics les mieux acérés s'émoussoient ou s'éclatoient au premier coup ; il falloit continuellement les rapporter à *Quito* pour les réparer : j'avois un homme de journée dont ces voyages étoient l'unique fonction.

Les pierres dégrossies, il fallut imaginer de nouveaux expédiens pour polir, en frottant l'une sur l'autre les faces destinées à recevoir l'Inscription, qui venoit enfin d'être arrêtée entre les trois Académiciens, après de longues discussions. Il restoit à y graver les lettres. J'ai parlé ailleurs * de la difficulté que j'avois eue à diriger, même à la ville, un semblable ouvrage, quoique d'une exécution beaucoup plus aisée, puisque la pierre étoit d'une espèce de marbre presqu'aussi tendre que l'albâtre, & non, comme dans le cas présent, d'une roche qui approchoit de la dureté du caillou. M. de *Morainville* avoit voulu non seulement faire tailler, mais, contre mon avis, faire sculpter & polir les deux pierres, à l'endroit où elles avoient été trouvées, c'est-à-dire, dans le fond même de la ravine, & de plus y graver l'Inscription. Pour les enlever de là, il fit un engin avec un treuil, & le fixa dans la plaine au bord supérieur de la *Quebrada* de *Chaupi-Molino*, dont la profondeur en cet endroit étoit de plus de 60 toises, ou de près de 400 pieds. Il avoit apporté du *Quinché* quelques cables de cuir, & je lui en avois envoyé d'autres de *Quito* : ce sont les cordes du pays ; & nommément celles dont on se sert pour élever les lourds fardeaux, & pour guinder les plus grosses cloches.

* Voy. *Introduction historique*, Année 1741, Août, page 124.

Lorsqu'on

Lorfqu'on eut achevé de fculpter les pierres au bord du torrent, on en tira l'une des deux fort heureufement, & on la mit en fûreté : on travailloit à force à élever l'autre avec la machine ; & une pluie abondante preffoit les Indiens de hâter cette opération, en même temps qu'elle la retardoit par l'alongement des courroies dont le cable étoit formé. Il ne s'en falloit pas deux braffes que la pierre ne fût au niveau de la plaine, lorfque l'orage & les éclairs redoublant, les Indiens abandonnèrent l'ouvrage pour aller chercher un abri, & laifsèrent la pierre fufpendue. Les courroies continuoient à s'alonger, quelques torons du cable fe rompirent, & enfin le cable même : la pierre, précipitée dans le fond d'où elle avoit été tirée avec tant de peine, fe brifa en mille éclats, & le travail de fix mois fut perdu dans un inftant. J'étois alors à *Quito*, occupé de beaucoup d'autres foins. M. de *Morainville* me cacha cet accident, jugeant combien j'y ferois fenfible, quoiqu'il n'en prévît pas alors toutes les conféquences : il fe donna tant de mouvemens pour trouver une autre pierre, & fit tant de diligence pour la faire travailler, que je n'appris le dommage que lorfqu'il étoit en grande partie réparé.

J'attendois qu'il le fût entièrement, & que les Infcriptions fuffent pofées, pour faire dreffer un procès verbal par-devant notaire, y joindre le deffein des Pyramides, avec une copie figurée de l'Infcription, & préfenter une nouvelle requête à l'*Audience royale*, par laquelle je devois demander que l'arrêt du 2 Décembre 1740, s'entendît de l'Infcription dont je dépofois une copie, pour être jointe au nouvel arrêt.

Je n'avois pas fait graver fur la pierre les noms des deux Officiers efpagnols ; mais j'avois laiffé un intervalle vuide où il étoit aifé de les inférer, fi, comme je l'efpérois encore, nous pouvions parvenir à nous concilier.

Hh

§. II.

Procès au sujet des Pyramides & Inscriptions.

IL y avoit plus d'un an qu'on travailloit sans relâche à la construction des Pyramides : elles étoient achevées, à très-peu près ; & sans l'accident dont je viens de parler, les pierres qui portoient l'Inscription auroient été en place lorsque Don *George Jüan* & Don *Antoine de Ulloa* revinrent de *Lima* le 5 Septembre 1741, avec un congé du Viceroi, dans le dessein de faire au nord de la méridienne l'observation astronomique qui leur manquoit, & sans laquelle ils ne pouvoient tirer de toutes les opérations précédentes aucune conséquence sur la valeur du degré. Ils auroient eu le temps de faire leur observation, & se seroient épargné alors plusieurs voyages, & la peine de revenir encore de *Lima* à *Quito* trois ans après ; mais ne prévoyant point qu'ils alloient être rappelés sur leurs pas par le Viceroi, ni que le temps pût leur manquer, & jugeant qu'aussi-tôt que l'Inscription seroit posée, j'allois obtenir un nouvel arrêt pour sa conservation & celle des Pyramides, ils m'intentèrent un procès. Le 26 Septembre, ils présentèrent à mon insû, une requête à l'*Audience royale*, par laquelle ils exposoient *que de mon autorité privée, sans l'aveu de M.* Godin, *l'ancien des trois Académiciens, & sans permission de l'*Audience, *j'avois fait ériger deux Pyramides, où j'avois fait graver une Inscription injurieuse à la nation espagnole, & personnellement au Roi Catholique : que contre tout droit, j'avois omis d'y faire mention d'eux, quoiqu'ils eussent été envoyés par leur Souverain, en qualité d'*Académiciens espagnols, *& pour le même ouvrage que les Académiciens françois ; que j'avois nommé dans l'Inscription deux Ministres de France, sans parler de ceux d'Espagne : enfin, que pour couronnement des Pyramides, j'avois mis une fleur-de-lis ; ce qui blessoit l'honneur de la personne Royale,* &c. Ils concluoient que les *Inscriptions fussent supprimées, que je fusse admonesté,* &c.

Tel est le précis très-succint de la requête peu mesurée

que préfentèrent contre moi M^{rs} les Officiers efpagnols; il
eft vrai qu'elle n'étoit pas leur ouvrage, mais celui d'un Avocat, aux lumières & au difcernement duquel elle ne fait pas
honneur. On n'y trouve qu'un amas informe de déclama-
tions vagues, fans ordre ni méthode, remplies de répétitions
& de termes inintelligibles; comme on peut s'en convaincre par l'extrait efpagnol ci-joint de la requête originale*.

Cependant fur cet expofé captieux, le premier mouvement de quelques *Oïdors*, dont l'un n'étoit en place que
depuis l'arrêt du 2 Décembre 1740, & dont les autres n'a-
voient plus cet arrêt préfent, fut d'ordonner fans autre examen, la démolition des Pyramides; mais l'Avocat qui faifoit la
fonction de Rapporteur, fuivant l'ufage des tribunaux d'Efpagne, ayant repréfenté aux juges, qu'à fon rapport, ils

* .... *Los fupplicantes,* como tales ACADEMICOS ESPAÑOLES... M. de la Condamine *por fi folo,* y *fin dictamen de* fu principal M. Godin, y *lo que es mas fin la venia precifa de Vueftra Alteza* ... *poner una Infcripcion de notable defcaecimiento* y *contra el honor de* Vueftra Real perfona, el Reino y intereffados* .... *no obftante la contradiccion de* fu principal M. Godin ..... *dar la mas promta providencia para que pafe perfona de fatisfaccion* y *refpecto a quitar dicha Infcripcion,* y *recoger las piedras en que fe ha fijado :* imponiendo le à dicho M. de la Condamine, los apercibimientos devidos en efte cafo, para que de algun modo quede fatisfecho el exceffo cometido .... fon graves los inconvenientes que produze contra Vueftra Real perfona, Reino y fus proprios intereffes ..... lo qual es mui grande defacato que fe haze de Vueftra Real perfona, *pretendiendo igualarla con unos miniftros de otro foberano* .... offende al Reino y nacion efpañola.... *omitiendo nos como à tales* ACADE-
MICOS ESPAÑOLES .... en detrimento de la nacion efpañola *todas vezes que como* SUS ACADEMICOS *hemos concurrido* .... *pues como a* fus ACADEMICOS ESPAÑOLES, *nos mandò y embiò* .... *poner en las cufpides de las Pyramides dos flores de liz, que ya fe vè reprefentan las armas de Francia, lo qual puede traer con el tiempo mui nocivas confequencias* ..... en los campos de Vueftra Real perfona gravaffen y SUPUTASSEN armas y efcritos contra fu honor .... *nos excluye de efte acto como à tales* ACADEMICOS ESPAÑOLES, *repele el dictamen de* fu principal M. Godin y *executò el exceffo de dicha Infcripcion arbitrada* y *determinada por fu propria idea* .... *para que luego pafe* .... *la perfona de fatisfaccion* y *refpeto, para que quite las lozas en que fe hallare la referida Infcripcion* y *de efte modo fe ataje el perjuizio que llevamos reprefentado,* y *fe le aperciba à* M. de la Condamine en la forma, &c. para que de algun modo quede fatisfecho el exceffo cometido.

avoient rendu fur ce fujet un arrêt il y avoit neuf à dix mois, la Cour ordonna que la requête des deux Officiers fût jointe aux écrits précédens, & communiquée aux Académiciens françois.

Il fe paffa treize jours avant que cette fignification me fût faite; & dans cet intervalle, plufieurs perfonnes s'entremirent pour me propofer un accommodement. On m'offroit de la part de Don *George,* en cas que nous convinffions de nos faits, de retirer la requête préfentée; & dans le même temps, M. *Godin* propofoit une autre Infcription qui étoit agréée des parties adverfes.

Je répondis que quoique je puffe m'oppofer, par des raifons très-légitimes, au nouveau projet d'infcription, où l'on donnoit à M^{rs} les Officiers efpagnols des qualités qui ne leur appartenoient pas, je voulois bien, par amour pour la paix, paffer par-deffus cette confidération, fauf le confentement de M. *Bouguer,* qui étoit alors à *Cuenca;* à condition cependant : 1.° qu'avant tout, je répondrois à la requête, qui bleffoit mon honneur, & qui avoit été lue en pleine Audience; & qu'enfuite je retirerois ma réponfe, fi ces Meffieurs retiroient leur requête : 2.° qu'en convenant à l'amiable de l'Infcription, toute conteftation judiciaire cefferoit fur les autres points.

Ces conditions n'ayant pas été acceptées, le procès continua. M. *Godin,* qui avoit reçu plufieurs jours avant moi la fignification de la requête des deux Officiers, y répondit le premier, & dit que ce n'étoit pas à lui de réfuter des accufations qui ne le regardoient point, puifqu'il s'étoit entièrement repofé fur moi de la conftruction des Pyramides; que fon objet unique avoit été d'affurer la durée de l'Infcription qui feroit pofée, quelle qu'elle fût; qu'enfin j'avois toûjours été & que j'étois actuellement occupé à prendre les mefures néceffaires pour faire autorifer celle que je voulois placer. M. *Godin,* dans la même requête, propofoit une nouvelle Infcription, comme propre à tout concilier, & comme avouée des deux Officiers.

Le 10 Octobre, vingt-quatre heures après que la requête de ces Messieurs m'eut été signifiée, je répondis amplement à tous leurs griefs; mais comme je n'ai plus affaire aujourd'hui à des juges prévenus, il ne sera pas nécessaire d'entrer ici dans un long détail, pour prouver combien les prétentions de nos parties adverses étoient peu fondées, à commencer par celle d'avoir été envoyés par leur Souverain en qualité d'Académiciens espagnols pour mesurer la Terre, comme ils cherchoient à le faire entendre à force d'expressions équivoques. Les seuls Académiciens françois ont été chargés de cette commission, & ils n'étoient obligés de la partager avec personne : il suffit, pour s'en convaincre, de jeter les yeux sur les passeports de Sa Majesté Catholique. Ce Monarque, en nous permettant d'aller mesurer les degrés voisins de l'équateur dans ses états du nouveau-monde, ne nous imposoit que deux conditions * : l'une de nous soumettre aux visites ordinaires dans tous les ports, & à toutes les douanes des lieux de notre passage, pour prévenir tout soupçon de commerce prohibé; ce qui avoit été très-ponctuellement exécuté, comme les procès verbaux dressés dans ces différens lieux en faisoient foi: l'autre, que le Roi Catholique nommeroit deux personnes intelligentes en mathématique & en astronomie, *pour assister* (ce sont les termes même du passeport) *à toutes nos observations, & en garder une note.* Voilà l'objet de la mission des deux Officiers, énoncé clairement & sans équivoque. C'est du moins le seul dont nous ayons eu connoissance. D'ailleurs, il est si vrai que leur commission étoit absolument dépendante de la nôtre, qu'aussi-tôt que nous eûmes reçu de nouveaux ordres de notre Cour pour nous en tenir à la mesure du méridien, ils ne songèrent plus à l'équateur, qu'ils s'étoient d'abord attendus à mesurer avec nous dans le temps que nous en étions chargés.

Que si un an après notre arrivée à *Quito*, ils reçurent un quart-de-cercle & quelques autres instrumens faits à *Paris* sous la direction de feu M. du *Fay*, c'étoit pour les exercer

---

* Voy. les passeports de Sa Majesté Catholique, & leur traduction, à la suite de cette histoire; & la note, page suivante.

aux obfervations aftronomiques & aux opérations de trigonométrie, dont ils n'avoient alors aucune pratique; & rien ne
prouve moins qu'ils euffent été chargés par leur Souverain
de mefurer la Terre, comme ils le prétendoient. Non feulement ils n'ont jamais produit un pareil ordre, dont la date,
s'il exiftoit, prouveroit encore ce que j'avance, mais il eft
évident que leur quart-de-cercle de deux pieds de rayon étoit
infuffifant pour cet ufage. Outre le fecteur de douze pieds
que nous avions apporté de France, deux autres qui ont été
conftruits fur les lieux, & aux dépens du Roi, par notre
horloger, nous ont à peine fuffi.

Je dis plus: quand Don *George* & Don *Antoine* euffent
été de longue-main exercés dans la pratique de l'Aftronomie
& des opérations géodéfiques, ce que leur grande jeuneffe
rendoit impoffible, & ce dont leur état d'Officiers de marine
les difpenfoit; quand même ils auroient fait voir un ordre
pofitif de mefurer les degrés, cela ne leur donnoit aucun
droit fur notre ouvrage. Nous avions toujours été les maîtres,
en nous renfermant dans les conditions du paffeport d'Efpagne, de les réduire à la qualité de fimples témoins de notre
travail; fauf à eux d'écrire fur leur regiftre ce qu'ils nous
auroient vu faire*, ainfi qu'il leur étoit prefcrit.

Enfin, & c'eft ici le point décifif, notre Infcription étoit
deftinée à indiquer le nombre de toifes que nous avions trouvé
en mefurant notre première bafe fur le terrein: fi nous nous
étions trompés fur cette mefure, affurément on ne s'en feroit
pas pris aux Officiers de marine efpagnols; les feuls Académiciens françois euffent été refponfables de l'erreur à l'Académie & au public. D'ailleurs, peut-on s'imaginer que deux
fujets du Roi d'Efpagne euffent été chargés de mefurer une
bafe en toifes du Châtelet de *Paris!* c'eft pourtant ce qu'il
faudroit fuppofer, puifque ces Meffieurs n'avoient point

---

* *Para que affiftan con los men-*
cionados Francefes à todas las ob-
fervaciones que hizieren y apunten
lo que fueren executando . . . . afin

qu'ils affiftent avec lefdits François
à toutes les obfervations qu'ils feront,
& qu'ils en tiennent une note. *Voy*.
les paffeports déjà cités.

apporté de modèle de la *Vare* d'Efpagne, fur la longueur de laquelle les auteurs efpagnols ne font pas même d'accord *. Je n'en dirai pas davantage fur le fond du procès: la multitude de raifons ne ferviroit qu'à offufquer leur évidence.

Quant aux chefs d'accufation intentés contre moi perfonnellement, je répondis,

1.º Que j'avois obtenu, il y avoit près d'un an, un arrêt de l'*Audience royale*, portant permiffion d'ériger les Pyramides, & d'y placer l'Infcription que j'avois préfentée dès-lors à tous les membres de l'*Audience*, en attendant que mes deux collègues & moi, nous euffions fixé tous les termes qui regardoient le détail de notre opération; & que les juges étoient convenus que dès que l'Infcription feroit en place, ce qui n'étoit pas encore, je la ferois autorifer par un nouvel arrêt, auquel feroit jointe la copie figurée de l'Infcription; que par conféquent rien n'étoit moins conforme à la vérité que de dire que j'avois procédé fans permiffion de l'*Audience*.

2.º Que je n'avois pas agi de mon chef, mais de concert avec les deux Académiciens, fans me contenter de n'être pas défavoué par eux; que j'avois le confentement de M. *Bouguer*, comme le reconnoiffoient nos parties, & que M. *Godin*, en répondant à la fignification qui lui avoit été faite de la requête des deux Officiers efpagnols, avoit déclaré s'en être rapporté à moi fur ce qui regardoit les Pyramides; qu'outre cela, Meffieurs les juges favoient qu'avant le départ de M. *Godin* pour *Mira*, nous avions été les voir tous, M. *Godin* & moi, & qu'il les avoit prévenus que j'agiffois au nom de toute la compagnie: fait fur lequel je m'en rapportois à leur témoignage.

3.º Que l'Infcription n'étoit pas plus injurieufe à la nation

---

* Le Commandeur Don *George Juan*, depuis fon retour à *Madrid* en 1746, a déterminé le rapport de la *Vare* de Caftille à la toife de *Paris*, de 144 à 371; en comparant à l'*Étalon* de la *Vare* du Confeil royal de Caftille, une règle de demi-toife qu'il avoit lui-même étalonnée à *Quito*, fur la toife de fer que nous avions apportée de *Paris* au Pérou, & qui a fervi à toutes nos opérations. *Voy. Obfervaciones aftronomicas y phyficas, &c.* Madrid, 1748, page 101.

espagnole qu'à la nation angloise, puisqu'elle ne parloit pas plus de l'une que de l'autre : qu'il étoit bien vrai qu'on n'y lisoit pas le nom des deux Officiers espagnols ; mais qu'outre que je n'étois pas dans l'obligation de les nommer, ils ne devoient s'en prendre qu'à eux - mêmes, puisqu'ils avoient refusé de l'être en qualité de coopérateurs ; quoique je leur en eusse fait l'offre, sans nécessité de ma part, & seulement pour les obliger.

4.° Quant à l'étrange reproche qu'on me faisoit, en disant que l'Inscription étoit injurieuse, même à S. M. C. le Roi *Philippe V,* je répondois que ma douleur étoit égale à ma surprise, de me voir si injustement accusé d'avoir manqué de respect à un Souverain, à qui la seule qualité de Prince du sang royal de France, assuroit la vénération & l'amour de tous les cœurs françois, indépendamment de tous ses autres titres, & des vertus qu'il avoit portées sur le trône de la plus vaste monarchie de l'univers. J'ajoûtois, en répondant d'une manière directe, que l'Inscription dénoncée comme injurieuse à S. M. C. étoit beaucoup plus honorable que celle qu'on prétendoit lui substituer : Que celle-ci disoit seulement, & dans la suite du discours, que ce Monarque avoit bien voulu que nous opérassions dans ses états *(Volente Philippo V) ;* au lieu que la mienne, ou plustôt celle que j'avois empruntée de l'Académie des Belles-lettres, qui avoit mûrement pesé les termes & les circonstances, commençoit par ces mots, *Auspiciis Philippi V:* Que je m'en rapportois à tous ceux qui entendoient la force du terme *Auspiciis,* & qui savoient en quel sens il étoit employé dans les Inscriptions antiques, pour juger s'il n'exprimoit pas avec beaucoup plus d'énergie & de dignité, la faveur & la protection dont le Roi Catholique avoit honoré notre entreprise, que le mot simple & nud *Volente,* qui, d'ailleurs, étoit superflu, puisqu'on ne pouvoit supposer qu'un ouvrage semblable au nôtre s'exécutât sur les terres d'un Souverain sans son agrément : Que le terme *Auspiciis* en tête de l'Inscription, étoit un hommage & une consécration du monument à S. M. C, dans les domaines de qui nous avions opéré;

opéré; au lieu que S. M. T. C. n'étoit nommée qu'historique-
ment dans le corps de l'Inscription, & seulement pour déclarer que nous avions été envoyés par ce Monarque.

5.° Que les noms des deux Officiers espagnols n'étant
point dans l'Inscription, depuis qu'ils avoient refusé mes
offres, je n'avois pas été dans le cas d'exprimer aux frais de
qui ces Messieurs étoient venus : mais que quand leurs noms
& leurs titres y eussent été énoncés, il me paroîtroit petit &
presque indécent, de dire que le Roi leur maître avoit nourri
dans ses propres états deux de ses Officiers de marine quali-
fiés tels; comme le proposoient les parties adverses dans leur
projet d'Inscription, en ajoûtant ces mots *& impensis aluit:* sur
quoi je m'en rapportois entièrement à la prudence de la Cour.
Je relevois aussi l'abus que les parties adverses faisoient du
terme d'*Académiciens,* en fondant leur prétention sur ce qu'ils
étoient *Académiciens espagnols;* ce qui étoit répété jusqu'à cinq
fois dans leur requête. Je déclarois que sous ce nom, je ne
connoissois que Messieurs de l'Académie de *Madrid,* auteurs
du grand dictionnaire de la langue castillane: que l'Académie
des Gardes de la marine de *Cadix* étoit une école, où de
jeunes gentilshommes apprenoient à faire leurs exercices; &
que si nos parties avoient eu à traduire leur requête en françois, leur titre d'*Académiciens* se seroit converti en celui d'*A-
cadémistes.* Je ne répète point ici ce que j'opposois à une prétention encore plus singulière qu'ils formoient alors, mais sur
laquelle ils n'ont pas insisté; c'étoit, qu'en cette qualité d'*Aca-
démistes de Cadix,* leurs noms devoient précéder les nôtres.

6.° Quant aux noms de M. le Cardinal de *Fleury* & de
M. le Comte de *Maurepas,* & à l'omission de ceux des
Ministres d'Espagne, je rapportois les raisons qui nous avoient
engagés à reconnoître publiquement la part que deux Ministres, membres de notre Académie, avoient eue à une
entreprise que leur amour pour les sciences les avoit porté
à favoriser : qu'au surplus, on ne pouvoit nous obliger à
mentionner dans notre Inscription aucune circonstance étrangère à notre ouvrage, excepté la protection dont S. M. C

I i

avoit honoré l'entreprise; j'ajoûtois que les parties adverses étoient les maîtres de faire élever à leurs frais d'autres Pyramides, & d'y graver telle Inscription que bon leur sembleroit, mais n'avoient point droit d'exiger que nous ajoûtassions à la nôtre rien de ce qui n'y étoit pas absolument nécessaire.

7.° A l'égard de la fleur-de-lis qui terminoit les Pyramides, je faisois voir que l'écusson entier des armoiries d'Espagne qu'on proposoit d'y substituer, n'étoit nullement propre à faire un couronnement isolé : que j'avois suivi un usage constant, & d'ailleurs conforme aux règles de l'architecture & à celles de l'art héraldique, en faisant servir d'ornement, comme on le pratique dans tous les édifices, la pièce principale des armes du Seigneur. Je concluois qu'ayant bâti sur les terres du Roi d'Espagne, & l'Inscription étant dédiée à ce Monarque, par la formule *Auspiciis Philippi V*, j'avois dû tirer l'ornement destiné à terminer la pointe des Pyramides, de l'écu des armes personnelles du Roi *Philippe V;* puisque l'Inscription n'étoit pas dédiée aux Rois d'Espagne en général, mais au Monarque régnant : & d'autant plus qu'il n'y avoit aucune raison de préférence, pour choisir dans les armoiries de cette Couronne une pièce pluftôt qu'une autre, comme le Lion, la Tour, la Grenade, &c, qui font les armes particulières des divers Royaumes dont la réunion forme la Monarchie espagnole. Que si l'on vouloit supposer que le choix de la pièce fût indifférent, pourvu qu'elle fût tirée des armoiries d'Espagne, la fleur de-lis étoit encore dans le cas d'être choisie à ce titre, puisque l'écusson du royaume de Naples, qui fait partie de celui d'Espagne, est semé de fleur-de-lis.

Quant à ce qui regarde les prétentions qu'on supposoit que la France pourroit former à l'occasion de cette fleur-de-lis, sur des pays de la domination d'Espagne, j'alléguai (car j'étois obligé de répondre sérieusement) que cette crainte étoit visiblement chimérique, par les raisons précédentes, & parce que le nom de *Philippe V,* qui commençoit l'Inscription, levoit toute équivoque : Que d'ailleurs cette fleur-de-lis ne tiroit pas plus à conséquence, que celles qu'on voyoit à *Quito* même, dans la frife du frontifpice de l'églife de *Saint François*, bâtie il y a deux fiècles; & qui n'avoient pas plus fourni de prétexte à la France, pour former des prétentions fur l'Amérique, qu'à la maifon de *Farneze* & à la ville de *Florence*, qui ont auffi pour armes des fleur-de-lis: Que fi la crainte que témoignoient les parties adverfes avoit le plus léger fondement, il falloit convenir que la France avoit été bien négligente à faire valoir lé droit que lui donneroit en ce cas, fur les conquêtes du nouveau monde, la fleur-de-lis qui marque le nord dans toutes les bouffoles d'Europe, & qui a fervi de guide aux *Colombs*, aux *Vefpuces* & aux *Magellans*, pour leurs découvertes. Je témoignois ma furprife de ce qu'on vouloit prendre ombrage d'une fleur-de-lis, tirée des propres armes du Monarque régnant, dans une ville où l'on voyoit en tous lieux l'Aigle impériale, tantôt peinte ou fculptée, & tout récemment encore à la porte du Palais de l'*Audience royale*; tantôt brodée, découpée, moulée fur les harnois de chevaux, fur les meubles, jufque fur les autels; & qui, fans doute, étoit regardée par-tout comme un ornement fans conféquence. J'aurois pu ajoûter, qu'à *Madrid* même on n'y faifoit pas plus d'attention, fi j'euffe pu prévoir alors, que huit ans après, je verrois l'aigle à deux têtes, chargée en cœur de l'écuffon des armes de la maifon d'Autriche, fervir de *fleuron* à la fin des chapitres, dans la relation publiée * par ceux qui me faifoient un crime d'avoir couronné nos Pyramides d'une fleur-de-lis.

Enfin j'infinuois dans ma requête, & j'avois dit à M. le Procureur général, que pour ôter toute équivoque, & prévenir toute interprétation fufpecte, il n'y avoit qu'à couvrir de la couronne d'Efpagne la fleur-de-lis des Pyramides; qu'alors on ne pourroit plus douter qu'elle ne fût le fymbole d'un roi d'Efpagne né prince de la maifon de France. Je concluois par demander la confirmation de l'arrêt du 2 Décembre 1740, & l'approbation de l'*Audience royale*, pour l'Infcription que

---

* Voy. *Relacion hiftorica del viage à la América meridional*. Madrid, 1748, pp. 26, 640, &c.

j'avois récemment fait graver, depuis que nous étions convenus, entre les trois Académiciens, de tous les termes, à la pluralité des voix.

J'épargne au lecteur un plus long détail de cette singulière contestation, ainsi que des incidens * qui en retardèrent le jugement. On aura peine à croire qu'une chose si simple ait pu donner matière à plus de quatre-vingts rôles *in-folio* d'écritures, sans compter les lettres particulières & les mémoires qui avoient précédé, dont on eût pu faire un volume beaucoup plus gros.

Après que les parties eurent fourni réciproquement leurs productions, la Cour ordonna un *soit communiqué* au Procureur général ; & l'on n'attendoit plus que ses conclusions, lorsque les deux Officiers espagnols furent nommés par l'*Audience*, comme je l'ai dit ailleurs, pour commander les milices de la province de *Quito*, & les conduire à *Guayaquil*, où l'on craignoit une descente des Anglois. Ils partirent pour cette ville le 6 Décembre 1741, & bien-tôt après pour *Lima*, où les ordres du Viceroi les rappeloient.

Outre la prévention nationale que j'avois à combattre dans l'esprit de tous mes juges, les grandes liaisons des deux Officiers espagnols avec le Procureur général, étoient pour moi un nouveau sujet d'inquiétude. L'évidence de mon droit ne suffisoit pas pour me rassurer : je passai quatre mois dans ces alarmes. Enfin ce magistrat donna ses conclusions le 25 Avril 1742 : elles portoient qu'il étoit de l'honneur de la nation espagnole, & de la justice due aux deux Officiers de marine,

---

* Pour qu'on ne puisse m'accuser d'avoir rien omis qui paroisse de quelque conséquence, je remarquerai qu'ayant cité dans ma requête un discours tenu par Don *George Juan*, d'où il résultoit qu'il ne se regardoit pas comme chargé de la commission de mesurer la base, M. *Godin*, nommé incidemment dans cette citation, craignit, par une délicatesse que je ne puis blâmer, qu'on ne pût interpréter mon allégation à son désavantage, & en conséquence présenta un écrit pour me faire expliquer sur ce qui le regardoit. Je répondis d'une manière satisfaisante, & il ne répliqua plus. Ainsi, quelque jugement qu'on ait pu porter de cet incident, il n'a formé aucune contradiction réelle, de la part de M. *Godin*, à tout ce que j'alléguois en faveur de notre cause commune, ni à ce que lui-même avoit déclaré dans sa première requête dont j'ai parlé ci-dessus.

de les nommer dans l'Infcription, non feulement en qualité
d'affiftans à notre travail, mais comme y ayant participé.
C'étoit précifément ce que je leur avois offert avant le procès.
Du refte, le Procureur général ne trouvoit aucun fondement
à la difficulté des parties adverfes fur les noms des Miniftres
de France, dans une Infcription qui fpécifioit la part que chacune des perfonnes nommées avoit eue à l'ouvrage. Enfin il
adoptoit l'expédient que j'avois propofé pour éviter toute équivoque, qui étoit de pofer fur les fleur-de-lis la couronne
propre des rois d'Efpagne.

En fuivant ce procès, j'avois agi au nom de M. *Bouguer*
comme au mien, en vertu de la procuration qu'il m'avoit
envoyée de *Cuenca ;* mais comme il revint au commencement de 1742 à *Quito,* nous concertâmes, lui & moi, une
nouvelle requête qu'il préfenta en fon nom, pour répondre
à celle des deux Officiers qu'on venoit de lui fignifier. Je
profitai de l'occafion : nous inférâmes dans cette réponfe quelques remarques qu'il m'avoit fuggérées, & de nouveaux
moyens de défenfe non moins décififs que les précédens.
Outre cela, M. *Bouguer* déclaroit dans fa requête, qu'il n'approuvoit point pour fa part, l'offre que j'avois faite à nos
parties, de leur céder une des faces des Pyramides, pour y
placer telle Infcription qu'ils voudroient : il en expofoit les
inconvéniens. Du refte, fes conclufions ne différoient pas des
miennes.

Le 10 Juillet 1742, l'affaire fut rapportée, & les avis fe
trouvèrent partagés. Comme le Doyen n'avoit pas été préfent,
la caufe lui fut renvoyée pour départager les voix & faire l'arrêt. Il fallut recommencer devant lui le rapport du procès. Je
trouvai d'abord ce magiftrat fi prévenu, qu'il réfufoit de m'é-
couter : à la fin il voulut bien m'entendre. Il paffa huit jours
à examiner les pièces qui lui avoient été remifes, & à fe faire
rapporter la caufe tout au long par l'Avocat *Relateur,* chargé
de cette fonction. Le 19 Juillet, l'arrêt fut rendu & figné :
le voici avec la traduction littérale.

Ii iij

Arrêt de l'Audience royale de Quito.

Texte Espagnol.	Traduction.

LOS *Señores Prefidente y Oydo- res de efta Real Audiencia, Ha- viendo vifto eftos autos, dixeron: que fe les permite à los Académicos francefes, la conftruccion y fábrica de las Pirámides del llano de* Ya- ruqui, *para feñal y memoria per- petua de fus obfervaciones, que han hecho en efte Reyno, de confenti- miento de fu Mageftad: con la cá- lidad precifa, de que dentro de dos años, han de traer confirmacion del Real y fupremo Confejo de las In- dias, y de que fobre las flores de lis que terminan las Pyrámides, fe ponga la Corona de los Reyes de Efpaña. Y afsì mifmo fe aprueba y da por buena la Infcripcion que han hecho dichos Académicos, y empieza con la cláufula* Aufpiciis Philippi V, *que efta à f.º 2 0 de los autos; y fe incorpore en ella el nombre de los dos Efpañoles guardas-marinas, debaxo del titulo con que vinie- ron embiados, para affiftir à todas las operaciones de dichos Académi- cos francefes: y debaxo de eftas calidades fe entienda, guarde y cumpla el auto de dos de Diziem- bre del año pafsado de fetecientos y quarenta, en que fe les dió la fa- cultad de erigir eftas Pyrámides: y défeles el teftimonio de los autos que tienen pedido, para fu recurfo; y que cumplan con lo que fe les ordena. Afsì lo proveyeron y rubricaron. Proveyeron y rubricaron el auto de*

MESSIEURS les Prefident & Oïdors de cette Audience royale, vu les pièces du préfent procès, ont dit : qu'il eft permis aux Académiciens françois de conftruire & d'élever deux Py- ramides dans la plaine d'*Yarouqui* pour fervir de fignal (à leurs triangles) & pour perpétuer la mémoire des obfervations qu'ils ont faites dans ce royaume du confentement de S. M : fous la condition expreffe qu'ils rappor- teront dans deux ans la confir- mation du Confeil Royal & fu- prême des Indes ; & que fur les fleur-de-lis qui terminent les Py- ramides, il fera mis la Couronne propre des Rois d'Efpagne. En outre, l'Infcription defdits Aca- démiciens, qui commence par ces mots, *Aufpiciis Philippi V,* telle qu'elle eft rapportée au pro- cès f.º 20, eft approuvée & re- connue bonne ; & les noms des deux Efpagnols gardes de la marine y feront inférés, *avec les qualités fous lefquelles ils ont été envoyés, pour affifter à toutes les opérations defdits Aca- démiciens françois;* & fous ces conditions doit être entendu, exécuté & accompli l'arrêt du 2 Décembre 1740, par le- quel la faculté d'ériger les deux Pyramides leur a été accordée : & la copie des pièces du procès

fuſo los ſeñores Preſidente y Oydo-
res de eſta Real Audiencia; eſtando
en la ſala del Real Acuerdo de
juſticia de ella, los Licenciados,
Don Joſeph Llorente, *Don* Pedro Gomez de Andrade, *Don*
Eſteban de Olays y Echeverria,
y Don Joſeph de Quintana y
Azevedo *Oydores de* Quito, *en*
dies y nueve dias del mes de Julio
de mil ſiete-cientos quarenta y dos
años.

demandée par les Parties, leur
ſera délivrée, pour y avoir recours & accomplir ce qui leur
eſt enjoint. Le préſent arrêt rendu & paraphé par Meſſieurs les
Préſident & *Oïdors* de cette
Audience royale : étant préſens
dans la ſalle du Conſeil royal
de juſtice, les Licenciés Don
Joſeph Llorente (Doyen), Don
Pedro Gomez de Andrade, Don
Eſteban de Oïlays y Echeverria,
& Don *Joſeph de Quintana y*
Azevedo, Oïdors de *Quito,* le
19 Juillet 1742.

Par cet arrêt, celui du 2 Décembre 1740, portant per-
miſſion d'élever les Pyramides, étoit, comme on voit, confirmé ; l'Inſcription que j'avois propoſée, du conſentement
de Mrs *Godin* & *Bouguer,* étoit approuvée ; & les deux Officiers eſpagnols obtenoient moins que je ne leur avois offert ;
puiſqu'ils étoient réduits à leur ſimple qualité d'*aſſiſtans* à
notre opération, conformément à la teneur des paſſeports de
S. M. C, après avoir refuſé mon offre de les nommer comme
participans ou *coopérans.*

Mais l'arrêt contenoit encore deux autres conditions : l'une,
qu'on placeroit ſur les fleur-de-lis du ſommet des Pyramides,
la couronne d'Eſpagne, ce que j'avois moi-même propoſé :
l'autre, que nous rapporterions dans le terme de deux ans,
la confirmation de cet arrêt par le Conſeil ſuprême des Indes
de *Madrid.* Je me hâtai de remplir la première de ces deux
conditions, en ce qui dépendoit de moi.

Je ne pus cependant, avant les derniers jours du mois d'Août,
me tranſporter avec un huiſſier, aux deux extrémités de la
baſe, pour faire placer & ſceller deux couronnes de bronze ſur
les fleur-de-lis de pierre qui formoient la pointe des Pyramides.
L'huiſſier fit un procès verbal de l'état actuel de ce monument,
& certifia que tout étoit conforme au deſſein que je joignis à

ce procès verbal; ainsi que les Inscriptions à la copie figurée jointe au même deffein. Il certifioit de plus, qu'il avoit vu pofer en fa préfence, & fceller au haut des deux Pyramides, fur la fleur-de-lis de pierre qui les terminoit, une couronne de bronze fermée à double ceintre, & telle qu'on la repré-fente dans l'écu de la monarchie d'Efpagne.

Cette vifite de l'huiffier avoit été précédée d'une autre opé-ration. Il ne m'avoit pas été poffible, dans le temps de la fondation des Pyramides, d'y inférer, comme je me le pro-pofois, une copie de l'Infcription, qui n'étoit pas encore arrêtée, ni par conféquent autorifée, puifque nous n'étions pas tout-à-fait convenus du choix de quelques termes qui devoient y entrer; mais je m'étois réfervé un moyen de fuppléer à cette omiffion. J'avois fait dreffer un mât fort haut, dont le pied rempliffoit le vuide de la meule de moulin qui marquoit le centre de la bafe de chaque Pyramide. On avoit enfuite élevé le piédeftal & le refte de l'édifice. Des cordes tendues du haut du mât aux quatre angles, avoient guidé les maçons dans l'alignement des *vive-arêtes;* mais cet ufage n'étoit qu'acceffoire, & je m'étois propofé un but tout différent. En retirant le mât après l'entière conftruction des Pyramides, il étoit refté dans la place qu'il avoit occupée, un canal creux * qui aboutiffoit au milieu de la meule de moulin placée au centre de la fondation. Quelque temps avant la defcente de l'huiffier fur les lieux, & lorfque tous les termes de l'Infcription eurent été concertés entre nous, je me tranf-portai aux Pyramides, & je laiffai tomber dans le canal qui les traverfoit depuis le fommet jufqu'à leur bafe, une longue boîte de plomb foudée, qui contenoit une planche d'argent de fix pouces fur quatre, où j'avois fait graver par M. de *Morain-ville,* la copie figurée de l'Infcription, telle qu'elle étoit fculptée fur la pierre fcellée dans la face de la Pyramide. Un mé-lange de foufre fondu & de brique pilée, qui faifoit un enduit très-dur, couvroit cette boîte, & la préfervoit de toute humi-dité. Cette maffe tomba par fon propre poids dans l'intérieur

* Voy. la planche ci-jointe du profil & de la coupe des Pyramides.

de

de la Pyramide, au centre vuide de la meule de moulin, qui occupoit le milieu de la fondation. Cela fut exécuté dans un même jour, à l'une & à l'autre Pyramide. Je n'eus qu'un feul témoin, dont je ne pouvois me paffer. Ce petit myftère devenoit d'une néceffité indifpenfable, dans un pays où toutes nos opérations étoient regardées par le peuple comme une efpèce de magie, & où le plus léger foupçon auroit fuffi pour faire croire qu'en démoliffant les Pyramides on trouveroit un tréfor.

Le 29 Août 1742, je préfentai à l'*Audience royale* le procès verbal de l'état actuel des Pyramides & des Infcriptions, & je demandai que la Cour nommât la perfonne qu'il lui plairoit, pour faire graver les noms des deux Officiers efpagnols, dans le blanc que j'avois laiffé fur la pierre. Je déclarai que je ne l'avois pas rempli, tant parce que je n'en avois pas été chargé nommément par l'arrêt, que parce que je craignois de la part de ces Meffieurs quelque nouvel incident fur les expreffions de leurs titres & qualités; & par-là, de donner lieu à un nouveau procès : que j'ignorois fi la Cour, en déclarant que ces deux Officiers avoient droit d'être nommés dans l'Infcription, comme *affiftans* à notre travail, avoit prétendu les forcer d'y voir leurs noms gravés avec cette qualité, pour laquelle ils avoient tant de répugnance : que je n'avois pas voulu leur donner cette mortification, en exécutant cette partie de l'arrêt qui n'avoit pas été commife à mes foins : que je dépofois 100 piaftres (500 livres) pour la main d'œuvre, & pour le falaire de celui qui feroit chargé de la commiffion. Les juges ordonnèrent que ma requête & le procès verbal fuffent communiqués au Procureur général. Il répondit deux jours après, c'eft-à-dire, le premier Septembre, précifément le lendemain du vol de mes papiers & calculs*; au moment où j'étois dans la plus cruelle fituation, & incapable de m'occuper de tout autre objet. Il m'accufoit de n'avoir pas exécuté ponctuellement l'arrêt, puifque je n'avois pas rempli l'efpace vuide, du nom des deux **Officiers**

---

* Voy. *Introduction hiftor.* Sept. 1742, page 172.

K k

espagnols. L'Audience ordonna le même jour que j'accomplisse l'arrêt en cette partie. Mes papiers m'ayant été rendus le 2, comme je l'ai dit, je commençai à respirer; & je donnai le 3 une dernière requête, par laquelle je représentois aux juges, que je présumois qu'en me chargeant d'exécuter l'arrêt, quant à l'insertion des deux noms, ils n'avoient pas prétendu m'obliger à les graver de ma main: que mon devoir m'appeloit à *Cuenca*, pour terminer un ouvrage qui duroit depuis sept ans, & que de là je devois retourner en France pour rendre compte de nos travaux au Roi & à l'Académie: que je partois le jour suivant; & que n'ayant trouvé personne que je pusse charger de la commission en l'absence de M. de *Morainville*, je laissois à *Quito* 100 piastres en dépôt entre les mains d'un homme de crédit, qui s'étoit offert de les remettre à celui que nommeroit M. le Président, pour exécuter cette partie de l'arrêt. Quelle que pût être la décision de la Cour, j'étois bien résolu, pour cette fois, de ne plus retarder mon voyage. Heureusement mes conclusions me furent adjugées le jour même par un nouvel arrêt, & le lendemain je partis pour *Tarqui*, en disant à *Quito* mon dernier adieu.

J'emportois avec moi une copie authentique de toutes les pièces du procès. Je laissai des ordres pour en faire un *duplicata*, & je priai M. *Bouguer*, qui devoit prendre une autre route que moi pour retourner en France, de vouloir bien s'en charger, afin qu'elles arrivassent plus sûrement.

Voilà ce qui s'est passé à *Quito* au sujet des Pyramides depuis la mesure de notre base à la fin de 1736, jusqu'à mon départ de *Cuenca* en 1743. La seule contestation, tant par lettres que devant les juges, a duré plus de deux ans; & je puis dire avec vérité, que quand je n'aurois eu pendant ce temps-là d'autre affaire que celle des Pyramides, les difficultés physiques que je rencontrai dans la construction de ce monument, jointes aux obstacles moraux que le procès me suscita, eussent bien suffi pour me donner de l'occupation.

ARTICLE III.

Ce qui s'est passé au sujet des Pyramides & des Inscriptions, depuis le retour des Académiciens en France.

Démolition des Pyramides.

Ordre pour leur réédification.

EN partant de *Quito* le 4 Septembre 1742, je me rendis à *Tarqui*, où mes observations me retinrent jusqu'au mois d'Avril 1743. Mon voyage par la rivière des *Amazones;* un séjour forcé de trois mois au *Parà*, & de six à *Cayenne*, en attendant le vaisseau du Roi; mon détour par *Surinam* pour aller y chercher un embarquement; deux mois passés en Hollande, dans l'attente des passeports qui m'étoient nécessaires pour traverser la Flandre Autrichienne; tout cela ne me permit pas d'arriver à *Paris* avant la fin de Février 1745. M. *Bouguer*, qui m'avoit précédé de huit mois, en prenant la route de *Carthagène* & de *Saint-Domingue*, avoit remis, à son arrivée en France, la copie du procès des Pyramides entre les mains de M. le Comte de *Maurepas;* & ce Ministre avoit écrit en conséquence à M. l'Ambassadeur de France à *Madrid*.

Peu après mon retour à *Paris*, je rendis compte à l'Académie de tout ce que j'avois fait pendant le temps que j'avois été en pays étranger, pour y défendre ses droits & ses intérêts dans une affaire, où n'étant pas à portée de consulter la Compagnie, j'avois cru devoir agir en son nom. Je la priai, si elle approuvoit mes démarches, de faire au Ministre les représentations qu'elle jugeroit les plus convenables, pour obtenir de la Cour de *Madrid* la confirmation de l'arrêt de *Quito*, & mettre par ce moyen les Pyramides & l'Inscription à l'abri de tout évènement. M. le Comte de *Maurepas*, informé par le Directeur de l'Académie, trouva qu'il étoit à propos que nous vissions à ce sujet M. l'Ambassadeur d'Espagne, le Prince de *Campo Florido*. Quatre députés de l'Académie, du nombre desquels j'étois, furent nommés pour cette commission. Je portai depuis à M. l'Ambassadeur le mémoire instructif qu'il avoit demandé; & j'écrivis, par son avis, à feu M. *Cervi*, premier Médecin de S. M. C. pour le prier au nom de l'Académie, dont il étoit membre, de suivre de près cette affaire devant le Conseil des Indes. Je n'eus point de réponse de M. *Cervi*, que son grand âge & ses infirmités retenoient au lit, hors d'état de remplir aucune fonction. Je présentai à M. le Comte de *Maurepas* un nouveau mémoire, par lequel j'offrois d'agir à *Madrid* par mes correspondans, si j'y étois autorisé. Je ne reçus aucun ordre à ce sujet: j'appris seulement que ce Ministre avoit écrit une seconde fois à M. l'Ambassadeur de France. D'un autre côté, ne me trouvant chargé de rien au nom de l'Académie, je crus en avoir assez fait, & pouvoir me dispenser désormais de regarder cette affaire comme la mienne propre. Ce fut en 1746, peu de temps après la mort de S. M. C. *Philippe V*, que je cessai de me donner de nouveaux mouvemens.

Je pouvois d'autant plus me tranquilliser, qu'indépendamment des démarches déjà faites de la part du Ministère de France, j'étois sûr qu'une copie du procès avoit été remise au Conseil d'Espagne; & qu'il suffisoit d'y jeter les yeux pour sentir que la force de l'évidence avoit pu seule déterminer en notre faveur les juges de *Quito*, qu'on ne pouvoit soupçonner d'avoir voulu nous faire grace. Je donnerai bien-tôt la preuve que ma sécurité n'étoit pas l'effet d'une aveugle prévention.

Dans ces circonstances, je ne pouvois me persuader qu'on donnât atteinte à la décision d'une Cour supérieure qui rend ses arrêts au nom du Souverain, & qui avoit prononcé en connoissance de cause & contradictoirement entre les parties.

J'étois au moins fondé à croire que cela n'arriveroit pas, sans que nous fussions appelés & entendus de nouveau, & surtout sans que la Cour de France en fût informée. Don *George Juan*, celui des deux Officiers espagnols qui avoit paru prendre à *Quito* la chose le plus vivement, avoit passé quelque temps à *Paris* au commencement de 1746, à son retour de *Lima* sur un vaisseau françois. Nous nous étions vus souvent: il m'avoit assuré de son propre mouvement, qu'il ne songeoit plus au procès des Pyramides, ni aux raisons de politique qui l'avoient engagé à l'intenter; & je connois trop Don *George* pour douter qu'il ne me parlât sincèrement. Il retournoit à *Madrid* occupé de tout autres soins que du souvenir d'un procès entrepris par des motifs qui ne subsistoient plus.

Enfin, pour ne rien dissimuler, depuis dix-huit mois que j'étois de retour en France, je m'étois accoûtumé à ne plus regarder les choses du même œil dont je les avois vues à *Quito*. Si j'eusse continué d'y prendre le même intérêt, j'avoue qu'il ne m'eût pas été difficile de m'informer de ce qui se passoit à *Madrid*, & de faire parvenir au Conseil des Indes des représentations qui méritoient d'être écoutées : mais rien ne roulant plus sur moi, j'avois si fort changé de façon de penser, qu'il s'étoit passé plus d'un an, sans que j'eusse entendu parler de Pyramides; lorsque le hasard fit qu'à la fin de 1747, j'appris dans la conversation par feu Don *Pedro Maldonado*, arrivé à *Paris* depuis plusieurs mois, qu'il y avoit eu un ordre de la cour d'Espagne, pour démolir le monument qui m'avoit coûté tant de peines; mais que sur les représentations de Don *George Juan*, cet ordre avoit été révoqué. Mon indifférence étoit venue au point, que bien que je fusse en commerce de lettres avec Don *George*, je ne lui demandai sur tout cela aucun éclaircissement. Ce ne fut qu'en Septembre 1748, que je sûs par une lettre de Don *Antoine de Ulloa*, qui faisoit alors imprimer à *Madrid* la relation historique du voyage à l'Equateur, qu'il y avoit eu des ordres expédiés, pour substituer une nouvelle Inscription, dont il m'envoyoit copie, à celle qui étoit gravée sur les Pyramides. Outre la

K k iij

fuppreſſion des noms des Miniſtres de France, je remarquai dans la nouvelle Inſcription pluſieurs additions & changemens; un entr'autres, ſur lequel nous ne pouvions nous empêcher de réclamer: ce qui me tira de mon aſſoupiſſement.

Il étoit queſtion du nombre de toiſes auquel nous avions fixé la longueur de la baſe, par notre meſure horizontale à différens niveaux. Ce nombre étoit converti, dans ſa nouvelle Inſcription, en un autre, qui déſignoit la diſtance priſe en l'air en droite ligne, entre les deux termes extrêmes inégalement élevés. Or nous avions affecté de ne point indiquer ce nombre, parce qu'il ſuppoſoit un long calcul, dans le réſultat duquel on pouvoit différer, comme cela étoit arrivé effectivement; puiſque le nombre conclu par Don *Antoine* différoit de celui de M. *Bouguer* & du mien. Cependant, par le changement qu'on faiſoit à l'Inſcription, où d'ailleurs les noms des Académiciens étoient conſervés, on nous rendoit garans d'un nombre qui n'étoit plus celui que nous avions adopté. C'eſt ce que je repréſentai dans le temps à Don *Antoine de Ulloa*, qui en ſentit les conſéquences. En effet, l'Inſcription nouvelle a été réformée, & ne fait plus aujourd'hui mention que de la meſure actuelle de notre baſe, priſe horizontalement; & le nombre de toiſes aſſigné à cette meſure eſt préciſément le même que celui que nous avions fait graver ſur la pierre, quoiqu'il ſoit un peu différemment exprimé.

Quant aux autres changemens, comme la ſuppreſſion des noms des deux Miniſtres françois, & la manière adroite & un peu équivoque dont l'objet de la commiſſion des deux Officiers eſpagnols eſt énoncé; c'eſt ſur quoi je m'abſtiens de faire des réflexions.

Voici la nouvelle Inſcription, *telle qu'elle eſt rapportée dans la Relation hiſtorique* publiée à *Madrid* en 1748, *Tome III*, page 259, n.° 433.

PHILIPPO V.

HISPANIARUM ET INDIARUM REGE CATHOLICO
LUDOVICI XV. FRANCORUM REGIS CHRISTIANISSIMI POSTULATIS,
REGIAE SCIENTIARUM ACADEMIAE PARISIENSIS VOTIS
ANNUENTE, AC FAVENTE.
LUDOV. GODIN, PETRUS BOUGUER, CAR. MARIA DE LA CONDAMINE
EJUSDEM ACADEMIAE SOCII,
IPSIUS CHRISTIANISSIMI REGIS JUSSU, ET MUNIFICENTIA
AD METIENDOS IN AEQUINOCTIALI PLAGA TERRESTRES GRADUS,
QUO VERA TERRAE FIGURA CERTIUS INNOTESCERET,
IN PERUVIAM MISSI;
SIMULQUE
GEORGIUS JUAN S. JOANNIS HIERO - SOLYMITANI ORD. EQUES,
ET ANTONIUS DE ULLOA,
UTERQUE NAVIUM BELLICARUM VICE - PRAEFECTI,
ET MATHEMATICIS DISCIPLINIS ERUDITI
CATHOLICI REGIS NUTU, AUCTORITATE, IMPENSA
AD EJUSDEM MENSIONIS NEGOTIUM EODEM ALLEGATI
COMMUNI LABORE, INDUSTRIA, CONSENSU
IN HAC YARUQUENSI PLANITIE
DISTANTIAM HORIZONTALEM $6272\frac{551}{720}$ PARIS. HEXAPEDARUM
IN LINEA A BOREA OCCIDENTEM VERSUS GRAD. 19 MIN. $25\frac{1}{2}$
INTRA HUJUS, ET ALTERIUS OBELISCI AXES EXCURRENTEM,
QUAEQUE AD BASIM PRIMI TRIANGULI LATUS ELICIENDAM,
ET FUNDAMENTUM TOTI OPERI JACIENDUM INSERVIRET,
STATUERE.
ANNO CHRISTI M. DCCXXXVI. MENSE NOVEMBRI.
CUJUS REI MEMORIAM
DUABUS HINC INDE OBELISCORUM MOLIBUS EXTRUCTIS,
AETERNUM CONSECRARI PLACUIT.

Par la comparaison de cette Inscription avec la nôtre, on peut voir que ce qui regarde le Roi & l'Académie, a été conservé ou substitué d'une manière à peu près équivalente. Du reste, le tour de la nouvelle Inscription, laissant à part les changemens dont j'ai parlé, me paroît heureux : il est noble & simple, tel que l'exige le style lapidaire. On n'y a rien oublié de ce qui pouvoit faire partager à l'Espagne l'honneur de l'entreprise. Il seroit à desirer, qu'il eût été possible d'éviter la répétition de quelques mots, comme on l'avoit sauvée dans l'Inscription de l'Académie des Belles-lettres, qui a servi de base à celle que nous avions posée.

Don *Antoine de Ulloa*, dans la lettre où il m'annonçoit le changement de l'Inscription des Pyramides, ne me disoit rien de l'ordre donné pour leur destruction; ce qui me confirma dans la persuasion où j'étois, depuis l'avis que j'avois reçu par Don *Pedro Maldonado*, que la révocation de l'ordre seroit arrivée à temps : mais lorsque la lettre de Don *Antoine* me fut remise, il étoit déjà exécuté, ou du moins sur le point de l'être, quoiqu'on ne pût encore en avoir reçu la nouvelle à *Madrid*. La lettre étoit du 7 Septembre 1748; & çe fut dans ce même mois que les dépêches pour la démolition des Pyramides parvinrent à l'*Audience royale* de *Quito*. Aussi-tôt qu'elles eurent été lues en ce tribunal, il fut ordonné à l'*Alguasil mayor*[*], le même qui avoit servi d'avocat aux deux Officiers espagnols, de se transporter sur les lieux, de raser les Pyramides, & d'en rendre compte à l'Audience. Par tout pays, & principalement à *Quito*, il est plus aisé de détruire que d'édifier. La commission d'ailleurs étoit en bonne main : elle fut exécutée ponctuellement. J'ai su depuis peu qu'il y avoit eu en effet de nouveaux ordres expédiés à la cour de *Madrid*, pour reconstruire les Pyramides; j'ignore quand ils sont parvenus à *Quito*, & ce qui s'est fait en conséquence. Je donnerai bien-tôt sur cela des conjectures dont je m'offre de garantir l'évènement.

Je n'ai rapporté jusqu'ici que des faits : qu'il me soit

[*] Auteur de l'élégante requête dont on a vu l'extrait ci-dessus.

maintenant

maintenant permis d'y joindre quelques réflexions. Je me renfermerai dans celles que je ne puis omettre sans manquer à mon devoir. Je laisse au lecteur le soin de faire les autres.

Pour construire les Pyramides qui ont été démolies, il avoit fallu tirer de 500 pieds de profondeur, douze ou treize mille quintaux de roche : chercher, comme on a vu, deux tables de pierre, même trois, à cause de l'accident que j'ai rapporté, d'une grandeur suffisante pour l'Inscription : faire des machines & des cables pour les élever, des instrumens pour les travailler : fonder l'une des deux Pyramides sur pilotis : trouver des bois propres à cet usage, dans un canton où il n'y en avoit point : amener l'eau de deux lieues par une conduite faite exprès. Je ne parle point de la difficulté du choix & du transport des matériaux, de la rareté & de la grossièreté des ouvriers.

On a vu aussi quels secours j'avois tirés des talens & de l'activité de M. de *Morainville ;* & que malgré tout cela, seize mois avoient à peine suffi pour mettre les Pyramides en état de recevoir l'Inscription. Dans la crainte d'abuser de l'attention du lecteur, je n'ai pas détaillé tous les obstacles que j'avois rencontrés. Ils sont tels, que quand je serois aujourd'hui sur les lieux, je sens que je n'aurois plus le courage ni la patience nécessaires pour faire ce que j'ai fait il y a dix ans. Qui que ce soit qui se charge de la nouvelle construction, j'ose dire qu'il n'aura ni les mêmes motifs qui m'animoient, ni les mêmes ressources, dans un pays où l'on peut dire que les arts sont encore au berceau.

Il est vrai que si l'on en jugeoit par ce que l'histoire nous apprend des anciens édifices construits du temps des *Incas,* de leurs temples, de leurs forteresses, de l'art avec lequel les anciens Péruviens tailloient & joignoient les pierres, avant qu'ils eussent l'usage du fer, on pourroit être tenté de croire, que la construction des nouvelles Pyramides devroit n'être qu'un jeu pour des peuples si industrieux ; mais les choses ont bien changé au Pérou depuis deux cens ans*.

* Voy. *Mém. de l'Acad. de* Berlin, 1746, page 436 ; & de *Paris,* 1745, page 419.

D'ailleurs, il n'eſt pas douteux qu'à l'inſtant de la démolition des anciennes Pyramides, & avant l'arrivée de l'ordre
pour les rétablir, tous les matériaux qui les compoſoient,
n'aient été diſperſés, & que les gens du voiſinage ne s'en
ſoient emparés, & ne les aient employés ailleurs. Quand il
ſeroit poſſible que cela ne fût pas arrivé, quand je ſuppoſe-
rois gratuitement que la conſtance & l'induſtrie auroient enfin
ſurmonté toutes les difficultés de la réédification, malheureu-
ſement je vois encore que la meſure de notre baſe, que j'avois
pris tant de peine à conſerver, eſt perdue ſans reſſource : en
voici la preuve.

On a fouillé juſque dans les ſondemens des Pyramides,
pour y chercher les deux lames d'argent qu'on a ſû que j'y avois
placées, & ſur leſquelles j'avois fait graver la même Inſcription
que ſur les tables de pierre. On a donc dérangé les meules de
moulin dont les centres marquoient les deux termes de la
baſe. Mais aura-t-on replacé ces centres au même point où ils
étoient? Les Indiens, à la diſcrétion deſquels l'ouvrage aura été
abandonné, auront-ils remis dans la même direction la ligne
que j'avois tracée ſur les meules qui occupoient le milieu des
ſondemens dans chaque Pyramide? Auront-ils orienté les faces
des Pyramides nouvelles ſur les régions du monde? Et quand on
auroit ſenti les conſéquences de toutes ces attentions, & ſur-
tout l'extrême importance de la première, pour conſerver le
point du centre, je demande qui ſe ſera chargé d'y veiller,
& qui l'aura pu faire avec connoiſſance de cauſe? Suppoſons
cependant que cela ſe ſoit fait par haſard ou autrement, qui
nous en aſſurera? Qui nous ſera garant que la baſe compriſe
entre les deux Pyramides ſuppoſées reconſtruites, ne ſera pas
ou plus longue ou plus courte que celle que nous avions
déterminée avec tant de ſcrupule?

Il eſt donc certain, & de la plus grande évidence, non
ſeulement pour tous les mathématiciens, mais pour tout lecteur qui voudra ſe donner la peine d'y réfléchir, que les deux
termes extrêmes de notre baſe ſont perdus à jamais; ou, ce
qui revient au même, que l'on ne peut avoir aucune certitude

morale qu'ils foient confervés. Le nouveau monument pourra donc fervir tout au plus à perpétuer la mémoire d'un voyage déjà célèbre dans les recueils académiques, & dans tous les journaux littéraires de l'Europe; mais non à conftater fur le terrein la longueur réelle de notre bafe; ufage auquel l'ancien monument étoit principalement deftiné, & qu'aucun autre ne peut fuppléer parfaitement. Les nouvelles Pyramides ne feroient propres à cet égard qu'à induire en erreur. *C'eft là ce que je ne pouvois me difpenfer de déclarer ici, pour prévenir les conféquences qui feroient à craindre, fi jamais on vouloit faire fervir la diftance des deux Pyramides nouvelles à vérifier nos mefures, ou fi les fuppofant bien orientées, on s'avifoit d'en conclurre que la méridienne a changé de direction.*

Tout ceci ne feroit point arrivé, fi les parties intéreffées avoient été appelées & entendues. J'ai appris trop tard que c'étoient moins la multitude & l'importance des affaires confiées à un Miniftre dont le nom étoit dans notre Infcription, qu'un excès de délicateffe de fa part, qui l'avoit fait fe repofer du fuccès de la demande de l'Académie fur l'évidence de notre droit, fans agir auffi vivement qu'il l'auroit pû faire, s'il ne s'étoit pas regardé comme partie intéreffée. Je fens bien que par la même raifon, mon témoignage peut paroître fufpect, du moins en Efpagne, fur tout ce qui concerne cette affaire. Il eft important de me juftifier de ce reproche.

Premièrement, quant au doute que je forme fur la réédification des Pyramides, je m'en rapporte à l'évènement, fuppofé qu'on en foit jamais exactement informé en Europe : à l'égard de l'incertitude qu'il y aura toûjours fur la diftance de leurs centres, j'en appelle à l'évidence, & même à la confcience de Don *George Juan* & de Don *Antoine de Ulloa*, qui font au fait de la matière.

En fecond lieu, pour ce qui concerne le fond du procès: quant aux faits, je les ai tous tirés de la copie authentique des pièces mêmes, que j'ai actuellement fous les yeux, & dont le double eft à *Madrid*. Si j'ai allégué un fait faux, je paffe condamnation fur tout le refte. Quant au droit, je n'ai pas ſeulement en ma faveur le jugement de l'*Audience royale* de *Quito*, de laquelle tous les membres, & particulièrement le Doyen dont la voix fit l'arrêt, étoient d'abord très-prévenus contre la cauſe des Académiciens : je pourrois encore, ſi la diſcrétion me le permettoit, citer un grand nombre d'Eſpagnols, tant Européens que Créoles, & des plus éclairés, à qui je lus dans le temps mes requêtes, & qui tous me parurent ne pas révoquer en doute la juſtice de ma cauſe, & la force de notre droit; mais ſans compromettre perſonne, il m'eſt permis de produire le témoignage d'un illuſtre mort, Don *Joſeph Pardo y Figueroa* Marquis de *Valle-umbroſo*, Corrégidor de *Cuſco*, neveu d'un Viceroi du Mexique, & frère de l'Evêque de *Guatimala*. Je cite un ſujet diſtingué par ſa naiſſance, ſur-tout par ſes connoiſſances & ſa grande littérature, & l'un des plus propres à faire honneur à la nation eſpagnole. Le Père *Vaniere* dans ſon élégant ouvrage, le Père *Feijoo*, cet écrivain célèbre dont le ſeul nom fait l'éloge & tant d'honneur à ſa patrie *, l'ont mis avec raiſon au nombre des Créoles illuſtres, & l'ont immortaliſé. Il avoit voyagé en Europe; il connoiſſoit la cour de *Madrid*. Lorſque le Conſeil des Indes délibéroit en 1734 ſur notre requête, pour aller meſurer les degrés de la terre à *Quito*, le même Marquis de *Valle-umbroſo* avoit été conſulté. Ce fut lui qui ouvrit l'avis de nommer deux jeunes gardes de la marine, intelligens dans les mathématiques, pour s'inſtruire des pratiques de l'aſtronomie & de la trigonométrie, en aſſiſtant à notre travail : fonction à laquelle furent deſtinés depuis Don *George Juan* & Don *Antoine de Ulloa*. On doit être curieux de ſavoir ce que penſoit ſur cette matière, un perſonnage ſi propre à en bien juger, de l'aveu de toute ſa nation. Voici l'extrait de deux de ſes lettres, dont je garde précieuſement les originaux. Si l'on prend la peine de comparer ma traduction au texte eſpagnol, on verra que j'en ai adouci les expreſſions.

* Voyez *Prædium ruſticum*, Lib. VI, *Paris, 1730;* & *Theatro critico,* Tom. IV, Diſc. 6.

Extraits de Lettres du Marquis de *Valle-umbroso.*

'*HE recibido la Inscripciòn que
Vm me remite, y está mui Roma-
na, y con la magestàd que pide el
estilo lapidário, que comprehende
mucho en poco. Ha me causado riza
el pleito que han puesto à Vm, y
mucho mas que, en lugar de Aufpiciis, se ponga* Volente : *por que
este último se debe suponèr, que no
se executa cosa en païs extraño,
sin voluntàd del Soberano; y assi
se save sin decirse, quando al con-
trário, en el Auspiciis, se explica
con el mayòr decoro la proteccion
de S. M. Para criticàr Inscripciones, es menestèr haverse quebrado
mucho tiempo la cabeza en revolvèr
à* Grutero, Reinésio, Spon, *y
al célebre Padre* Montfaucon,
*que recogieron bastantes antiguas;
y para las modernas, à* Angelo
Rocca, *al célebre Padre* Menes-
trier, *y sobre todo las recopilaciones
que da à luz la Académia de Me-
dallas è Inscripciones de* Paris,
*que en aquellos doctos exemplares
se toman las reglas de hazerlas,
y tambien de impugnarlas; pero
del modo que se ha impugnado la
de Vm, es cosa de riza, y à mi
se me cae la cara de verguenza, de
que aya en mi nacion, quien in-
curra en semejantes bobadas, como
las que se han opuesto à la Inscripciòn. Pedirè de* Lima *los escritos
presentados en este negocio, que fue-
ràn mejòr para darle à* M. Molière, *si viviesse, assumpto para que
compusiesse una comédia, que para*

J'AI reçu l'Inscription que vous
m'envoyez; elle est vraiment Ro-
maine, & à la majesté du style lapidaire, qui comprend beaucoup
de choses en peu de mots. Le procès qu'on vous fait, m'a donné
envie de rire, & sur-tout quand
je vois qu'on propose de substituer au mot *Auspiciis,* celui de
Volente; puisqu'on doit supposer
que rien de pareil ne peut s'exécuter en un pays étranger sans la
volonté du Souverain, & qu'ainsi il n'est pas besoin de le dire;
au lieu que le terme *Auspiciis* exprime avec la dignité convenable la protection de S. M. Pour
critiquer une Inscription, il faut
s'être long-temps cassé la tête à
feuilleter *Gruter, Reinesius, Spon,*
le fameux Père *Montfaucon,* qui
en ont recueilli un assez grand
nombre d'anciennes; & quant
aux Inscriptions modernes, *Ange
Rocca,* le célèbre Père *Me-
nestrier,* & sur-tout les Mémoires
de l'Académie des Médailles &
Inscriptions de *Paris.* C'est dans
ces savans originaux qu'on apprend à les faire & à les critiquer; mais la manière dont on
attaque la vôtre n'est que risible,
& je meurs de honte qu'il y ait
dans ma nation des gens capables
de faire d'aussi pauvres objec-
tions que celles qu'on vous op-
pose. Je demanderai qu'on m'en-
voie de *Lima* les pièces du procès, qui seroient plus propres à

que se pongan en *tribunales*; y en España se sentiràn semejantes impertinéncias, por el deídoro que resulta à la naciòn.

Cuzco y *Marzo* 1 2 de 1 7 4 2. *Firmado* EL MARQUES DE VALLE-UMBROSO.

A Don Carlos de la Condamine.

Ya me havia Vm *remitido la Inscripciòn , pero con la duda de si se pondria essa ù otra en las Pyrámides; pero aora la recibo con el consuelo de saber avia* Vm *vencido el pleito despues de dos años de litigio .... llaman la justicia* constans & perpetua, *porque en ella se eternizan los pleitos!*

Cuzco y *Noviembre* 7 de 1 7 4 2. *Firmado* EL MARQUES DE VALLE-UMBROSO.

A Don Carlos de la Condamine.

fournir à *Molière*, s'il vivoit encore, un sujet de comédie, qu'à devenir celui de l'attention des tribunaux : *on en sentira* (comme moi) *en Espagne toute l'incongruité, qui n'est propre qu'à faire deshonneur à la nation.*

Cusco 1 2 Mars 1 7 4 2. *Signé* LE MARQUIS DE VALLE-UMBROSO. A M. de la *Condamine.*

Vous m'aviez déjà envoyé l'Inscription; mais dans le temps où l'on doutoit encore si celle-là ou une autre seroit placée sur les Pyramides. Je la reçois aujourd'hui avec la consolante nouvelle que vous avez gagné votre cause après deux ans de procédures ....., appelleroit-on (à *Quito)* la justice, *constante & perpétuelle*, parce que les procès n'y finissent point !

Cusco. 7 Novembre 1 7 4 2. *Signé* LE MARQUIS DE VALLE-UMBROSO. A M. de la *Condamine.*

Que le lecteur juge maintenant si j'ai parlé de ma cause avec trop de prévention. L'on dira peut-être que ce que je viens de rapporter n'est que l'avis d'un particulier : cependant c'est ici ou jamais le cas de peser les suffrages plustôt que de les compter. On voit par l'extrait précédent, ce que pensoit du procès des Pyramides un témoin qu'on ne peut récuser en Espagne, & la manière dont il jugeoit alors qu'on envisageroit la chose à la cour de *Madrid*. Je ne cite point d'autres témoignages; mais j'espère que l'on conviendra, même dans cette Cour, que sur le seul avis du Marquis de *Valle-umbroso*, il m'étoit permis de croire, si j'en avois pu douter jusqu'alors, qu'il n'y avoit pas matière à procès, pour qui auroit été bien au fait de la question. J'oserois encore affurer que quelques années plus tard, ce dont je me plains aujourd'hui, ne feroit point arrivé : du moins à en juger par le goût des Lettres, des Sciences & des Arts, qui fe répand de plus en plus dans la nation efpagnole, fi propre à y faire de rapides progrès; & fur-tout à en juger par la protection déclarée dont S. M. C. honore les talens en tout genre, & par les grandes chofes que fes Miniftres ont déjà exécutées fous fes ordres, en un petit nombre d'années.

Dans toute cette affaire, je me fuis conduit fuivant ce que l'honneur & la vérité m'ont paru exiger de moi. Les mêmes motifs m'engageoient à donner une relation exacte de ce qui s'eft paffé. Aujourd'hui, je crois n'avoir rien de mieux à faire, que d'oublier les fatigues & les peines qu'il m'en a coûté pour une chofe que je vois avec d'autres yeux, depuis que le temps & l'expérience m'ont appris que celles qu'on fouhaite avec le plus d'ardeur, ne peuvent nous dédommager du repos que l'on perd pour les obtenir; & que tout ce qui dépend des hommes, ne mérite pas d'être pris affez vivement pour y facrifier fa tranquillité.

FIN.

PASSEPORT du Roy, pour les Académiciens envoyés sous l'Équateur en 1735.

DE PAR LE ROY.

A TOUS Gouverneurs, & nos Lieu-tenans généraux en nos provinces & armées, Gouverneurs particuliers de nos villes & places, Maires, Conſuls & E'chevins d'icelles, Capitaines & Gardes de nos ports, péages & paſſa-ges, & à tous autres Magiſtrats, Offi-ciers de Juſtice, Police, & autres nos ſujets, de telle qualité & condition qu'ils ſoient, SALUT. La deſcription qui a été faite par nos ordres, d'une ligne parallèle à l'E'quateur, ayant fait connoître une erreur conſidérable dans la meſure des degrés priſe ſur le parallèle de Paris; cette décou-verte, qui tient à la véritable figure de la Terre, nous a déterminés à prier notre Frère & Oncle le Roi d'Eſ-pagne, d'agréer que nous envoyaſ-ſions au Pérou quelques Aſtronomes, pour faire ſous l'E'quateur même, des obſervations qui puiſſent con-duire à découvrir la véritable forme de la Terre ; ce qui ſeroit non ſeule-ment avantageux pour le progrès des Sciences, mais auſſi fort utile au commerce, en rendant la navigation plus ſûre & plus facile : le Roi d'Eſ-pagne également perſuadé de l'utilité qui réſultera de ces obſervations aſtro-nomiques, a fait expédier par le Con-ſeil des Indes un decret portant per-miſſion aux Académiciens Aſtrono-mes & Géomètres que nous avions choiſis pour ladite entrepriſe, ainſi qu'aux Botaniſtes que nous lui avions également propoſés, pour faire des recherches ſur la Médecine, la Bo-tanique & l'Hiſtoire naturelle, de paſſer avec les perſonnes qui leur ſont néceſſaires pour la méchanique de leurs ouvrages, & quatre domeſti-ques pour les ſervir, dans la province de Quito au Pérou, & d'y reſter le temps dont ils auront beſoin pour faire leſdites obſervations. Nous avons, à cet effet, donné nos or-dres aux Sieurs Godin, Bouguer & de la Condamine de notre Académie des Sciences, de Juſſieu Docteur en Médetine de la Faculté de Paris, Verguin, Couplet-viguier, Godin-des-Odonnais, de Morainville Deſſina-teur, Seniergues Chirurgien, & Hu-go Horloger, que nous avons nom-més pour faire ledit voyage, & en qui nous connoiſſons toute la capa-cité & le zèle néceſſaires pour rem-plir leſdits objets, de ſe rendre au port de Rochefort pour s'y embar-quer avec quatre domeſtiques : Nous vous mandons de les laiſſer ſûrement & librement paſſer avec leurs quatre domeſtiques dans l'étendue de vos pouvoirs & juriſdictions, terres & ſeigneuries de notre obéiſſance, ſans permettre qu'il leur ſoit donné au-cun trouble ni empêchement; mais au contraire de leur prêter toute aide, ſecours & faveur : CAR TEL EST NOTRE PLAISIR : Prions & requérons les Vicerois, Gouverneurs & tous ceux qui ſont à prier dans les E'tats des Princes où paſſeront les ſuſnommés, & où ils ſeront obli-gés de réſider pendant le cours de leur commiſſion, de leur procurer pareillement toute aide, ſecours & faveur. DONNÉ à Marly, le treize Février mil ſept cens trente-cinq. Signé LOUIS. Et plus bas, Par le Roy, PHELYPEAUX.

CEDULA

CÉDULA *Real de Su Mageſtad Cathólica, y licencia para los Académicos de las Ciéncias de Paris, embiados al Perù.*

14 de Agoſto 1734.

EL REY. Por quanto por vários Académicos de la Académia de las Ciéncias de *Paris*, que de mucho tiempo a eſta parte ſe han occupado en obſervaciones aſtronómicas, para perfeccionar la navegacion, ſe ha repreſentado, quan conveniente ſetia, para conſeguir que tenga efecto ſu deſeo, el que ſe les permitieſſe paſar al Perù, para hazer en aquel Reyno algunas obſervaciones utiliſſimas à la navegacion en general, y mas particularmente à la de mis vaſallos; y que ſiendo neceſário hazer debaxo del miſmo Equador algunas obſervaciones aſtronómicas, y medir allì los grados aſſi de longitud, como de latitud, por donde facilmente ſe inferirà la forma exacta de la Tierra y juſta la medida de los grados del Paralelo, les parece que ſolo en la coſta del Perù ſe podràn prometer ſin graves inconvenientes para el intento referido, todas las ventajas que ſe pueden deſear; proponiendo dichos Aſtrónomos franceſes, que paſaràn à eſte fin en las embarcaciones de ſu nacion, à la ciudad de *Santo-Domingo*, en la iſla eſpañola, y auxiliados allì de mis reales órdenes y recomendaciones, ſe embarcaràn en los primeros navios que paſaren à *Portobelo*, deſde donde ſe encaminaràn à *Panamà*; y deſde eſte puerto ſe bolveràn à embarcar para el mas próximo de la província de *Quito*, en la qual haràn las prevenciones neceſárias para hazer ſus obſervaciones en las cercanias de la propria ciudad de *San Franciſco de Quito*, eligiendo una porcion del Equador, y de un Meridiano que facilmente pueda

DECRET *de S. M. C, ſervant de paſſeport aux Académiciens des Sciences de Paris, envoyés au Pérou.*

Du 14 Août 1734.

DE PAR LE ROI. *Sur la repréſentation qui a été faite par pluſieurs membres de l'Académie des Sciences de* Paris, *qui depuis long temps ſe ſont occupés d'obſervations aſtronomiques, propres à perfectionner la navigation, combien il ſeroit convenable, pour parvenir à ce but, qu'il leur fût permis de paſſer au Pérou, pour faire en ce royaume quelques obſervations utiles à la navigation en général, & particulièrement à celle de mes Sujets; & qu'étant néceſſaire que ces obſervations fuſſent faites ſous l'Équateur même, & que les degrés de longitude & de latitude y fuſſent meſurés, pour en déduire facilement la figure de la Terre & la meſure exacte des degrés des Parallèles, il leur paroît que ce n'eſt que ſur la côte du Pérou qu'ils peuvent ſe promettre, ſans de grands inconvéniens, les avantages qu'ils en eſpérent : leſdits Aſtronomes françois ayant déclaré leur intention étoit de paſſer ſur des bâtimens de leur nation à la ville de Santo-Domingo dans l'iſle eſpagnole; & à la faveur de mes ordres royaux & de mes recommandations, de s'y embarquer ſur les premiers vaiſſeaux qui ſeront voile à Portobelo, d'où ils ſe rendront à Panama, & s'y embarqueront de nouveau pour le port le plus prochain de la province de Quito, où ils feront les diſpoſitions néceſſaires pour leurs obſervations aux environs de la ville même de S. François de Quito, en y choiſiſſant l'endroit le plus favorable pour meſurer facilement une portion de l'Équateur*

M m

medirfe, y empezando cerca del cabo *Paffado* continuaràn fu trabajo por lo largo del Equador fegùn fe lo permita la comodidad del pais, y determinaràn la poficion exaéta de la cofta del Perù, lo que podrà refultar en grande utilidad de las navegaciones de los efpañoles, y afimifmo haràn obfervaciones fobre todos los pafos, obligándofe tambien à que fi hallaren particularmente algun parage, en donde en virtud de mis reales órdenes fe quiera que hagan alguna manfion, y obfervaciones, lo executaràn guftofos por confiderar que todas las naciones de Europa, y en particular mis vafallos, facaràn mui grandes ventajas del trabajo que proponen hazer con tanto ciudado y atencion; pidiendo que para que puedan poner en execucion todo lo referido, expida las órdenes correfpondientes, para que mis Governadores de la referida ifla de *Santo-Domingo* y ciudades de *Portobelo, Panamà, Quito* y todas las demas de la América, protexan y favorefcan emprefa tan útil; y para que unos y otros eften libres de las fofpechas de que los exprefados Académicos puedan folicitar alguna introducion en el comércio, ù otras perjudiciales à los interefes de mis reynos, fe fujetan à que, luego que lleguen à la mencionada ifla de *Santo-Domingo*, abriràn y haràn manifieftos fus cajones y cofres, para que fe reconofca que folo llevan en ellos lo que necefitan y los inftrumentos de aftronomia y mathemática, y executada efta vifita, fe embarcaràn en los navios efpañoles, para fu viaje, y fe podrà hazer lo mifmo de buelta à *Santo-Domingo*. Concluyendo en que tienen por conveniente, fe incluyan en efte viaje uno ù dos inteligentes para bufcar plantas medecinales y à propófito para la curacion de los enfermos del pais.

Haviendo vifto en mi Confejo de

& une du Méridien, que commençant leurs opérations vers le cap Paffado, *ils fuivront l'E'quateur, autant que la coînnodité du terrein le permettra, & détermineront la pofition exacte de la côte du Pérou, de quoi les navigateurs efpagnols retireroient une grande utilité: les mêmes Académiciens ayant offert de faire des obfervations dans tous les lieux de leur paffage, & s'étant obligés, s'il fe trouvoit quelque endroit où, en vertu de mes ordres royaux, il convînt de faire quelque féjour & quelque obfervation particulière, de s'en charger avec plaifir, dans la vue des avantages que toutes les nations de l'Europe, & fpécialement mes fujets, retireront d'un travail où ils fe propofent d'apporter l'attention la plus fcrupuleufe; & m'ayant demandé, afin de pouvoir mettre ce projet en exécution, les ordres néceffaires pour que mes Gouverneurs de l'ifle de* Saint-Domingue *& des villes de* Portobelo, Panama, Quito, *& autres de l'Amérique, protégeaffent une entreprife auffi utile, & s'étant foumis, pour fe mettre à l'abri du foupçon de tout commerce préjudiciable aux intérêts de mes royaumes, à la vifite qui feroit faite à leur arrivée dans l'ifle de* Saint-Domingue, *de leurs caiffes & coffres, & à la reconnoiffance de ce qu'ils ne contiennent que leurs inftrumens d'aftronomie & de mathématique, avant que de s'embarquer fur les navires efpagnols pour continuer leur voyage, & à faire la même chofe au retour: enfin ayant expofé qu'ils tiennent pour convenable d'avoir parmi eux un ou deux Botaniftes propres à faire la recherche des plantes médicinales, & à la guérifon des malades du pays.*

Sur le vû de mon Confeil des Indes, & les conclufions du Procureur général, & en confidération de l'utilité dont peut être cette entre-

las Indias con lo que al fiscal de el sele ofreció y consultádome sobre ello, atendiendo á lo útil que puede ser esta empresa, he venido en condecender á ella y dar licencia para que pasen al reyno del Perú à ponerla en práctica à los tres científicos *N. Godin, N. Granjean* * y *N. la Condamine,* para hazer las observaciones astronómicas; à el Abad de la *Grive, N. Pimodan* y *N. Jussieu,* para la Botánica y la Geometria: y asimismo para que puedan llevar en su compañia dos hombres que necesitan para la mecánica, de disponer y componer los instrumentos que hayan menester para sus observaciones y otras cosas de su alivio, y tambien quatro criados para su servicio, con tal de que haya de preceder el reconocerles en todos los puertos de las Indias (en la forma que ofrecen sujetarse) los cajones y cofres que llevaren, e insertarse en el pasaporte que para su pasage se les haya de dar por mis Governadores de ellos, el número tamaño y fábrica de los referidos cajones y cofres, y de las alajas e instrumentos de su parte, para obviar ilícitas introduciones; y asimismo *he resuelto se destinen uno ù dos Sujetos españoles inteligentes en la mathemática y astronomia (cuya eleccion quedo en hazer) para que asistan con los mencionados Franceses à todas las observaciones que hizieren y apunten las que fueren executando;* y que mis Governadores de las provincias de Indias, nombren uno ù dos prácticos para buscar las plantas medecinales en los parajes donde deva practicarse esta diligéncia. Por tanto, por la presente doi y concedo licéncia à los sujetos referidos para que en la forma expresada puedan embarcarse desde el reyno de Fráncia para la isla Española y

prise, j'y ai donné mon consentement, & permis de l'exécuter, savoir, aux trois Académiciens des Sciences, les sieurs Godin, Granjean * & de la Condamine, chargés de faire les observations astronomiques; l'Abbé de la Grive, N... Pimodan & N... de Jussieu, Botanistes & Géomètres; leur accordant de pouvoir mener en leur compagnie deux personnes dont ils ont besoin pour la méchanique & la construction des instrumens destinés à leurs observations, & pour leur servir d'aides, outre quatre domestiques pour leur service; à condition que dans tous les ports des Indes, on fera d'abord la visite de tous les coffres & caisses (dans la forme à laquelle ils offrent de se soumettre) & qu'il sera fait mention dans le passeport qui leur sera délivré par mes Gouverneurs, du nombre, de la grandeur & de la forme desdits coffres & caisses de leurs instrumens & autres effets, pour prévenir les introductions illicites. De plus, j'ai résolu de nommer une ou deux personnes intelligentes en mathématique & en astronomie (dont je me réserve le choix) pour assister avec lesdits François à toutes les observations qu'ils feront, & en tenir registre; & que mes Gouverneurs de provinces dans les Indes nommeront un ou deux pratiques, pour faire la recherche des plantes médicinales dans les lieux où il conviendra: en conséquence de quoi je donne & j'accorde par la présente, la permission aux susnommés, pour qu'ils puissent passer des ports du royaume de France en l'isle espagnole & à la ville de Santo-Domingo, & de là sur mes vaisseaux à Portobelo, Panama, & dans les provinces de Quito & du Pérou, où

---

* Plusieurs de ceux qui sont nommés dans ce passeport n'ayant pas fait le voyage pour lequel ils s'étoient proposés, ils ont été remplacés par d'autres dont on trouvera les noms dans la note de la première page de l'*Introduction historique* précédente.

ciudad de *Santo-Domingo*, y defde alli hazer fu viage en navios mios ù de mis vafallos à *Portobelo*, *Panamà* y provincias de *Quito* y el Perù donde neccfiten hazer las mencionadas obfervaciones. Y mando à mis Virrey, Governador y Capitan general del reyno del Perù, al Prefidente Governador y Capitan general de la citada ifla de *Santo-Domingo*, Teniente general de *Portobelo*, à los Prefidentes Governadores y Capitanes generales de las provincias de *Tierra-firme* y *Quito*, y los demas de todos los puertos y provincias del Perù, y à los Miniftros, Juezes y Jufticias de ellos, que no folo no pongan embarafo à los enunciados Aftrónomos francefes en fu pafage y emprefa exprefada, fino que antes bien les den para ello la proteccion y auxilio que hubieren menefter; que tal es mi voluntad; y que, como queda exprefado, por mis Governadores de los pttertos por donde tranfitaren los dichos Aftrónomos, fe les reconofcan los cajones y cofres que llevaren y de el pafaporte correfpondiente con exprefion del número, tamaño y fábrica de ellos, y de las alajas e inftrumentos de fu parte, para precaver el que fe cometan ilicitas introduciones. Dada en *San-Ildefonfo* à catorze de Agofto de mil fetecientos y treynta y quatro. YO EL REY. *Por mandado del Rey Nueftro Señor*, Don *MIGUEL DE VILLANUEVA*.

ils doivent faire leurs obfervations ci-deffus mentionnées, *& j'ordonne à mon Viceroi, Gouverneur & Capitaine général du royaume du Pérou, au Préfident, Gouverneur & Capitaine général de l'ifle fufdite de* Saint-Domingue, *au Lieutenant général de* Portobelo, *aux Préfidens, Gouverneurs & Capitaines généraux des provinces de* Terreferme *& de* Quito, *& autres de tous les ports & provinces du Pérou; enfemble aux Miniftres, Juges & Juftices, que non feulement ils ne mettent point d'empêchement au paffage defdits Aftronomes françois ni à leur entreprife, mais encore qu'ils leur donnent pour l'exécuter, la protection & les fecours dont ils auront befoin : car telle eft ma volonté; & que, comme il eft dit, mes Gouverneurs & Commandans dans les ports où pafferont lefdits Aftronomes, faffent la vifite de leurs caiffes & coffres, & qu'il foit fait mention dans le paffeport expédié en conféquence, de leur nombre, leur grandeur & leur forme, & de leurs autres meubles & inftrumens, pour empêcher qu'il fe commette aucune introduction illicite. Donné à* Saint-Ildefonfe, *le quatorze Août mil fept cens trentequatre. Signé* MOI LE ROY. *Par ordre du Roi notre Seigneur, Don* MIGUEL DE VILLANUEVA.

(J'ai cru qu'il étoit inutile de rapporter ici les procès verbaux de la vifite de nos coffres, hardes, bagages & inftrumens, à Portobelo, *à* Panama, *à* Guayaquil, *&c. dont j'ai une expédition en bonne forme. La vifite fut fi exacte, particulièrement à* Portobelo, *que nous ne pûmes obtenir des Douaniers de ne pas découvrir le miroir de métal d'un télefcope catoptrique, qu'il étoit à craindre que l'humidité de l'air de* Portobelo *n'endommageât).*

Otra CÉDULA Real de Su Ma- gestad Cathólica, en favor de los Académicos Reales de las Ciéncias de Paris, para que puedan sacar de las Caxas Reales del Perù las cantidades que huvieren menester para su encargo.

EL REY. Por quanto por despacho de catorze de Agosto de este presente año, expedido por mi Consejo de las Indias, à representacion de vários Académicos de la Académia de las Ciéncias de Paris, que de mucho tiempo a esta parte se han ocupado en observaciones astronómicas, con el deseo de perfeccionar la navega- cion à Indias en general, y mas par- ticularmente à la de mis Vasallos, he concedido licencia para que pasen al reyno de el Perù los tres Cientí- ficos N. Godin, N. Granjean y N. la Condamine, para hazer algu- nas observaciones astronómicas, y al Abad de la Grive, N. Pimodan y N. Jussieu, para la Botánica y Geo- metria, todos de la misma Acadé- mia, y asimismo para que puedan llevar en su compañia dos hombres que necesitan para la mecánica de disponer y componer los instrumen- tos que hayan menester para sus ob- servaciones y otras cosas de su alívio; y tambien quatro criados para su ser- vício, con tal que haya de preceder el reconocerles, en todos los puertos de las Indias (en la forma que han ofre- cido sujetarse) los cajones y cofres que llevaren, e insertarse en el pasa- porte que para su pasage se les haya de dar por mis Governadores de ellos, en el número tamaño y fábrica de los referidos cajones y cofres, y de las alajas e instrumentos de su parte, para obviar ilícitas introdu- ciones; embarcándose desde el reyno de Fráncia por la isla Española y

Autre DECRET de S. M. C. en faveur des députés de l'Aca- démie Royale des Sciences de Paris, pour qu'ils puissent tirer des Caisses royales du Pérou, les sommes dont ils auront besoin pour les opéra- tions dont ils sont chargés.

DE PAR LE ROY. Vû que par l'ordre expédié le 14 Août de la pré- sente année par mon Conseil des Indes, sur la représentation de plu- sieurs membres de l'Académie des Sciences de Paris, qui depuis long- temps se sont occupés d'observations astronomiques, dans la vue de per- fectionner la navigation des Indes en général, & plus particulière- ment celle de mes Sujets, j'ai accor- dé la permission de passer au royau- me du Pérou aux trois Académi- ciens des Sciences, les Sieurs Godin, Granjean & de la Condamine, pour faire quelques observations astrono- miques; & à l'Abbé de la Grive, aux Sieurs de Pimodan & de Jus- sieu, Botanistes & Géomètres, tous de la même Académie; comme aussi pour qu'ils puissent emmener avec eux deux hommes dont ils ont be- soin pour la méchanique & la cons- truction des instrumens qui leur sont nécessaires pour leurs observations, & autres choses qui en dépendent, & quatre domestiques pour leur ser- vice personnel; à condition que préa- lablement dans tous les ports des Indes, les caisses & coffres qu'ils porteront seront visités dans la for- me à laquelle ils se sont soumis; & que le nombre, la grandeur & la fabrique desdits coffres, celle de leurs autres meubles & instrumens, seront insérés dans les passeports qui leur seront délivrés par les Gouverneurs desdits ports, pour prévenir toute introduction illicite: Et attendu que ciudad de *Santo-Domingo*, y defde alli hazer fu pafage en navios mios ù de mis vafallos à *Portobelo*, *Panamà* y provincias de *Quito* y el *Perù*, donde necefiten hazer las mencionadas obfervaciones; en fu confequéncia y haviéndome aora reprefentado los referidos Académicos, necefitan fe expidan órdenes, para que todos los Governadores de las províncias y puertos del reyno de *Tierra-firme* y del *Perù*, les den todo el auxílio, favor y amparo que hayan menefter, facilitándoles todas las conveniéncias que necefitaren, como cafas, carruajes, cavallerias y otras cofas, pagándolo a fu jufto précio, y que fe les libre y entriegue los caudales que pidieren de mis Caxas reales, refpecto de que lo que percibieren fe reintregarà en *Efpaña* en la forma que fea mas de mi real agrado, he venido en condecender à efta inftáncia. Por tanto, por la prefente, mando à mi Virrey, Governador y Capitan general del reyno de el *Perù*, al Prefidente, Governador y Capitan general de la ifla de *Santo-Domingo*, Teniente general de *Portobelo*, à los Prefidentes, Governadores y Capitanes generales de *Tierra-firme* y *Quito*, y à los de mas de todos los puertos y provincias del *Perù*, y à los Miniftros y Juezes y Jufticias de ellos, atiendan y protejan con todo el favor y amparo, à los referidos Aftrónomos, fegun y como fe previene en el enunciado defpacho, de catorze de Agofto de efte prefente año; facilitándoles todas las conveniéncias que hayan menefter, de cafas para fu habitacion, carruajes y cavallerias, y otras cofas que pidieren para fu conduccion y tranfporte con fu ropa y criados, y de mas perfonas que los hayan de afiftir à las ciudades, puertos y lugares y demas parajes que elixieren, para fus obfervaciones aftronómicas, y demas diligéncias de fu inftituto y encargo; fatisfaciendo fu im-

(fuivant les mêmes paffeports) *lefdits Académiciens fe doivent embarquer en France pour l'ifle Efpagnole & la ville de* Santo-Domingo, *& de là paffer fur mes vaiffeaux ou ceux de mes Sujets, à* Porto-belo, Panama *& aux provinces de* Quito *& du Pérou, où leurfdites obfervations les doivent conduire; & fur la nouvelle repréfentation qui m'a été faite par lefdits Académiciens, qu'ils ont befoin de nouveaux ordres, pour que les Gouverneurs des provinces & ports du royaume de* Terre-ferme *& du Pérou leur donnent tout le fecours, la faveur & la protection qui leur eft néceffaire, pour qu'ils puiffent trouver facilement des maifons, des voitures, des montures, &c, en payant leur jufte prix, & qu'il leur foit délivré de mes caiffes royales les fonds qu'ils demanderont, lefquels feront rembourfés en* Efpagne *dans la forme qui me fera la plus agréable; j'ai bien voulu donner mon confentement à cette nouvelle demande: & en conféquence, j'ordonne par la préfente à mon Viceroi, Gouverneur & Capitaine général du Pérou, au Préfident, Gouverneur & Capitaine général de l'ifle de* Saint-Domingue, *au Lieutenant général de* Portobelo, *aux Préfidens, Gouverneurs & Capitaines généraux de* Terre-ferme *& de* Quito, *& aux autres des différens ports & provinces du Pérou, ainfi qu'aux Miniftres, Juges & Juftices d'iceux, qu'ils veillent & donnent toute faveur & protection auxdits Aftronomes, comme il leur eft enjoint dans ma dépêche du 14 Août de la préfente année, en leur procurant toutes les facilités & commodités dont ils auront befoin, comme maifons, logemens, voitures, montures, & autres chofes qu'ils demanderont, pour fe transporter avec leur bagage & leurs domefti-*

porte de uno y otro, à los précios juftos y regulares, fin alteracion ni embarazo alguno; y que fe les libre de mis Caxas Reales por los referidos mi Virrey, Governadores y Capitanes generales, las cantidades de dinero que pidieren en fu diftrito y jurifdicion, para fu manutencion y los fines exprefados. Y ordeno à los Officiales de mi Real Hacienda, de las caxas de donde fe librare las cantidades que huvieren menefter, fe las fatisfagan promptamente y fin dilacion alguna; precediendo para efto, prefentar inftrumento autorifado de la fianza hecha en la ciudad de *Cadiz* por el Conful de Fráncia en ella, ante el Prefidente *del Tribunal de la Cafa de Contratacion à Indias*, por parte de la Académia de las Ciéncias de *Paris*, y eftos Académicos de pagar y reintegrar à mi Real Hacienda, en eftos reynos, y en la depofitaria del referido tribunal, las cantidades que en la forma exprefada percibieren; que con fu recivo, copia auténtica del citado inftrumento y de efte defpacho, fe les pafarà en quenta à los dichos Officiales Reales, lo que afi les dieren y pagaren: y afi mifmo mando que unos y otros me den quenta, en todas las ocafiones que fe ofrecieren, de las porciones que les entregaren y fubminiftraren à los referidos Aftrónomos, con teftimonio en devida forma y exprefion de fus recibos, para que en fu virtud, fe pueda hazer, en eftos reynos, la reintregacion que correfponde à mi Real Hacienda, por la parte obligada por ellos à executarlo. Que afi procede de mi real voluntad. Fecho en *San-Ildefonfo*, à veinte de Agofto de mil fetecientos treinta y quatro. *Yo* EL REY. Don *JOSEPH PATIño.*

ques & autres perfonnes qui doivent les aider, dans les villes, ports, lieux & parages qu'ils choifiront pour leurs obfervations aftronomiques & autres affaires relatives à leur commiffion, en fatisfaifant par eux dans l'un & l'autre cas, & payant les prix juftes & ordinaires, fans altération ni empêchement quelconque; & qu'il leur foit délivré de mes Caiffes royales, par mefdits Vicerois, Gouverneurs & Capitaines généraux, les fommes d'argent qu'ils demanderont dans leurs divers diftricts & jurifdictions, tant pour leur fubfiftance que pour les motifs ci-deffus mentionnés. J'ordonne aux Officiers de mon Tréfor royal des lieux où feront délivrés auxdits Académiciens les fonds dont ils auront befoin, qu'ils leur en faffent la remife promptement & fans aucun délai, fur la préfentation qui leur fera faite d'un cautionnement en bonne forme paffé dans la ville de Cadix par le Conful de France devant le Préfident du Tribunal de l'hôtel de la Contractation des Indes, au nom de l'Académie des Sciences de Paris, par lequel lefdits Académiciens s'obligeront de payer & rembourfer à mon Tréfor royal en Efpagne, au dépôt dudit tribunal, les fommes qu'ils recevront dans la forme prefcrite; & fur leur reçu, joint à la copie authentique dudit cautionnement & de la préfente dépêche, lefdites fommes ainfi payées par mes Tréforiers royaux leur feront paffées en compte: Et j'ordonne qu'eux & les Gouverneurs me rendent raifon dans toutes les occafions qui s'offriront, des à-comptes qu'ils auront payés auxdits Aftronomes, en y joignant leurs reçus en bonne forme par-devant notaire:

afin qu'en vertu d'iceux, le recouvrement defdites avances fe puiffe faire en Europe, & que le remplacement des fonds foit fait à mon Tréfor royal par les parties obligées. Car telle eft ma volonté. Fait à Saint-Ildefonfe, le 20 Août 1734. Signé, Moi LE ROY. Don JOSEPH PATIño.

ORDEM da Sua Mageſtade Portugueſa, a o Governador e Capitam general do Eſtado do Maranham.

HAVENDO repreſentado a Sua Mageſtade o Conſul general da Naſçaõ Franceza por ordem da ſua Corte, que el Rey Chriſtianiſſimo dezejava ſe permittiſſe licença à Monſ. de la Condamine, Academico da Academia Real das Sciencias de *Pariz,* para que com outros companheiros poſſaõ paſſar do Perû, aonde actualmente ſe achaõ fazendo as ſuas obſervaçoens, para eſſa Capitania, e della tranſportaremſe para *Caena:* Ordena Sua Mageſtade a Voſſa Senhoria que naõ ſó naõ embaraſſe a os ditos Academicos a viagem que determinaõ fazer arē eſſa capital, mas antes lhes dē Voſſa Senhoria todo o auxilio e favor de que neceſſitarem, aſſim para a dita viagem, como para a que intentaõ continuar deſſe porto para o de *Caena:* ordenando Voſſa Senhoria effectivamente a os ſeus ſubalternos, que em qualquer parte dos dominios de el Rey aonde chegarem os meſmos Academicos, ſejaõ tratados com a attençaõ que deve conciliarlhes a alta protecçaõ que lograõ de el Rey Chriſtianiſſimo, e a recomendaçaõ que mandou fazer das ſuas peſſoas a el Rey Noſſo Senhor, que eſpera execute Voſſa Senhoria eſta ſua Real Ordem com o devido cuidado e exacçaõ. Deus guarde Voſſa Senhoria muitos annos. *Liſboa occidental,* 19 de Abril de 1739. *ANTONIO GUEDES PÉRÉIRA,* S.ʳ JOAõ DE ABREU DE CASTELBRANCO.

O Secretario do Eſtado do *Maranham,* JOSÉ GONÇALVEZ DA FONSÉCA.

ORDRE de Sa Majeſté Portugaiſe au Gouverneur & Capitaine général de la province de *Maragnan.*

LE *Conſul général de la Nation françoiſe ayant, par ordre de ſa Cour, repréſenté à Sa Majeſté que le Roi Très-Chrétien deſiroit qu'il fût permis à Monſieur de la Con-damine, membre de l'Académie Royale des Sciences de* Paris, *de paſſer avec quelques perſonnes qui l'accompagnent du Pérou, où ils font actuellement leurs obſervations, en votre Gouvernement, pour de là ſe tranſporter à* Cayenne: *Sa Majeſté ordonne à Votre Seigneurie, non ſeulement de ne point s'oppoſer au voyage que leſdits Académiciens ont réſolu de faire pour ſe rendre à la ville capitale de votre Gouverne-ment, mais encore de ne prêter toute l'aide & tout le ſecours dont ils pourront avoir beſoin, tant dans ce voyage que dans celui qu'ils ſe propoſent de faire de votre port au port de* Cayenne. *Votre Seigneurie donnera efficacement ſes ordres à tous les Officiers de ſa dépendance, pour que leſdits Académiciens, en quelque lieu qu'ils ſe trouvent de la domination du Roi, ſoient traités avec l'attention que doivent leur attirer la haute protection que leur accorde le Roi Très-Chrétien, & la recommandation de leurs perſon-nes qu'il a faite au Roi Notre Seigneur, qu'il eſpère que Votre Seigneu-rie exécutera, comme elle doit, ſoi-gneuſement & ponctuellement ce préſent Ordre Royal. Dieu conſerve longues années Votre Seigneurie. A* Liſbonne occidentale, *le 19 d'Avril 1739.* ANTOINE GUEDES PÉRÉIRA. *Seigneur* JEAN DE ABREU DE CASTELBRANCO.

Le Secrétaire de la province de Maragnan, JOSEPH GONSALVEZ DA FONSÉCA.

TABLE

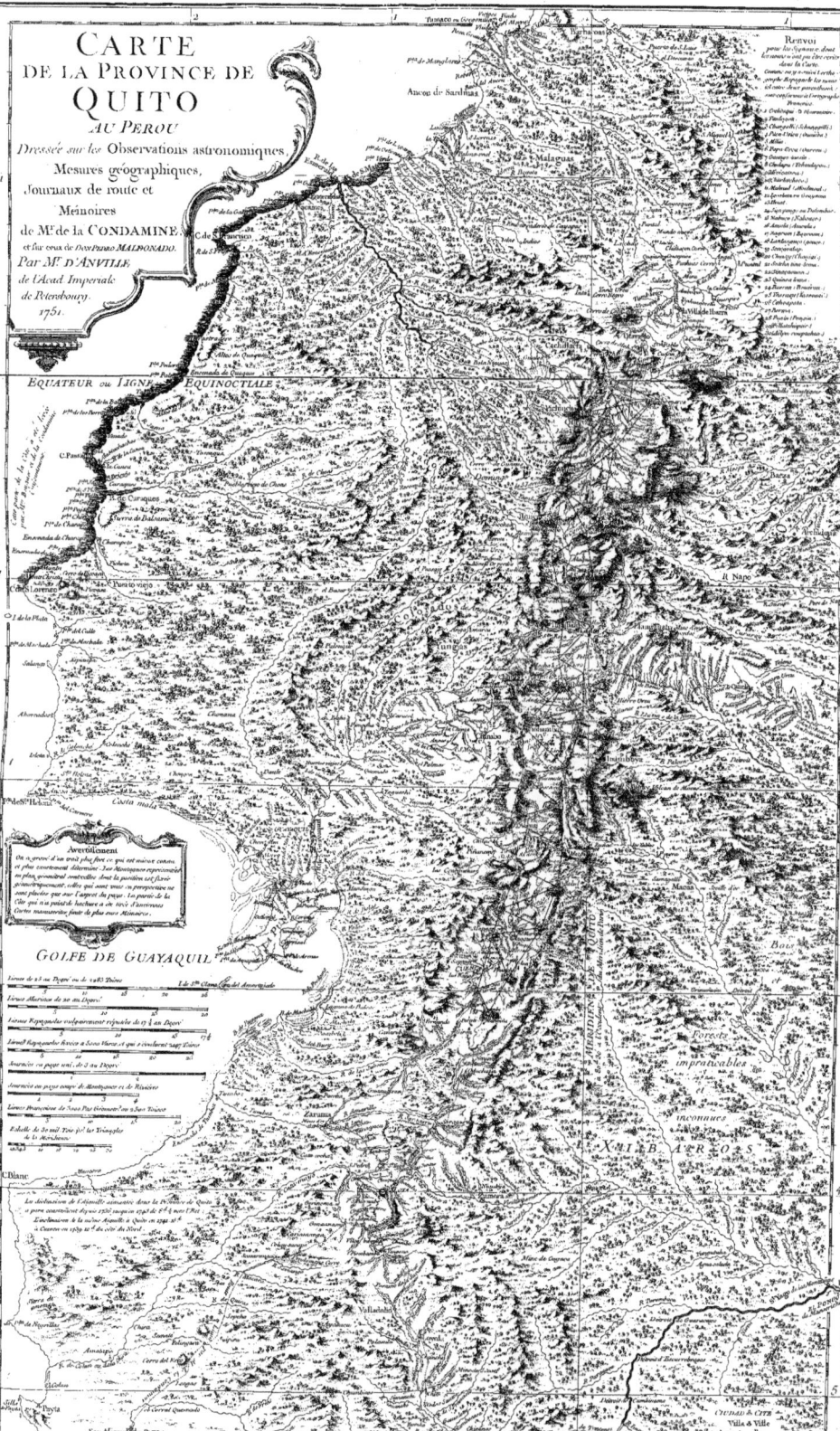

CARTE
DE LA PROVINCE DE
QUITO
AU PEROU

Dressée sur les Observations astronomiques,
Mesures géographiques,
Journaux de route et
Mémoires
de Mr de la CONDAMINE,
et sur ceux de Don Pedro MALDONADO.
Par Mr D'ANVILLE
de l'Acad. Imperiale
de Petersbourg.
1751.

EQUATEUR ou LIGNE EQUINOCTIALE

Avertissement

GOLFE DE GUAYAQUIL

TABLE DES MATIERES

Contenues dans l'Introduction historique.

A

F

G

Q

Fin de la Table des Matières de l'Introduction hiſtorique.